鲸歌

我们拥有同样的音频和心跳

国家出版基金项目
NATIONAL PUBLICATION FOUNDATION

金色俄罗斯
Золотая Россия

米西奈斯的玩笑

Шутка Мецената

[俄] 阿韦尔琴科 / 著
李玉萍 / 译

四川人民出版社

图书在版编目（CIP）数据

米西奈斯的玩笑/（俄罗斯）阿韦尔琴科著；李玉萍译. —成都：四川人民出版社，2018.11

（金色俄罗斯/汪剑钊主编）

ISBN 978－7－220－10998－0

Ⅰ.①米… Ⅱ.①阿… ②李… Ⅲ.①长篇小说－俄罗斯－现代 Ⅳ.①I512.45

中国版本图书馆 CIP 数据核字（2018）第 212194 号

MIXINAISI DE WANXIAO

米西奈斯的玩笑

（俄）阿韦尔琴科/著　李玉萍/译

策划组稿	张春晓
责任编辑	唐　婧
责任校对	林　泉
装帧设计	张　妮
责任印制	祝　健
出版发行	四川人民出版社（成都槐树街 2 号）
网　　址	http://www.scpph.com
E-mail	scrmcbs@sina.com
新浪微博	@四川人民出版社
微信公众号	四川人民出版社
发行部业务电话	（028）86259624　86259453
防盗版举报电话	（028）86259624
照　　排	四川胜翔数码印务设计有限公司
印　　刷	成都东江印务有限公司
成品尺寸	140mm×203mm
印　　张	12.75
字　　数	270 千
版　　次	2018 年 11 月第 1 版
印　　次	2018 年 11 月第 1 次印刷
书　　号	ISBN 978－7－220－10998－0
定　　价	60.00 元

金色俄罗斯
Золотая Россия

致敬“金色俄罗斯丛书”译介团队，感谢所有参与者为传播俄罗斯文学、增进中俄两国人民文化交流而做的努力！

汪剑钊 丛书主编，北京外国语大学外国文学研究所教授，博士生导师。

张建华 丛书顾问，北京外国语大学教授。

刘文飞 丛书顾问，中国俄罗斯文学研究会会长。

张　冰 北京师范大学俄语系教授，博士生导师。

赵晓彬 哈尔滨师范大学斯拉夫语学院副院长，博士生导师。

杨玉波 哈尔滨师范大学斯拉夫语学院副教授，文学博士。

郑艳红 中国社会科学院文学博士，绥化学院外国语系教师。

张　猛 北京外国语大学外国文学研究所博士。

李　莉 北京师范大学文学博士，杭州师范大学教授。

顾宏哲 辽宁大学俄语系副教授，硕士生导师。

赵艳秋 复旦大学俄语系副主任，文学博士。

侯炜红 中国社会科学院外国文学研究所俄罗斯文学研究室主任，文学博士。

池济敏　四川大学外国语学院副院长，副教授，文学博士。

飞　白　云南大学外语系教授，浙江省比较文学与外国文学学会名誉会长。

黄　玫　北京外国语大学俄语学院教授，博士生导师。

杨晓笛　北京外国语大学博士，太原理工大学教师。

李玉萍　洛阳理工学院外国语学院教师。

王立业　北京外国语大学俄语学院教授，博士生导师。

邱　鑫　黑龙江大学俄语学院文学博士，四川大学俄文系系主任。

郭靖媛　北京外国语大学外国文学研究所硕士。

薛冉冉　浙江大学外语学院副教授，博士。

温玉霞　西安外国语大学俄语学院教授，博士生导师。

潘月琴　北京外国语大学俄语学院副教授。

董树丛　北京外国语大学外国文学研究所硕士。

余　翔　北京外国语大学外国文学研究所博士。

冯昭玙　浙江大学外文系教授。

王景生　中国社会科学院外国文学研究所博士，研究员。

徐　琪　厦门大学外文学院教授，文学博士。

徐曼琳　四川外国语大学俄语系教授，文学博士。

欢迎更多的译者加入“金色俄罗斯丛书”……

（按译作出版时间排序。）

四川人民出版社　文学出版中心

金色的“林中空地”(总序)

汪剑钊

2014年2月7日至23日，第二十二届冬奥会在俄罗斯的索契落下帷幕，但其中一些场景却不断在我的脑海回旋。我不是一个体育迷，也无意对其中的各项赛事评头论足。不过，这次冬奥会的开幕式与闭幕式上出色的文艺表演给我留下了深刻的印象，迄今仍然为之感叹不已。它们印证了一个民族对自身文化由衷的热爱和自觉的传承。前后两场典仪上所蕴含的丰厚的人文精髓是不能不让所有观者为之瞩目的。它们再次证明，俄罗斯人之所以能在世界上赢得足够的尊重，并不是凭借自己的快马与军刀，也不是凭借强大的海军或空军，更不是凭借所谓的先进核武器和航母，而是凭借他们在文化和科技上的卓越贡献。正是这些劳动成果擦亮了世界人民的眼睛，引燃了人们眸子里的惊奇。我们知道，武力带给人们的只有恐惧，而文化却值得给予永远的珍爱与敬重。

众所周知，《战争与和平》是俄罗斯文学的巨擘托尔斯泰所著的一部史诗性小说。小说的开篇便是沙皇的宫廷女官安娜·帕夫洛夫娜家的舞会，这是介绍叙事艺术时经常被提到的一个经典性例子。借助这段描写，托尔斯泰以他的天才之笔将小说中的重要人物一一拈出，为以后的宏大叙事嵌入了一根强劲的楔子。2014年2月7日晚，该届冬奥会开幕式的表演以芭蕾舞的形式再现了这一场景，令我们重温了“战争”前夜的“和平”魅力（我觉得，就一定程度上说，体育竞技堪称是一种和平方式的模拟性战争）。有意思的是，在各国健儿经过数十天的激烈争夺以后，2月23日，闭幕式让体育与文化有了再一次的亲密拥抱。总导演康斯坦丁·恩斯特希望“挑选一些对于世界有影响力的俄罗斯文化，那也是世界文化遗产的一部分”。于是，他请出了在俄罗斯文学史上引以为傲的一部分重量级人物：伴随拉赫玛尼诺夫第二钢琴协奏曲的演奏，普希金、果戈理、屠格涅夫、托尔斯泰、陀思妥耶夫斯基、契诃夫、马雅可夫斯基、阿赫玛托娃、茨维塔耶娃、布尔加科夫、索尔仁尼琴、布罗茨基等经典作家和诗人在冰层上一一复活，与现代人进行了一场超越时空的精神对话。他们留下的文化遗产像雪片似的飘入了每个人的内心，滋润着后来者的灵魂。

美裔英国诗人T. S. 艾略特在《诗的作用和批评的作用》一文中说：“一个不再关心其文学传承的民族就会变得野蛮；一个民族如果停止了生产文学，它的思想和感受力就会止步不前。一个民族的诗歌代表了它的意识的最高点，代表了它最强大的力量，也代表了它最为纤细敏锐的感受力。”在世界各民族中，俄罗斯堪称最为关心自己“文学传承”的一个民族，而它辽阔的地理特征则为自己的文学生态提供了一大片培植经典的金色的“林中空地”。迄今，在这片土地上生根发芽并长成参天大树的作家与作品已不计其数。除上述提及的文学巨匠以外，19世纪的茹科夫斯基、巴拉廷斯基、莱蒙托夫、丘特切夫、别林斯基、赫尔岑、费特等，20世纪的高尔基、勃洛克、安德烈耶夫、什克洛夫斯基、普宁、索洛古勃、吉皮乌斯、苔菲、阿尔志跋绥夫、列米佐夫、什梅廖夫、波普拉夫斯基、哈尔姆斯等，均以自己的创造性劳动进入了经典的行列，向世界展示了俄罗斯奇异的美与力量。

中国与俄罗斯是两个巨人式的邻国，相似的文化传统、相似的历史沿革、相似的地理特征、相似的社会结构和民族特性，为它们的交往搭建了一个开阔的平台。早在 1932 年，鲁迅先生就为这种友谊写下一篇“贺词”——《祝中俄文字之交》，指出中国新文学所受的“启发”，将其看作自己的“导师”和“朋友”。20 世纪 50 年代，由于意识形态的接近，中国与俄国在文化交流上曾出现过一个“蜜月期”，在那个特定的时代，俄罗斯文学几乎就是外国文学的一个代名词。俄罗斯文学史上的一些名著，如《叶甫盖尼·奥涅金》《死魂灵》《贵族之家》《猎人笔记》《战争与和平》《复活》《罪与罚》《第六病室》《丽人吟》《日瓦戈医生》《安魂曲》《没有主人公的叙事诗》《静静的顿河》《带星星的火车票》《林中水滴》《金蔷薇》和《钢铁是怎样炼成的》等，都曾经是坊间耳熟能详的书名，有不少读者甚至能大段大段背诵其中精彩的章节。在一定程度上，我们可以说，翻译成中文的俄罗斯文学作品已构成了中国新文学的一个重要组成部分，成为现代汉语中的经典文本，就像已广为流传的歌曲《莫斯科郊外的晚上》《三套车》《喀秋莎》《山楂树》等一样，后者似乎已理所当然地成为中国的民歌。迄今，它们仍在闪烁金子般的光芒。

不过，作为一座富矿，俄罗斯文学在中文中所显露的仅是冰山一角，大量的宝藏仍在我们有限的视域之外。其中，赫尔岑的人性，丘特切夫的智慧，费特的唯美，洛赫维茨卡娅的激情，索洛古勃与阿尔志跋绥夫在绝望中的希望，苔菲与阿维尔琴科的幽默，什克洛夫斯基的精致，波普拉夫斯基的超现实，哈尔姆斯的怪诞，等等，大多还停留在文学史上的地图式导游。为此，作为某种传承，也是出自传播和介绍的责任，我们编选和翻译了这套“金色俄罗斯丛书”，其目的是进一步挖掘那些依然静卧在俄罗斯文化沃土中的金锭。可以说，被选入本丛书的均是经过了淘洗和淬炼的经典文本，它们都配得上“金色”的荣誉。

行文至此，我们有必要就“经典”的概念略做一点说明。在汉语中，“经典”一词最早出现于《汉书·孙宝传》：“周公上圣，召公大贤。尚犹有不相说，著于经典，两不相损。”汉朝是华夏民族展示凝聚力的重要朝代，当时的统治者不仅实现了政治上的统一，而且也希望在文化上设立标杆与范型，亟盼对前代思想交流上的混乱与文化积累上的泥沙俱下状态进行一番清理与厘定。客观地说，它取得了一定的成效，虽说也因此带来了“罢黜百家”的重大弊端。就文学而言，此前通称的“诗三百”也恰恰在那时完成了经典化的过程，被确定为后世一直崇奉的《诗经》。关于“经典”的含义，唐代的刘知幾在《史通·叙事》中有过一个初步的解释：“自圣贤述作，是曰经典。”这里，他将圣人与前贤的文字著述纳入经典的范畴，实际是一种互证的做法。因为，历史上那些圣人贤达恰恰是因为他们杰出的言说才获得自己的荣名的。

那么，从现代的角度来看，什么是经典呢？商务印书馆出版的《现代汉语词典》给出了这样的释义：1. 指传统的具有权威性的著作：博览经典。2. 泛指各宗教宣扬教义的根本性著作。不同于词典的抽象与枯涩，意大利著名作家卡尔维诺归纳出了十四条非常感性的定义，其中最为人称道的是其中两条：其一，一部经典作品是一本每次重读都像初读那样带来发现的书；一部经典作品是一本即使我们初读也好像是在重温的书。其二，经典作品是一些产生某种特殊影响的书，它们要么自己以遗忘的方式给我们的想象力打下印记，要么乔装成个人或集体的无意识隐藏在深层记忆中。参照上述定义，我们觉得，经典就是经受住了历史与时间的考验而得以流传的文化结晶，表现为文字或其他传媒方式，在某个领域或范围具有一定的权威性和典范性，可以成为某个民族、甚或整个人类的精神生产的象征与标识。换一个说法，每一部经典都是对时间之流逝的一次成功阻击。经典的诞生与存在可以让时间静止下来，打开又一扇大门，带你进入崭新的世界，为虚幻的人生提供另一种真实。

或许，我们所面临的时代确实如卡尔维诺所说：“读经典作品似乎与我们的生活步调不一致，我们的生活步调无法忍受把大段大段的时间或空间让给人本主义者的悠闲；也与我们文化中的精英主义不一致，这种精英主义永远也制定不出一份经典作品的目录来配合我们的时代。”那么，正如沙漠对水的渴望一样，在漠视经典的时代，我们还是要高举经典的大纛，并且以卡尔维诺的另一段话镌刻其上：“现在可以做的，就是让我们每个人都发明我们理想的经典藏书室；而我想说，其中一半应该包括我们读过并对我们有所裨益的书，另一些应该是我们打算读并假设对我们有所裨益的书。我们还应该把一部分空间让给意外之书和偶然发现之书。”

愿“金色俄罗斯”能走进你的藏书室，走进你的精神生活，走进你的内心！

作者介绍

阿尔卡季·季莫费耶维奇·阿韦尔琴科，俄罗斯作家、记者、出版人。1880 年 3 月 15 日出生于塞瓦斯托波尔一个不富裕的小生意人家庭。阿尔卡季·阿韦尔琴科从小身体状况不好，视力很差，无法长时间学习，并且由于其父亲后来生意彻底破产，未能接受系统教育。幸好其天资聪颖，加之姐姐们的辅导，因而教育方面的不足多少得到了弥补。

阿韦尔琴科 15 岁就开始工作，在塞瓦斯托波尔一个货物运输管理办公室当初级文员。1897 年他来到顿巴斯的布良斯克矿场做办公室工作，三年后又随矿场管委会搬至哈尔科夫。

在哈尔科夫，阿韦尔琴科发表了其第一部作品——1902 年《蒲公英》杂志上刊出的短篇小说《善于生活》，但该作品并未引起文学界关注。1904 年阿韦尔琴科的小说《遵守教规者》在彼得堡的《大众杂志》上发表，他本人视其为自己的第一部文学作品。

1906—1907 年期间，在俄国国内革命风起云涌的年代，阿韦尔琴科显露出其文学才华，开始经常在一些小杂志和期刊上发表小品文和幽默随笔，还主办了讽刺杂志《刺刀》和《利剑》，但两个杂志都先后被新闻检查机构查禁关闭。

1908 年，阿韦尔琴科来到彼得堡，开始在幽默期刊《蜻蜓》杂志工作（1880 年，正是该杂志发表了安东·契诃夫的第一篇小说）。而此前办期刊的经验，对其在《蜻蜓》杂志这个不很成功的周刊任职时帮助很大。阿韦尔琴科对杂志进行了重组，并将其改名为《萨蒂里孔》，1908 年 4 月 1 日 该杂志第一期问世。新杂志面向俄国的中产阶级，在轰轰烈烈的革命热潮影响下，他们对政治显露出浓厚的兴趣。《萨蒂里孔》很快就得到读者们的认可，一时间成为最受欢迎的期刊之一。不仅有萨莎·乔尔内、阿尔卡季·布霍夫等幽默小说家和喜剧作家在该杂志上发表作品，一些知名诗人和散文家，如 A. 库普林、C. 戈罗杰茨基、C. 马尔夏克、A. H. 托尔斯泰、Л. 安德烈耶夫等，也被阿韦尔琴科吸引来而与杂志合作。

而阿韦尔琴科本人除了为《萨蒂里孔》撰稿，还出版了《萨蒂里孔丛书》。1908－1913 年期间其作品总发行量超过两百万册，其中包括其 1910 年出版的第一部短篇小说集《快乐的牡蛎》、小说集《短篇小说（幽默故事）》等。《快乐的牡蛎》在七年期间一共被再版 24 次。

1910 年他在《俄罗斯太阳》杂志上发表了名为《马克·吐温》的文章，此后有些文学批评家开始将其与马克·吐温相提并论。而另外一些文评家则认为其风格与早期的契诃夫相近。这段时期其作品题材广泛，但主要内容还是彼得堡的普通生活：作家、法官、警察、仆人等。在自己的作品中阿韦尔琴科尽情嘲笑一些小市民的愚昧和蠢钝。1912 年，其新书《水上的涟漪》和《给大病初愈者的故事》问世，就此，阿韦尔琴科获得了“喜剧之王”的称号。他的很多作品都被改编成剧目，在彼得堡各大剧院里上演过。

1913 年，《萨蒂里孔》杂志的编辑人员出现了分裂，阿韦尔琴科与其追随者创办了《新萨蒂里孔》。该杂志 1913－1918 年间出版。无论是《萨蒂里孔》还是《新萨蒂里孔》，几乎每期杂志都有阿韦尔琴科写的小说和简讯。

阿韦尔琴科大部分作品的典型特点是幽默的夸张和详尽的描述。他对主人公所遭遇的可笑情形加以夸张，加入很多细节，从而营造一种荒谬的场景。由于他的幽默作品不以某些真实事件为基础，这样就似乎与现实拉开了距离。而作品的读者，主要是那些被政治动荡搞得疲惫不堪的知识分子，也希望看到这样的作品。而“知识分子”这一概念本身，在很大程度上也是因为《萨蒂里孔》而在俄国社会得到广泛流传。

无论是《萨蒂里孔》的员工们，还是阿韦尔琴科本人，都极为珍视杂志的名声。经常有人将《萨蒂里孔》周刊称为以“逗乐为生”的无立场刊物，而《萨蒂里孔》的员工则努力不使杂志沦为小丑似的角色，也从不公开对政府表示反对。即使这样，对于政治家们而言，该杂志一直是旗帜鲜明的反对派立场，甚至对当局持挖苦嘲笑的姿态。

以阿韦尔琴科和《新萨蒂里孔》的员工原本对 1917 年发生的革命持欢迎态度，但其对革命后爆发的民主情绪却极为谨慎。对布尔什维克所发动的新一轮革命，他和其他大部分俄罗斯知识分子一样，持否定态度。1918 年《新萨蒂里孔》被禁止发行，身为主编的阿韦尔琴科被迫离开彼得堡，前往白军控制的南部地区。他在《俄罗斯南部》《亚速海沿岸地区》等刊物上发表文章，写了很多小品文和各种反布尔什维克的抨击文章。

1920 年 10 月阿韦尔琴科去了伊斯坦布尔，此后他创作的小说也有了一定的新方向。他的很多小说后来都独立成书出版，如《给革命数刀》（1920 年）、《可怕世界的可笑之事》（1923 年）。这些作品更多是札记随笔的风格，虽然并未失去阿韦尔琴科一向的那种夸张手法。在这些作品中阿韦尔琴科描写了革命时期彼得堡的风土人情，也描写了国内战争的情景。而其在《老实人日记·我在欧洲》

（1923 年）一书中则描写了自己在国外的生活经历。

阿韦尔琴科后期作品的典型特点是出现了儿童题材，出版了《孩子们的故事——给大人看》（1916 年）、《孩子们》（1922 年）、《在荨麻草上休息》（1924 年）等书。这段时期阿韦尔琴科还写了中篇小说《波德霍德采夫和其他两人》（1917 年）以及长篇幽默小说《米西奈斯的玩笑》（1925 年）。在这些作品中作家刻画出各种漫画似的人物，也融入了自己的一些往昔回忆。

1922 年阿韦尔琴科搬到捷克首都布拉格，在那里创作了自己最后几部作品，其中包括有着典型喜剧色彩的剧本《与死神游戏》。

1925 年 3 月 12 日阿韦尔琴科在布拉格病逝。

目 录
Contents

| 在艺术的周边 |

第二编　米西奈斯的玩笑（长篇小说）

第一编

快乐的牡蛎

（短篇小说集）

阿尔卡季·阿韦尔琴科：昨日，今日，明日

不久前[①]，在《优秀人物生平》系列中一本关于作家阿韦尔琴科的内容丰富的书中，我读到一段令人吃惊的话：“在苏联时期，伊戈尔·康斯坦丁诺维奇顶着这样一个姓，是怎么生活的呢?”（B.米

---

① 说明：《快乐的牡蛎》小说集中，除标有“译者注”的注释之外，其他均为本小说集的前言作者C.尼科年科注。

阿韦尔琴科与别人合著或独著最早的两本书分别问世于1908年和1909年：《现代全方位彼得堡·图画本》，A.T.阿韦尔琴科主编，圣彼得堡，1908年；以及《碎屑·〈萨蒂里孔〉杂志的讽刺与幽默丛刊》，圣彼得堡，1909年。1910年，作家接连出版了若干本书：《快乐的牡蛎》；《短篇小说（幽默作品）（上、下）》《“〈萨蒂里孔〉的低价幽默丛书”第一期——孩子们和其他故事》《〈萨蒂里孔〉修订的通史》，在此书中阿韦尔琴科是“新史”一编的作者。

《快乐的牡蛎》是作者最著名、再版次数最多的一本书，书中故事是此前未在期刊上发表过的。在革命前的七年时间里该书再版了24次。该小说集中展现出的广泛题材和多样性讽刺手法，引起了截然不同的反响。有些评论家认为他的作品毫无新意，另一些人则只看到作品的一个方面——喜欢并善于逗乐和嘲笑，还有一些人则在其作品中看出对小市民生活的恶毒讽刺和排斥。例如幽默作家B.亚速夫曾这样写道：“他在这大千世界中感到如此开心。他甚至觉得牡蛎都是很开心的。他真诚地认为，牡蛎很希望饭店宽敞明亮、布置精美，希望用银质的盘子来盛它，希望铺在下面的雪是洁净的。这些小说的作者充满幽默情怀。他对严肃的东西并不感兴趣，忧伤的东西也不会让他伤神，而快乐的、可笑的、朝气蓬勃和乐观活泼的东西，像磁铁一样吸引着他。”（亚速夫.B.A.，《阿韦尔琴科·〈快乐的牡蛎〉》，《言论》报，1910年9月27日）科尔涅伊·楚科夫斯基在《牡蛎与海洋》一文中，将阿韦尔琴科与其笔下人物相类比（后来人对米哈伊尔·左琴科也经常这样做），但还是不得不承认：“或许，这只是写着‘阿尔卡季·阿韦尔琴科’，而应该读成‘弗里德里希·尼采’？确实，你们只需看看他对普通、平庸、毫无光彩的人，对乌合之众、庸俗百姓的那种高傲的仇恨……”（《言论》报，1911年3月20日，№77）

连科，《阿尔卡季·阿韦尔琴科》，莫斯科，2010 年，第 12 页）他指的是阿尔卡季·阿韦尔琴科的侄子——伊戈尔·康斯坦丁诺维奇·加夫里洛夫-阿韦尔琴科。

传言就是这样产生的：有人说阿韦尔琴科在苏联时期是被禁的，甚至人们连他的姓都不敢提及。按照这样的逻辑，那么瓦连京·格里戈里耶维奇·拉斯普京又怎么会成为苏联时期最著名的一位作家呢[①]？而格里戈里·瓦西里耶维奇·罗曼诺夫又怎么能成为苏共中央政治局委员呢[②]？

而对我却恰恰相反，在将近三十年前，阿韦尔琴科这个姓氏还在我出版他的作品集时帮过忙。

“阿韦尔琴科？是《真理报》那个吗？”出版社主任的脸上顿时放出光来，“那当然要出版。”

那段时间《真理报》员工中有个叫 Б. 阿韦尔琴科的人。非常感谢他。

很多年过去，阿韦尔琴科的很多书都出版了。他的作品被译成了二十多种语言。但至今很多读者对这位作家依然知之甚少。而他一生命运坎坷。他在世纪之交来到这个世界，这不仅是世纪交替之际，更是时代交替之际。先是大学生们掀起革命活动，紧接着是工人运动、第一次世界大战、两次革命。世界在颤抖、在垮塌。而正是此时，一个边远省份来的小青年爽朗欢快地登上了文学舞台。我想，应该多少谈谈这位杰出人物的生平与创作吧。

在作家最早的一部作品《快乐的牡蛎》一书的开篇之作——挺

---

① 这里指其与俄国历史上著名的神父格里高利·叶菲莫维奇·拉斯普京拥有相同姓氏。后者于 1869 年出生，是俄罗斯帝国尼古拉二世统治时期沙皇及皇后的宠臣，被认为是俄罗斯东正教会中的佯狂者之流。他因丑闻百出而引起公愤，1916 年被一些王公贵族合谋刺死。——译者注

② 这里指其与俄罗斯历史上最后一个王朝——罗曼诺夫王朝拥有相同姓氏。——译者注

欢快的《自传》一文中，我们可以找到他开始写作之前的一些生活片断。

在他1910年初发给著名文学史学家谢苗·阿法纳西耶维奇·温格罗夫的自传当中，我们还会发现其他一些片段："我的名字叫阿尔卡季·季莫费耶维奇·阿韦尔琴科。1881年3月15日生于塞瓦斯托波尔。我父亲是一名商人，母亲出身于一个普通小市民家庭。我的家族身世因为资料不足而无法考证。只知道我的外祖父曾是一群土匪的头目，在波尔塔瓦开了一家大车店，并且良心毫无不安地抢劫那些大路上的过客。我的母亲是一个身材娇小的善良女人，她一回想起这段身世就胆战心惊……我的父亲是一个很好的人，却是一个非常糟糕的商人。这两种特性的结合，导致了他在我满十周岁之前就彻底破产了……我只能在家里依靠几个姐姐的帮助来学习，因而所学相当有限……15岁的时候——那时我还是一个非常腼腆的小男孩——我去布良斯克煤田（在卢甘斯克附近）当了一名文书，在一个毫无出路的大坑中，在恐怖吓人的环境中工作了三年。然后我去了哈尔科夫，还是在那个股份公司上班。"① 在阿韦尔琴科的《轮船汽笛声》《闪电》《父亲》《非洲猎人之死》《"威尼斯嘉年华"餐厅》《三颗橡树籽》等短篇小说中，鲜明反映出他童年和青年时期的印象。这个初涉人世的腼腆小男生所遭遇的环境，未见得会给他很多嬉笑的理由。"一会儿是管理员帕兰京诺夫喝得酩酊大醉，被经理劈头盖脸地责骂，一会儿是采矿工长家的奶牛发飙了，一会儿是几头猪把绘图员家女厨娘的小儿子给啃了。有一天矿上的医生在喝得醉醺醺的情况下，把人家一条不该截肢的腿给截下来了……"② 除了这种毫无节制的酗酒，还有那些年长员工对新人的欺侮。"大家对

① "普希金之家"手稿部1973年年鉴，列宁格勒，1976年，第155页。
② 阿韦尔琴科.A.，《闪电》//《萨蒂里孔》，1910年，№40。

我绝不能说是友善的。每个人都想方设法用最痛的方式侮辱我、挤对我——无论是主管经理人、经理人、助手、管理员，还是高级文书。”①

为了从这片能够吞噬人的、浑浑噩噩的生活沼泽中挣脱出来，从这种晦暗无光的境况中摆脱出来，他开始求助于文学作品（就在其之前几年，大洋彼岸的杰克·伦敦也刚刚走过同样的历程）。

在这里我们要做些许停留，回顾一下。

那么作家向温格罗夫所说的这些事情是否属实呢?

大约五十年前，我结识了《萨蒂里孔》杂志最后一位在世的员工，并与其结为挚友。他就是格奥尔吉·亚历山德罗维奇·朗道（1883－1974）。他还清楚地记得自己的上司，并且怀着热烈的情感回忆了他的事情。除了其他问题之外，我还想确认一下阿尔卡季·阿韦尔琴科的生日。格奥尔吉·亚历山德罗维奇对我说：

“我直到最近才从各种刊物上了解到，他出生于 1881 年。而他在杂志社全体员工面前不止一次地说，他是最年轻的!”

稍晚时候，在 1964 年，我认识了作家尼古拉·尼康德罗维奇·尼康德罗夫（1878－1964）。原来，他的年轻时代是在塞瓦斯托波尔度过的，我马上就打探，他当时是否认识阿韦尔琴科。

“你是说阿尔卡什卡吗?② 我们可是在同一个实科中学同一个班里上过学啊!”尼古拉·尼康德罗维奇·尼康德罗夫立刻说道，“他是个壮实、胖乎乎的小伙子。我俩总是比着搞笑和恶作剧，也经常因此而被赶出教室。然而我们并未因此收敛，反倒拼命地搞笑，将全班逗乐。但大约两年后，不知因为什么家庭原因，他离开了我们这所有名的学校。从那时起我们就再没有见过面。我卷入了政治，

---

① 阿韦尔琴科.A.，《轮船汽笛声》//《萨蒂里孔》，1913 年，№17。

② 阿尔卡什卡：阿尔卡季的小名。——译者注

坐了牢。我很少写东西，而且可能也不会像阿尔卡什卡写得那么可笑。而他很快就发展得很不错了。我甚至都不相信，那个孩童时期总和我打打闹闹、一起逃课、互相招惹的阿尔卡什卡，突然就名扬整个俄罗斯了。我为自己这个同学好一番高兴呢。”

说实话我当时并不是特别相信他说的情况。毕竟年龄上相差了三岁，他们怎么可能在同一个班级上学呢？此外，假如两位作家真的共同学习了一段时间，那么从那时起到我们交谈之时，即 1964 年 9 月，已经过去 70 年了。记忆能够保留这么多东西吗？

但是 2001 年 C. 舍甫琴科发表了一篇文章《A. T. 阿韦尔琴科家族史》(《国家档案》，2001 年第 5 期)。在这篇文章中有材料证明，阿尔卡季・阿韦尔琴科实际出生于 1880 年 3 月 15 日。这样的话，尼古拉和阿尔卡季的年龄差异就不那么大了。尼康德罗夫出生于 12 月 7 日，两人相差一岁多一点。这样的话，就得承认，阿尔卡季・阿韦尔琴科确实有一段时间在实科中学上过学。这与阿韦尔琴科本人以及其他一些介绍其人的书的作者说法不同。当然，他真的拥有那种天才，可以描述出各种各样他其实并未经历过的情形和状态。但是，阿韦尔琴科还是有很多写儿童和童年时光的短篇小说，非常直观而真实地再现了学校生活，再现了老师和学生们的性格与行为。这样一来，我们也就丝毫不会怀疑：学校生活对于他来说是非常熟悉的，并非只是道听途说。

有人会问，阿韦尔琴科为什么要隐瞒自己的真实年龄呢？这一点我们已经永远无法考证了。但我们可以认为，他这样做并没有什么不可告人的意图或者出于什么私利。而且还应指出，不只是阿韦尔琴科一个人曾经将自己年龄改小。娜杰日达・亚历山德罗夫娜・苔菲就曾经将其同时代的人完全弄迷糊了，甚至很多与她关系十分亲近的人，直到她去世，也没弄清楚她到底有多大年龄。

再回到本书主人公。刚开始工作的那些年对他而言显然是非常沉重的，因为塞瓦斯托波尔的童年、父母姐妹的爱、夏日炎热的阳光和温柔的海水、游戏、开心的娱乐和梦想——突然之间这些统统消失了，取而代之的是办公室文书毫无生气、日复一日的工作……

异乎寻常的、与生俱来的聪颖，那种善于发现、听到和捕捉人们性格中一些细微特征、言语特点的本领，以及善于分析人与事件之间相互关系的能力——这些都让这个年轻人选择了自己的生活道路。他明白，他可以将自己的所见、所知讲给别人听，而且能够讲得让他们觉得十分有意思。并且他自己也可以在某种程度上影响世界，纠正他周围所充斥的各种不公平。于是他逐渐成长为一个短篇小说家，而后成为真正的作家。

不言而喻，他读过很多书。他一直想通过每天的自学来弥补未受过系统教育的不足，而且在这方面也颇有成效。

1902 年，哈尔科夫的《蒲公英》杂志第一期、也是该杂志出的唯一一期上，发表了他的小说《善于生活》，而 1904 年首都的《大众杂志》（4 月，第 4 期）上则刊登了其小说《正人君子》，这被他自己认为是其生命中的一个重大事件。“但我当时写东西不多，只是在《哈尔科夫省公报》① 上发表了可怜的几篇幽默小故事。”他对温格罗夫说。

随着社会生活整体热潮的来临，这位初出茅庐的作家也在新闻工作中找到了自己的位置，并于 1906 年创建了“带彩色图片的讽刺文学和幽默杂志”——《刺刀》。该杂志在哈尔科夫乃至其他地区都大获成功。“整个杂志都是我一手操办的，从撰写文章，到编辑，再到校对。”作家回忆道②。阿韦尔琴科在这里尝试了各种体裁的文章。他笔下既有当下时政话题的讽刺小品文，也有讽刺短诗，有对

① “普希金之家”手稿部 1973 年年鉴，列宁格勒，1976 年，第 155—156 页。

② 同上，第 156 页。

剧院上演剧目的幽默评论，也有漫画。然而杂志的生命并不长。出到第 9 期的时候，这位年轻的编辑被罚了 500 卢布，他交不起这笔罚款，也不想交，于是杂志就被关闭了。

但是，在品尝到新闻战线上初战告捷的欣喜之后，阿韦尔琴科并未就此放下武器，而是在 1907 年开办了新杂志《利剑》。不过出到第 3 期，它也遭受了与前者同样的命运。

在俄罗斯国家图书馆里保存着《俄罗斯工贸》杂志中一篇题为《俄罗斯全民初等教育》文章的单行本。所标文章作者是 A. 阿韦尔琴科。有多种证据表明，这个人就是年轻的记者阿尔卡季·阿韦尔琴科。首先，这个杂志是在哈尔科夫发行的；其二，刊登这篇文章的那期杂志是在 1906 年出版的，当时阿韦尔琴科正好刚开始自己的记者生涯；其三，文章的很多情节以及作者特定的兴趣点，都与作家的短篇小说和小品文的题材与侧重点是相吻合的：社会大众尤其是农民的愚昧无知；原始的经济方式，使用统计数据；通过成立社会机构和吸引社会资金来解决问题，等等。诚然，文章的修辞风格与小说和小品文有所差异，但文章的主旨和关注对象则与作家总体创作的主旨相一致。

文章显示出作者渊博的知识、严谨的逻辑思维和为除却俄罗斯人民生活的病痛而尽自己微薄之力的愿望。

这篇文章附在本卷之后的附录中，相信读者们也会认为，对本文作者的鉴定是准确无误的。①

高涨的革命热情终止了，1905－1907 年期间出现的众多讽刺性杂志——《机枪》《大锤》《信号》《勇猛》《鼓》等，都被关闭了。

而就在这时，阿韦尔琴科来到彼得堡，并最终征服了这座城市。1908 年 4 月 1 日，“讽刺与幽默周刊”《萨蒂里孔》杂志的第 1 期问

① 本译本未附此文——译者注。

世了，而阿韦尔琴科在杂志的创建中起了主要作用。就这样，他来了，看见了，胜利了。其来到彼得堡仅仅过去三个月甚至更少的时间，就从一个默默无闻的外省来的记者，变成杂志的主要员工，并且很快就成为其主编（而过了几年又成为杂志的主要拥有者）——而这份杂志在未来十年间将成为俄罗斯革命前最受欢迎的刊物。

《萨蒂里孔》杂志究竟是如何开办的？阿韦尔琴科本人是这样写的："第一个月（指来到彼得堡后。C. 尼科年科注）只赚了 2 卢布 40 戈比，而第二个月——200 卢布。我开始在《蜻蜓》和《自由思想》杂志工作。与《蜻蜓》杂志的出版商一拍即合，说服他停办这个没什么名气的杂志，而开办《萨蒂里孔》。到《萨蒂里孔》出至第 8 期的时候，我已经成了杂志主编，一直到现在。"① 在与气数已尽的《蜻蜓》杂志开始合作后，阿韦尔琴科组建了一个志同道合的团队，并将其紧紧团结在自己周围。他们决定创建一个新杂志，并且从 1908 年 6 月 1 日起，将《萨蒂里孔》和《蜻蜓》杂志合并成一个杂志——《萨蒂里孔》。

作家 O. Л. 迪奥尔（O. Л. 奥尔舍尔）对于阿韦尔琴科在《萨蒂里孔》杂志工作的最初情况回忆道："一个 28－30 岁左右的年轻人来到我这里。高高胖胖，肉乎乎的，胡子刮得像演员似的一丝不苟，戴着夹鼻眼镜。他身穿一件干净、崭新的燕尾服。燕尾服下面可以看见一件时髦的单配西装背心。

"'请允许自我介绍一下！'年轻人开玩笑地说道，'我叫阿尔卡季·阿韦尔琴科。'

"他温和地笑着，调皮、阴险、嘲讽、恭敬而亲昵。这些都不知道是怎样结合在一起的。从他的微笑中可以读到：

"我是一个好青年、出色的同志，但我恳请您，切勿将指头伸进

---

① 《年鉴》，第 156 页。

嘴里来，我会违背意愿给咬下来的。我这人慷慨大方：有什么我都会分享的，但自己的可不会放手。去饭店这样的事我会随时奉陪……

“在生活中他也确实如此。

“‘请允许我坐下呢，还是站着继续说?’阿韦尔琴科开着玩笑问道。

“‘您还是坐下吧。’

“阿韦尔琴科坐下来。椅子在他身下咯吱作响。

“‘我当过《刺刀》杂志的主编，’他开始说道，‘这是在哈尔科夫。所以呢，您也知道，没什么人看过这个杂志。所以我就来彼得堡了。我又发现了一个杂志，也是没什么人看的，决定就拿它下手了。这个杂志叫《蜻蜓》……’

“曾经挺有名气的《蜻蜓》杂志在那时确实已经没人看了。这个杂志在将近四分之一世纪的时间里一直在逗全俄商人们开心，而在1905年以后则彻底凋萎了，购买量跌至谷底。

“‘我们想连名称一起取缔，’阿韦尔琴科说道，‘要给杂志起名为《萨蒂里孔》。这是……’

“阿韦尔琴科的面部表情变得无比严肃起来。

“‘……这个名称曾经在罗马时期和尼禄时期用过。这是由著名的佩特罗尼乌斯想出来的名称。’①

“他斜眼看了我一眼。他显然是想看看，我有没有为他的学识水平感到惊讶。

“我说这个名称我不喜欢。

“‘这没关系!’阿韦尔琴科严肃地说道，‘您要相信我，名称是小事，重要的是内容。重要的是：才华横溢的人。我们搜罗了一帮

---

① 古罗马作家佩特罗尼乌斯著有讽刺小说《萨蒂里孔》。——译者注

极好的画家。现在该找作家了。您、德莫夫、苔菲、萨莎·乔尔内。名称确实是很怪诞。要拿出好材料来，这才是关键。招牌不重要，重要的是商品。您会明白的……’

“后来我真的明白了，阿韦尔琴科说得对。《萨蒂里孔》的巨大成功，绝对是因为其材料。搜罗有才华的人并将其牢牢团结在一起——这是最大的一种才能。而阿韦尔琴科简直是完美地拥有此项才能。”①

阿韦尔琴科非常明白他所创办的这个杂志以及他所做事业的意义。而1913年他在《新萨蒂里孔》上发表的文章《我们这五年》中，也讲到了这一点。作家寥寥几笔，就将1905年之后革命希望的破灭以及反动势力的反扑状况描绘出来。在革命热潮中涌现的诸多讽刺杂志都被查封了：

“……已经习惯于色彩和内容都‘鲜红夺目’的讽刺杂志上刊登的嘲笑、讽刺和恶毒挖苦作品，而今他们重新又回到了原来那个只有四种讽刺刊物的时代：《蜻蜓》《闹钟》《小丑》和《碎片》——这些杂志合起来大约有150年的历史了。

“当我来到彼得堡时（那是在1908年初），数十年来靠这些半腐烂的废物吃饭的‘丈母娘’‘假面舞会上微醉的商人’‘被小别墅摧残的别墅主人’之类的俄罗斯幽默刊物上的人物形象，已经将他们那些凶险的脸不住地往出版社窗外张望了。”

从这些文字当中就能看出，阿韦尔琴科根本不像有人指责的那样，其实他感兴趣的根本不是那些吃吃喝喝的日常题材。尽管受到书刊检查的种种刁难，该杂志涉及的题材还是非常广泛而尖锐的。还是在这篇文章中，阿韦尔琴科向读者解释了缺少某些题材作品的原因。他说道：

① 《老记者·革命前记者的文学之路》，莫斯科；列宁格勒，1930年，第89—90页。

“我只列举一些我们绝对不能触碰的东西：

1）军事题材（甚至是一些日常生活的漫画）。

2）饥饿的农民。

3）僧侣（哪怕是最为恶劣的）。

4）部长（哪怕是最为平庸的）。

在最后一期，一幅嘲笑《新时代》杂志的漫画，甚至都没能通过。”①

很多期杂志上的小品文和漫画都被禁发，而身为编辑的阿韦尔琴科也多次遭到罚款。这一切都说明作家的某种社会立场。而这一立场——即揭露现行社会秩序、对资产阶级现实状况不满——都反映在他自己的文学创作中。

美国作家亨利·詹姆斯所说的话，用在阿韦尔琴科及其诸多杂志社同事的文学命运方面，真是再合适不过了：“最好的作品，一般来说，总是由那些属于这样或那样一个创作群体的文艺天才们创作出来的。因为当你被志同道合的人包围着，能够得到他们的建议、受到支持、能进行比较和竞赛时——在这样的环境氛围中工作起来会更轻松。”②

的确如此。在《萨蒂里孔》（以及《新萨蒂里孔》）工作期间，是那些作家、诗人和画家们成果最丰硕的时期，比如苔菲、彼得·波将金、萨沙·乔尔内、奥西普·德莫夫、格奥尔吉·朗道、阿尔卡季·布霍夫、亚历山大·拉达科夫、亚历山大·罗斯拉夫列夫、列一米、瓦西里·克尼亚泽夫，当然还有阿韦尔琴科自己。

很多作家都注意到《萨蒂里孔》在革命前俄罗斯社会生活中的作用，以及在阿韦尔琴科、苔菲和杂志社其他员工个人命运中的作

---

① 《新萨蒂里孔》，1913 年，№28。

② 引自：考利.M.，《有很多窗户的房子》，莫斯科，1973 年，第 212 页。

用。阿韦尔琴科去世不久，А.И.库普林写了一篇文章，题为《阿韦尔琴科和〈萨蒂里孔〉》。他指出，阿韦尔琴科取得的成功，首先应归功于他个人的才华，但库普林同时又充分肯定了广大读者，因为他们很快就明白了，《萨蒂里孔》代表着新闻学中的何种新现象。“阿尔卡季·季莫费耶维奇无须做那些令人不快的事情，比如感激涕零地满脸堆笑、鞠躬致敬，并听取那些庇护者口吻的话：‘多亏了我，老兄，你才能出人头地。’

“阿韦尔琴科很快就找到了自我：确定了自己的方向、自己的语气、自己的风格。而读者们——那些敏锐的人们——以极快的速度发现了他，并且口口相传，让他声名远扬，大受欢迎。这里也有我发出的声音，而且不是作为一名作家，而是作为一名读者。

“然而，杂志自己那些和善、忠实的读者们齐心协力，很快就将《萨蒂里孔》拉到了山顶，而到了山顶之后，它自己就在已经铺平的道路上飞奔起来。年轻的天才作家阿韦尔琴科，以其影响力、好运气以及心无旁骛的充沛精力，在这方面做出了很多贡献。但是，确实也还是因为有一个光荣的员工大家庭。”①

阿韦尔琴科在杂志社中所奠定的那种友好气氛以及大家的共同志趣，将这个团队团结在一起。“《萨蒂里孔》这个年轻杂志的员工们曾经有段时间几乎是形影不离的，走到哪儿都是成群结队的。如果你看到其中一个人，就可以预见说，你马上就会看到其他几个人。”科尔涅伊·楚科夫斯基在萨沙·乔尔内所著书的前言中这样写道，“走在最前面的是圆脸的阿尔卡季·阿韦尔琴科，他是一个身材硕大、体型健壮的男人，一个多产的作家，一个才思永不枯竭的幽默家。他自己的幽默作品几乎就占了整个杂志的半壁江山。和他并

① 库普林.А.И.，阿韦尔琴科和《萨蒂里孔》//《今日》，里加，1925年，№72，3月29日。

排走的是拉达科夫，一位画家，一个总爱哈哈大笑的漂泊浪荡的艺术家。他毛发蓬乱但有造型，留着一大片毛茸茸像公鸡羽毛似的短络腮胡子。紧接着进入眼帘的是诗人波将金那长长的身影，而矗立在那里比所有人都高出一截的是列一米（或者可称其为列米佐夫），这是一位极好的漫画家，有一张温柔、聪明、长着翘鼻子的面孔……”①

除了《萨蒂里孔》以及《新萨蒂里孔》的固定作者，阿韦尔琴科还将一些著名诗人和散文家招来与之合作，如Л. 安德烈耶夫、A. 格林、A. 库普林、H. 古米廖夫、O. 曼德尔施塔姆、C. 马尔夏克、A. 马雅可夫斯基、A. H. 托尔斯泰、П. 奥列申、C. 戈罗杰茨基……阿韦尔琴科对与之打交道的人并非全都一视同仁的。1913年年中的时候，因为对杂志定位产生分歧（也是因为金钱方面的原因），《萨蒂里孔》编辑部出现了分裂。也就是在那时出现了《新萨蒂里孔》，而大多数人都追随阿韦尔琴科去了《新萨蒂里孔》。

他的个性、他内心的力量和独特的风格，让他从众多作家当中脱颖而出，赢得了尊重。阿韦尔琴科最不能忍受平庸的、一味追求写作数量的人，但只要他发现某个初出茅庐的作家哪怕有一点点才华，他也会千方百计地鼓励他、支持他。很多人都是在《萨蒂里孔》和《新萨蒂里孔》开始自己的写作生涯，而后又成为知名作家的。

以下是列夫·伊万诺维奇·古米廖夫斯基（1890—1976年）回忆他将自己的小说投给杂志后，与杂志编辑第一次见面时的情形：

> 我来到杂志社想了解一下，小说什么时候能发表。在佐祖利亚（编辑部秘书——C. 尼科年科注）的桌旁坐着一个胡子刮得干干净净、穿着非常考究的先生，像是位来访者，有一点胖

---

① 萨莎·乔尔内，《诗集》，莫斯科；列宁格勒，1962年，第5页。

乎乎，帅气而慵懒。这正是阿韦尔琴科。他和我打了一个招呼，谦恭地递给我他刚才看的那本书。“这是第一本书，”他说道，“您喜欢吗？”

在上角标有“萨蒂里孔”标记的书封面上印着：A.C.格林.小说集。

我毫不掩饰自己的羡慕，回答说：

“非常喜欢！”

“那好，以后我们也会给您出一本的。您又给我们带来什么作品没？那篇小说已经送印刷所了。”①

阿韦尔琴科自己在《萨蒂里孔》上发表幽默小说、小品文和戏剧评论，还开通了“信箱”栏目。因为发表了一些讽刺性作品，他还曾被告上法庭……1910年他出版了自己最早的作品集《快乐的牡蛎》以及《短篇小说集（幽默作品）》。

1911年，阿韦尔琴科和他的三位同事（作家格奥尔吉·亚里山德诺维奇·朗道、画家拉达科夫和列-米）决定去西欧进行一次长途旅行。他们在欧洲奔波了几个月，到过德国、奥地利、瑞士、意大利、法国、西班牙、葡萄牙，还去卡普里岛见了高尔基②……回来之后，他们出版了厚厚一本带插图的书——《萨蒂里孔员工西欧考察记……》。然而即便是在远离祖国的时候，阿韦尔琴科依然没有忘却俄罗斯的话题和情节，而那些刊登在杂志上、标有“罗马”、“慕尼黑”或者“蒂罗尔”的小说，讲述的根本不是阿尔卑斯山的美景，也不是第勒尼安海温柔的海水，而是某个“老河谷”或者下戈戈列

---

① 古米廖夫斯基.Л.，《命运与人生·回忆录》//《伏尔加河》，1988年，№7，第152页。

② 1906—1913年期间，高尔基曾在意大利卡普里岛定居。——译者注

夫卡[1]的事情。

1912 年，阿韦尔琴科在彼得堡出版了《水上的涟漪》《给大病初愈者的故事》等书。他的很多故事被改编成戏剧，在彼得堡剧院的舞台上演出过。

第一次世界大战开始后，充斥右翼刊物的沙文主义情绪也感染到《新萨蒂里孔》。很多期杂志开始刊出一些粗鲁的反德小品文和幽默作品、漫画和讽刺小诗，出现了一些仓促写成、缺乏品位的作品，有些甚至粗鄙低俗。阿韦尔琴科在革命前几年所写的作品中，也多少出现这样的问题。例如，在 1916 年出版的旅行札记《沿伏尔加河而下》一书当中，除了那些鲜活生动、让人难以忘怀的伏尔加沿岸景致、民俗风情之外，我们还会看到一些讲述轮船上艳遇的空洞无聊、粗俗不堪的场景。1917 年他的中篇小说《波德霍德采夫和其他两人》问世，小说因为其“嘲讽的消极旁观者立场”而遭到批评。但这样的问题作品在他那里为数不多。杂志上还继续出现一些严肃的、令人深思的作品，其中包括阿韦尔琴科所写的东西，比如他最好的短篇小说之一《恐怖的小男孩》（1914 年 12 月）。1916 年又出版了其广受欢迎的一本书《孩子们的故事——给大人看》。

“二月革命”令《新萨蒂里孔》全体编辑们欢欣鼓舞。萨蒂里孔的员工们双手欢迎腐朽沙皇制度的倒台，期待着民主化改革。[2] 然而紧随最初的欢欣鼓舞之后到来的却是失望，于是《新萨蒂里孔》杂志开始嘲笑临时政府，嘲笑其各个部长的无能、无原则，嘲笑其面对现实的无能为力和无法控制局势的窘况。阿韦尔琴科和他的同事们认为，临时政府倒台完全是在情理之中的。然而布尔什维克的

---

① 下戈戈列夫卡：俄罗斯伊尔库茨克州泰舍特区的一个村庄。——译者注

② 1917 年 3 月 8 日至 12 日俄国爆发二月革命，推翻了罗曼诺夫王朝，结束了封建专制的统治。二月革命后出现了两个政权并立的局面，即临时政府和苏维埃政权。——译者注

胜利也并未让他感到高兴。日益尖锐的阶级斗争、一战造成的社会崩溃越发严重、国内战争开始后经济困难、生活艰辛——这些都引起作家的不满。《新萨蒂里孔》尽管还在继续出版，但它也所剩时日不长了，因为它的立场与布尔什维克刊物的立场有着根本分歧。阿韦尔琴科站在全人类的、人道主义立场审视着正在发生的一切，而革命胜利者却要求他明确自己的阶级立场。结果当然就是，一向为公平和民主法制而呐喊的他，在自己的杂志上严厉批评其多次目睹的破坏社会秩序的行为。阿韦尔琴科认为，正在发生的一切与马克思主义没有任何相同之处，于是在杂志纪念马克思 100 周年诞辰的期刊上，在这位科学共产主义创始人的肖像旁边印了一行字："卡尔·马克思。1818 年诞生于德国。1918 年埋葬于俄罗斯。"

但革命并非像作家所想象的那样。他无法理解和接受新政权的立场，也不想接受。他所熟悉的、井井有条的日常生活破灭了，关系他生存大计的《新萨蒂里孔》也受到威胁。新政府于 1918 年下半年彻底关闭了这份杂志，因为它反苏维埃的情绪越来越明显。

阿韦尔琴科与杂志的部分员工一起于 1918 年去了白军占据的南方。开始，他们在顿河畔罗斯托夫与《亚速海沿岸地区》和《俄罗斯南部》报纸合作，而到 1920 年年底，又随弗兰格尔军队余部乘船去了君士坦丁堡。①

阿韦尔琴科无论是在流亡国外之前，在塞瓦斯托波尔待的那一年里，还是在君士坦丁堡，都未曾停止写作。他写了国内战争情况下文化的衰落，写了无家可归的人们，写了赤贫的百姓，写了漂泊到君士坦丁堡的那些前俄罗斯公民们暗无天日、悲欢离合的日常生活。他所写的《老实人日记·我在欧洲》（1923 年）一书，讲的就

① 弗兰格尔：20 世纪初俄国国内战争时期的白军领袖之一。1920 年秋天，在红军的进逼之下，弗兰格尔被迫撤退到君士坦丁堡。——译者注

是这些人的生活，该书完全可以被称为是“可怕世界的可笑之事”。这部书描绘的是在异国他乡，当所有社会关系都中断、只剩下“生存”这个唯一目的时，人性、思想道德的堕落和沦丧的极为生动的全景图……

阿韦尔琴科依然十分活跃，在努力创作。他创建了文艺演出剧团“候鸟之家”，并随着剧团到欧洲很多国家演出。《沸锅》《孩子们》《可怕世界的可笑之事》《在荨麻草上休息》《无耻之徒的笔记》《地上天堂》等——这些书以及作者的其他新书，都是在柏林、君士坦丁堡、布拉格、巴黎、华沙、萨格勒布等地出版的。《给革命数刀》（1920 年）一书中的若干短篇小说，是用讽刺口吻的社会反乌托邦风格写就的。作者认为，无产阶级革命可能导致全面贫困以及文化和道德的衰落。B. И. 列宁曾正确指出，《给革命数刀》一书的很多文章中都充斥着对革命的仇恨，但同时他也指出，“沸腾的仇恨既造就了这本天才之作引人注目的强大之处，也造就了显而易见的弱小地方”，本书“以极为惊人的才华，展现了地主、工厂主、富人、酒足饭饱的那些旧俄罗斯代表者的印象与情绪”①。本书的历史价值就在于，其中展现了另一方，即革命中失败那一方的观点，它能帮助我们明白在革命中曾有所失的那些人的立场。

在《可怕世界的可笑之事》（1923 年）一书中，阿韦尔琴科还指出了苏维埃俄国在政治、经济和文化生活方面的不足和畸形现象，例如行政机构臃肿（《穆尔卡》）、无休止的会议和集会（《布满虱子的箍锁》）、艺术与文学中的限制规定（《生产监控》）。新的、另一个俄罗斯中的许多事物，尤其是新政权，都令他懊恼气愤，因而他的小说和小品文都极尽嘲讽之能事，以怪诞手法展示布尔什维克党哪怕是最微小的失误和错误（而有些甚至是犯罪——他是这样认为

---

① 列宁. B. И.，《全集》，第 44 卷，第 249 页。

的)。他尤其卖力地挖苦共产主义理想以及对其的追求(《地上天堂》,萨格勒布,1923 年)……从历史高度上看,也许他并不总是正确、公平的。但要知道,每个人都生活在一个具体的时代、具体的形势下。他又怎能站在历史高度呢!

1922 年 6 月起他搬到了布拉格,那里在革命后聚集了大量俄罗斯侨民。1924 年底,阿韦尔琴科重病不起。他去疗养院休养了一段时间,情况似乎有所好转。但从疗养院回来不久,1925 年 1 月 28 日,他又住进布拉格市医院。就在这里,“在 2516 号病床上,在医院雪白的床铺上,3 月 12 日晨,阿尔卡季·季莫费耶维奇·阿韦尔琴科离开了人世……”① 阿韦尔琴科在生命的最后几年还写了几部很好的作品,其中包括剧本《与死神游戏》,以及关于戏剧的很多欢乐小故事(当然,其中也反映了他本人作为剧作者和演员的一些经历),还有一些细致微妙的作品,如《配着栗子的火鸡》和《白乌鸦》,以及描绘 20 世纪最初十年彼得堡文化生活场景的作品——其唯一一部长篇小说《米西奈斯的玩笑》。然而他的精力已经耗尽,他还有着诸多想法,还在布拉格的病榻上创作着新小说,只是读者们永远也读不到这些作品了……

这位个性鲜明、独具一格的作家进行创作的年代,是一个充满世界性灾难和革命风暴的时代,因而文学批评家们也未能充分研究、并且公道地评判他丰富多样的文学遗产。

Л. А. 斯皮里多诺娃(叶夫斯季格涅耶娃)写道:他“认真地学习丘明娜、多罗舍维奇和阿姆菲捷阿特罗夫,采用了《观众》《火

① 别利戈夫斯基. K.,《阿韦尔琴科是如何死去的》//《今日》,1925 年,3 月 17 日。

炬》《地狱邮件》及其他彼得堡刊物的讽刺手法”[1]，“他生动活泼的幽默手段不禁让人想起早年的果戈理”[2]。O.米哈伊洛夫认为，阿韦尔琴科“丰富的想象力，与《蜻蜓》和《闹钟》杂志的员工安托沙·契洪塔[3]相似”[4]。诚然，米哈伊洛夫认为，也就是这点相像而已。因为安托沙·契洪塔年纪轻轻时，其身上就已经能感受到一种更深层的东西，而“阿韦尔琴科一直主要就是一位幽默作家，只能看到自己笔下人物生活中的可笑东西而已……”[5]

此外，还是在革命前，就有人试图用其之前一些作家的标准来比量他。苔菲就曾写道：“很多人认为阿韦尔琴科是俄罗斯的马克·吐温。有些人当时还预言他会走上契诃夫的道路。”紧接着苔菲写了自己的观点：“但他既非马克·吐温，也非契诃夫。他是纯纯粹粹的俄罗斯幽默作家，没有病态的痛楚，也没有含泪的笑。他在俄罗斯文学当中拥有自己独特的地位……”[6]

我同意这位女作家最后那段话，但我对前面那句话不敢苟同。毫无疑问，阿韦尔琴科不仅仅是个幽默作家：他是一个伟大的俄罗斯作家，他同样娴熟地掌握了从幽默到悲剧的各种体裁，只不过幽默和讽刺作品在他的创作中占了上风。

在如今，广大群众看到太多粗制滥造的东西，因而说话用词也开始千篇一律，有时还会用两句引自国外俚语的舶来品，经常可以听到毫无实际内容的说法，如“一个天才在各方面都会是天才”。阿

---

① 斯皮里多诺娃（叶夫斯季格涅耶娃）Л. А.，《二十世纪俄罗斯讽刺文学》，莫斯科，1977年，第134页。

② 斯皮里多诺娃（叶夫斯季格涅耶娃）Л. А.，《二十世纪俄罗斯讽刺文学》，莫斯科，1977年，第135页。

③ 安托沙·契洪塔：安东·契诃夫的笔名。——译者注

④ 米哈伊洛夫.О.，《阿尔卡季·阿韦尔琴科》//阿韦尔琴科.А.《短篇小说选》，莫斯科，1985年，第11—12页。

⑤ 米哈伊洛夫.О.，第12页。

⑥ 《今日》，1925年，№66，3月22日。

尔卡季·阿韦尔琴科无疑是一位天才作家，但他远不是各方面的天才：他的诗作水平其实很一般，他不会打高尔夫球，不会作曲，不会用大理石刻雕像，甚至也不会用木头来刻。他及时地意识到自己才华的主要方面是文学，而且也因为其拥有一个重要的才能——对人类的爱——而得以充分发挥自己的文学才能。

一个人的才华是天生的，是“上帝赐予的”。而这一才华将会如何发展，会呈现出什么形式，则在很大程度上取决于他所经历的现实生活。“对于天才作家阿韦尔琴科而言，幸福就是他作为这种才华的拥有者，其最初的生活岁月不是在彼得堡度过的，不是透过脏兮兮的迷雾去观察隔壁那些高耸的围墙，而是在满世界奔波、游荡。在他的记忆中积攒了大量的面孔、传言，以及一针见血的词句和话语，这里也包括了孩童那些笨拙而惹人怜爱的任性话语——这些都是他的财富，他使用起来得心应手、毫不费力，如同呼吸一般自如。”①

库普林指出，阿韦尔琴科最早发出的笑声是纯净而毫无恶意的。显然，他掌握了前辈们的一些手法，但这并不是模仿和照抄。幽默感是不可能学到的。看到现实中可笑的东西，和善于用语言艺术将其表达出来、传达出去——这完全是两码事。只有将这种捕捉笑点的才能与作家的技艺相结合，才能达到需要的效果。而在阿韦尔琴科身上这两种才能是有机统一的。并且人们鲜有机会能指责他，说他不过就是在普普通通地逗乐，说他是为了笑而笑。笑有多种功能：人们可以将其视为武器、盾牌、药物、休息，等等。而阿韦尔琴科的作品承载了所有这些功能。

他的想象力永远不会枯竭，他可以从某个极为普通的场景中捕捉到笑点。尽管这种场景甚至都让人难以相信，因为一眼就能看出

---

① 库普林.А.И.，《阿韦尔琴科和〈萨蒂里孔〉》//《今日》，1925年，3月25日。

是杜撰出来的、不可能存在的——但你还是会大笑，还是会相信。因为遭遇这种场景的人物，其行为、举止、言谈等，都完全与其性格相符，与其所处的情形相符。比如，《在饭馆里》这个笑话，表面上看起来就是很简单的一段描写，却精确地表达出每个人的心理——无论是开玩笑的人，还是被捉弄的人——那个愚笨、固执、自以为聪明狡猾的人！

阿韦尔琴科的头脑中装着各种题材、人物性格和场景。同一时期、或许就是同一天写的小说和小品文，也会在语调、选题、对现实事件与关系的探讨深度上有很大不同。在阿韦尔琴科之前已有许多人写过诽谤中伤、流言蜚语的力量，而他依然可以为这个经久不衰的题目发掘出新色彩，在篇幅很短的小说《流言蜚语》中，深刻剖析这个对于任何时代、任何民族都很常见的社会现象——并且写得轻松、调侃、让人信服。因为被流言蜚语包围的是一个名不见经传的小人物，这种批判的打击力度就更大。并且，与其说是那个小小的官吏阿克文斯基而让我们觉得可笑，不如说是他周围那些更加卑微、具有如此卑贱品行的小人物们让我们觉得厌恶。这样一来，阿韦尔琴科原本没什么恶意的笑，似乎已不受他的意志左右，而变成批判社会风气的讽刺檄文。

你想看他模拟别人风格的作品吗？那就请看看《达布斯失踪的套鞋》《无可救药》《随心而动》《给〈幼蛙〉杂志的一个故事》。

你想知道纷繁复杂的手段和微不足道的目标之间是如何不相称的吗？那就请看一篇极好的小说：《谎言》。

关于某人自我认为的个性与其真实性格之间的矛盾——《我的邻床》《别利梅索夫》《不祥的沃兹杜霍杜耶夫》《可怕的人》。

关于外表体面与内心卑劣之间的矛盾——《帕特列佐夫家的故事》。

想看到对一个人某种性格特点、某种品质的放大、夸张吗？那么请看极度吝啬、贪财的例子——《石蕊试纸》；愚蠢得不可思议的典范（同时还很贪财）——《吸尘器》；努力到不可思议的故事——《挑拨者》……这些故事都很可笑。但是我们难道可以说，作者仅仅是为了可笑而可笑吗？

阿韦尔琴科非常清楚流于表面的玩笑、对各种事态肤浅的嘲讽，即“给傻瓜们的幽默”（他也将自己的一篇小说如此命名，并在小说中对这类幽默进行了精彩剖析），与那些深入现象实质、挖掘个人秉性、分析主人公道德立场的真正幽默之间的差别。

一次偶然的交通事故，让文学家奥什米亚斯基与女演员布龙佐娃相遇（《果子羹里的剃须刀》）。毫不新奇的场景，司空见惯的情节。但就是从这样一个场景中，阿韦尔琴科挖掘出了最多的喜剧效果，因为他展现的是两种截然相反、完全不匹配的性格，并且用细腻精准的心理描写，刻画了布龙佐娃幻想破灭的过程。

在小说《恐怖的小男孩》一文中，有大量温馨幽默的情节和性格描写，而结局却那样出人意料。有时候，我们的文学评论家们提到阿韦尔琴科的时候，会说，他最优秀的作品，已经达到社会讽刺檄文的高度。不过他们的意思是说，阿韦尔琴科这样的作品并不多。而事实上，作家的大部分作品都可以称得上是“社会讽刺檄文”。在其最著名、最流行的一本书《快乐的牡蛎》——该书在七年间再版24次——在此书当中有一章叫作《在自由的俄罗斯》。章节的名字本身就充满了凶狠的讽刺。“自由的”俄罗斯（指的是沙皇所恩赐的宪法自由）到底有什么值得称道的？这个俄罗斯的形象是骇人的，是无尽的黑暗，是底层老百姓——即农民的无知（《俄罗斯的故事》）；是每个居民没有任何权利并且受到监视，从而导致原本最没有政治倾向的居民变成“左”倾（《伊万诺夫的病史》）；是非法势力活动的猖獗（《是谁将它卖掉了……》）；是日常生活中习以为常的搜查（《人们》《科学的受难者》）、监视和告密（《鲁滨孙们》）；是资产阶级政党的无所作为（《精铵》《十月党人奇卡尔金》），以及奸细活动（《错乱》）……在斯托雷平反动统治[①]的那个年代，哪怕只是让读者们关注到这样几个话题，也可称得上是某个公民社会立场的体现了。

应该充分肯定阿韦尔琴科身为一名作家和杂志编辑的坚定立场：他从未屈从于非法势力的宣传鼓动，总是坚持俄罗斯各民族的平等，从未触及也未伤害过民族感情。这种始终如一的坚定立场，可从其对贝利斯案的态度[②]，以及其他小说，如《冯克里曼和儿子》《金表》《一等父母》等作品当中看出来。当然，这也不可能不在黑势力阵营中引起相应的反响，他们也千方百计给阿韦尔琴科贴上“同情犹太人”作家的标签。

他每次公开发表揭露俄罗斯政府的政策，或者嘲笑俄罗斯性格中丑陋面的尖锐作品时，都会在右翼刊物中招来恶意反响。但这并不是因为阿韦尔琴科嘲弄一些人性的弱点。阿韦尔琴科的作品引发右翼阵营不满，是因为其作品向大家昭示了现实的黑暗、百姓的蒙昧无知、不良品行盛行等现象背后的真凶，即现有的制度和生存条件（《俄罗斯的故事》《忙碌的民族》《父与子》《科里布》《农活》《维克托·波利卡尔波娃》《挑拨者》《鲁滨孙们》）。

然而，尽管阿韦尔琴科当时创作的很多报道政治事件、反映当下关注点的小说和小品文，即使今天读来也颇具现实意义，令人回

---

① 彼得·阿尔卡季耶维奇·斯托雷平（1862—1911）：俄国政治家，因镇压农民起义而受沙皇尼古拉二世的宠信。1906 年任首相兼内务大臣。1907 年发动“六三政变”，解散第二届国家杜马，残酷镇压工农群众，从而开始了“斯托雷平反动统治时期”，俄国第一次民主革命（1905—1907）告终。1911 年他被俄国社会革命党人暗杀。——译者注

② 1911 年 3 月 12 日，基辅一所宗教学校的一名男生被人杀害。俄国司法大臣以及很多极右组织的人士认为他是被当地犹太人为祭祀而弄死的，并逮捕了在附近工作的犹太人缅纳赫马·缅杰利·贝利斯。此案持续两年多，最终贝利斯被判无罪。贝利斯案成为俄国革命前闹得最沸沸扬扬的一个案件。——译者注

味无穷，但对我们而言更具吸引力和现实性的，还是那些探讨不与某个具体社会体制和时代相关联的人类性格特点的作品。是的，确实，这些性格特点在这样或那样一些具体历史条件下展现得不尽相同，但它们从未消失过，始终是精彩纷呈的。

在读阿韦尔琴科小说的时候，我们总会因为他对生活和人的本性非同寻常的了解而感到震惊。他笔下塑造了各种职业、各种社会和民族属性的人物。每个人物都过着自己的生活，表现出自己的特性——而作者总能简短精练地将这种性格特点活灵活现地刻画出来。作家瓦西里·波科依尼科夫（《一篇小说的故事》）、会计师助手马特维·彼得罗维奇·希米科夫（《可怕的人》）、县城中学的督查员别利梅索夫（《别利梅索夫》）、中学生波波尔祖欣（《斜角》）、卓娅（《普通女人》）、斯捷奥普的穷亲戚（《配着栗子的火鸡》）——阿韦尔琴科寥寥数笔，就将一个个个性鲜明、过目难忘的人物形象勾勒出来。

阿韦尔琴科小说的形式总是简单、自然，情节发展一般说来都很快，没有多余的细节。如果出现什么多余细节，也一定是为了增加幽默效果（而这样说来——也不算是多余的了），而且他所列举的细节，总会被读者毫无差错地领悟到。

阿韦尔琴科塑造形象的鲜明性、作品饱含的浓浓喜剧效果，也在 B. B. 马雅可夫斯基的一首诗中有所描绘：

群星光芒褪却的地方
明月笑靥在微微颤动
好似作家阿韦尔琴科
在夜空写下开心诗行
……①

① B. B. 马雅可夫斯基，13 卷本《全集》，第 1 卷，莫斯科，1955 年，第 91 页。

如果仅从幽默作品的角度来探讨阿韦尔琴科的作品以及其个性本身，那就有失偏颇了，而其同时代的人就已经注意到这一点了。“……阿韦尔琴科的真实面孔并不是读者们想象的那样无忧无虑的。”斯基塔列茨写道[①]；“在他身上结合了外表的嘻哈与内心的严肃。”彼得·皮利斯基回忆说[②]。

这种内心的严肃在其一些通篇看似调侃嘲弄的小说中隐约可辨，例如《父亲》《普通女人》《快乐的晚上》《被靴子踩倒的小草》等作品。

阿韦尔琴科关于儿童的小说以及写给儿童的小说，也见证了作者内心世界的丰富，以及其心灵与才华的多面性。阿韦尔琴科终身未婚，没有子女，但他很喜欢孩子，孩子们也喜欢他。三本小说集《孩子们的故事——给大人看》《淘气包和马大哈》《孩子们》——这些远不是阿韦尔琴科创作的关于孩子们的全部作品。

他能极为细微地描写孩子们的心理活动，会用孩子们的语言诉说（或者是从未忘记过孩童的语言，终生保持了这一能力）他们所关心和担心的东西，表现出儿童心灵中让人可笑、令人感动的方面，表现出儿童心灵的纯朴、真诚和对人性温暖的渴望。

阿韦尔琴科的作品尚未被充分研究、充分评价。但有一点是毫无疑问的——这是俄罗斯文学中一个重要的、独特的现象。他创立了自己的风格。他的短篇小说形式简洁、明快，却往往有着深刻的社会内涵。阿韦尔琴科以其高超的技巧运用了俄语的丰富、灵动和雅致。

---

① 斯基塔列茨，《忘川》，中央国家文学艺术档案馆，第 484 资料库，第 3 目录，第 20 册，第 25 页。

② 彼得·皮利斯基//《今日》，1925 年，3 月 27 日。

他对俄罗斯国内的讽刺文学与幽默文学的影响是巨大的。无论承认还是不承认，这种影响都有意或无意地体现在很多作家的文字和塑造的形象中，如米哈伊尔·左琴科、潘捷列伊蒙·罗曼诺夫、伊利夫和彼得罗夫、格里戈里·戈林……当然，这里说的不是直接借用，但只要对比阿韦尔琴科的《不祥的奖品》和左琴科的《山羊》、阿韦尔琴科的《灾害》与П. 罗曼诺夫的《自然灾害》，对比那个“怀疑一切、心无神灵、欺上瞒下”、在危机时刻表现出“心安理得的厚颜无耻、从而在现实中每每摆脱困境的”的波德霍德采夫的形象与奥斯塔普·本德尔的大幕僚形象[①]，对比阿韦尔琴科的《给傻瓜们的幽默》与格里戈里·戈林的《腿上的绷带》，就能一目了然地看到，阿韦尔琴科的主旨、思想形象、关注的对象，都在苏联作家的作品中得到现实体现。

如今我们可以确信，阿韦尔琴科的作品承受住了最高级别的评判——时间的评判。因为阿韦尔琴科在其最优秀的作品中，以精致的文笔和简练的形式，展示了人类灵魂以及社会人际关系最深的层面；因为他一直在努力引起大家对那些社会弊病和道德缺陷的关注，对那些千百年来一直存在于人类社会、并且在很长一段时间里依然不会消失的问题的关注——这就是忌妒、逢迎、诽谤、卑鄙、虚伪、无原则、贪财、争权夺势，等等。

阿尔卡季·阿韦尔琴科的意义还在于，他留下了丰富多样的作品，写出了关于 20 世纪最初十年俄罗斯生活的幽默讽刺性百科全书。尽管那段时期对于现在似乎已经遥远而模糊，但了解那段时期，哪怕是以轻松调侃的方式，也能帮助我们感悟现实、思考未来。我

---

① 波德霍德采夫：阿韦尔琴科的小说《波德霍德采夫和其他两个人》中的人物。奥斯塔普·本德尔：苏联作家伊里夫、彼得罗夫写的长篇小说《十二把椅子》中的人物。——译者注

们逐渐明白，我们面前并不是一个只会逗乐、搞笑、开玩笑的人，甚至不仅是一位在当时被称为“喜剧之王”的作家，而且是一位能深入人类灵魂（即使只是小人物、有时甚至是卑微人物）的艺术家。他能够敏感地捕捉到成人与儿童心理中最细微的地方，并且具备高超的文字驾驭能力，可以用看似轻松、调侃的方式，如魔术师般在不知不觉中呈现出鲜活的生活场面。

如今我们完全可以称阿尔卡季·阿韦尔琴科为俄罗斯 20 世纪文学的杰出代表。他的作品被译成二十多种文字而被广泛流传——从阿拉伯语到依地语①，他出版的书也远远超过 500 本。人们著书、写论文来研究他，将他的作品拍成电影、编成话剧。在每个新时代，他的作品都如一个世纪之前那样，依然具有现实性。而且我想，未来的读者们依然会对其作品充满兴趣、爱不释手。他针对社会生活和个人生活的很多方面提出了问题，也许并非总是正确回答了这些问题——毕竟作家不是研究这些问题的学者，但却总能一针见血戳到痛点，并让人们自己去寻找正确的解决方案。

C. 尼科年科

---

① 依地语在语言学上又称犹太德语。这是中欧和东欧大多数犹太人的主要语言之一。此外，居住在美国、南非和以色列的犹太人中也有少数人说依地语，使用人口共约 400 万。——译者注

自 传

就在出生前十五分钟[①]，我还不知道我会降临在人世间。这种小事其实原本是不值一提的，而我专门指出来，主要是因为我想比其他那些卓越之士超前一刻钟：大家总是从出生那一刻起去描述他们的人生，而这样实在是千篇一律、枯燥乏味。

当接生护士将我拿给父亲看时，他摆出一副见多识广的样子，仔细看了看我到底是何等模样，然后就惊呼道："我赌一个金币，这是个臭小子！"

"真是一只老狐狸，"我在心里冷笑了一下，"你这是稳赢不输啊。"

我们就是从这次对话相识的，而后又结下了友谊。

出于低调，有件事我就不专门提了——就是在我出生那天，有人在鸣钟庆祝，到处是一片欢腾。那些言语恶毒的人总是说，人们之所以欢腾雀跃，是因为当时正逢某个盛大节日，其恰好与我来到人世间的日子重合了。可我至今也没弄明白，这与节日又有何相干？

仔细地看过周围一切之后，我决定，我首先要做的事情就是长

① 《自传》：《快乐的牡蛎》的开篇之作，里面既有作家真实的生活经历，也有为了增加喜剧效果而杜撰出来的内容。该作品模仿了马克·吐温和欧·亨利的写作风格。B. 波隆斯基在对阿韦尔琴科早期所著书的评论中指出，作家"注定会成为俄罗斯的马克·吐温，如果……气候不会对此造成干扰的话。阿韦尔琴科的幽默与这个喜欢逗乐的美国人幽默之间有许多共同之处：同样一针见血、极富感染力。"（波隆斯基. B.，《笑与痛楚》，《大众月刊》，1910 年，№7，第 98 页。）

大。这件事我可是尽心尽力去做的。终于，快到八岁的时候，有一天我突然看到父亲抓起我的手。当然，在此之前父亲也不止一次地抓住过我的上述肢体，但过去这种举动无非就是父爱温情的一些实际表征而已。而这次情况则有所不同，他不仅牵起我的手，还给自己和我的脑袋上各扣了一顶帽子，然后我俩就一起出门了。

“见鬼，咱们这是往哪里折腾呢？”我直截了当地问道，这可是我一向的风格。

“你该上学了。”

“我才不呢！我不想上学。”

“为什么呢？”

为了脱身，我随口说出脑子里能想到的第一条理由：

“我病了。”

“你哪里不舒服了？”

我在脑子里将所有器官划拉了一遍，选出最柔弱的一个：

“眼睛。”

“嗯……那我们去看医生吧。”

当我们来到医生跟前时，我撞上了医生本人、撞上他接诊的病人，还碰翻了一个小桌子。

“小朋友啊，你真的什么都看不到吗？”

“看不到，”我回答说，其实我把后半句吞掉了，只是自己在脑海里把话给补齐了：“……学习没有任何用处。”

结果我到底也没有学过什么知识。

于是就有了关于我的传说——说我病恹恹的、瘦弱不堪，是个根本没法上学的孩子。这个传说不断地成长壮大起来，而在此事上最卖力的就是我自己。

我父亲的职业是个商人，他对我根本不在乎，因为他被各种各样的操心事和计划弄得分身乏术：到底怎样才能更快破产呢？这简直就是他一生的理想，而且我们还应很公正地来评判他——这个和善的小老头最终以一种几乎无可挑剔的方式实现了自己的追求。而他能实现这一点，还多亏了那些技艺高超的小偷们的共同参与，当然，也有火灾的功劳。那些小偷们偷光了他的商店，偷光了顾客——这些顾客毫无例外都是别有用心地赊账买的东西，而火灾则将父亲那些未被小偷和顾客们拿光的东西又烧成灰烬。

很长时间以来，小偷、火灾以及顾客们，像一堵墙似的矗立在我和父亲中间。如果不是我的姐姐们突然有一天头脑发热，产生了一个能让她们体验到诸多新鲜感受的搞笑想法，那我可能这一辈子都不识字了：她们突然想让我接受一下教育。显然我看起来像是一块令人垂涎的肥肉，尽管这个娱乐项目——用知识的光芒照亮我这个懒惰的大脑——看起来成功的希望并不大，但姐姐们却不仅因此争吵不断，甚至有一次还动了手。而争战的结果，也就是那只被弄脱臼的手指，也丝毫未让柳芭姐姐当老师的热情有半点儿降温。

就在这样的环境下——有亲人的关怀和关爱，以及火灾、小偷和顾客们的参与下，我渐渐长大，形成对周围世界的认知态度。

当我年满 15 岁的时候，我父亲在遗憾地告别了那些小偷、顾客和火灾之后，突然有一天对我说：

“你应该上班了。”

“可我不会呀。”我抗议说，我习惯性地选择了一个能够保证我完全不受任何惊扰的阵地。

“胡说八道！”父亲断然说道，“谢廖扎·泽尔策尔还没有你大，人家已经上班了！”

这个谢廖扎是我少年时期最大的一个噩梦。这个干干净净、穿戴整齐的德国小子，是我们这栋楼里的邻居。他从一丁点儿大开始，就一直被列为我的榜样，列为自制力、勤奋以及整洁的典范。

“你看看人家谢廖扎，”妈妈时常忧伤地说道，“小家伙都上班了，已经获得领导的垂青，能说会道，在人前举止潇洒自如，会弹吉他会唱歌的……可你呢？”

我被这些指责伤了自尊，立刻走到墙上挂着的那把吉他跟前，猛地一拨琴弦，开始扯着嗓子胡乱唱起一首根本无人知晓的歌曲，两脚在墙上乱蹬，拼命摆出一副“更潇洒自如”的姿态。不过我的表演实在是苍白无力，实在是不入流，对谢廖扎永远只能是望其项背。

“人家谢廖扎都上班了，而你还没上班……”父亲指责我说。

“谢廖扎在家里没准还吃青蛙呢，”我想了想反驳说，“你也要命令我吃青蛙不成？”

“需要的话我会命令的！”父亲恶狠狠地喊道，用拳头砸着桌面，“见鬼去！我会让你乖乖听话，如丝绸般服帖的！”

父亲是个很有品位的人，所有布料中他最喜欢的就是丝绸，所以对他而言，其他料子都不适合我。

我还记得我上班的第一天。我的职业生涯是在某个毫无生气的货物运输管理办公室开始的。

我差不多是早晨八点去到那里的，结果只看到一个穿着马夹未穿外衣的人，彬彬有礼，谦和万千。

“这可能就是主管经理人吧。”我心想。

“您好！”我一边打招呼一边紧紧握住他的手，“最近咋样啊？”

“还好吧。请坐，咱们聊会儿！”

我俩友好地点起烟卷，我把自己所有底细倒了一遍，然后开始谈未来的工作发展，都是那种外交辞令式的谈话。

突然我身后传来一个尖厉的声音：

“嗨，你这蠢货，怎么到现在连灰都还没擦呢？！”

被我当成主管经理人的那个家伙惊叫着跳起来，一把抓起抹布。新来的这个年轻人充满领导口气的声音让我相信，这人就是主管经理人。

“您好！”我说道，“身体怎样啊，日子可好啊？”（谢廖扎·泽尔策尔就是这种人来熟的儒雅做派。）

“还好吧，”年轻的先生说道，“您就是我们新来的职员吗？噢！非常高兴！”

我俩友好地聊起来，甚至都没发现有个中年人走进办公室来。他一把抓住那个年轻先生的肩膀，扯着嗓子尖声喊道：

“你这个无耻的寄生虫，你就是这样准备目录的吗？你要是敢游手好闲不干活，我就把你给开掉！”

那个被我当成主管经理人的先生顿时脸色煞白，垂头丧气地低下脑袋，晃晃悠悠走到自己的桌子跟前。而那个主管经理人一屁股坐到沙发椅上，往靠背上一靠，开始小声询问我的本事和特长。

“我真是个蠢货，”我默默地想，“我怎么会搞不清楚前面那两个说话的家伙是什么人物呢？这才是领导，真正的领导！一下就能看出来呀！”

这时前厅突然传来一阵纷乱的声音。

“你去看一看谁在那里？”主管经理人对我说。我往前厅里瞅了瞅，用安慰的口吻向他通报说：

“一个寒碜的糟老头子在那里脱大衣呢。”

那个寒碜的糟老头子走进来嚷嚷道：

“都九点多了，你们这些人还啥都没干！！这种情况还有完没完了？！”

之前那个神气十足的领导像只皮球似的从圈椅上跳起来，而那个此前被他称为“懒蛋”的年轻先生，在我耳朵上悄声警告说：“主管经理人来了。”

我就是这样开始自己的职业生涯的。

我干了一年的工作，并且一直都以最耻辱的方式为谢廖扎·泽尔策尔垫底。这个小青年每月拿25卢布的时候，我只拿15卢布，等我挣到25卢布的时候，人家又给他开40卢布。我简直恨死他了，觉得他就像一只被香皂洗过的令人讨厌的蜘蛛。

16岁的时候我告别了那个毫无生气的货运管理办公室，离开了塞瓦斯托波尔（我忘了告诉大家，这是我的故乡），去了一个煤矿。没有比这更不适合我待的地方了，可能正因为如此，我才听从最善于过困顿生活的父亲的安排，跑到那个地方去了……

这是世界上最肮脏、最偏僻的一个矿场了。在这里，秋天和其他季节之间的区别仅仅在于，秋天的时候污泥会没过膝盖，而其他季节则比膝盖矮一些。

这个地方的居民个个都嗜酒如命，而我喝得也一点不比他们少。这里人口少得可怜，所以一个人往往会有一大堆头衔和职务。比如厨师同时也是矿场学校的承包人和监护人，医士同时也是助产士。当我第一次来到该地区最知名的一个理发师家里时，他老婆让我稍等一等，因为她的丈夫去给什么人家装玻璃去了，那家的玻璃头天晚上被矿工们打烂了。

这些矿工（挖煤工）对我而言也是非常奇怪的一种人类：他们大部分都是从服苦役的地方逃出来的，没有身份证件。对于这个俄罗斯公民必备物件的空缺，他们总是带着愁苦的表情和内心的绝望，用伏特加的狂流去填补。

他们整个生活的状态就是：生来就是为了喝伏特加，而做苦工、用繁重的劳动来戕害身体，还是为了喝伏特加，为了奔向那个世界——还是在伏特加最直接的参与和帮助下。

有一次圣诞前夜，我从矿区到最近的一个村庄去，看见一排黑乎乎的身体，一动不动地横在我要走的路上，每隔二三十步就有两三个。

“这是怎么回事儿?”我惊呆了……

“都是些矿工，”马车夫同情地笑了笑，“他们在村里买了酒，过圣诞节。”

“然后呢?”

“到底也没能拿回去，当场就喝光了。就这样!”

我们就这样从一大片喝得酩酊大醉的人旁边走过。显然，这些人的意志力极为薄弱，他们甚至来不及跑到家里，就被扼住他们喉咙、难以抗拒的馋意所征服——馋酒的劲儿在哪里涌上来，他们就在哪里喝起来。现在他们就这样躺在雪地上，一个个面孔黢黑、毫无表情。就算我不知道去村子的路怎么走，也能够根据这一块块被巨大的“拇指男孩”[①] 扔得满条路都是的巨大“黑石”，找到这条道。

这些人大多十分结实健壮，他们在自己身上做着各种各样极不可思议的实验，相对成本却很低。比如你把我的脑袋凿个窟窿，我把你的鼻子和耳朵削干净。有一次，一个不要命的家伙甚至在赌局的诱惑下（不用说——肯定是一瓶伏特加）铤而走险，吞掉了一只硝甘炸药卷。实施了这一壮举之后，他在后来的两三天内尽管狂呕不止，却得到伙伴们最小心翼翼的关注，因为他们都害怕他会爆炸。

平安度过这段奇怪的隔离期之后，他被大家痛打一顿。

办公室的职员们和工人们的不同之处在于，他们打架少一些，酒喝得更多一些。这些人大多是被另外那部分世界所摒弃的人，因为他们没什么生存的本领和能力。于是就这样，在我们这个被无边无际草原所包围的小小岛子上，聚集了最不可思议的一群人—— 一堆愚蠢、

① 拇指男孩：格林童话故事《大拇指》中的人物。——译者注

肮脏、毫无本事的酒鬼，被挑剔的光明世界所摒弃的垃圾和废物。

他们被上帝旨意的巨大扫帚驱赶到这里，都已经对外部世界失去了念想，开始听天由命地生活。他们喝酒、打牌，用最恶毒的绝望之辞谩骂着，而喝得醉醺醺以后，就拖着腔调来来回回哼一支小曲，苦闷而忘我地手舞足蹈，用鞋跟跺着地板，含混不清地从嘴里说出一串串对人类最恶毒的咒骂。

这是煤矿生活中开心的一面，而苦难的一面则体现于繁重的工作中。你要在齐膝深的污泥中从办公室走到工作区再走回来，还要在值班室里苦苦坐着，处理那个醉醺醺的警察所编写的一大堆乱七八糟的笔录。

后来煤矿管理处搬到了哈尔科夫，我也被带到了那里，于是我的灵魂又复活了，身躯也强壮起来……

我成天在城里溜达，歪戴着帽子，旁若无人地哼着我在夏日咖啡屋里听到的热情豪放的曲调。最初，那些咖啡屋曾让我从心灵深处神往不已。

我在办公室工作得糟糕透顶，因而至今自己也不明白，他们为什么会留我在那里干了六年。我这人总是懒洋洋的，对工作一副厌恶的姿态，并且为了一点小事儿就去找会计，甚至去找经理，与其进行长时间的激烈争吵和论战。

可能因为我这个人是一颗开心果，总能乐呵呵地看待广阔的大千世界，愿意为了说笑、逗乐和讲几个费解的笑话，将工作暂时搁置一边。这让周围那些因工作、乏味的账本和争吵而饱受煎熬的人们变得开心起来。

我的文学生涯是从 1904 年开始的，而且从一开始，我个人认为，就可谓是成绩辉煌。首先，我写了一篇短篇小说。其次，我将它投给了《南部边疆区》。第三（我到现在还认为，对于小说而言，这是最重要的一点），而第三呢，它被发表了！

不知道为什么我却没有获得稿酬，而考虑到小说问世之后，这家报纸的订阅量和零售量立刻翻了一番，这对我就显得更加不公平了。

还是那些恶毒的嘴巴——就是那些曾经将我的生日和某个重要节日牵扯到一起的人们，又将报纸零售量增加的事实，与日俄战争爆发[①]牵扯到一起了。

可是，读者啊，你我可知道真相是什么……

我在两年间写了四篇短篇小说，然后我就认为，自己已经为祖国文学做出足够贡献了，于是决定要好好休息一下。但这时候 1905 年到来了，它将我一把抓起，如同一个小木片似的转动起来。

我开始给哈尔科夫颇具影响力的《刺刀》杂志当编辑，并彻底辞掉了先前的工作……我开始发疯似的写作、画漫画、编稿校稿。在第九期的时候，我画了一幅画，被总督佩什科夫罚了 500 卢布，他幻想着我会马上用兜里的钱交罚款。

我拒绝了，原因很多，主要的原因是没有钱，而且不想纵容那个随心所欲的总督恣意妄为。

看到我态度十分坚决（不交罚款也不会坐牢），佩什科夫将价格降到了一百卢布。

我依然拒绝了。

我们就像两个小经纪人，不停地讨价还价，而我差不多到他那里去了十次。他到底也没能从我这里抠出钱来！最后他恼羞成怒地说：

---

① 日俄战争：1904—1905 年间，日本和沙皇俄国之间为重新瓜分中国东北和朝鲜、进而争夺亚洲及太平洋霸权而进行的一场帝国主义战争。——译者注

“哈尔科夫有你没我，有我没你!”

“悉听尊便，大人，”我说道，“那咱们就让哈尔科夫人民来决定一下，他们会选谁吧?”

因为城里的人都很喜欢我，我甚至还隐约听到传闻，说市民们想建一座纪念碑来永久纪念我，所以佩什科夫先生并不想拿自己的支持率来冒险。

于是我离开了，但在离开前我还是出了三期《利剑》杂志。杂志十分受欢迎，甚至在“公众图书馆”里都能看到杂志读本。

我来到彼得格勒[①]时恰逢新年。当时又出现了幻觉，似乎街上到处装扮着旗帜，挂满了标语和彩灯。不过我什么都不会说的！我还是闭嘴为好。

就这样人们有时还会责备我，说我对自己的功绩考虑得太多，不符合正常人应有的谦逊。而我则可以保证——我看到这个流光溢彩的场景和欢欣鼓舞的场面时，故意装作完全没有察觉市政当局并无恶意的狡黠想法，没有察觉他们试图掩盖我初次来到这个陌生大城市这一事实的伤感而淳朴的做法……我就这样无声无息、毫不张扬地坐上马车，毫不张扬地奔向自己新生活的地方。于是我就开始了新的生活。

这里我做的最初工作，就是我们创办的《萨蒂里孔》杂志。到现在我依然对这个非常好、非常快乐的杂志钟爱如初，视其为自己的孩子（每年 8 卢布，半年 4 卢布）。

杂志的成功有一半算是我的成功。现在我可以骄傲地说，搞文

① 圣彼得堡在不同时期有不同名称：1914 年以前称圣彼得堡，1914—1924 年期间称彼得格勒，1924—1991 年期间称列宁格勒。1991 年起又恢复了其最初的名称。阿韦尔琴科来到该市时，其名称应该是圣彼得堡。——译者注

学的人很少有人不知道我们的《萨蒂里孔》杂志（每年 8 卢布，半年 4 卢布）。

我就是在这里走近自己生命中最后这个、最近这个时期的，而我不说，但每个人都会明白，为什么在此处我选择了沉默。

出于一种敏感的、柔情的、柔情到令人心疼的谦逊，我选择了沉默。

最近这段时间对我非常感兴趣、并且希望和我结识的那些人，他们的姓名我就不一一列举了。但是如果读者想了解斯拉夫代表团、西班牙王子和法利埃总统①到来的真正原因②，那么我一直深藏不露的形象，将会得到另一番报道……

---

① 法利埃·克莱芒·阿尔芒（1841—1931）：法国政治家，1906 年至 1913 年任法国总统。

② 此处指 1908 年曾在俄国报纸上广泛报道过的一些政治新闻，如斯拉夫运动支持者、西班牙王子以及法国总统法利埃等对俄国的访问。——译者注

在自由的俄罗斯

伊万诺夫的病史

有一天，彼得堡居民、无党派人士伊万诺夫脸色苍白，手足无措地跑进妻子房间里，丢下一张报纸，双手猛地抱住头。

“你怎么了？”妻子问道。

“大事不好了！”伊万诺夫说道，“我开始变‘左’倾了。”

“不可能的！”妻子惊叫道，“要是这样就太可怕了……你需要卧床，盖上暖和的东西，用松节油擦一擦。”

“不……松节油有什么用！”伊万诺夫摇摇头，用迷茫不定、惊恐的双眼看着她，“我在变‘左’倾呢！”

“你凭什么判定的啊，你这个讨债鬼?!”妻子低声叫道。

“凭着报纸啊。早晨我起床以后，还没觉得什么，一直觉得自己是无党派人士，随手拿起一张报纸来……”

“然后呢？”

“我一看，报纸上报道说，在琴斯托霍瓦省，省长禁止讲授从空气中提取氮气的问题……于是突然我就觉得我好像缺它了。”

“缺谁呀？”

“缺空气啊！……就觉得胸口憋闷，心头发紧，从一边往另一边揪……呃，我想，这是怎么回事儿？然后突然就明白了：我开始变‘左’倾了！”

“你还是喝点儿牛奶吧……”妻子说道，一边泪如雨下。

“喝牛奶有什么用……我是不是很快还得喝稀菜汤了！”

妻子惊恐地看了看伊万诺夫。

“你还在变‘左’倾吗？”

"还在变'左'倾……"

"要不，叫医生来?"

"关医生什么事儿?!"

"那么，要不叫警察局长来?"

几乎所有病人都不喜欢旁人强调他们病情的危险性，伊万诺夫也是如此。他皱起眉头，哧了下鼻子，不满地说道：

"我的情况还没那么糟糕，不用请警察局长来。我还是上旁边待会儿吧。"

"上帝保佑你。"妻子抽泣着说道。

伊万诺夫躺到床上，脸冲着墙，默不作声。妻子时不时走到卧室房门跟前，侧耳倾听一会儿。能听见伊万诺夫躺在床上，还在变'左'倾。

早晨再见到伊万诺夫的时候，他已经憔悴不堪、瘦了一圈……他悄悄走到客厅，抓起一份报纸跑进卧室，将这份新报纸展开。

五分钟后他跑进妻子的房间，用颤抖的双唇悄悄说道：

"我变得更左了！往后会怎样，我自己也不知道!"

"你是不是又看报纸了?"妻子跳起来问道，"你说！是不是又看报纸了?"

"看了……在里加，省长处罚了一家报纸，因为那家报纸写出霍乱的病源地……"

妻子哭了起来，跑去找她父亲。

"我丈夫他……"她绞着双手说道，"开始变'左'倾了。"

"怎么可能?!"岳父惊叫道。

"千真万确！昨天早晨还好好的，感觉自己属于无党派人士。而突然间，好像肝一裂，就变'左'倾了!"

"得采取点儿措施，"岳父说道，一边戴上帽子，"你把他那里的报纸全都拿走藏起来。我去趟警察局，向局长先生做个陈述。"

伊万诺夫坐在沙发椅上，脸色阴暗，没刮胡子，在众目睽睽之下继续变‘左’倾。伊万诺夫的岳父和妻子站在角落里，默不作声地看着他，眼中充满恐惧和绝望。

警察局长走了进来，他搓了搓手，很礼貌地向伊万诺夫的妻子鞠躬致意，用柔和的男中音问道：

“怎么样，我们亲爱的病人情况如何?”

“还在继续变‘左’倾。”

“啊!”伊万诺夫说道，抬起他那无神的、病恹恹的眼睛望着警察局长，“垂死的官僚警察制度的代表！我们要认清规律……”

警察局长抓起他的手，摸了摸脉问道：

“您现在感觉如何?”

“我现在感觉自己是和平革新派了![1]”

警察局长用指头戳了戳伊万诺夫的脑袋：

“还没彻底定型……还没完全成熟！那昨天您自我感觉如何呀?”

“觉得自己是十月党人[2],”伊万诺夫叹了口气说道，“午饭前感觉还是右翼的，吃完午饭就变成‘左’倾了。”

“呃，情况不好！病情正在迅速发展……”

妻子扑进父亲的怀里大哭起来。

“我呢，其实啊,”伊万诺夫说道，“我赞成强制国有化，将私人……”

---

① 和平革新派：是温和自由党人士，该党由前左翼十月党人和右翼立宪民主党人联合而成，后又与民主改革党合并；和平革新派主张通过立法来解决工人问题，并组织搬迁缺少土地的农民。

② 十月党人（10 月 17 日联盟）：1905—1907 年期间大地主和工商资产阶级组成的政党。1905 年 10 月 17 日，在全俄十月政治大罢工最高潮之际，尼古拉二世签署了《整顿国家秩序》宣言，承认公民自由，宣布杜马为立法机关——这是专制政权向起义人民做出的让步举动。

“等等!”警察局长说道，“这已经是立宪民主党人的纲领了……①”

伊万诺夫长长地呻吟了一声，抱住自己的脑袋。

“这么说来……我已经变成立宪民主党派了?”

“还在继续变‘左’吗?”

“还在变‘左’。你们都走开！最好都走开……不然我看着你们，就变得越来越左。”

警察局长无奈地摊了摊手，然后踮着脚尖走出房间。妻子叫来女仆和看门人，严禁他们拿报纸进来，然后从儿子那里拿了一本《鲁滨孙漂流记》，有很多漂亮图画的那种，把它拿给丈夫。

“喏……你看看这个吧。或许这情况会过去的。”

过了一个小时，她又朝丈夫的房间望了望，突然双手一拍，大叫一声，扑向丈夫。

伊万诺夫正抓着冬季窗框的把手，眼睛紧紧盯着这个窗框，喃喃自语……

“天哪!”可怜的妻子惊叫了一声，“我忘了，我们的窗框上糊着报纸呢……噢，冷静一下，亲爱的，冷静一下！你不要用那种眼神盯着我……噢，你说说，你在那里都看到什么了？那里都写什么了?”

“说要把科柳巴金开除②,”哈哈哈，伊万诺夫大笑一声，摇摇晃晃的像个醉鬼，“我们要决裂，与旧世——世——界……”

岳父走进房间。

---

① 立宪民主党，人民自由党：1905—1917 年期间，俄国自由君主派资产阶级的主要政党。其纲领是：主张君主立宪和君主议会制、资产阶级自由权、保持地主对土地的所有权、通过立法解决工人问题。

② 科柳巴金.A.M.（1868—1915)：第三届国家杜马议员，立宪民主党成员。1909 年因指出解散第一届国家杜马系非法举动的言论，而被判入狱。

“当然！”他一边恭恭敬敬地摘下帽子，一边悄声说道，“当然是赶紧去找警察局长啊……”

半小时后，伊万诺夫脸色苍白，很奇怪地直挺挺地躺在床上，手放在胸前，旁边坐着岳父，小声读着《爱尔福特纲领》①，妻子则在墙角啜泣着，惊恐万状、莫名其妙的孩子们则围在她身边。

警察局长进了房间，尽量小心不让靴子踩响地板。他走到伊万诺夫床前，摸了摸他的头，从他口袋里掏出一叠传单和一个金属物件，痛心地摇摇头，说道：

“彻底定型了！彻底成熟了！”

他同情地看了看孩子们，摊了摊手坐下来，开始写去沃洛格达省的通行证②。

---

① 爱尔福特纲领：德国社会民主党于1891年10月在爱尔福特召开的党代会上通过的马克思主义纲领。恩格斯对纲领的理论部分起到了决定性影响。

② 沃洛格达省：沙俄北方的一个省份。沙俄时期是流放高层人士的地方，后来又成为革命者的流放地。——译者注

是谁将它卖掉了……

1

还是不久前，《俄罗斯旗帜》报[1]揭露了立宪民主党《言论》报[2]的行径……《俄罗斯旗帜》言之凿凿地说，上述报纸毫无原则，竟公然无耻地将俄罗斯出售给芬兰，并因此从芬兰人那里获取大量资金。

而就在最近，《俄罗斯旗帜》报那不留情面、明亮耀眼的探照灯，又从报纸转向了个别人。它将矛头指向我，将我的所作所为悉数曝光，并且发现，作为一个同情犹太人的记者，我也被人收买了——我将自己的祖国或批发或零售出卖，从而有组织有计划地将其引向解体和灭亡。

得知我脸上的面具被撕掉了，我本想赶紧逃脱，隐瞒自己对此事的参与，设法掩盖那些会严重损毁我名声的事实。但实际上根本无济于事，一切迟早都将浮出水面，而这些对我而言将更为不利、更为耻辱。

最好还是我亲自讲一下全部经过吧。

我能做的也只有主动交代了——这样即使救不了我，但至少也会在某种程度上减轻我的罪责。

---

① 《俄罗斯旗帜》："俄罗斯人民同盟"的机关报，1905—1917 年期间在彼得堡发行。"俄罗斯人民同盟"是沙俄君主派分子于 1905 年组成的保皇武装恐怖组织，史称"黑色百人团"，又译作"黑帮"。

② 《言论》报（《我们的世纪》）：立宪民主党的中央机关报，1906—1917 年期间在彼得堡发行。

2

有一天女仆通告我说，有两位先生有非常重要的事情想见我。

“他们是些什么人?”我好奇地打探道。

“似乎是外国人。一个好像是楚赫纳人①，长得煞白的，还有一个小个头男人，吊梢眼睛，黑黝黝的皮肤。肯定是个日本人。”

那两位先生走了进来，诡秘地打量了一下房间，和我打了个招呼。

“请问有何贵干?”

“我是被派调到日本使馆来的小津羽侯爵。”

“而我，”那个金发男子说道，一边随意地摆弄着他的芬兰刀，“我是芬兰革命党‘力量党’的全权代表，我姓穆利亚年。”

“请讲。”我点头说道。

侯爵用胳膊肘捣捣自己的同伴，俯身贴到我跟前，目光炯炯地紧盯着我的眼睛，小声说道：

“请问……您是否同意将俄罗斯卖给我们呢?”

我父亲是个商人，因而此生我骨子里都留存着从他那里继承下来的生意人秉性。

“那要看怎么卖……”我眯起眼睛，“卖是可以的，干吗不卖?……只是您准备出什么价钱?”

“我们会给您好价钱的，”小津羽侯爵回答说，“不会让您吃亏的。不过您也不能漫天要价。”

“我不会漫天要价的，”我冷冷地耸了耸肩，“但是你们也要明白，我卖给你们的是什么。你们很清楚，这可不是一袋土豆，而是一个庞大的国家。并且，还要补充一句，是我所挚爱的国家。”

① 楚赫纳人：革命前对住在彼得堡郊区的芬兰人和爱沙尼亚人的称呼。

“呵，还是个宝贝国家呢！”穆利亚年带着讽刺的腔调讪笑着说。

“是的！宝贝国家！”我激动地喊起来，“至少比你们国家大吧……五十多个省，两个首都[①]，大江大河！还有铁路！从事耕种的百姓！你们到别处去啊，去找找这样的国家啊。”

“这样吧，这样吧，”日本人和穆利亚年交换了一下眼色，辩驳说，“但是这个国家可是飘摇欲坠、一贫如洗的。”

“随你们的便，”我冷冷地从牙缝中挤出一句，“不喜欢你们可以不要！”

“不，我们还是想要的……我们需要它。您给说个价钱吧。”

“一千万。”

两个人跳起来，异口同声地喊道：

“一千万?!”

“是的。”

“整个俄罗斯?”

“是的。”

“一千万卢布?!”

“是的，就是卢布。不是芬尼，不是法郎，就是卢布。”

“这个价钱简直是疯了。”

“你们才疯了呢！”我生气地叫嚷道，“这么大一个国家才花一千万，这简直就是白送嘛。花这些钱，你们到手了十几个海洋、一大堆河流，还有交通线路……你们不要忘了，花这些钱，你们还会得到西伯利亚，这可是最庞大、最富有的地域！”

小津羽侯爵听着我的话，若有所思。

“五百万行吗?”

“五百万，”我大笑起来，“干脆给我出五卢布得了！话说回来

---

① 指彼得堡和莫斯科。——译者注

了，如果你们愿意的话，可以出五卢布，我给你们另外一个俄罗斯，就是略微差一点的。书名号里的。①”

“不，”穆利亚年摇了摇头，“这样的俄罗斯，五戈比也不要。这样吧……愿意的话，就七百万吧，一戈比也不能多了!”

“你们居然还讨价还价，简直不可理喻，”我气得身子都瑟缩起来，“你们购买的是一个真正的爱国人士最为珍惜的东西，居然还讨价还价!”

“随您的便吧，”穆利亚年站起身说道，“我们走吧，小津羽。”

“你们往哪里去?”我喊道，“你们站住！这样吧，我再让一百万。就这样其实也不应该的，这是多好的一个国家呀。这个价钱，我什么时候都能找到买主的……不过初次相识嘛，这样吧，我让一百万。”

“您得让三百万!”

“握个手吧，”我说道，拍了拍伸过来的手，“不再说了，我再让两百万！八百万。怎么样?”

日本人轻轻抓着我的手，神情紧张地问道：

“带上波兰②和高加索吗?”

“带上波兰和高加索!”

“那我们买了。”

我的心脏不知道为什么痛得抽搐起来。

“成交了!”我喊道，并装出一副欢天喜地的样子，来隐藏自己沉重的心情，“你们拿去吧!”

“怎么个……你们拿去吧?”穆利亚年不解地斜眼瞄了我一下，

---

① 阿韦尔琴科指的是1905—1914年期间在彼得堡出版的反动日报《俄罗斯》；从1906年起该报成为外交部的正式机关报。

② 此处指俄属波兰王国。该王国在1815年维也纳会议后成立，由俄国沙皇充任波兰国王，首都设在华沙。——译者注

"什么叫你们拿去吧？我们给您付钱，主要是为了让您用自己的小品文把俄罗斯给毁掉。"

"你们干吗要这样做呢？"我惊讶地问道。

"这就用不着您管了，需要——就是需要。怎么样，您能毁掉吧？"

"好的，我会毁掉的。"

3

第二天很晚的时候，有几辆大马车驶到我家门口，车夫们开始呼哧呼哧地往我屋里搬一些沉重的、塞得鼓鼓囊囊的口袋。

我家的女仆紧盯着他们，一边记录着运来的装金币的袋子数量，偶尔还会揭发马车夫，说他们想悄悄往自己口袋里塞上一两万。而我坐在写字台前奋笔疾书写着小品文，尽心尽力戕害着被我卖掉的祖国……

现在，当我结束了自己真诚的忏悔之后，我的心里变得轻松了。管他呢，就当我是一个唯利是图的无情贩子吧，就当我是一个将自己祖国卖掉的家伙吧……但是，哈哈！可是有八百万呢——哈哈！都在我口袋里呢——这可不是小数字。

而如今，在寂静的深夜，我总会在一个奇怪梦魇的缠绕中醒来，面前总会出现一个让我恐惧的噩梦般的问题：

我是不是卖便宜了？！

俄罗斯的故事

1

有一个俄罗斯大学生因为很喜欢植物学而送了命。他到野外去采集植物，一边走着一边哼着歌，采着花花草草。在田野那头出现了一大群从下戈戈列夫卡村来的男人和女人。

“你们好啊，亲爱的村民们。”大学生彬彬有礼地说道，并摘下大檐帽鞠躬致意。“你好啊，狗鱼崽子，该死的家伙!”村民们回答道，“你干吗呢?”

“谢谢……没干什么。”大学生答道，一边弯着腰采着什么小草。

“你干吗呢?!”

“你们也看到了，我采植物标本玩儿呢。”

“你干吗呢?!”

大学生的耳朵终于从这帮男人咄咄逼人的问题里面听出一种奇怪的语气。他看了他们一眼，看到他们的眼睛里燃烧着恐惧与恼怒，看到他们煞白的面孔和青筋凸起的拳头。

“你干吗呢?!”

“你们什么意思，老乡……如果你们心疼这些花花草草，我可以把你们的花草还给你们……”

这时，从这帮农民中间走出一个当中最有学问的人，外号“不敬牲口槽”的彼得·萨韦利耶夫[①]。这是个头发雪白的老头，蠢得像块木头。

“你还说是在采花，你这个混蛋，”这个大学问家嘶哑着声音说，“他撒谎，伙计们！他在投放霍乱。”

他是这些头发雪白、蠢得像块木头的老头们当中的权威人士，在村民中一直是高高在上的……

“就是，萨韦利奇！……抓住他，抓住这个家伙……你从那边上！”

大学生哀号起来。

“我让你叫，我让你再叫，鬼小子！没准儿你老爹那个大魔头会来救你呢。搜他的身，米尼亚伊大叔[②]！看看有没有什么粉末之类的？”

他们还真找到粉末了。尽管这是牙粉，但由于下戈戈列夫卡村村民们一周只刷一次牙，是在一个国营小酒吧旁边，而且是用最原始的方式进行的，因此在大学生兜里发现的那些卷在纸里的植物样本，在村民眼里显然就成了这个大学生险恶意图的证据。

“这不就是粉末嘛！霍乱粉末……怎么样，伙计们，你们说怎么办？把这个家伙淹死还是怎么着，打扁他？”

这两条路对于大学生来说似乎都不那么诱人，于是他说道：

“你们说什么呀，先生们！这不过是普通的牙膏粉而已，完全无害的……喏，你们要是不信，我把它吃了行不？”

“胡说八道！你才不会吃呢！”

---

① 外号“不敬牲口槽”的彼得·萨韦利耶夫：И. В. 果戈理的长篇小说《死魂灵》里一个农民的名字，被列在乞乞科夫从女地主科罗博奇卡那里购买的“死魂灵”名单当中。“不敬牲口槽”这个姓现在已成为普通名词：用于表示无知、粗鲁、趣味低俗的人。——译者注

② 米尼亚伊大叔：果戈理的长篇小说《死魂灵》里的人物，是一位农民。——译者注

“你们放心！我吃了啥事都不会有的。”

“反正他都得死，伙计们，让他吞吧！”

于是大学生在这帮围观的人群中坐下来，开始拼命往嘴里塞牙膏粉。那些心比较软的女人们看着他，号啕哭着，并喃喃自语道：

“可怜的家伙，这是在吃要命的东西啊！年纪轻轻的……却死不改悔。”

“都吃完了！”大学生说道，并给他们看空空如也的袋子。

“把纸袋也吃了。”彼得·萨韦利耶夫说道，就是那个头发雪白的老头，蠢得像块木头。

按报纸上的报道，他们也就是逼着大学生把牙膏粉吞了就罢休了，然后似乎就放他走了。

而事实并非如此。大学生皱着眉头把那个空袋子吞了，此后众人又开始搜他的身：搜出一个记事本和一根牙签，还有一个装着阿拉伯树胶①的小瓶子。

“吃了！”“不敬牲口槽”的彼得·萨韦利耶夫又命令道，他是铁了心要给大学生安排这顿简易午餐。

大学生本想表示感谢，说自己已经吃饱了。但当他看到凑到面前的那几张神情不容反驳、长着络腮胡子的脸，便悄无声息地开始吃记事本，吃完记事本以后，又就着阿拉伯树胶，用他年轻结实的牙齿将牙签咬断，最后大功告成似的宣布说：

“你们看见了吧，先生们？我说这些东西都是完全无害的，我说的都是实话吧？……”

---

① 阿拉伯树胶：透明液体，金合欢树属的渗出物；过去经常将阿拉伯树胶当胶水用。

“显然嘛，”一个外号叫“牛屎砖”① 的和善农夫说道，“咱们错怪大学生了。”

“你们这些蒙昧的人啊。”大学生叹了口气说道。

骂完这些农夫之后，他其实就应该跟他们鞠躬致意，赶紧走人。可是这个大学生偏偏是个地道的知识分子，而这一点最终害了他。

“你们这些蒙昧的人啊，”他又说了一遍，“你们知道吗？比如说吧，霍乱疫情不是由粉末传播的，而是由那种很小很小的玩意儿传播的。它们会出现在水里、水果和蔬菜上面，就是那种被称为霍乱弧菌的东西。这种东西非常小，一滴水里就有好几千个呢。”

“你就瞎编吧！”彼得·萨韦利耶夫将信将疑地说道，但有人也显出一副相信了的样子。

总的说来当时气氛还是很友善的。对于大学生的奇谈怪论，大家也都原谅了他。比如他说，打闪是因为有电才出现的，而天上的云彩是因为水蒸发而形成的，然后被风从一个地方吹到另外一个地方。但当大学生说到一件大家闻所未闻的事情，即月亮自己不会发光，只是在反射太阳光的时候，才出现了一些交头接耳的质疑声。而当这个大学生竟然无耻地宣称说地球是圆的，说它绕着太阳转的时候，这群农夫扑到大学生身上开始揍他……

他们揍了很久，然后把他扔到河里淹死了。至于报纸上为什么没有提这件事，那就不得而知了。

2

电报员瓦西卡·斯维希因为酗酒而被开除了。他在小火车站上

① “牛屎砖”：果戈理的长篇小说《死魂灵》中一个农民的名字，与前面的“不敬牲口槽”一样，也是女地主科罗博奇卡的“死魂灵”名单当中的人。这两个人实际是“已经死去的人”，因而本小说中借用这两个极具特色的名字是意味深长的。并且本文中村庄的名字“下戈戈列夫卡”亦源于“果戈理”的名字，也是有意向读者传达其借用果戈理名著人物的意图。——译者注

游荡了很久，一直在琢磨怎样才能摆脱当前这种困境。

突然他发现铁轨间有一个被闲逛军官丢下的揉得皱巴巴的帽徽，于是顿然有了主意。

“有办法啦！”瓦西卡·斯维希说道。

他将军官的帽徽安在自己电报员的大檐帽上，穿上制服，叫来一个马车夫，懒洋洋地坐在带篷马车上，下令说：

“去下戈戈列夫卡村！快点儿！到那里再给你钱。”

三套车猛地响起铃铛，向村长家的小屋飞奔过去。

瓦西卡·斯维希雄赳赳气昂昂地从马车上跳下来，打了一个被他隆重打扮吓坏了的过路农民一耳光，叫喊道：

“混蛋！小心我拿鞭子抽你！！连长官都敢不敬？？四处乱窜！把村长叫来！！”

惊恐万状、吓得半死的村长赶紧跑了出来。

“有何贵干啊，老爷？”

“‘老爷’？混账东西，我让你再说‘老爷’！没看见我是将军吗？那边车上坐的是谁呀？……你是什么人？帽子应不应该摘掉呢？你叫什么名字？”

“牛……牛屎砖。”

电报员皱了皱眉头，伸手朝惊慌失措的“牛屎砖”嘴里捣了一拳……

“村长！把他拿下！直到把事情弄清楚。非得给你们点颜色看看！！！敢在这里胡闹？村长，现在把村民都给我集合起来：要宣读文件。”

十分钟后，下戈戈列夫卡村的所有农民都聚集在一起，乌压压一大片，个个惊恐万状。

“肃静！”瓦西卡·斯维希叫道，往前迈了一步，“脱帽！现在宣读文件：鉴于卫生样本国家军需委员会并附火漆印，根据公众图书馆退休储金处[①]规定，特向所有农民每人征收 2 卢布 10 戈比人行道税，并上缴圣彼得堡国际法院大会！……明白没，伙计们！逃税者将最高判处城堡监禁两年，或课以 500 卢布罚款。明白了没?!”

“明白了，大人!”农民的嘴唇微微动着说。

“大——大——人——人?!”电报员吼叫起来，“蠢货!!! 帽徽不认识吗？金融院徽章问题决议没看过吗?! 村长！把这个人拿下！还有这人！把他们关起来！你叫什么名字?‘不敬牲口槽’? 拿下!”

半小时后，村长恭恭敬敬地走进小木屋，将钱放在电报员面前，并且怯生生地说道：

“那个东西，那个文件……能不能……看看……关于印章的……”

“蠢驴!!!”电报员嗷嗷地号叫着，将钱塞进口袋，厌恶地将不知所措的村长从路上推开，来到大街上，跳上带篷马车。

“小心我收拾您，混账东西!”电报员威胁村长说，然后一溜烟跑得无影无踪。

农民中最聪明的彼得·萨韦利耶夫，就是那个头发雪白、蠢得像块木头的老头，走到村长面前，挠挠头说道：

“这可是从彼得堡来的呀。一下就能看得出来！伙计们，这次咱们交的钱可不多呀!”

---

① 退休储金：由工作人员缴纳的资金，用来补贴退休人员的退休金，或给遗孀和孤儿发放抚恤金。

人 们

伊万·瓦西里耶维奇·西奇利斯托夫支起胳膊肘在侧耳倾听……

“这是来找我们的，”他对已经打起盹儿的老婆说道，“终于来了！”

“你去给他们开门吧。都被雨淋透了，再在楼梯上等着可不好受呢。”

西奇利斯托夫跳起身来，披上件衣服，快步向前厅走去。

他打开门，朝楼梯上看了一眼，脸上立刻绽放出欣喜的笑容：

“哎呀呀！我前天就等着了，昨天又等了一天……真高兴，真是太高兴了！请进，请入寒舍来。”

最先进来的一个宪兵军官被灯光刺得眯起眼睛来，他的脸上一副真真切切的不解神色：

“抱歉！……不过您好像……没明白，我们到您这来是进行搜查的！”

主人一阵大笑，笑得咳起来：

“真稀奇了……简直是发现美洲大陆了！我当然不会认为，您到我这里来是想和我甩几把朴烈费兰斯纸牌吧。”

然后他就乐颠颠地在来者身边忙碌起来：

“我来帮您脱大衣……您自己脱起来费劲。哎哟，大衣都湿透了！我来给您照亮……小心点啊：这里有门槛。”

宪兵军官和警察局长不明就里地对视了一下。宪兵军官顿了顿脚，有点犹豫地说道：

“那我们就开始了。这是搜查令。”

“不不不！你们想都不要想！刚淋了雨，脚都湿透了，就开始干活，这样很容易伤风的……我们现在还是预防一下！您的搜查令就送给哪个老太太吧：难道一个体面人，没有搜查令，就不会相信另一个体面人吗？请坐，先生们！抱歉，您怎么称呼，名字？父称？”

军官耸了耸肩，向那位嘴角已经露出微笑的警察局长示了个意，尽力用一种冷冰冰的腔调说道：

“我正式受命进行搜查……”

主人朝他摆了摆手：

“我知道，我知道！哦，天哪……难道搜查的事情还会从这里长腿跑掉不成？难道我还不明白吗？我会亲自帮你们的！我们为什么不能有正常人之间的良好关系呢？……好像，您叫尼科季姆·伊万诺维奇，是吧?！呵呵！我知道的，知道的!! 您永远也不会猜到我从哪里知道的吧？我是在前厅在您帽顶上看到的!! 哈—哈—哈!! 这样吧……莉莎奇卡！（这是我妻子……一个非常不错的女人！……我来介绍你们认识。）莉莎奇卡，给我们来点儿什么吧，军官先生们被雨淋了，要暖暖身子！……不行不行！您要是拒绝，我会很不高兴的!!”

从隔壁房间走出一位非常漂亮的年轻女人。她一边走着，一边整理着自己蓬松的头发。女人眯着惺忪的睡眼，微笑着说道：

“您拒绝一位男士也就罢了，但是拒绝女士就——哼！这样做可就不绅士了!”

丈夫介绍道：

“这是我的妻子伊丽莎白·格里戈里耶夫娜，尼科季姆·伊万诺维奇！警察局长先生……抱歉，我还未能有幸……”

警察局长看到走进来的大美人，一时间慌了神。他跳起身来，两脚一并，将鞋跟顿得咔咔响，很夸张地大声自我介绍道：

“我叫克鲁季洛夫，瓦列里安·彼得洛维奇!”

“您说什么?! 太高兴了。我有一个儿子叫瓦利亚[1]。卢克里娅!”

她对前来的厨娘下令道：

“你先把见证人和警察都带到厨房去吧！热一下馅饼，把香肠拿出来，还有黄瓜……那里好像还有大概一升半伏特加吧……总之，招待好他们……我在这里侍奉长官大人们!”

她向瞪着眼睛看着她的警察局长嫣然一笑，飘然而去。

宪兵军官一时间不知所措，刚想张嘴说：

“对不起，可是……”

门外传来一阵喧嚷的吵闹声，是一些孩子在说话，紧接着房间里闯进两个欢闹的淘气包，大约五六岁的样子。

“搜查，搜查啦！我们这里搞搜查啦!”他俩一边蹦蹦跳跳，一边随着跳动的节拍兴高采烈地嚷嚷着，那腔调就好像是有人给他们带来了甜点心。

其中一个光着脚跑到军官跟前，一把抓住他的一根指头：

“你好！在腿上悠一悠我吧，就这样：跳喽，跳喽!”

父亲目瞪口呆地摇了摇头：

“哎，你们这帮土匪！抱歉，请您原谅他们……这都是我在敖德萨的时候把他们给惯坏了。那时候几乎每星期要遭两次搜查……呃，这对他们来说可是最开心的事情了。他们和大家都玩得很开心……您信吗，给他们又是拿巧克力，又是拿玩具的……”

宪兵军官看到小男孩将嘴唇凑到他长长的棕褐色胡须跟前，就俯下身亲了他一下。

另外一个男孩骑在警察局长的膝盖头上，仔细打量着他的肩章，

---

① 在俄语中，瓦列里安的小名也是瓦利亚。——译者注

用正儿八经的口气问道：

“你这上面有几颗星星啊？这把军刀能抽出来吗？在敖德萨的时候我自己就抽出来过——向上帝保证，不骗你！”

这时母亲端着托盘走了进来，上面放着花花绿绿的瓶子和小吃。她故作严厉地说道：

“我跟你说过多少遍了，对天起誓可是很不好的习惯！他会把您缠得很烦的，您把他放到地上吧。”

“没关系的……不会的！你叫什么名字啊，小家伙？”

“我叫米佳。那你呢？”

警察局长大笑起来：

“我叫瓦利亚。咱们就算认识啦！”

孩子母亲冲客人微笑着，给酒杯里斟上白兰地，将鱼子酱推到军官跟前，不停地说道：

“请吧请吧！暖和一下！真不好意思，都是因为我们，害得你们在这么糟糕的天气里还不得安生。”

“瓦利亚！给我点鱼子酱吧。”米佳讨要说，一边用手指抠着警察局长制服上的一颗纽扣。

一小时后，宪兵军官一只手托着腮，抽着主人递给他的香烟，听他侃侃而谈。

“我们和孟什维克之间有些不同意见，”主人解释说，“主要是因为一些战术性的问题……再就是我们对于恐怖手段的态度……”

警察局长怀里抱着睡着的孩子，轻轻地摇着，他尽量不弄出动静，悄悄坐下来，不让灯光刺着孩子的眼睛。

一个姓哈尔兰波夫的警察用胖胖的手指蘸了口唾沫，将牌甩在桌上，说道：

“看我把您的老 K 给干掉！如今打扫院子的人都是王子，而您啊，卢克里娅·阿布拉莫夫娜，会当上女王的。就像英国的维多利亚一样。呵呵！”

卢克里娅羞涩地笑着，往空杯里倒啤酒。

“你们现在说得好听……可说来你们到底还是官家的人！”

祝　贺

在第 11981 期《新时代》上，梅尼希科夫[1]写了其第一十篇小品文。

梅尼希科夫一大早就醒来了。

他将皮肤干燥、青筋凸起的双脚从床上放下来，将它们塞进玛利亚·戈里亚奇科夫斯卡娅缝好并给他摆放到床前的鞋里，立刻起身走到窗前。

“天气看来还不错，”他小声叨叨着，满意地点了点头，“我很高兴，这样的天气不会影响人民大众的兴致，他们可以在如此欢快的纪念日里热闹一番了。”

穿好衣服，他从油灯里舀了一小捧油，在他脑袋上那几根胡乱翘起的稀疏头发上使劲抹了抹。

“这可是为了纪念日。”他自言自语道。一股温油顺着弓着的干燥脊背流淌下来，令他身子瑟缩了一下。

---

① 梅尼希科夫·米哈伊尔·奥西波维奇（1859—1918）：《新时代》报的固定员工，著名的右翼记者。嘴上号召大家要爱惜亲人、为人谦和，却是一个非常没有原则、永远恶狠狠的人；同时他称无产阶级为社会渣滓，积极鼓吹大屠杀和围剿。1918 年被布尔什维克作为劳动人民公敌枪毙。如今梅尼希科夫的作品被历史学家们和文学研究员们重新评判。现在出版了他与 A. П. 契诃夫之间一些令人瞩目的书信往来，以及一些文章。现在人们发现，这位批评家比之前大家对其的认识，要深刻得多、有洞察力得多。

半小时后，苏沃林[①]家的看门人听到门铃声打开门，看到坐在台阶上等着的梅尼希科夫。

“老家伙，你干吗按正门门铃呢？”看门人招呼他说，“怎么不从后院走呢？”

“要看今天是什么日子呢，尼基图什卡！”

“啥日子？不就是平平常常的日子嘛。”

“尼基图什卡！你怎么会明白呢！今天可是我写的第一千篇小品文呢。”

“这样啊。”

“怎么样，尼基图什卡？”

“你这是咋回事啊，像个聋子一样在原地杵着？你想干吗？”

“你应该祝贺我呀，尼基图什卡！”

“瞧你个胡言乱语的老家伙……我祝贺你什么啊？”

“尼基图什卡！……这可是第一千篇小品文啊。因为这些小品文，我挨了多少臭骂和羞辱……”

“那你到底想怎样？”

“你要祝贺我呀，尼基图什卡。”

“看把你急的。好吧，真拿你没办法：祝贺你。”

“谢谢，尼基图什卡！我一向都是倾听普通百姓呼声的。你等下，我给你点儿钱买伏特加……我把钱给塞哪儿去了？喏！十戈比……还有啊，尼基图什卡，找的 3 戈比零钱你可得给我。伏特加 7 戈比，剩下 3 戈比给我……嘿嘿，尼基图什卡……”

---

① 苏沃林·阿列克谢·谢尔盖耶维奇（1834—1912）：俄国著名出版商、剧作家、记者。1876 年他买下《新时代》报，并一直担任主编，直到去世。报纸的政治倾向性随着国内局势的变化有所转变，逐渐从自由立场转向保守立场，维护和支持专制制度的基础。其员工中有很多当时著名的政治评论家和作家。苏沃林每周都会在自己家中接待访客，一些年轻作家经常受邀前往。他很善于做组织活动，搜罗了一批出色的作家和政治评论家，并与他们开展合作。

“喏，给你！抠门死了。”

“不用谢，尼基图什卡……这是你应得的。虽说给你的是酒钱，不过你最好还是把这些钱存到折子上去……我说认真的。你起床了吗?”

“起来了。你走吧。就是把脚擦干净。”

“我是来找您的，阿列克谢·谢尔盖伊奇……”

“又怎么了？我好像说过吧，我不喜欢你上家里来找我。这样不好，别人会看见的。有什么事你可以在编辑部里给我打个手势，找个偏僻角落说说你要干吗。”

“可是今天不一样啊，阿列克谢·谢尔盖伊奇!”

“怎么了，下雨了?”

“您今天没看到吗？我出了第一千篇小品文。”

“然后呢?”

“可以说是——精神的节日。”

“你还是直说吧：因此想每行字多得 10 戈比?”

“如果这样的话我会一辈子为您祈福的……只是——的确是个很特别的日子呢!”

“那你到底想干吗啊?”

“您应该祝贺我啊，阿列克谢·谢尔盖伊奇!”

“真奇怪……你倒是说说，你干吗非要这样呢?”

梅尼希科夫站在那里，两只脚倒来倒去。

“我希望您也和大家一样……既然是纪念日，大家都表示祝贺的。”

“你成天就是些愚蠢念头！走你的吧，愿上帝保佑你!”

来到编辑部，梅尼希科夫走到罗扎诺夫[①]的桌前，向他伸出手。

“您好，瓦西里·瓦西里耶维奇！”

近视眼的罗扎诺夫礼貌地微笑了一下，看了一眼伸过来的手，目光顺着梅尼希科夫的胳膊一直移到肩膀上。又移到脖子上，再移到脸上，之后又将目光落到纸上，开始卖力地写东西。

“我说：您好，瓦西里·瓦西里耶维奇！”

“……婚姻并非快乐享受……”罗扎诺夫小声念叨着，笔下刷刷作响，“婚姻是永恒的责任……”

因为一直紧张地伸着，梅尼希科夫的胳膊开始发麻了。他觉得马上就放下挺尴尬的，于是就装作在摸笔台上搁着的铅笔。

“好奇怪的一支铅笔……这种铅笔，我想啊，写字肯定不方便吧……”

梅尼希科夫在椅子上坐下来，就在罗扎诺夫桌子旁，旁若无人地说道：

“我今天写了第一千篇小品文。真的。您可以祝贺我一下，瓦西里·瓦西里耶维奇……我写了好多小品文呢。有长有短。是啊……今天已经有好些人向我表示祝贺了：看门的尼基塔——那个黑土区来的一个极好的人！还有阿列克谢·谢尔盖伊奇也表示祝贺了……”

“所有的性感受都应该是愉悦而长久的……”罗扎诺夫念叨着，翻开下一页。

“我就琢磨着，瓦西里·瓦西里耶维奇，要写一篇关于刊物的小品文。嘿嘿！您看那篇文章了吗？今年您住哪里？住郊外小别墅吗？呃，我觉得，我说话是不是有点影响您了？我这就走，这就走。您

---

① 罗扎诺夫·瓦西里·瓦西里耶维奇（1856—1919）：俄国散文家、哲学家、政治评论家。仅在其生命最后20年，就出版了超过25本书，涉及文化、宗教、哲学、历史、家庭和爱情、文学与艺术。这些书掀起的热议至今未平息。1899年起罗扎诺夫成为《新时代》报的固定员工。

知道吗，我就喜欢和朋友聊天叙旧……再见，瓦西里·瓦西里耶维奇……”

梅尼希科夫又伸出手去，伸了三分钟，然后摸了摸镇纸，夸赞道：

“真是个好镇纸！”

然后他拖着老态的步伐走向 A. 斯托雷平[1]的办公室。

“您好，亚历山大·阿尔卡季耶维奇！”

梅尼希科夫很希望斯托雷平能握一下他的手，哪怕仅仅因为今天是纪念日的缘故。但他那老朽疲惫的脑袋瓜不知如何才能实现这个想法。

在斯托雷平桌旁站了十分钟之后，梅尼希科夫耍起了心眼：

“您知道吗？过三分钟后会下雨的……”

“老兄啊，你这个人总是胡言乱语。”斯托雷平低声叨叨说。

“真的。您想打个赌吗？”

憨厚的斯托雷平上钩了：

“那你不是明摆着要输嘛，老东西？”

不过他终于把手伸了出来。梅尼希科夫乐滋滋地将斯托雷平的手搓揉了半天。等斯托雷平将手挣脱出来后，梅尼希科夫嘿嘿笑了一下，满意地说道：

“谢谢您的祝贺。”

然后梅尼希科夫离开编辑部，在街头晃悠着，一边侧耳偷听大家都是如何议论他的纪念日的。

大家都只字未提。只是坐在无轨电车里的时候，梅尼希科夫看

① 斯托雷平·亚历山大·阿尔卡季耶维奇：是 1906—1911 年期间任俄国部长会议主席的彼得·阿尔卡季耶维奇·斯托雷平（1862—1911）的弟弟；记者、《新时代》报的员工；1927 年侨居巴黎时，出版了关于自己哥哥的书：《П. А. 斯托雷平。1862—1911 年》。

到有个人正在看《新时代》。

于是他坐到此人跟前，拍了拍自己那篇文章，高兴地笑起来。

“您觉得这篇文章怎么样啊?”

读报的那人说出了自己的想法。梅尼希科夫走出无轨电车，漫无目的地走了很久，一边自言自语地叨叨说：

“你自己才是个老不死的呆瓜呢！还跑来对别人指手画脚。”

晚上，他坐在厨房里向厨娘讲道：

“这一天闹哄哄的，我简直累死了。一会儿这人祝贺，一会儿那人恭喜的。从那些看门人到斯托雷平，所有人都异口同声地。斯托雷平……那人真怪，抓住我的手摇啊摇啊，一边握着还一边笑，一个劲儿笑！我们头儿也是，看到我就说：需要啥尽管说！把我拉到角落去尽管说。真的，我可没骗人！还说，你要是想加钱，我就给你加！读者也是……无轨电车里也一样……到处都在议论这篇文章。”

而夜里他哭了很久。

鲁滨孙们

当船沉没后，只有两个人得以逃命：

巴维尔·纳雷姆斯基，是一个知识分子。

普罗夫·伊万诺维奇·阿卡齐耶夫——曾是个密探。

他俩都脱光衣服从下沉的船上跳了下来，两只手划拉着向遥远的岸边游去。

普罗夫先游到岸边。他爬上礁石丛生的海岸，待纳雷姆斯基游到并气喘吁吁地开始往湿漉漉的岩石上爬的时候，厉声问他：

“请出示您的证件!”

一丝不挂的纳雷姆斯基将湿漉漉的双手一摊：

“没有证件。沉水底了。”

阿卡齐耶夫皱着眉头说：

“那样的话我不得不……”

纳雷姆斯基阴阴地笑一下。

“好啊……无处可送!”

普罗夫挠了挠后脑勺，寂寥无奈地哼哼了几声，然后默不作声，一丝不挂、愁容满面地向小岛深处晃晃悠悠地走去。

纳雷姆斯基逐渐开始安顿下来。他在岸上收集了一些暴风雨刮来的残片和船上的物品，开始用这些残片搭建房子。

普罗夫躲在旁边一个悬崖后面，板着脸盯着他所做的一切，一边搓着自己赤裸干瘦的双手。当他看到纳雷姆斯基已经盖起木质墙壁的时候，就悄悄走到跟前，大声喝道：“哈！逮个正着！您这是在做什么呢?”

纳雷姆斯基微笑了一下，说："建拘留所呢。"

"不对，您这明明是在建房子呢！不错嘛！……那您了解建筑条例吗？"

"我什么都不知道。"

"那建设委员会的消防安全许可证你有吗？"

"您能不能别来烦我？"

"不，我不会罢休的，没有许可证的话，我不允许您造这个房子。"

纳雷姆斯基已经不再搭理普罗夫了，他哂笑了一下就开始装门。阿卡齐耶夫重重叹了口气，站了一会儿，然后就默不作声地向小岛深处走去。

房子搭好以后，纳雷姆斯基开始在里面安顿下来，想尽量弄得舒适一些。他还在岸上找到了一箱书、一支枪和一小桶腌牛肉。

有一天，纳雷姆斯基吃腌牛肉吃得实在厌烦了，就拿起枪跑进原始森林深处，想打点野味。他总觉得有个身影跟在后面，默不作声、悄无声息地从一棵树后面躲到另一棵树后面，用粗壮的树干做掩护。但他并没有太在意。当他看到面前跑过一只山羊的时候，就瞄准开了枪。

普罗夫从树后跳了出来，一把抓住纳雷姆斯基的胳膊喊道：

"哼哼，可逮着了……您有持枪许可证吗？"

纳雷姆斯基将打死的山羊剥了皮，郁闷地耸了耸肩：

"您老是缠着我干吗？您还是干点自己的事情吧。"

"我就是在做自己的事情啊，"阿卡奇耶夫不服气地反驳说，"劳驾您将枪支交给我，我签收保管，一直到案件调查清楚为止。"

"干吗要给您！枪是我捡来的，又不是您找到的！"

"对这种捡来的东西您只有三分之一的所有权。"普罗夫本想说，但突然觉得这些话听起来实在很荒唐，于是半路打住，生气地甩出一句："您还无权捕猎！"

"这又是为啥？"

"'彼得节'还没过呢！难道您不知道法律吗？[①]"

"那您那里有日历吗？"纳雷姆斯基狡黠地问道。

普罗夫沉思了片刻，倒了倒脚，言辞生硬地说道：

"这样的话我要逮捕您，因为您开枪影响了环境安宁。"

"那您逮捕我啊！这样您还得给我提供一个住所，管我吃喝，照顾我，带我去放风！"

阿卡奇耶夫眨巴眨巴眼睛，抽动了一下肩膀，消失在树林间。

纳雷姆斯基从另外一条道往回走。正当他踩着一根被暴风吹倒的大树树干渡河时，发现对面岸上有一个写着字的小木桩。

他走近跟前念道："骑马过桥应小步慢行。"

他耸了耸肩，弯下腰去想喝口清亮洁净的水解解渴，却在岸边的石头上又发现一句话："请勿喝生水！违者将受到……"

晚上，纳雷姆斯基饱餐一顿之后，在干叶铺成的床铺上睡着了。半夜时分他突然听到一阵敲门声，打开门，发现面前站着的是面色沉郁、神情坚决的普罗夫·阿卡奇耶夫。

"请问您有何贵干？"

"烦劳您让我进去，我要进行搜查。因为得到调查局情报……"

"那您有搜查令吗？"纳雷姆斯基奸笑着问道。

阿卡奇耶夫重重地哼哼了两声，双手抱头，寂寥悲切地喊了一声，就夺门而去。

大约过了两个小时，天色蒙蒙亮时，他又敲敲窗户喊道：

"您可要注意，我在您那里看到一些书籍。如果书籍内容不良，

---

① 彼得节（东正教会节日，俄历6月29日，公历7月12日）：是纪念圣徒彼得和巴维尔的日子；在革命前俄国的狩猎季节从这一天开始。

而您又没有向上级报告自己藏有这些书，那么违规者将受到……”

纳雷姆斯基甜甜地睡着。

有一天，纳雷姆斯基在温暖的、因为炎热而昏昏欲睡的海水里游着泳。他离岸边越游越远，结果筋疲力尽，开始往下沉。

当他感到双脚不听使唤开始抽搐时，就使出最后一些气力，本能地呼喊起来。此时他发现，那个总是躲在悬崖后面跟踪他的身影，慌忙跳将出来，跃入海中，并迅速向正在下沉的他游来。

纳雷姆斯基在岸边的沙滩上醒了过来，他的头枕在普罗夫·阿卡齐耶夫的膝盖上。普罗夫十分关切地用手摩搓着差点淹死的纳雷姆斯基的胸口和双手。

“您……还活着吧?”普罗夫惊恐地俯下身问道。

“还活着，”纳雷姆斯基心头涌起一股感激和怜惜之情，“您因为我而冒着生命危险……您救了我……看来我对您还是很重要的，是吧?”

普罗夫·阿卡奇耶夫叹了一口气，用深陷下去的双眼扫了扫那片被夕阳红色火焰笼罩的无边无际的海岸线，然后不动声色地回答：

“当然很重要。等回到俄罗斯，您得支付将近10万卢布的罚款，或者是蹲上150年的大牢。”

沉默了片刻，他又用非常真诚的语调补充说道：

“祝您健康、长寿、财源滚滚。”

造　访

十月党人走到看门人跟前鞠了个躬，礼貌地说道：

“您好！尊敬的人人！基督复活了！①”

看门人受宠若惊，微笑地说道：

“哎，我算什么尊敬的大人：差得太远了。”

“您可不能这么说。老婆孩子的，都还好吧？”

“小儿子有点咳嗽。”

“您说什么！这真是太可怕了。”

“是啊……老婆上维捷格拉去了。”

“您说什么!？维捷格拉可是座极好的城市呢。我听说您夫人是一位非常非常受人敬重的女人……您自己身体还不错吧？”

“老兄，你怎么有点儿怪怪的啊？已经不是十月党人了？”

十月党人惭愧地低下头，小声说道：

“还是十月党人啊。”

“啊哈！这样啊，这样……你还是讨好领导去吧。我们可不会把你给忘了……嘿嘿！”

看门人友好地轻轻拍了拍满脸堆笑的十月党人的肚子，问道：

“要通报吗？”

“是呢，管家先生。”

片刻之后，十月党人已经走进阁下大人的接待室里……

---

① 东正教民在复活节见面时的问候用语。主动问候方说：“基督复活了！”另一方则回答说：“真的复活了！”——译者注

一只凶巴巴的小狗此前躺在沙发上，这时候突然叫了起来，扑到来者身上，咬了他的腿一口。

十月党人微笑着打了一个响指，开始叫这只小狗：

“啧啧啧！”

“哎呀，太抱歉了！它把您的裤子给咬破了。”

“基督复活了，阁下大人！没关系的……您的狗狗啊，人家就是开个玩笑。至于裤子嘛，这样正好有助于通风呢……”

“可是您的腿都往下淌血了！”

“说实话啊，阁下大人，我还要感谢人家……感谢这只小狗呢。您知道吗，我这人是容易中风的体质，人家正好给我做了免费放血治疗。嘿嘿……”

两人坐下来。十月党人望了望窗外，说道：

“天气真不错呢！”

“看您说的！这天气简直糟糕透了……”

“您知道吗，阁下大人，我一大早刚起床的时候就跟妻子说：‘你知道吗？丽波奇卡，天气会不太好的。’结果真是啊，天气简直糟糕透了！”

十月党人思忖片刻，决定向主人说点儿特别好听的话。

“您家的狗狗简直是棒极了！得值百十卢布吧？”

“看您说的！我老婆花了五卢布买的小狗崽。啊，对了！您要不要吃点什么？请桌旁就座吧。”

往桌子跟前走的时候，十月党人在墙上挂着的一幅画跟前停留了片刻，夸了夸这幅画：

“好美的海洋景色呀！总之，伦勃朗[1]在这方面的确是无人可敌的。”

“这哪里是伦勃朗呀，这是苏德科夫斯基[2]。”

“但是，阁下大人，伦勃朗也是一位很不错的画家呢。尽管苏德科夫斯基，当然……”

十月党人用手碰了一下画框，又摸了摸画布，意味深长地说道：

“得值15000卢布！”

“300卢布而已！请就座……给您倒点什么喝吧？”

“啊，看您说的！我滴酒不沾的！……我的观点是：一个热爱祖国的人怎能用酒精来糟蹋自己的身体呢?!”

但他马上又想起现在官方也在卖酒了，于是有点儿尴尬，脸也红了……

“当然，那些从事体力劳动的人还是应该喝一点的，因为正如所说的‘mens sana in 奎西萨纳……[3]’不过紧张的脑力劳动，阁下大人，还是要求保持头脑清醒的。”

“可我这个人呢，抱歉得很，有时候就是喜欢喝上一两杯。”

“这完全正确呢，阁下大人！我也在哪个地方读到过，说少量饮酒可以让人精神焕发、干劲十足。而我呢，说实话，不喝酒是因为，很抱歉，是因为肝不好。”

这时候仆人走进来报告说，有人打电话找主人。

---

① 伦勃朗·哈尔曼松·凡·莱因（1606—1669）：欧洲17世纪最伟大的画家之一，也是荷兰历史上最伟大的画家。画作体裁广泛，擅长肖像画、风景画、风俗画、宗教画、历史画等领域。——译者注

② 苏德科夫斯基·鲁菲姆·加夫里洛维奇（1850—1885）：俄罗斯海景油画画家，画院院士（1882年），创作了100多幅作品；其作品收藏在特列季雅科夫画廊、俄罗斯博物馆及其他博物馆里。

③ Mens sana in 奎西萨纳：这是其将拉丁语表达“Mens sana in corpore sano”（健康的灵魂来自于健康的体魄）进行了篡改，篡改后意为“健康的灵魂来自奎西萨纳”；“奎西萨纳”（发音接近 corpore sano）是彼得堡一个餐厅的名称。

“抱歉，稍等片刻。”

屋里就剩下十月党人一个人。他整理了一下领带，恶狠狠地看了一眼脚边躺着的小狗。

“呜——呜，你这个混蛋！不得好死！”

小狗漠然地看了他一眼。

“可惜你会叫唤的……不然的话我非踹你一脚，把你踹到墙上去。滚一边儿去！！该死的家伙……”

他弯下腰去狠狠揪了一下小狗的耳朵。

“嗷嗷。”小狗大声哼哼起来。

“哦，哦……乖狗狗！你怎么啦？谁欺负咱了？是谁呀……？咱可不是好惹的，对不？”

十月党人侧耳听了听动静。用颤抖的手给自己倒了一杯花楸果酒，战战兢兢看了一眼小狗，一饮而光，然后抓起一块鲑鱼，匆忙塞进嘴里，胡乱咀嚼起来。

“我回来啦。您要不要吃点什么呢？”

客人装作咳嗽的样子，掏出手绢，将鲑鱼吐到里面。

“我其实啊，阁下大人，一点儿也不饿。我吃过早饭啦。”

“要是这样的话，来点儿咖啡？蜜酒？这样吧，咱俩喝点蜜酒吧……度数很低的。杏汁露酒。”

“恭敬不如从命。”

客人伸手去拿斟满的酒杯。小狗被他这个动作吓得哆嗦了一下，大声吠叫起来。客人也哆嗦了一下。

“哎呀，我的天哪，看我办的好事儿！！”

一股杏汁露酒开始沿着雪白的桌布往下淌。

“阁下大人！真的是，是因为您的小狗……它叫了一声……”

“啱啱，小事一桩。马上让人擦掉。”

“阁下大人！我来撒点儿盐。这样的话就不会留痕迹了。”

客人用颤抖的手抓起一罐芥末，开始往酒渍上撒。

“哎哎，对不起，这可是芥末啊。”

“阁下大人！真的，我是不小心弄的。让我来吧，我用刀把芥末刮掉。”

“您还是别忙啦。看看，您用刀把桌布都给划烂了。瞧瞧，您怎么这样！”

“阁下……！上天保证，我可不是故意的……您平常在杜马就知道我的，我这人从来不惹事……您可以去问问奥斯滕·萨肯[①]……”

窘迫和惊慌之下，十月党人说了一大堆乱七八糟的话，弄得阁下大人也有点儿发窘了。

“您是不是有点儿不舒服？那我就不留您了……”

“再……再见，阁下……大……大……真的复活了……再见，小狗狗……您您……”

十月党人自己都不记得是怎么回到家中的。他开始时冷时热，于是妻子安顿他躺下。

他在床上翻来覆去地说着胡话。恍惚中他好像看到了一幅可怕的画面：那只阴险恶毒的小狗在他离开后，挥挥爪子将主人召唤到跟前。当主人俯下身凑到它跟前时，它悄悄报告说：

“那个家伙……刚才在你这里的那个家伙……你去接电话的时候，他喝了一杯伏特加，还将一块鲑鱼藏进口袋里。我亲眼看见的。”

“好吧……”主人板着脸说道，“要是这样的话，我明天就解散杜马……”

---

① 奥斯滕·萨肯：20世纪最初十年俄国驻德国大使。

灾　害

“本年度一场突如其来的丰收令大家手足无措：无论是各个道路交通部门，还是被迫以极低廉价格将粮食卖出的农民们。”

——《工商报》

1

厅长面前站着一位官员，那人十分窘迫地汇报说：

“我们获得的是最可靠的消息……不会再有任何疑问了！都使劲从地里往外钻呢。”

“那它们为什么会这样啊……是没看住，还是怎么着？”

“这哪能看得住啊，阁下大人。这都是天意！”

“当然，确实是天意……但是也有谚语说得好啊：成事靠天，人亦不可懈怠。您说都一个劲儿往外钻?！那什么东西长得最多呀？”

“很多都在使劲往外钻呢，阁下大人……黑麦，小麦……”

“我就不明白了……现在农业都有了长足的发展，难道就不能采取点儿措施吗？”

“什么措施呢，阁下大人？”

“让它们不要长啊，这些小麦啊，黑麦呀，其他什么的。”

“这可谁都没办法啊。一旦开始从土里往外钻，你就收拾不住它们了。一颗种子是很小很小，但它里面的力量可是无穷的！不成啊，看来，就是注定要丰收啊！”

“那农民们都怎样呢？”

“农民们还能怎样？叫苦连天呀。他们说，多少年都没有过这样的收成了。这下好了，上帝生气了——给个大收成。”

厅长沮丧地端详着自己的指甲，叹了口气，说道：

“可怜这些农民了！”

“那是，摊上这种事！常言说得好：苦难深重的俄罗斯人民。”

“嗯？”

“我说，苦难深重啊。他们苦难深重，我们也……我们就更惨了，阁下大人！等他们开始到处讨要车皮、到处弄得交通堵塞，并且还要在报纸上骂我们的时候，那才真正开始闹腾呢。”

“没准儿……到时候收成会不好呢？”

“一点儿指望也没有。我做了调查。所有人都异口同声地说——大丰收！”

“到时候又要一片混乱了：免费的食堂，全俄地方行政机构都跑到遭遇丰收的地方去，农民又该破产了。哎，俄罗斯人民哪！”

厅长的声音中显露出一些抒情色彩。

“你呀，俄罗斯人民！正如名留青史的果戈理所说：是谁突发奇想臆造出你[①]？……你竟如此蒙昧荒蛮，连个普普通通的丰收都摆脱不了。”

“很难摆脱了，阁下大人。一个劲儿往外钻。”

“谁往外钻？”

“地里的所有东西。我跟您说啊，有些地方恐怕水果也会大丰收呢!!”

“您说什么！哎，已故的果戈理曾经说过：丰收，是谁突发奇想臆造出你？”

---

① 此句出自果戈理的长篇小说《死魂灵》。原句为：“喂，三套马车呀！飞鸟一般的三套马车，是谁突发奇想臆造出你？”——译者注

2

农民萨韦利耶夫站在自家的地界上咒骂着：

“看看你！看看你！可恶的家伙！还一个劲儿往外拱！看看别人家都像个正经样——要么被冰雹砸一砸，要么被畜生踩一踩。再看我们这里——你就是拿把铲子去拍它都没用！”

“你在叨叨什么呢，干亲家？”农民帕尔芬·帕尔芬诺夫走到萨韦利耶夫跟前问道。

“还能说什么，他大叔，我田里的黑麦一个劲儿往外钻。一下没盯住，就要闹丰收了。”

“是吗？”帕尔芬·帕尔芬诺夫说道，“你算是惹上麻烦了，干亲家呀！”

“就是啊！这么多年来都挺正常的：去年收成就不好，前年收成也不好，今年倒好！要大丰收了。然后就只能要饭了。甭想有好日子了！”

“啊呀，老兄，那边起乌云了。这下没准儿有救了——让这个可恶的家伙连根给烂掉呢。不管怎样，都比以后二十戈比一普特[①]拼命贱卖强啊。”

萨韦利耶夫的眼睛闪出希望的光芒。

“在哪儿？乌云在哪儿呢？”

“喏！你看，没准儿就会下冰雹呢。”

“借您的吉言啦，帕尔芬·卢基奇，”萨韦利耶夫乐呵起来，“您真会说好听的！”

于是两位干亲家将棕黄色的小胡子向上捻着，久久伫立在那里，紧盯着慢慢逼近的乌云。

---

① 普特：沙俄时期的重量单位，1普特≈16.38千克。——译者注

3

《智慧之声》报纸在其社论中写道：

我们很早就呼吁全社会紧密团结起来，与俄罗斯农民最可怕的灾难——农业丰收做斗争！如今我们看到的情况又怎样呢？正常平静的年份出现了一些歉收情况，麻痹了整个社会。大家都忘记了：即使在这种年份，阴险的敌人也并未睡觉，或许正用他们的胚芽突破土地，企图成长为一串串沉甸甸的凶险谷穗，就如一排排敌人，威胁着我们的农业。然后大家又会惊慌失措，在这场逼近的大灾难面前无助地东奔西窜、哭天抢地：

“啊，天啊，丰收了！噢，天啊，丰收了！……”

于是农业又要受穷了，铁路又要拥堵不堪了，从而阻碍我国工业的正常发展。农民们！请大家牢记：敌人是不会打盹的！

4

某个大城市的街道上走过一位行人。几个形容憔悴、衣衫褴褛的人抱着两个孩子走到他跟前，用饿得有气无力的声音乞求道：

“先生！请可怜可怜遭遇农业丰收的灾民吧！”

“你们真的受灾了吗？你们不会是装作遭遇丰收的灾民吧？”这位行人心生怜悯地问道。

“才不是呢！真的是大丰收啊！”

“你们那里庄稼长得很多吗？”

“20 倍种子的收成啊！”

“真是倒霉的人哪！”过路人哎呀呀地感叹道，“给你们三个卢布吧。没准儿能挨过去呢。”

科学的受难者

省长要求当地警察对学生的校外行为进行监控

当警察分局局长走进房间的时候，他的佩刀钩在了门把手上。

几个人都使劲想给他解脱下来：他自己、米什卡、米什卡的父亲，还有女侍从。大家都觉得挺尴尬的，而分局局长更是窘得不行。

他鼓起腮帮，搓了搓通红的大手，极力想显出很随意的样子，说道：

“您家儿子咋样啊？”

“挺好的，健健康康的。谢谢您！米什卡！别抠鼻子了，小心打你手。”

大家站了一会儿，沉默不语。

“今天天气还不错哈，是吧？”

“是的。”

警察分局局长走到墙跟前，开始兴趣十足地仔细观看墙上那幅画——《听奶奶讲故事》。

“您请坐吧！”

“谢谢。很好的一幅画呢！”

“是的。”

分局局长坐下来，又搓了搓手。

“嗯，最近怎么样啊，小伙子？”

米什卡用指甲抠着沙发椅背，腼腆地回答说：

“谢谢您，挺好的。”

分局局长伸了下脑袋，从沙发椅上跳起来，又走到画跟前。

“用油彩画的？”

“不是，是《尼瓦河》杂志附的赠品。”

“啊，是这样，这样。挺好的杂志。”

“是的。”

“昨天我们片区发生了一件很奇怪的事情：有人领来一个醉鬼，可那人一句俄语也不会说！”

“等等，等等！那是个外国人吧，”妈妈猜测说，“米什卡！小心打你的手！”

“您啊，小伙子，那个……要听妈妈的话。人家可是养育您呢。”

米什卡惊恐地看了一眼分局局长，低声叨叨说：

“我……我听话呢。”

“这些画真是不错的东西呢。一年花上 7 个卢布，要么给你赠上 12 本萨尔蒂科夫的小册子，要么给客厅送个什么装饰品。①”

“是的。”

“今年附赠的是什么呢？”

“我不知道。我们现在不订这个杂志了。”

分局局长站起身来，用手触了下那幅画。

“正儿八经的油画呢。简直棒极了！”

他将额头上的冷汗擦了擦，将制服最上面那粒扣子扣上。

然后坐下来，又将扣子解开。

“您要不要看看孩子学习的情况呢？”

分局局长高兴得甚至都打了个嗝儿。

---

① 《尼瓦河》是“家庭阅读的图文杂志”周刊；于 1870 年到 1918 年期间由 A. Φ. 马克思在彼得堡发行。每年给长期订户免费附赠俄国经典作家的文集：屠格涅夫、陀思妥耶夫斯基、托尔斯泰、萨尔蒂科夫-谢德林等。杂志中也有一些著名画家作品的翻印画，因此杂志非常受欢迎，其发行量一度超过 20 万份。

“好啊，好啊！我正想看看呢。”

“咱们上他房间去吧。”

大家站起身，走过一条黑乎乎的过道。

分局局长走在最前面，他走到过道尽头，打开挡住其去路的那扇门，又马上跳到一边，赶紧将那扇门关上。

“不是这边！这不是什么好地方。”孩子父亲赶紧说道，而米什卡在身后嘿嘿窃笑着。

他们走进米什卡那个小房间里坐下来。妈妈坐在床沿上，用脚悄悄将什么东西踢到深处。可能她觉得那东西放在明处，被这样有教养的人看到了会有所冒犯。

警察分局局长环顾了下房间，暗自惊恐地发现，这里的墙光秃秃的，一幅画也没有。

他将目光投向沾满墨水的桌子。然后拿起破破烂烂的地图册，开始认真地翻阅。

“美洲……哎，小伙子，请您给指指，那个城市在哪里……德兰士瓦市，是吧？”

“德兰士瓦往后再翻三页：在非洲呢。”

分局局长强颜笑了笑，尴尬地眨巴一下眼睛使了个眼色，说道：

“挺厉害啊！骗不住您呢……我当然知道了，就是故意误导一下您。”

他撒了个谎。心想，得记住这些，以防万一。

“那历史您了解么？”

“古代历史还是近代的呢？”

“那就说说稍微新一点的历史吧……比如，那个肚子里长出树的皇帝，叫什么来着？”

"那不是他肚子里，是他妈妈。是她做的梦。那个人叫居鲁士[①]。"

"就是他，就是他。您能想象得到吗，"他又对男孩父亲说道，"还有一个怪人：抓起鞭子痛打大海[②]。您怎么看这种事？"

"是啊，总之……这些希腊人真是挺搞笑的。"

分局局长将墨水瓶挪了挪，突然十分严厉地问米什卡：

"那柏林在哪里呢？"

"在德国。"

"好样的！一下就猜到了。这样吧，你在这里好好学习，听父母的话，我告辞了。"

所有人都立刻轻松自在起来。

父亲握了握正要离去的客人的手，而母亲则殷勤地问道：

"您要不要来点茶？"

"不了不了，我不喝茶的，我意思是刚喝过了。再见，祝您一切都好！"

警察分局局长在街上站了好久，用手绢擦了擦额头和脸颊，恨

---

① 居鲁士大帝（公元前590—529）：波斯皇帝，古代波斯帝国的缔造者。据传，居鲁士的外祖父、米底国王阿斯提阿格斯在一次睡梦中，梦见女儿芒达妮的后代将夺取自己的王位并成为亚细亚的霸主。于是，他决定将女儿嫁给地位较低且性格温顺的波斯王子冈比西斯，以便使女儿的后代失去问鼎米底王权的资格。女儿怀孕时，这位国王又梦见从女儿的肚子里长出的葡萄藤，遮住了整个亚细亚。为防不测，国王决定外孙一降生就把他处死。但居鲁士在大臣的保护下存活下来，后来成为波斯人的领袖，并于公元前550年率兵攻克米底都城，建立了波斯帝国。——译者注

② 这里是指波斯帝国国王薛西斯（公元前485年—465年在位）的传说。薛西斯曾试图踏平雅典，征服希腊。公元前480年，薛西斯率领300万大军向希腊进发。波斯大军走到赫勒斯邦海峡（今达达尼尔海峡）时，薛西斯命令随军的奴隶和工匠马上修起一座渡桥。桥刚修好，忽然狂风大作，把桥吹断。波斯王大怒，不但杀掉了造桥的人，还命令把铁索扔进海里，要把海锁住。他还拿起鞭子痛击海水，惩戒海水阻止他前进的罪过。——译者注

恨地四下张望着。

过了一会儿，他看到一个卖冰激凌的小贩路过，就将气撒在那人身上。

“卖冰激凌是吧，你这个混账?！大喊大叫是吧，你这个无赖?！你知道不知道，随意喧哗影响秩序，是要……”

然后他用雪白的牙齿咬住嘴唇，一拳打向冰激凌贩子的耳根。

精　胺

这是最无聊、最乏味的一届杜马会议了①。

电车里刚开始还有几个喜欢凑热闹的读者看看报纸，然后甜甜地打个哈欠，扭身问邻座的人：

“怎么样啊，杜马会议？”

后来连这些根深蒂固的政客们也销声匿迹了……

面黄肌瘦、衣衫褴褛的报童们只能死乞白赖地跟着路人，跳到其前面，张开双臂，用哀求的声音喊着：

“特有意思的报纸唉！！国家杜马会议进行得热闹非凡！！”

“你就会骗人，小兄弟，”路人不屑地说道，“这也叫热闹非凡？”

“请买份报纸吧，大人！”

“我们早知道这些玩意了！”

于是路人用手推开饿得有气无力、穷困潦倒的报童，迈开大步继续往前走。而报童则垂死挣扎着，漫无目的地在街上奔走，有时跌倒在马车底下，声嘶力竭地呻吟着、叫喊着：

“特有意思的报纸唉！！在小奥赫塔一个楚赫纳妇女用斧子把情夫给砍了！！买份报纸吧，求求您了！”

看着他们，真是又可怜又无奈。

---

① 作家同时代的读者们很清楚该小说名称的含义。20世纪初在很多俄罗斯杂志和报纸上（也包括《萨蒂里孔》）都在做佩尔医生的万能药物“精胺”的广告。歇斯底里症、神经痛、心脏病、肥胖症、肺结核、贫血症、老年痴呆症、梅毒、动脉硬化、酒精依赖症等，统统推荐用该药。

正当大家都百无寂寥、昏昏欲睡时，如晴天霹雳一般，国家杜马闹出了一场前所未有的纷争。这场纷争闹得沸沸扬扬、荒唐无比、毫无缘由，但是刹那间所有人都精神一振，躁动起来，议论纷纷，就好像被夏日雨露滋润之后苏醒过来。

报纸上的文章个个都义愤填膺：

“在一直昏睡、反复咀嚼那些谁都不感兴趣的琐碎小事之后，杜马终于苏醒过来了，而且是以自己独特的方式苏醒过来：右翼议员卡尔纳乌希掀起一场前所未有的轩然大波……该议员在台上激愤陈词时遭遇一片嘘声和抗议声，他竟然骂出不堪的脏话，还从脚上脱下一只靴子，将其扔向执行主席。当众议员扑向他的时候，他又骂众人是混蛋和死骆驼，然后还抓起一把椅子，将议员雷别什金的脑袋砸破。这些令人发指的黑帮行径到底什么时候才会终结?！而对于这种无耻的流氓，仅仅做出禁止其参加五次会议的处罚，只会是火上浇油，只会唆使其他人也去实施此类暴行！对这种大老爷们最有效的措施，应该是将其送上法庭，剥夺其议员称号！”

报童们也不再跟在路人后面奔跑哀号了，此前他们眼中显露的饥肠辘辘的目光已不复存在，代之以心满意足的神情。

一家大型报纸的出版商赫瓦特金接到通报，说来了一位姓卡尔纳乌希的议员，要和他面谈。

“哪个卡尔纳乌希？他找我干吗?”出版商皱着眉头问道，“好吧，管他是谁，请他进来。”

通报人离去了。门吱的一声打开了，议员卡尔纳乌希悄悄走进来，一边四下张望着。

他走到桌前，将椅子挪到自己跟前，与出版商面对面坐下来，一声不吭地盯着出版商的脸。

出版商双手托着脑袋，胳膊肘支在桌子上，也同样一声不吭地久久注视着来客那张宽大通红的面庞，似乎在欣赏他。

“哈——哈——哈！”出版商突然大笑起来。

“吼——吼——吼！”卡尔纳乌希也笑了起来，庞大的身躯微微颤动着。

“嘿——嘿——嘿！”

“呵——呵——呵！”

“哈！”

“嘿！”

“卡尔纳乌希啊，你小子挺机灵嘛！”

卡尔纳乌希看他笑得上气不接下气，就怯生生地说道：

“机灵什么呀……怎么说定的，就怎么做的呗。把铁盒子里放着的某个东西给我！①”

出版商笑了笑。

“按约定的来？”

“那当然！”

出版商站起身，打开一个小柜子，抽出几张钞票，仔细看了看，将它们塞进卡尔纳乌希的手里。

“唉唉！这里还差 25 卢布吧！”

“那你有没有按照我的要求，对部长们挥拳头呢？没有吧？这就对啦，老兄，如果你挥拳头的话呢，我就那个……我这个人一向说到做到的。喏，都给你啦！既然没有挥拳头嘛，你也知道的，卡尔纳乌希老兄……”

“可是那些个部长当时谁也没坐在会场里啊。”

“这我就没办法了——看来我比较走运呗！”

---

① 原文中此人说这句话时是用法语和下诺夫哥罗德方言掺杂在一起说的。

卡尔纳乌希咳咳了两声，不满地摇摇头，将钱塞进口袋里，伸手抓起帽子。

“等等，老兄，”出版商拦住他，一边擦了擦额头，“你可是，那个……被禁止参加五次会议吧？这也挺好，老兄……这样正好。这样人家就会淡忘你。我还能再给你弄点什么活儿干干。请问……你能不能把哪个十月党人挑起来决斗？”

“那我还不如直接揍他一顿呢。”卡尔纳乌希温和地说道。

“瞧瞧你……又出馊主意！决斗——可是光明磊落的事情，光打架算什么。”

卡尔纳乌希打了个响指，挠了挠头顶，没有反对：

“行啊，决斗也是可以的。不过决斗可是决斗的价钱，您也明白的……”

“不会亏待你的。不过你可要找个冠冕堂皇的理由……比如走到他跟前，挑事儿说‘你昨天干吗往我衣服上吐痰？你这个十月党人的狗东西！’甚至还可以推他一把。”

“那他如果不生气呢？”

“怎么会不生气呢，肯定会生气的。然后呢，你就可以这样这样……”

于是办公室里一直可以听到出版商的低声细语，以及卡尔纳乌希洪亮的男低音。出版商送他走的时候，做了一个狰狞的表情，说道：

“你可要对天发誓，无论是编辑，还是其他工作人员，都不能让他们知道……不然他们会把我给吃了。”

“嗯嗯！”

当卡尔纳乌希来到街上，一个吃得饱饱的报童欢快地跳到他跟前喊道：

“大丑闻啊！议员卡尔纳乌希被禁止参加五次会议!!”

卡尔纳乌希笑了笑，温和地哼哼道：

“你们也是靠这吃饭吧，鬼东西?!”

十月党人奇卡尔金

警察分局局长来到十月党人奇卡尔金家中，向其通报说，由其，也就是由奇卡尔金提议在比秋基市杜马召开的旨在向选民们通报其，也就是奇卡尔金工作成果的会议，不能被批准。

“为什么呢?”奇卡尔金惊讶地问道。

“不为什么。未获批准的会议就得被禁止。”

“那您可以允许召开呀!”

警察分局局长温和地哂笑了一下：

“这怎么能行：准许未获批准的会议召开，这可是违法的。”

“但是如果您允许的话，它就不再是未获批准的会议了啊?”奇卡尔金想了片刻说道。

“话是这么说，”警察分局局长再次对奇卡尔金的无理取闹哂笑了一下，“如果这个会议目前是未获批准的，那我又怎么可能准许它呢？您自己想一下呀。”

“好吧，”奇卡尔金用一种平静得让人发冷的声音说道，“我们要在杜马提交关于这个问题的质询。”

“您签个字，表明已接到通知。”警察分局局长冷冷地点了点头。

待十月党人奇卡尔金剩下一人的时候，他久久不能平复心情，愤愤不已地在屋里踱来踱去。

“我会让你们知道，怎么能不批准呢！好吧!! 这个质询要这么写：‘你们是否知晓……等等，诸如此类，比秋基市的政府不合理地……’”奇卡尔金叹了口气，搓了搓刮得干干净净的腮帮。

“嗯，措辞有点严厉。立宪民主党人的味道十足……要么这样：

‘是否知晓……等等，诸如此类，政府如果行为出错的话……’那什么算是出错呢？犯错误并不是罪过，什么都不做才不会犯错误呢。那我这样算什么啊，傻瓜一样……质询！质——询！我可不能一个人提出质询。万一党内的人都说提得不合时宜呢！嗯，肯定会说的……这样的东西总是不合时宜的。质询！哎呀，我的小奇卡尔金哪！你啊，老弟，直接告到部长那里不就得了，可你却……对啊！我要给部长写一封正式的信……”

十月党人奇卡尔金坐到桌旁。

“尊敬的大人！谨以此信告知您，如果当权者恣意妄为的话……”

奇卡尔金的笔停在了空中。餐厅里咣咣地传来两点的钟声。

“如果当权者恣意妄为的话……”

餐厅里咣咣地传来两点半的钟声。

“如果我们的当权者恣意妄为的话……”

他的手呆滞在那里。餐厅里咣咣地传来五点的钟声。

“如果我们的当权者恣意妄为的话……”

暮色降临了。

“我们的……恣意妄为，我们……”

突然奇卡尔金转念一想：

“那如果……会怎么样……”

他抓起刚写了几个字的信，将它撕成碎片。

“要不这样……不可能的！……不过万一呢！”

十月党人奇卡尔金在房间里踱来踱去，思考了很长时间，最后终于双手一拍，说道：

“哼，就是！应该直接去县里警察局局长那里问一下未批准的原因。至少也要唬他一下。”

奇卡尔金穿上衣服来到街上。

“马车夫！上县警察局局长家里去！知道地方吗？”

“我的天啊！”马车夫一脸真切地惊恐地说道，“怎么会不知道呢！前天我拉人还被他罚钱呢。可以说，这种人谁能不认识呢！居然还有人问这样的问题。”

“那他这人怎么样啊，很凶吗？”奇卡尔金一边登上马车一边问道。

“他啊？可吓人呢。大人啊，恕我直言，他可是很凶一个人呢。咦！火药桶似的！前两天有个官员跟我说的……刚跟他说一句话，他就暴跳如雷，还尖叫着：把你们这些人都给流放了!！去西伯利亚!！胆敢对长官不敬!!”

“他怎么，对所有人都这样吗？”奇卡尔金问道，声音哆嗦了一下。

“这种大老爷嘛……都挺凶的。谁敢招惹他们，可不会给好果子吃的。”

十月党人奇卡尔金不吭声了。

“你这是把我往哪里送啊？”他突然问马车夫。

“您方才不是说上县警察局局长家去吗？”

“方才不是说！”奇卡尔金学着他的腔调说道，“听话要用耳朵，而不是用肚子！你听谁跟你说了？我跟你这个蠢货说的是带我上警察局去，你却把我往局长大人家里送！……你们这帮蛆虫啊，还是被罚得太少！赶紧掉头！”

“是啊，老兄，”奇卡尔金心情稍微平复了一下，开口说道，“我要去的是警察局。嘿嘿！这些个马车夫真是怪人……你跟他说去那边，他却偏偏把你往这边拉。是这样，老兄，我要去的是警察局。你知道吗，他们没批准我们的会议。那怎么行！我要让他们明白，这种事怎么能不批准呢！我这就好好收拾他们一顿，我要弄明白到底是怎么回事，让他们知道一下我的厉害！咱们的警察局就这德行，只会没事找事。这就已经……到了吗？……怎么这么快?”

“我使足劲跑的，想尽快嘛。”

“我能见一下警察局局长吗?”奇卡尔金一边往里走，一边问道，“也就是……警察局局长先生……能见一下吗?”

“请吧。”

“什么事儿?”一个肥胖的男人起身来迎奇卡尔金。那人一副凶巴巴的面孔，长着长长的棕色胡须。

“我想这个……想问问您……我可不可以在这里给我的狗领完税标牌?”

“哎，见鬼了!”局长呼哧呼哧地喊道，“都为这些破事上这里来！这个应该到市政管理局那里去领，而不是这里。格拉西莫夫，你这个十足的大笨蛋！送客。”

不可能的事

历史老师马克西姆·伊万诺维奇·塔奇金低着头坐在那里一声不吭，脸色阴沉地翻阅着教学日志。

“那我们就叫……哪怕是……西纽欣·尼古拉吧!”西纽欣·尼古拉脸色变得苍白，他低着头走到讲台跟前，张开被惊吓得颤抖变形的嘴。

“嗯?”塔奇金鼓励他说。

“我功课准备得不好……”西纽欣望着窗外，惊恐万分地说道。

“是吗?”塔奇金故意做出一副惊讶的样子问道，“为什么？你能否给我解释一下呢?”

西纽欣其实想解释说，“从这里到那里”以及“复习上周学过的东西”这套做法对他来说实在是枯燥无味，所以无论如何也无法让西纽欣感起兴趣来。

但西纽欣并不想对老师道出心里话。

“我昨天头疼，我妈妈病了……我成天跑药店……”

“哦哦哦，”塔奇金笑了起来，“这么多事情啊！那我给你打 1 分吧，西纽欣·尼古拉，如何啊?”

他认真地看了看学生西纽欣的脸，并且看到学生脸上有一种很确定的、不容其他解读的表情。于是转过身去，陷入沉思……

“我能想象出来他现在有多么恨我。我能想象出来，如果我处在他的位置上，而他坐在我这个位置上，他会把我怎么办。”

学生尼古拉·西纽欣胳膊下面夹着教学日志走进课堂。他跳上讲台，认真扫视了一下那些坐在学生座位上的吓得脸色苍白的老师们。

学生尼古拉·西纽欣一屁股坐到椅子上，打开教学日志。他先是令人窒息地停顿了将近一分钟，将所有人的脸审视了一圈。大家都穿着制服，上面装饰着亮晶晶的纽扣。

“嗯，”他说道，“我们今天叫谁呢？……要不，伊赫缅季耶夫·瓦西里？……”

地理老师瓦西里·巴甫洛维奇·伊赫缅季耶夫蜷缩了一下身体，扯了扯制服，胆战心惊地走到讲台跟前。

“伊赫缅季耶夫·瓦西里？”学生西纽欣上下打量着老师，说道，“嗯……我想对您说啊，伊赫缅季耶夫·瓦西里，您的品行和成绩可都不让人满意呢！”

“为什么呢？”老师惊慌失措地问道，“到底为什么呢？尼古拉·斯捷潘诺维奇？我好像挺努力的……”

“是吗？”西纽欣面带嘲讽地笑了笑，说道，“您很努力吗？我可不觉得……您知道吗，伊赫缅季耶夫先生……我这个人是不拘小节的，不会因为一些芝麻大的小事去挑剔您，比如您现在制服上有个纽扣掉了，而袖子上沾了粉笔灰……这都是些小问题，与学习没什么关系。所以我到现在都还为过去感到很惭愧，因为当年很多人就是因为犯了这些小问题而在品行上被扣分。不！我想说的并不是这些，伊赫缅季耶夫·瓦西里……我想问您……您是怎么教学的？您怎么就不感到惭愧呢？要知道给您薪水，可不是让您通宵达旦地打牌、喝伏特加，然后稀里糊涂跑到课堂上来，把什么地理完全丢到脑后……”

“我再也不会了……”老师轻声说道，“这个……不是我……不是我的错……这是塔奇金·马克西姆非要叫我到他那里去打牌……其实我不想去的……都怨他。”

西纽欣怒气冲冲地用自己的小手在讲桌上一拍。

“您要明白，伊赫缅季耶夫先生，我不能容忍对自己同学的窥探、出卖，以及打小报告的行为！我可不会像您当年那样极力推崇这种行径。这简直可耻至极！回到您自己的座位上去，好好思考一下您自己的品行。塔奇金·马克西姆！”

“在这儿！”马克西姆·伊万诺维奇怯生生地答道。

“我知道在这儿。您给我走近一点啊……就这样。刚才您一个卑鄙的同学诽谤您，说似乎是您怂恿他打牌的。或许事实的确如此，但这其实与我无关。我不想干涉你们的私生活，也不想为此对老师们实施那种荒唐至极的校外监视——我关心的可不是这种档次的事情！但我还是要告诉您，以您对工作的态度，简直是怎么批都不为过的！”

“为什么呢，尼古拉·斯捷潘诺维奇？”塔奇金老师低下了头，“我好像上课还是蛮像样的。”

“见鬼去吧，还敢说蛮像样的！”西纽欣·尼古拉烦躁地嚷嚷起来，“我说的是您对工作的整体态度。您上课干巴巴的，就是些陈规老套，让学生对学习没有半点兴趣。您怎么不觉得脸红呢！您的课程本应该是很有意思、特别引人入胜的一门课程——可您把课上成什么样了？各国历史被您上成了列车时刻表。为什么会这样呢？因为您根本不是老师，而是个鞋匠！您既不热爱自己的工作，也不热爱学生。但您要明白，学生可都是有感情的人，他们对你会是投桃报李……您说说……明天课堂上您给学生布置啥了？”

“从这页读到那页。”塔奇金嗫嚅地说道。

“是的，我知道从这页到那页！具体内容是什么呢？”

“我……不记得了。”

西纽欣·尼古拉脸色一变，眉头紧蹙。他气冲冲地跳起来，踮起脚尖，将手伸到老师耳边，按下他的头，揪着他的耳朵将他拖到墙角。

“简直是不像话！”他嚷道，“一群套中人[①]！形式主义分子！冷酷无味的人！你们把自己烤得干巴无味，又来烤别人！您给我在这个角落里跪着——没准这样可以让您那空洞无物的脑袋略微清醒一些……明天把您父母叫来，我要和他们谈谈！”

历史老师马克西姆·伊万诺维奇·塔奇金跪在地上，头埋在墙角里，悲切地抽泣着……

“如果得1分的话，”他默默地想，“我就开枪自杀！”

塔奇金嘴角微微一笑，将目光从教学日志上移开，抬起头来对因为得了1分而无比沮丧、手足无措的西纽欣·尼古拉说：

“这样吧，西纽欣小兄弟。我给你打了1分。如果我的做法令你有什么不悦的话，你也可以给我在某个方面打1分。”

玩笑开得很成功，全班同学都笑了起来。老师抬起头，疲惫地说道：

“不要说话！下一节课——请大家复习上周三布置的内容。”

不知何处响起了兴高采烈的铃声……

---

① 套中人：俄国作家安东·契诃夫在其同名小说中塑造的形象，即胆小怕事、顽固僵化、惧怕变革的一类人。——译者注

动物乐园

“能进您家来吗?”我透过紧锁的门，再次问道。

“谁呀?”里面传来一个老头怒气冲冲的声音。

“是我呀，米哈伊尔·奥西波维奇，让我进来吧。我不会对您做什么坏事的。”

门开了个缝儿，还拴着一根链子。梅尼希科夫那张惊恐的脸凶巴巴地看了我一眼。

“您莫不是来打架的吧?”他声音嘶哑地说道，一副不信任的口气。

“我干吗要打架？……我连根棍子都没有。”

“那您是不是准备赤手空拳……啊?”

“不，赤手空拳我也没打算打……真的，您让我进去吧。我就是来聊聊天儿。”

犹豫了好一阵儿之后，梅尼希科夫把门上的链子解下来，放我进去。

“既然来了，那就……您好！您还没有忘记我这个老头子，呵呵……”

“怎能把您忘了呢!”

他把我带进一个宽敞冰冷的客厅，那里散发着一种聚积已久的木油、积尘和薄荷脑的味道。我们坐下来，沉默了很久。

“您想不想看看相册呢?”他将一个配着牛皮封面、锁扣已经掉下来的册子推到我面前。

我展开相册，面前是一个人愁眉苦脸的照片。

“这人是谁啊?”

“一个大恶棍！总是纠集折腾各种集会……不过嘛，现在他也别想了——我通知了有关方面……已经把他给关起来了。”

“呃……那这个人呢?”

“这个海务局的官员？盗用公款的家伙。我在一篇文章中好好披露了一下，让他连滚带爬地离职了。”

“那这个，好像，蛮顺眼的一张面孔……”

“什么呀！扔炸弹的家伙，地地道道的恐怖分子！他以前是个中学老师。当然，他倒是还没扔过炸弹，但真有可能扔的。这人让我觉得极为可疑！现在他在雅库特州呢。①”

“那这个人呢?”

“这人？就是个大坏蛋。你看这边还有一个混账家伙，把他父亲给杀了，这个是纵火犯，还有两个教唆未成年人犯罪的家伙……而这几个就是一般人吧，就是几个普通的坏蛋。”

他合上相册，眯缝着眼睛温柔地说道：

“要不您把自己的照片也给我一张吧？我把它也放进相册里。”

“呃……过后吧，以后再说。”

他两手交叉着放在肚子上，默默地坐着，好奇地打量着我。

然后站起身来调整了一下小油灯，用沾了油的双手抹了抹头发，用刺耳的声音问道：

“你们都在扔炸弹吗?”

“不，我可不扔。我扔炸弹干吗?”

“如今大家都在扔炸弹。②”

---

① 雅库特州是沙俄时期最常用的政治流放地。——译者注

② 1866—1891 年，俄罗斯发生了一系列针对沙皇的暗杀事件。1881 年 3 月 1 日沙皇亚历山大二世遇刺身亡。——译者注

当他听说我不扔炸弹时，整个人都变得轻松快活起来。他在脸上堆起笑容，拍了拍我的膝盖，说道：

“就应该这样！……要不给您看看我的动物乐园？”

我很吃惊：

“动物乐园？您那么喜欢动物吗？”

“嘿嘿……我这里是很特别的一种动物乐园……非同寻常的！”

他拿起一串钥匙，给我使了个眼色，带着我走过一连串空荡冰冷的房间，房间也充斥着刚才那种味道。

“这就是我的动物乐园。”他说道，龇着没有牙齿的嘴，露出一副殷勤的笑容，并用钥匙打开了最后一扇门。

在一个不大的房间里，三男一女正坐在桌旁玩“六十六”牌游戏。

“嗯，你们在这里怎么样啊，伙计们？”梅尼希科夫说道，疑心重重地仔细看了看所有人，用一根不知从哪里冒出来的长鞭子敲着腿。

“‘忏悔的工人！’‘忏悔的工人！！’你又喝醉了吧，混蛋?!”他突然叫喊道，盯着那个鼻子通红、流着眼泪的家伙的脸，“你看啥呢？‘上流社会的女士？’还有你，‘高加索知情人士’，想给你嘴里插上几个钎子吗?！一帮寄生虫！小心我把你们都赶走！！”

那个穿着一件破烂紧身上衣的高加索人站起来，用脏兮兮的手挠了挠耳朵，冷冷地说道：

“喊什么喊？酒是那个‘村里的小农民’给他的。”

“上流社会的女士”已经向我抛媚眼了。她侧过身子走过来问道：

“Parle veau France?①”

---

① Parle veau France：（法语）“您会说法语吗？”——译者注

“一边儿去，一边儿去，罪孽深重的老女人!”梅尼希科夫冲她喊道，还扬起长马鞭威胁她。

然后，当他看到我非常吃惊地望着这一幕时，向我解释说：

“您看到了吧，这就是动物乐园。我是为了写文章才养着这帮寄生虫的……他们能带给我灵感。这里还不是全部的人，有些被我放出去溜达了。你在这里看到的是‘村里的小农民’‘忏悔的工人’‘高加索知情人士’，以及‘上流社会的女士’。”

“她真的是上流社会来的吗?”我问道，一边看着她那浓妆艳抹的圆胖脸庞。

“她是我从风尘女子拯救社那里找来的。她以前在利戈夫卡那里经营一个妓院。而这个是‘村里的小农民’，一个酒鬼、混蛋，一喝多了就打那个‘上流社会的女士’。”

“那‘高加索知情人士’呢?”

“他以前在马卡耶夫那里烤肉串儿。我把他给引诱来的。是个正派小伙儿。塔拉斯卡！拿犹太佬该怎么办?”

“杀了!”“知情人士”尖叫着。

“您看看！……你往哪儿去，混蛋！把钱包还给人家!”

他用皮鞭在“忏悔的工人”手上一甩，从他那里夺过不知从哪里冒出来的我的钱包，将它交还给我。

“您对他可要小心一点儿。这个家伙不管看到啥都会顺走的。您的表还在吗?”

“上流社会的女士”悄悄在我胳膊上捏了一把，而“高加索知情人士”发现了这一举动，他把牙齿咬得咔嚓响，还将手放在了匕首的把柄上。

“咱们走吧。”我说道。

梅尼希科夫朝我眨眨眼睛说道：

“他俩在谈情说爱呢……但是除了这家伙，‘女士’好像还和

'村里的小农民'眉来眼去的。不过，我们还是走吧，他们这里的空气……真是的！"

我们出来了。

我开始和他道别。

送我的时候，梅尼希科夫阴险地眨巴着眼睛说道：

"您刚才可是撒谎了呢，是吧？嘿嘿……您可是会扔炸弹的吧？哼，老实交代吧！"

我可不敢老实交代，赶紧走了出来。

错乱

节日排钟的欢鸣声是最莫测的东西……我没见过哪个十恶不赦的大坏蛋，能抵得住节日排钟的欢鸣声……有时候，人们对这种十恶不赦的大坏蛋极力拷打和折磨，指望从他嘴里挤出哪怕一点点关于其罪行的实话——而他却紧咬牙关只字不吐……但只要节日钟声在他头上欢快地响起，他立刻就回想起自己的年轻时光，开始忏悔、哭泣，把自己的恶行全部交代出来，并誓言开始新生活。

有时甚至谁都没有揪住他的舌头逼他招供，但只要摇一摇排钟的舌头——罪犯立刻就回想起自己的年轻时光，开始一把鼻涕一把泪地忏悔一切。

一个老奸细——他在党内的外号叫“老狼”——坐在自己那间宽敞却并不舒适的房间里，心神不定地倾听着节日排钟的欢鸣声。

于是他回想起自己的年轻时光。他想起母亲领着小小的、打扮得干干净净的他往教堂走。他还想起这种齐鸣的钟声——就是那种欢快得要命、似乎充满期待的节日钟声。

当他想到自己现在的所作所为，想到自己已经堕落为叛徒时，他的心揪了起来，眼里迸出泪水……此时钟声正欢快地鸣叫着：

“咣咣！咣咣！”

“不！”奸细喃喃地说道，“我再也不干了！……我的心因为悔恨而撕裂破碎！……再不能作恶了！我现在就去承认一切——任凭他们处置。忏悔自己的罪恶永远为时不晚……”

于是他穿上衣服走出家门。

走在大街上，“老狼”喃喃自语道：

“我直接上警察局去，把一切交代清楚：我向革命党泄露过警察局的秘密，还有一次我从上校桌子上偷走了搜查令——他们准备搜查一个我认识的社会革命党人。我要把一切都交代清楚！让他们把我关进监狱好了，我任凭他们处置！……”

“咣咣！咣咣！”钟声欢快地鸣响着。随着越来越接近上校的家门，“老狼”的步伐也变得越来越慢，走得也不那么坚决了。

“老狼”的胸膛里燃起了一种新感觉。

“我在往哪里走呢?”他想道，“难道我应该去那里忏悔吗？我伤害最深的人是谁呢？我出卖的是谁呢？是同志们啊！而他们却一直对我坚信不疑……哈哈！那就应该去那儿啊，‘老狼’！在他们面前忏悔啊!”

他的眼中闪过一丝亮光。

他坚决地转身向相反方向走去，走向他的同志基里尔的秘密住所。

“我要上他那里直接坦白：如此这样，兄弟！我是一个罪大恶极的人，因为钱我一次次出卖了您。请您原谅我吧。我任凭您处置。”

他哽咽起来，用手绢擦了擦眼睛。

他自己都开始可怜自己了。远处已经能看到他那位基里尔同志住所的窗户了。

“我到了就向他坦白，” “老狼”喃喃说道， “我一直在骗您！……我又骗警察局，又骗您。甚至将警察局骗得还更多一点。”

他放慢脚步，停下来，开始琢磨起来。

“嗯……如果我将警察局骗得更多一些，那我就应该向警察局忏悔啊……我应该向警察局承认，我一直在玩双重把戏。它是警察局，这也不能怨它呀，警察局只不过是在履行自己的职责罢了。可怜的上校……这会儿正坐在家里想着：‘“老狼”马上就来了，会带来一些情报。’而我呢?”

“咣咣！咣咣!”钟声大作。

“老狼”的眼里充满了泪水。

他坚决地一转身，往回走去。

“……他正坐在家里想着：‘“老狼”马上就来了，会带来一些情报。’他那里真好，真舒适。点着灯，墙上挂着画儿……暖洋洋的。可不像那些不久前遭遇不测的人。那些人正待在局子里咬牙切齿呢。是‘老狼’把你们给坑了!”

他叹了一口气。

“要知道他们这会儿肯定是又冷又饿。局子里都是些石头地板。他们一直都信任我，以为我是自己人，而我……哎，‘老狼’啊！你在他们面前的罪过实在是太深重了，简直无法估量。”

“咣咣!”排钟嘶鸣着，“忏悔吧，‘老狼’！咣咣!”

可怜的“老狼”双手抱头，哀号着向他的同志基里尔家跑去。

“我要把一切都说出来！我要吻他们的手，我要痛哭流涕。我的青春哪里去了？我的诚信哪里去了?”

“老狼”并没有去基里尔那里。

他一直站在街头，被困惑撕咬着，心头交织着各种矛盾的情感。他这时特别想忏悔一下，他从未像现在这样渴望让惶惑的心灵得到荡涤、得到安抚。就这样，“老狼”伫立在十字路口：

“应该去哪里呢?”

他自己也不知道。

有个人突然从“老狼”身边快速走过，他觉得那人很面熟。于是他将忏悔的事情暂且搁置一边，心里琢磨道：

“我在哪儿见过这个人呢？对了，想起来了！这是莫佳。我经常在警察局里看到他!"

"老狼"身上的职业习惯又显露出来。

"他这是去哪里呢？啊呀！这可是基里尔同志住的单元啊！……莫非……"

"老狼"追上莫佳，将手搭在他的肩膀上。莫佳扭头看到他，显得有些尴尬，慌张地说道：

"啊，'老狼'啊！节日好!"

但马上就恢复了常态，一双犀利的眼睛直勾勾盯着"老狼"。

"您……也是到这来的?"

"是啊。""老狼"说道，心中暗想：他不会是来告我密的吧，这条恶心的蛆虫！那我在基里尔面前可就好看了。

他倒换了下脚，说道：

"您知道吗，莫佳……我不知怎么回事，想和您交个心：我呢，其实吧，是革命党内的人。去警察局无非是……是为了工作的需要。"

"那太好了呀!"莫佳高兴地说道，"那我也交个底吧：说实话，我也在做同样的工作呢!"

但是"老狼"在莫佳眼中发现了一丝很奇怪的、一闪而过的光芒，这点光芒立刻就被垂下的眼睑所遮蔽。

"嗨哟!""老狼"心头吃了一惊，然后大笑起来，友好地拍了拍莫佳的肩膀。

"好啦，不用再耍诡计和阴谋啦！我知道，您这小子呀！可不是一般人呢。我说的革命党的事情，不过是和您开个玩笑。见鬼，我怎么会是什么革命党呢？前两天我还把一个印刷所给清剿了。"

"哈哈!"莫佳也大笑起来，"是啊是啊！我们都看出来了。"

但"老狼"觉得他的笑声是假装出来的，而眼里又闪过一丝光芒，并且很快又熄灭了。

“天哪！”“老狼”惶惑地想道，“我一点儿闹不明白了。他干吗要到基里尔这里来？他可是公开为警察局工作的。但另一方面……哼……”

莫佳也在不停地琢磨。

两人就这样站着在那里，迷惑不解地打量着对方。

“你去钻到他心里看个究竟啊，”“老狼”惶惶不安地想道，“哎，这年头啊！”

“鬼知道他心里怀着什么鬼胎，”莫佳懊恼地琢磨着，“这年头哪！”

两人就这样站了大概有一分钟，友好地互相微笑着，然后握了握手，分道扬镳——莫佳顺着楼梯往上走，而“老狼”来到街上。

来到街上，“老狼”叹了口气，开始倾听：排钟不再鸣响了。

“啊哈！”“老狼”如释重负地想，“这就对了嘛。不然，怎么就跑去忏悔了！”

他再也不犹豫了，迈着大步走到上校家里，把他叫出来通报说，莫佳十分可疑，他在秘密住所旁边晃来晃去，应当监视他一下。

而莫佳此时坐在基里尔家中，他一边说着话，一边四下张望。

“你们那个‘老狼’很可疑呀……他在上校家门口晃来晃去的，总之，恐怕要监视他一下才对！”

| 在艺术的周边 |

老古董

这是节日前市场上最开心、最热闹的地方。在半明半暗的小小店铺里挤满了顾客，而在外面的入口处站着一个机灵的小伙计，尖声叫喊着，还在往店里招揽新的顾客。

“敬请光临唉!”他喊道，嘴张得老大，嘴角几乎要咧到那对大耳朵的耳根了，“哎！欢迎到我们这里来看看啊！这里有特好的鬼魂！有死人！各种身高的小姑娘！流浪狗唉！各种各样被大风雪掩埋的朝圣者唉！还有狼啊！真正的狼只有我们这里才有唉！哎!”

而小店铺里面更是嘈杂一片。掌柜子右手拎着一个长条形东西的后脖颈。那是一个包裹在白色殓衣里的玩意儿，掌柜子故作吃惊地喊着：

“您认为这不是鬼魂么?!这要不是鬼魂的话，那您觉得这到底是啥？我卖这玩意儿这么多年了，还没人质疑过我呢！您啊，大老爷，可能从来就没见过真正的鬼魂吧，所以才这么说!”

“但是它……并不可怕呀!”顾客怯生生地反驳说，并斜眼看了看那个在掌柜子强有力的大手中无助地晃来晃去的家伙。

“这个不可怕吗?”掌柜子吃惊地说，“那什么样的才算可怕呢?!您注意一下它们的脸：死白死白的脸色，眼睛跟蜡烛似的。只要摁一下这个按钮……那声音！您听听!”

掌柜子用手摁了一下鬼魂的后背，它嘎吱嘎吱响起来，嘴巴啪啪动着，叫嚷道：

“你去找找能揭开你身世秘密的文件——在阁楼上，在那只老箱子的双层箱盖里!”

之后嘴又合上了，眼睛也黯淡下去，最后那个家伙在掌柜子手中消停下来，毫无生息了。

顾客寻思了一阵儿。

“还不错……说的话倒是挺好的。可以用它们编点什么……嗯……身世的秘密……包起来吧！”

“瑕疵品要不要？”掌柜子一边将顾客买的东西打包，一边问道。

“什么瑕疵品？”

“一个官员。在圣诞节前夜忏悔，说他当年将生病的妻子和孩子一起赶出了家门。那两人正好也是圣诞夜送来这里的，一副乞丐模样。”

“然后呢？”

“是这样。我们店铺的小伙计，就是这会儿在门口嚷嚷的那个，那个该死的家伙把官员从盒子里拿出来，一下就把他的头给拧下来了。您想想啊，老婆不可能回到一个没有头的官员那里去吧。结果就把好好的组合给弄坏了，这个该死的家伙。您拿走吧。可以便宜给您……”

“可我要它干吗呢？”

“嗯，可以随便编点什么……老婆呢，可以让她开个名声不怎么好的小酒馆。丈夫嘛，因为想她，就在圣诞节前夜跑到那里想给她个惊喜。结果人家没认出来他，把他给打死了。直到打死以后，把割下来的脑袋拿给她玩时，她家的女儿才认出那是自己亲爸爸的面孔。极好的情节呢！”

“也是！”顾客思忖了一下说道，“我写了发到外省什么地方去，那儿的人喜欢这些东西。只是您别忘了把头也放进去。”

“您放心吧，都在这边盒子里呢。那您要不要给上面再加点儿暴风雪呢？来上 30 戈比左右的。”

“难道现在你们这里暴风雪都是单独卖的吗？”顾客惊讶地问道。

“是啊。暴风雪最好搭了。可以买个官员，搭点儿暴风雪。买个迷路的小男孩，配点儿暴风雪。暴风雪几乎到处都挺合适的。”

“那您就给官员身上撒上 20 戈比的。再给我单独装一点。可以随便写一首关于暴风雪的散体诗。谢谢您了。”

小店里走进一个戴眼镜的女士。

“您好！请给我拿一个冻死的小男孩。要个头小一些的，衣着糟糕一点的。”

“我们没现货呢，”掌柜子叹了口气说，“最近天气跟故意作对似的，暖洋洋的，而这种商品可容易放坏呢。”

女士不知所措地看了看掌柜子。

“那能不能找一个大街上的小姑娘？将脸贴在玻璃窗前看着里面圣诞树的那种？”

“已经卖完了。以前倒是有一个脸贴玻璃上的小姑娘，不过被人家买去给儿童杂志写东西去了。我们一般不存很多货的，因为这种东西很快就过时了。您不想买个新一点儿的货吗：有绞死自己亲侄子的刽子手，有圣诞夜掠夺庄园的江洋大盗，有忏悔的省长。现在种类很多的。”

“有什么带狼的吗？”女士问道。

“有啊：森林里的猎人和受节日钟声惊吓的狼；有行人和狼；有荒芜的庄园和狼；有三套马车和狼。您看包哪一个？”

“就要那个带荒芜庄园的吧。那种忠心耿耿的老仆人，你们这里单独卖吗？我想拿一个。”

“随便您呢。只是太太，我建议您，仆人最好还是连带着三套马车一起买。狼可以单独买。我这里正好还剩下一个庄园，就是被江洋大盗抢过的那个。有个顾客把那些强盗给买走了，把他们抢掠的那个庄园给留下了。这个几乎算是白送呢。”

一个个头很高、相貌堂堂的小说家站在柜台旁边。这是个远近闻名的小说家，手里握着一大把从各处获得的预付订金。他绝望地看着那一大堆乱七八糟的鬼魂、狼和江洋大盗——凭着凶残的、抹成红色的脸，以及腰间插着的巨大手枪一下就能认出这些强盗来。

“你们这里啊，尊敬的先生，”小说家愁眉苦脸地说道，“都是些千篇一律的东西……尽是一些狼啊、被暴风雪覆盖的忏悔老头啊，再就是各种各样无家可归的女人。”

掌柜子摊了摊双手，用抱歉的口吻说道：

“给您还真难选呢。一般的小人物什么都买，随手拿上就走。要是外省来个什么人，那就是鬼魂也买，过路的老头也买。看到有江洋大盗的庄园，就要买这个庄园。你给他推荐狼吧，他也不会嫌弃。你尽可以给他些掉了毛的年老体衰、苟延残喘的狼。要是他再看见暴风雪，看到这些便宜货，就会要求给他买的所有东西都配上暴风雪，最后闹得你都搞不清楚哪里是庄园，哪里是狼！那些都是头脑简单的家伙。给您当然不能推荐这样的东西了。”

“有什么新鲜玩意呢?”

“特别的也没什么。有热带地区的圣诞节、圣诞夜被浮冰带走的人们、绞死亲侄子的刽子手。我给您推荐一个飞艇上的圣诞节怎么样?”

“呸，尽是些俗不可耐的东西!”小说家皱了皱眉头说道，“有没有什么特别古老的东西?就是那种古老得已经彻底让人厌烦、被人忘却的东西?我好用来营造文风。”

“我到地窖里去扒一扒，”筋疲力尽的掌柜子叹了口气说道，“那里有些东西，四十年都没人翻过了。”

十分钟后掌柜子拿着一个沾满灰尘、漆面已经剥落的小盒子钻了出来。他将盒子扔到柜台上，说道：

“这个行吗?这可是最古老的东西了。算是老古董了。”

“这是什么玩意儿？”小说家不屑地皱了皱眉头，打量着盒子。

“这是一个女子在破败的浴室里用纸牌给自己失踪的心上人算命呢。喏，有蜡烛，两面镜子，一个女子……这是显映出来的棺材。这个操作起来很简单，就这样：这里放镜子，这里是蜡烛……女子放在这个小长椅上。现在只要把棺材从镜子里推出来，姑娘就会跌倒。第二天早晨人们会发现她晕过去了。然后姑娘得上热症，然后是邮递员来了，送来未婚夫死亡的信。这是很古老的东西呢！您拿上吧！”

小说家眼里流露出犹豫不决的神色……这时店铺里走进一个瘦瘦高高的中学生，一双手红彤彤的像鹅掌似的，脸上密密麻麻布满雀斑。他怯生生地紧靠在门上，眼睛有点不自在地打量着这个不同寻常的环境，用一种极为嘶哑、假装出来的浑厚声音问道：

“你们这里有没有圣诞故事用的东西？不要太贵的。”

“米季卡！”掌柜子对小伙计喊道，“给他看看流浪狗。”

“有没有……快冻死的朝圣者？”中学生怯生生地问道，用哀求的目光看着掌柜子。

“没有，”掌柜子冷冰冰地回答，“您可以买条圣诞夜在街头溜达的流浪狗，或者买一棵被人砍下来给孩子玩、但一直思念自己那片森林的小枞树。”

米季卡把中学生带到一个角落里，将一个个小盒子在他面前打开。

“这是一只流浪狗，您看，只要一挤它就会使劲叫唤！而这个是思念故土的小枞树。”

“将脸贴在玻璃窗上往里看的小姑娘没有吗？”中学生轻声问道。

“都卖光了。您还是买条狗得了！能写好长一篇故事呢。我再给您配上 3 戈比的暴风雪。”

小伙计将流浪狗给中学生包起来，又从一团暴风雪上扯下脏兮兮的、已经有些融化的一小绺，说道：

“要在临使用前再把这个东西撒在狗身上。要冷藏保存。再见哪。”

小说家一直微笑着看着整个这一幕。他突然笑了起来，对掌柜子说：

“您知道吗，我要把您这条狗和这绺暴风雪买下来，只是——要带上中学生一起买。”

“您要这干吗？”掌柜子惊讶地问道。

“我可以用这些编个很棒的故事：《第一个圣诞节故事》。一个创作自己第一部作品的中学生——多好的内容！”

“那没问题啊！您把这些一起包上，都拿到马车上去。这有啥，跟个中学生还用得着客气！……谁也不会知道的。”

“悉听尊便！”

一群人嘻嘻哈哈地闯进小店铺里。

其中一个人踩了小说家一脚，将柜台上躺着的鬼魂脚朝天立起来，将同伴们逗得一个劲儿乐。那人叫嚷道：

“哎！老头！把你家那些破玩意儿给我们看看！”

“这不是什么破玩意儿，”掌柜子有些生气地说道，“而是一些很好的圣诞故事情节。请不要将鬼魂头朝下放置。”

“这些人是谁？”小说家小声问道。

“一些写幽默作品的人。一帮肚子里没什么货、最恬不知耻的家伙。他们总是跑来乱翻一通，嘲笑一番，然后几乎啥也不买。以前有个幽默作家还挺不错的……挺像样的一个人。他要是来了，你就可以给他一个走错熟人宅子的造访者①，或者是一个没能获得预期勋章的官员，或者是一个纵酒作乐的生意人。他可是个正儿八经的

---

① 暗指阿韦尔琴科自己的小说《造访者》。

幽默小说家。现在这些人都不成样子了。哎，先生唉，先生！可不能这样啊……您怎么能把庄园火灾和快冻死的朝圣者还有儿童枞树往一个盒子里塞呢……”

这些人一直在嬉闹着，将一个幽灵骑在快冻死的朝圣者身上，让他们和可怕的江洋大盗以及一匹瘦骨嶙峋的圣诞狼手牵着手，在小枞树前跳舞。

然后他们把这些东西乱七八糟堆成一堆，而发现一盒暴风雪后，又哈哈笑着将暴风雪一团团抓起来互相朝脸上扔。

我走进小店铺，扫视了一下这里所有的人，对掌柜子说：

“我到您这里想寻个情节……”

“请便呢！”他鞠躬致意道，“您想要什么呢：有绞死侄子的刽子手，有暴风雪和狼，有庄园火灾，有幽灵……”

“你这个老傻瓜！”我生气地嚷嚷道，“你难道不明白，这些对我来说都太少了吗！？

“这些东西我统统都要了：庄园、江洋大盗、暴风雪、小说家、侄子、刽子手、中学生、你那些小伙计、你自己、你的所有这些乱七八糟的破家当——我要你统统给我包到这张纸里，我好带回家去。我只有一个愿望和目的——就是把这些乌七八糟的东西、把这些愚蠢透顶的老古董一股脑都给烧掉！……让圣诞节故事都统统见鬼去！！”

阿波罗

有一天我在书店橱窗里看到一本书……从外表看，这似乎是一本很像样、很正经的技术室书目，从而对我极具诱惑力，因为我对技术领域的新鲜事物总是很着迷。

等人家把这本书拿近给我看时，我才看见，这不是什么书目，而是一本文学月刊。

“这杂志……叫什么名字?”我有些不知所措地问道。

“封面上不是写着书名嘛!”

我仔细看了下书名，先是将书侧过来看，然后又倒过来看，觉得好像蛮有意思的，就说：

“我不知道啊！或许能劳驾您告诉我一下书名吗？当然，如果您知道书名的话……而我本人呢，可以向您保证，如果您告诉我的是一个秘密的话，我会严密保守这个秘密的。”

“这没什么秘密，”掌柜子说道，“杂志名叫《阿波罗》①，就算是用希腊字母写的，也没什么……下期您就会觉得容易很多，第三期就更容易了，再往后就轻松自如了。”

“那为什么杂志叫《阿波罗》，而封面上却画着被几支箭刺穿的蜥蜴呢?”

掌柜子略微思考了一下。

---

① 《阿波罗》：1909—1917年间出版的文艺杂志，最后一期延迟出版，1918年才问世。编辑兼出版人是画家、诗人、批评家C.K.马科夫斯基（1878—1962）。在油画方面，杂志支持现代主义和其他相近流派，而在文学中支持阿克梅派和象征主义。

“阿波罗是美与光明之神，而蜥蜴象征着某种滑溜的、令人讨厌的东西……所以它才被光明之神射穿了。”

我挺喜欢这种深奥的东西。

等我出版自己的小说集，我要取名为《嗞嗞声》，并在封面上画一个正在走进牙科大楼的美女……

因为对这个古怪的《阿波罗》颇为好奇，我买下了杂志，然后走了。

打开杂志后我读的第一篇文章是因诺肯季·阿年斯基的作品，名叫《关于当代抒情诗》。①

第一句是这样的：

“我们最早的酒神女祭司的茉莉神杖②很快就挥不动了③……”

有时候我特别同情我们的俄罗斯人民，而有时候又有些懊恼：什么都不敢交给俄罗斯人……给他手里一根茉莉神杖，他一高兴就使劲挥啊挥的，直到这玩意彻底挥不动了。

我在《抒情诗》这篇文章中偶然看到的一句话，让我来了兴致：

“在俄罗斯诗歌中飘浮着神智学焦煤的尘埃，这是长生不老药当中最具资本主义味道的东西……”

这简直太让人伤心了。

于是我心情顿时不好了，甚至都无法继续阅读《关于当代抒情

---

① 阿年斯基·因诺肯季·费奥多罗维奇（1856—1909）：诗人、批评家、古罗马文学翻译家、教育家；倾向象征主义流派；著有两本抒情诗集和两本评论文集《影像之书》。《关于当代抒情诗》是《阿波罗》杂志 1909 年第一期中刊出的文章，探讨的是俄罗斯象征主义诗歌的问题。阿韦尔琴科对该文章的引用并不准确。此处充满讽刺语气，因为其对所有现代主义流派，无论是诗歌中的还是绘画中的，都很不认可。

② 神杖：是古希腊时期由常春藤或葡萄藤缠绕的权杖，是酒神巴克斯（狄奥尼索斯）及其伙伴们所持之物；是狂放诗歌的象征。

③ 这里是说俄国颓废派文艺和象征主义文学遭遇了危机。阿年斯基在其文章中解读维亚切斯拉夫·伊万诺夫的《酒神的女祭司》一诗，并运用该诗中的形象来表达这一想法。

诗》的文章……

另一篇文章则平息了我的不悦之情：《期待献给阿波罗的赞歌》①。

我是一个乐天派的人，心头的喜悦总是如泉水般向外奔涌，所以作者的提议非常合我的胃口：

“既然舞蹈是生命中一种最美好的现象，那么所有人都应该手牵手跳起圆圈舞。人们应当变得非常美妙，应当永不停歇，而舞蹈将成为生命的法则。”

而此后作者提出要燃起祭坛、开创祈愿游行和舞蹈，这让我狂喜不已。

“真是这样啊！”我心想，“看看我们现在的生活……你是既得不到满足也得不到欢悦。大家都在地上爬着，就像垂死的蛆虫。沮丧将我们正在变僵硬的肢体捆缚起来……不，确确实实，只有祈愿游行和舞蹈——才能将我们带上新路途。”

此后作者又写道：

“近年来众人对舞蹈的兴趣有所提升，绝非偶然……”

“就是这样！”我心想，“一切都已经开始了！”

因为感受到即将临近的欢悦，我有些喘不上气来了。我费了一番努力才让自己开始阅读下一篇文章：《关于戏剧》。

---

① 《期待献给阿波罗的赞歌》：这篇文章也刊登在这期杂志上，作者是亚历山大·尼古拉耶维奇·伯努瓦（1870—1960），是一名画家、批评家、戏剧史学家，是画家团体“艺术世界”（1898—1924）的思想人物之一。本文下文对这篇文章的所谓引语，是阿韦尔琴科杜撰出来的。

关于戏剧的这篇文章作者①认为，拯救和复兴戏剧唯一的办法，就是观众要与演员一道参与到表演中来。

这想法我喜欢，不过我觉得很多东西并没有说明白：是说观众也在剧院经理处那里领薪水呢，还是说，演员也要和观众一样，要在窗口买票，才"有权演出"……而演员又将如何对待那部分不愿意参与演出的懒洋洋的观众呢——因为人家只不过是想瞧瞧舞台上所发生的一切？……

不过我完全同意作者的观点：即重要的是思想，而细节可以过后再探讨。

晚上我到几个熟人那里去，正好他们那里有客人。

大家三三两两围坐在客厅里，讨论着官僚主义的恶劣影响，并拿英国和美国为例。

"先生们，"我提议说，"我们是不是应该手牵手跳起快乐的圆圈舞，在祈愿的舞蹈中奔向狂欢的酒神呢？"

我的提议令众人感到莫名其妙。

"您的意思是？"

"我们的日常生活中蕴含着舞蹈的节奏，甚至在日常生活中也应该手牵手地跳着圆圈舞，从舞台奔向生活……请允许我抓住您的手，太太！……就这样……先生们！喏喏，你们为什么这样无精打采呢？……请抓起您身边女士的手。你们为什么这样疑惑地看着我？准备好了吗？好，现在你们可以畅快地跳起圆圈舞了。先生们……可不能这样啊！……"

客人们不知所措地将原本按照我的口令拉起来的手又放下去，

① 《关于戏剧》：是指登在本期杂志上的《关于戏剧》一文，作者弗谢沃洛德·埃米里耶维奇·梅耶霍德（1874—1942），是演员、导演、批评家和戏剧改革家。

怯生生地回到自己的位置上。

“您脑瓜里怎么会突然产生这种想法——让大家跳舞呢?”主人口气生硬地问道，“什么时候举行舞会，年轻人自然会去跳舞的。而让这些有身份的人无缘无故地手舞足蹈，您自己想想……”

为了缓和这种尴尬的沉寂，女主人说道：

“诗人布宁被选为院士了[①]……大家听说了吗?”

我耸了耸肩。

“啊呀，这个俄罗斯诗歌啊！当中飘浮着神智学焦煤的尘埃，长生不老药当中最具资本主义味道的东西……”

女主人脸色变得煞白。

男主人牵着我的胳膊，将我带到一旁，严厉地小声说道：

“我希望在说了这些话之后，您自己也明白，您待在我们这里不太合适……”

我责备地摇摇头，拍了拍他肩膀说道：

“这就对了！我们最早的酒神女祭司的茉莉神杖很快就挥不动了。只要交给你们点东西……谢谢您，别担心……我自己下去！这里一共就几个台阶……”

我走在大街上，心头十分沉重。

“你试试和这样的人民一起祈愿舞蹈啊！你试试让他们跳起圆圈舞啊！你给他们一根茉莉神杖，他们不仅会把它舞到挥不动，还会将它变成一根马鞭子，再拿它来抽你呢！这些狂欢的酒神!”

伤感之下，我走进了剧院。

在舞台上，市长攥着拳头站在那里，面前跪着一些商人。

---

① 1909年，作家、诗人、后来的诺贝尔文学奖获得者伊万·阿列克谢耶维奇·布宁(1870—1953)当选为优雅语言名誉院士。

“好哇，告我的状是吧?!”市长大声吼叫着①。

我决定践行那个令我十分喜欢的将观众与演员融为一体的思想。

“……告我的状是吧？你们这些骗子，混蛋……”

我从座位上站起来，脸上做出愤怒的表情，自己继续说道：

“……这些混蛋无赖！你们小心点！阎王会派小鬼们来抓你们的②……”

可是最后我发现，观众参与到演员表演中的思想，并未付诸实施……

警察局长坐在剧院办公室里写笔录时，抬眼看了我一下，问道：

“您干扰剧目演出的动机是什么？……”

我试图解释一下：

“神杖已经挥不动了，局长先生……”

“我们太了解你们这些人了，”局长并不相信我的话，“你们这些人先是喝得不省人事，然后——就乱挥棍子！”

① 这是果戈理的喜剧《钦差大臣》里的台词。——译者注

② 这是果戈理的喜剧《钦差大臣》里的台词。——译者注

美国人

《北极光》杂志的出版商罗兹杰林申和他的秘书比利伯克耶夫正在编写下一年度的订阅通知。

“从何写起呢?”比利伯克耶夫拿起笔来问道。

“嗯……和通常一样呗，开始是……”

“通常开始是这样的，”经验丰富的比利伯克耶夫说道，“本杂志无意进行天花乱坠的广告宣传……”

“这样挺好啊，挺像样的，只是……等等，亲爱的……我们现在正准备写什么呢?”

“准备写一个天花乱坠的广告宣传。”

“那就是了，可我们却要写‘无意进行’……不太合适啊。”

比利伯克耶夫想了想。

“这类通知还有一种不错的开场白：‘本杂志不惜重金……’”

“这样就很好啊!”罗兹杰林申赞赏地叫道，“正是这样啊，‘不惜重金’……您开头就这么写吧。”

比利伯克耶夫写下了“本杂志不惜重金”，然后期待地看了一眼出版商。

“然后呢?”

“什么然后?”出版商问道。

“我已经写了‘不惜重金’，那下面怎么写呢?”

“这样不就挺好，还要写啥呢?”

“您看啊……我写了一个从句。您肯定也知道，这个从句呢，仅有从句本身而没有主句，是不能成立的……那这里主句在哪儿呢?”

“我怎么有点儿不明白呀。”罗兹杰林申迷茫地看着秘书说。

“天哪，真是的！我们写了‘本杂志不惜重金’……那下面怎么写呢?！应该写‘本杂志不惜重金，将要做这样那样的事’。所以现在您就说说，我们为了做什么事而不惜重金呢？那个‘这样那样的事’，到底是什么事呢?”

出版商叹了口气。

“那就这样写！后面可以这样写，就说，‘为迎合各位尊敬订户的兴趣要求……’”

秘书写了几个字，然后大声读出来：

“‘本杂志不惜重金，为迎合各位尊敬订户的兴趣要求’……”

他又停下笔来。

“那然后呢？主句是什么呀?”

“难道没有主句吗?”罗兹杰林申惊讶地问道。

“当然啦！我们这里不惜重金，为迎合兴趣，那我们到底不惜重金干吗，朝哪里迎合上去呢?”

“嗯，是啊，”出版商沉思起来，甚至把嘴唇撮成了圆筒，“的确是啊。‘为迎合各位尊敬订户的兴趣要求’……可他们这帮鬼家伙，怎么会明白出版商的心境呢？呃……接着再添点什么呢？要不然说说边远地区?”

“什么边远地区?”

“就说，本杂志将会密切关注边远地区的切实利益……有些杂志就是这么说的。”

“尼卡诺尔·帕雷奇！报纸确实可以关注这个问题。可我们怎么可能关注到边区利益呢？我们第一页上是什么《拿着苹果的小女孩》，然后是长篇小说《分道扬镳》，然后又是一个什么《抱着猫的小姑娘》，给她奶奶祝贺生日。还有就是《佛罗伦萨的卖花姑娘》，再杂七杂八的几篇文章，最后还是那个该死的小姑娘抱着条狗，篇名叫作《两个好朋友》。差不多每期都是这样。这和边区有什么关系？只有两条路可以选：要么是猛吹一下杂志本身，要么就只能说说赠品！”

“至于杂志嘛……我们还和平常一样，提供52期插图精美的杂志，刊出最佳文学大师的作品，用牛皮纸印刷……”

“去年我们就是这么写的，前年也是这么写的……该写点什么关于改革的东西。比如说，1910年将是我们的改革年！”

“那能改革什么呢？……那个送文件的莫迪卡，我早就想把他开掉了，找个脑瓜子更好使的人顶替他……”

“您说这些干吗啊，尼卡诺尔·帕雷奇！人家其他杂志都是正儿八经地……比如人家《启明星》写的是：我们不惜重金，将部分插图采用Dreifarbendruck① 方式印刷！”

罗兹杰林申着实一惊，他看了秘书一眼。

“天啊，这又是什么玩意？……”

“三色印刷呀！我们一直就在折腾一个颜色……Einfarbendruck②！”

“亲爱的！”出版商说道，“您就那样写上……就说，我们从明年开始，将采用Einfarbendruck的印刷方式印制插图。”

比利伯克耶夫大笑起来。

“不惜重金？”

“不惜重金。我们还可以写上，‘为了迎合兴趣’，怎么样？”

“不行啊，尼卡诺尔·帕雷奇，对付不了的……您还是得拿赠品来做文章。您建议附赠些什么呢？”

“我这里记着呢：‘铜版纸印刷的美女图册，将是您温馨家居的

---

① Dreifarbendruck（德语）三色印刷。——译者注

② Einfarbendruck（德语）单色印刷。——译者注

最好装饰；40 年代著名作家的全套文集；还有国家杜马议员的肖像册’……”

比利伯克耶夫若有所思地摇摇头。

“主意不错。可以附赠 10 个大美女图像。需要到现有的版里翻一翻。只是国家杜马议员花费就会比较多……又要买照片，还得制版……”

“就这么办吧！或者还是三色印刷吧？我们在旧版里翻翻就够用了。”

“可是我们没有国家杜马议员的人像制版啊！”

“也用不着。反正我们这里现成的版还少吗？《斯文·赫定——西藏游记》《著名学者巴斯德》《殖民地的英国总督》《卡诺总统的刺杀者》① ——所有这些都可以派上用场。就是要根据胡须来仔细挑挑。”

“怎么……怎么按胡须挑？”

“嗯，是这样。哪个杜马议员是留大胡子的，就找一个留大胡子的版。如果谁是嘴角小胡子，就挑个嘴角长小胡子的版。至于是不是很像，就无所谓了，大家会以为就是搞混了，不会较真的。”

“那就这样吧！”比利伯克耶夫说道，“那 40 年代的知名作家是哪位，附赠作品全集那个？您这里没写他的姓名啊。”

“我自己也不知道呢。偶然在库房里买下来，某个无名小辈的两千册书，到底是谁写的，我也没仔细看。你到时候自己把他姓名写上去就行了。”

---

① 此处阿韦尔琴科列举了 19 世纪末一20 世纪初大众杂志上刊登过的若干典型人物照片。斯文·赫定（1865—1952 年）：瑞典旅行家、西藏和中亚研究专家，1923 年进行了环球旅行。卡诺·萨迪（1837—1894 年）：法国政治家，1887 年当选法国总统，其总统任职期间出现严重的政治危机，对工人运动的镇压也愈发严酷；后来卡诺在里昂被无政府主义人士卡塞里奥刺杀。

“等等！我们就这样往下写……这样吧：‘本社决定，为迎合各位尊敬订户的兴趣要求，将不惜重金，回馈单独售价高达 27 卢布 55 戈比的系列赠品。1.《美女图册》。此套精美图册将会成为您最佳的居家饰品。女性之美乃自然母亲用以装扮混沌宇宙的绝佳饰品，图册中婀娜多姿的女性身影，将令各位欣赏者的眼睛大快朵颐。订阅者将会看到数位美若天仙的女子图片，每张图片单独售价均为 8 卢布。2.40 年代文学巨匠作品全集（回头不要忘了把姓名写上）。其作品迄今广为流传，为众人耳熟能详。该作家与其他文学巨匠，如普希金、别林斯基，以及作品流芳百世、含泪嘲笑农奴制改革前的罗斯、用其天才笔触无情抨击俄国国内腐败行径及落后状态的俄罗斯讽刺大师果戈理等人都比肩齐名。3.所有在 1 月 1 日前交款的订户，将得到豪华印制的《我们的议员》图集。给订户们呈现的将是数位以医治我们亲爱的俄罗斯祖国母亲的伤口、以令其摆脱病痛为使命的国家杰出人物的图片。所有在 1 月 1 号之前交钱的订户都可以将这些珍贵面容铭刻于心（一年 6 卢布，半年 3 卢布 50 戈比）’。”

比利伯克耶夫歇了口气。

“行吗？”

“很棒！关于果戈理写得太精辟了。确实是这样——不惜重金！谢谢。”

罗兹杰林申握了握比利伯克耶夫的手。后者哂笑了一下说道：

“但是我觉得前面最好还是写上：‘本杂志无意进行天花乱坠的广告宣传’……如何？”

艺术大舞台

我坐在第四排椅子上，倾听着舞台上那个留着一小片棕色络腮胡子的人说话。他那善良温存的眼睛流露出柔和的目光。

“为什么要这样憎恨呢？为什么要愤愤不平呢？他们或许也是好人，只是太无知，自己都不明白自己在做什么……应该理解他们，而不是憎恨他们！”

另一个演员装扮成面容严酷、不依不饶的模样。他蹙了下眉头，不容置疑地说道：

“是的，但每每看见到处都是这种奴颜婢膝、愚昧蠢钝和因循守旧的状况，高尚的人就会因此而痛彻心扉。”

女主角半倚在长沙发上，忧伤地表示异议：

“先生们，空气那么清新，鸟儿那么欢快地鸣唱。天上明日高悬，柔和的轻风拂过一朵朵小花……为何还要争执呢？”

不依不饶面孔的那个人用手捂住脸，失声痛哭，并喃喃说道：

“天——哪！天——哪！……活着如此沉重！”

而扮成原谅一切面孔的那个人轻轻将双手搭在那个说着“天哪！”的人肩头。

“伊琳娜，”他轻声对女主角说道，“这个人有一颗火热的心！”

我的眼中涌出泪水。我这个人总体说来是非常敏感的人，我甚至都不忍心看到别人当着我的面动刀杀人。我抹了一把泪水，突然感觉到，这些人用他们的天才表演让我变成一个好人、一个纯洁的人。于是我特别想在幕间休息的时候，去化妆室探望那位原谅所有人的演员，也要去看看那个一直很痛苦的人，还要去看看那个忧伤的女主角。我要向他们表示感谢，感谢他们在我内心里唤起如此的情感。

于是在第一次幕间休息的时候，我就去找他们了。

下面就讲讲我是如何结识舞台表演者那个妙趣横生的世界的……

“请问我可以进埃拉斯托夫的化妆室吗？”

“您是鞋匠吗？”

“我本人无法判定这个问题，”我有点犹豫地回答道，“虽然我写的小说被有些文评家认为缺陷很多，但我觉得还没差到这个程度吧，要称我为……”

“您请进！”

我迈进门去，走到那个化妆成原谅一切面孔的演员面前。

“我是您的崇拜者！”我自我介绍说，“我来是想和您当面认识一下。”

他非常受感动。

“很高兴……您请坐！”

“谢谢，”我说道，一边环顾着化妆室，“演员的生活好有意思呢，是吧？……你们个个都那样真诚、温柔、才华横溢……”

埃拉斯托夫宽容地哂笑了一下。

“呵，才华横溢……远不是所有人都才华横溢的！”

“您可不要太谦虚啊。”我不同意他的说法，一边坐下来。

“当然……难道这个老不咔嚓的臭皮鞋，会迸发出什么火花来吗？一丝一毫都没有！”

“哪个老不咔嚓的臭皮鞋？”我哆嗦了一下，问道。

“费阿尔金-格罗霍托夫！就是那个扮演男主角的家伙，演技拙劣透顶的。”

“您认为他没能演好这个角色吗？那为什么导演要安排他扮演这个角色呢?”

埃拉斯托夫双手一拍。

“小青年！您什么都不知道吗？导演在和他老婆姘居呢！而他自己却在享用着女商人波利瓦洛娃的温存。这个女商人是餐室老板的亲戚。而餐室老板可是给剧团老板投资了4万卢布呢。”

我惊呆了。

“真是个混账东西！而您和这位亲切可爱的卢切扎尔斯卡娅，还得和这种人同台表演!”

“那个女主角？她有什么呢……她自己还和提词员姘居呢，就是因为那人是剧评家库尔德宾的堂兄。她有老公的，还有个大约12岁的女儿。但她成天对女儿拳打脚踢，恐怕很快就会把女儿送进棺材里去——我对此深信不疑。不过，她倒是不反对把女儿卖给滑稽演员祖布恰特金，就因为那人在某剧院里有点儿关系，而她则一心想混进那个剧院……”

“难道她是这种人啊?”

“是啊，您知道吗……她随便遇上个男人就能和人家勾搭上。你只要拿出十卢布给她看——她跑得快着呢。那个滑稽老太太米亚特金娜-斯特洛耶娃早都不想和她握手了!”

“您瞧瞧！那个滑稽老太太原来是这种内心高贵、眼里不容沙子的人呢!”我惊讶地说道。

“才不是因为这呢。只不过是米亚特金娜-斯特洛耶娃曾经有个演配角的情人，叫克列奥帕特洛夫，她一直包养着他。但是卢切扎尔斯卡娅到处散布说那个男人从道具室偷走了一个头盔，结果演出正当季的时候就把他给开除了。哦，抱歉，我现在要上台去了，大概五分钟，您要是愿意的话就等等……我马上就回来，我们再聊聊。您知道吗，像我这种想法的人，生活在这样肮脏的是非之地，真是太可怕了。我马上就回来！”

他走了，就剩下我一个人。

门吱地一响，费阿尔金-格罗霍托夫走进化妆室，他愉快地用口哨吹着曲调。

“瓦西卡不在吗？”他温厚地问道。

“没在，”我回答道，并且非常礼貌地鞠躬致意，“很高兴认识您——您表演得非常棒！”

他的脸变得忧伤起来。

“我的确可以表演得很好的，但不是在这里。我会表演的，但不是和这个……埃拉斯托夫！您知道吗，和这个人根本就无法对话！他总是抢话，不让人说完，弄得你说台词时别人都听不清，还总是做一些愚蠢的怪表情，让观众无法专注听正在说话的人。”

“难道他是这种人啊？”我吃惊地问道。

“他？如果他在私生活中是个正人君子，也就算了。可他成天和那些未成年的女中学生们打得火热，玩起牌来手气总是好得令人可疑，而且还张口就找人借钱——这些可就太可怕、让人无法忍受了。对了，他还没找您借钱吧？”

“没有，怎么了？”

“他会借的。超过 10 卢布你就不要借他，反正他是不会还的。我告诉您啊，他和卢切扎尔斯卡娅……”

门口传来了敲门声。

“可以进来吗？”卢切扎尔斯卡娅在化妆室门口问道，“噢，抱歉！很高兴认识您！”

“怎么样啊，亲爱的？”费阿尔金-格罗霍托夫望着她，彬彬有礼地问道，“他在那儿咋样啊？”

“简直受不了！”卢切扎尔斯卡娅举起双手，痛苦地回答道，“简直就是噩梦……总是把台词弄错，表演还做作得要命，一会儿声音小得像感冒了，一会儿又吵得受不了。我简直被他整得筋疲力尽！”

“哦，我们的小可怜，”费阿尔金-格罗霍托夫温柔而忧伤地看了她一眼，“那您怎么样啊？”

“我还好……我今天基本上没有和他的配戏，不过您就……我想啊，您的那种风格、演技、用心和脆弱的神经，在经历了首都那样的大舞台之后肯定是……很苦恼吧？噢，我太了解这一切了！该您上台了，亲爱的……赶紧去吧！”

待他出去之后，卢切扎尔斯卡娅皱了皱眉头，弯下腰来担忧地小声问我：

“这个白痴刚才跟您说什么了？”

“他？就是随便聊了聊……”

“这人最爱挑弄是非、满嘴胡言……我们都怕他怕得要死。比如说，他现在就有可能出去跟别人说，说看见您在摸埃拉斯托夫挂在那里的西装上衣口袋。”

“难道还会这样？”我吓坏了。

“这是个酒鬼，还是个吸吗啡的瘾君子。如果把他关到监狱去，我们都会很高兴的。”

“真的吗？为什么呀？”

“他敲诈过一个有钱的大小姐。现在这事被披露出来了。我会很高兴的，因为跟他同台表演，那简直是地地道道的折磨！当他和那只大猩猩，就是那个埃拉斯托夫一起登台的时候，你简直什么都不能指望了。他俩会把一切都搞砸的！”

“那为什么导演把这么重要的角色交给他们呢？”

“再简单不过了！埃拉斯托夫和导演的老婆在姘居，而导演也巴不得如此，因为这样的话，就没人阻挠他和那个荡妇卡什尔斯卡娅-梅林娜去享受幸福生活啊。而这个荡妇去年还是和祖布恰特金同居的。”

她忧郁地笑了一下，叹了口气说：

“您大概被我们剧院这片沼泽给吓坏了吧？其实我更害怕这片沼泽，但是……没办法啊！谁让我热爱舞台呢！……”

埃拉斯托夫风一样飞进化妆室，咬牙切齿地说道：

“我的心肝儿，玛利亚·帕夫洛夫娜，您瞧瞧，这个牲口把第二场的开头弄成什么样了！看看他都干了些什么!!!”

“我以前就说过的，”卢切扎尔斯卡娅耸耸肩说道，“这个角色是剧本里的主要角色，公平地来讲，本应该是属于您的！不过嘛……您也是知道导演这个人的!”

我又开始看下一幕。

卢切尔斯卡娅站在窗户边，浑身洒满月光。她将头倚在费阿尔金-格罗霍托夫的肩头，说道：

“您一出现，我就被一种难以名状的情感所控制：我的心好像在扩大，在增长……这是什么呢？凯萨罗夫？”

“亲爱的……女神！我多么希望得到您的爱慕，被那种幸福的波澜占据我的心脏，我多么希望现在就会停止呼吸，倒在您脚下，而说出的最后一句话是：我爱您!”

我身边有人被这场景深深感动，掏出手绢，擦了擦眼睛，用胳膊肘碰了我一下。

“您捣什么啊，”我粗暴地低声嚷嚷道，“胳膊乱捣——您自己不知道啊!”

魔　咒

有一天，列昂尼德·安德烈耶夫[1]突然觉得有些苦闷。一开始，那些每天往他这里跑两三趟的陌生年轻人们让他觉得蛮好玩的，但后来就厌倦了。

每个来到安德烈耶夫家的人，都将这位作家拉到角落里，然后神经兮兮地揪住他天鹅绒制服上衣的扣子，压低声音问道：

“您对墨西拿发生的地震怎么看[2]？”

而且他用那种考量的眼神盯着安德烈耶夫，于是安德烈耶夫终于明白了：这个陌生的年轻人怀疑是他策划和实施了这场灾难。

“那又怎样？”受到惊吓的安德烈耶夫也压低声音问道，“我当时在自家的郊外小别墅里……我向您发誓……”

“不，我就想知道，您怎么看待这场地震？”

“这……太可怕了……太令人痛心了。”安德烈耶夫迟疑地回答道。

“是吗？太感谢您了，那我就这么写：列昂尼德·安德烈耶夫与我进行了友好交谈，并表达了自己对于变幻莫测的自然力的恐惧和愤怒，这些自然力……非常感谢您！我闪了。”

于是他跑了，将位置让给另外一个看起来和他一样可爱、机灵的年轻人。第二个年轻人也紧紧抓住安德烈耶夫，就好像溺水的人

---

① 本篇小说用讽刺的口吻调侃了人们对作家列昂尼德·安德烈耶夫的狂热追捧。20 世纪初其作品在俄国曾风靡一时。

② 墨西拿发生的地震：1908 年在意大利墨西拿市西西里岛东北部发生地震。这是历史上最严重的地震之一，造成 5 万多人丧生，震倒了市内绝大部分建筑。

抓住一根救命稻草，用一种歇斯底里的语调发问：

“您怎么看托尔斯泰?”

“托尔斯泰？一个伟大的老先生，他做出了……”

“非常感谢您。和您交谈十分愉快！我就这样写：不久前，安德烈耶夫在一次小范围家庭聚会中谈到他对托尔斯泰的独特看法。托尔斯泰，该作家说，确实很伟大，但因为年事已高，以及伴随这一年龄段所出现的病痛，使他无法再向大家贡献出过去那样不朽的作品，如《安娜·卡拉马佐娃》和《卡列宁兄弟》[1] 等。Merci[2]。我跑了。”

第三个年轻人几乎是紧贴着第二个人的后脑勺等着的。他灵巧地一跃，将第二个人，那个心满意足的年轻人挤到一旁，然后咄咄逼人地问道：

“关于梅特林克[3]！您怎么看?”

“梅特林……”

“非常感谢！那我就向我们的读者们通报了！我很高兴，因为您的观点和我的一致。我闪了。向您夫人问好。”

渐渐地这一切让安德烈耶夫厌倦了。

“哎，我好想寻寻开心。”他说道。

“老天爷呀!”妻子惊讶地说道，“还有什么比这更容易的吗！前厅还有三个年轻人。叫他们过来？或许他们会好好让你开心一下……”

有一天，安德烈耶夫脑袋里冒出一个调皮的想法：隐姓埋名，

---

① 《卡拉马佐夫兄弟》是 Φ. M. 陀思妥耶夫斯基的小说，而托尔斯泰著有长篇小说《安娜·卡列尼娜》。本小说中的记者将两位作家的两部作品混在一起了。——译者注

② Merci：（法语）谢谢。——译者注

③ 莫里斯·梅特林克（1862—1949）：比利时象征主义流派作家；其作品 20 世纪初在俄国很受欢迎，而其童话剧《蓝鸟》（1908 年上演）迄今依然在舞台上演出。

悄悄地上莫斯科去，在那里好好散散心。他把头发理了，戴上一副墨镜，提上小箱子，就去了莫斯科。

他在宾馆房间里洗了个澡，开心得意地笑了笑，感觉这样很满意，然后就大步奔向特维尔大街。

两位莫斯科女子迎面朝他走来。

“这可是安德烈耶夫。”其中一位女子说道。

“列昂尼德。”第二个人补充道。她俩停下来，扭头盯着作家，用惊讶而恐惧的眼神看着他。

“在街上走呢……”其中一个满脸发呆，小声说道。

另外那个姑娘双手一拍：

“你看你看啊！他穿着套鞋呢……安德烈耶夫穿着套鞋！”

“小姐，请问你们有何贵干？”安德烈耶夫叹了口气问道。

“啊啊啊！”两个人都尖叫起来，“他说话了！”

然后吓得魂飞魄散，拔腿各自跑掉了。

于是安德烈耶夫没有去特维尔大街。他买了一大堆报纸，忧伤地晃晃悠悠朝宾馆房间走去。

打开的第一份报纸上写道：

“据可靠人士提供消息说，列昂尼德·安德烈耶夫目前正在安特卫普①。作家很喜欢这个城市。有人看到他整天在滨河路上和港湾里散步。”

“真的啊，真应该什么时候去一趟安特卫普。”安德烈耶夫心想，“没准真是个值得一看的城市。”

他把第一份报纸放到一边，拿起第二份来：

“近日，在一次友好的交谈中，列昂尼德·安德烈耶夫，”第二份报纸报道说，“对德国诗人比尔鲍姆表示了赞赏。他认为此人是德

---

① 安特卫普：比利时最大的港口和重要的工业城市。——译者注

国诗歌最优秀的代表人物之一。”

“比尔鲍姆，”安德烈耶夫喃喃说道，“好奇怪的一个姓。回头得看看比尔鲍姆的作品……”

他站起身来伸了个懒腰，看了看表。

“如今这些报纸都千篇一律，无聊死了……八点钟了……我还是上哪个剧院去消遣一下吧。”

他出了门，坐上马车，说道：

“师傅，带我上剧院去吧？我好想放松消遣一下，嘿嘿……”

“去艺术剧院？”马车夫问道。

“去艺术剧院也行。哦，不行，师傅，那里正在上演我的《阿纳杰玛①》②。还是带我去别的什么地方吧。要不，去科尔什剧院吧③。”

来到科尔什剧院后，安德烈耶夫买了一张票，踮着脚尖悄悄走进观众厅。舞台上站着一个演员，穿着大学生制服，正充满激情地对女演员说：

“奥莉娅，奥莉娅！我爱你！请你看看这麻雀山吧④……”

“《我们生命中的日子》，”安德烈耶夫失望地喃喃说道，“怎么这么倒霉！”

一种悲楚在他胸中慢慢积聚起来，聚成一大团，朝他的喉咙挺进。

---

① 《阿纳杰玛》(1909)：列昂尼德·安德烈耶夫最著名的一个剧目；之后列举的是几乎同时在各个剧院上演的该作家剧目名称：《我们生命中的日子》(1908)、《安菲萨》(1909)、《一个人的一生》(1907)、《黑色面具》(1908)。

② “阿纳杰玛”是该作品中魔鬼的名字。安德烈耶夫特意选择了与俄语词 анафема（发音“阿纳菲玛”，意为“诅咒”）最接近的名字。——译者注

③ 科尔什·费奥多尔·阿达莫维奇（1852—1923）：法学家、戏剧产业老板、科尔什剧院奠基人。

④ 麻雀山：莫斯科国立大学所在地。——译者注

于是他起身来到大街上，坐上了另外一辆马车。

“亲爱的，带我上别的什么剧院去吧，只要不是艺术剧院和索罗多夫尼科夫剧院就行。”

“好嘞！”

安德烈耶夫来到第三个剧院的售票处，买了张票，然后问售票员：

“今天演什么剧目呢？”

“《安菲萨》，列昂尼德·安德烈耶夫的作品，很不错的剧目呢！”

安德烈耶夫将票揉成一团，哀号着冲到街上。

“还有一个剧院，”他对自己说，“可我也还有一个剧本——《一个人的一生》。我相信，肯定会遇到这个剧目的。还有一个剧院。但那里也不能去：我知道那里正在上映《黑色面具》。”

他的眼中闪现出绝望的神情：庞大的、冰冷的城市将成千上万的人群在他面前推过，而在这么一个庞大城市里有众多娱乐项目，却偏偏没有他的份儿。

“大家都有份儿，就他没有！哈哈！”

越往前走，他越想好好寻点开心事……他的目光落在一个巨大热眼的广告牌上：

《电影“Moderne”》。

“我去看看电影也行啊。”可怜的安德烈耶夫想。于是他垂头丧气地走进金碧辉煌的影院入口。

片刻之后，观众们都惊恐不已地纷纷避让一个个头不高的黑衣男子。此人痛苦地哀号着，将众人推开，冲向出口。电影院里正在放映的是轰动一时的大片：“列昂尼德·安德烈耶夫在自家郊外小别墅里。只是时间极短！列昂尼德·安德烈耶夫乘坐在摩托艇上。罕见场景！列昂尼德·安德烈耶夫和奥斯卡·诺尔维什斯基[1]一起用茶！列昂尼德·安德烈耶夫用留声机录音。不可能之事变成可能！请速速观看！”

安德烈耶夫满脸是苦闷至极的表情；他的眼中流露出苦痛。他一挥手作罢，朝火车站走去。他要给妻子写信，说明天就返回。

“要明信片？”火车站售票处的售票员问他，“喏，给您……您不会后悔的：列昂尼德·安德烈耶夫，最新发行的。”

安德烈耶夫踉踉跄跄地离开窗口。他双膝跪地，双手向上举起，哭喊道：

“老天爷！你为什么要这样诅咒我?!”

① 奥斯卡·诺尔维什斯基（真名为奥斯卡·莫伊谢耶维奇·卡尔托任斯基）：20 世纪初著名的文学批评家，著有《文学剪影·草稿、提纲和印象》一书，圣彼得堡，1908 年。

怪 物

1

以前我几乎从未思考过非洲野人的生活。我一直忙于自己的事务，所以完全忘记了他们的存在，并且也有理由认为，他们对我也持同样的态度——那就是完完全全无所谓。

我一生中写了很多札记和文章：有幽默文，有讽刺文，有充满嘲讽和愤怒的恶毒刻薄的文章。但恐怕我的作品中没有哪篇能让一个非洲野人嘴角露出笑容，或者能让他与我一道，对我们这个混乱星球上日益恶化的生活，流露出发自内心的愤慨。

一直以来我们就是这样生活的：我过我的生活，而野人们则在非洲骄阳的烘烤下，过着自己的生活。

然而有一天，当我坐在灯火通明的编辑部里，面前摆着自己的电话，背后是塞满各种各样天才作品的书柜，旁边摆放着最新的电报——它们向我报告地球上最偏僻的犄角旮旯里所发生的各类事件——我的内心突然对那些可怜的、没文化的无知野人们产生了极大的同情，因为他们不仅没有电话、没有塞满书的书柜，甚至连一份最普通、最便宜的、几戈比一份的晚报都没得看。

“看看吧，”我对自己说，“你待在这灯光通明的地方，是一个强大的、无所不知的文化人。而就在此刻，在尼罗河支流的某个地方，一个可怜愚笨的野人正在被一头狂暴的狮子用利爪撕扯。他就这样默默忍受着利爪撕扯的痛苦，忍受着没有晚报看的痛苦，忍受着自己愚昧无知的痛苦……”

我的心痛得揪起来，喉咙处有一团沉重的东西堵着。

我拥有一种在记者当中很罕见的善良的、富于同情的灵魂，以及一颗热情的、能够做出各种英雄举动、能够自我牺牲的心脏。

整整一个星期非洲野人的命运始终无法从我脑海中忘却。又过了一个星期，我决定上他们那里去，我要送去自己的知识和才学，以及真正的文明成果，将野人们提升到我的程度——无所不知、无所不能的报社工作者的程度。

出版商先是对我的决定感到很惊讶，然后有些伤心，后来又表示了担忧——觉得我是不是脑子出了点毛病，最后给我预支了一笔钱，并在自己的报纸上写道："报社决定不惜重金，派特派记者到中非去"……然后我就动身了……

2

在漫长的白天，在中非炎炎烈日的炙烤下长途奔波之后，我精疲力竭，和自己的向导们在热带丛林里歇下脚来，准备过夜。丛林里密密麻麻到处是缠藤、毒蛇，以及紧追不舍的饥饿狮群。

迷迷糊糊很不安稳地睡了不到一个小时，我突然听到一些叫喊声、跑步声和嘈杂声，醒来之后发现自己被十来只陌生黑手擒住了——这就是那些因为没有晚报可读而深深痛苦的人们。

我镇定自若，借助手势向他们说了以下这些话：

"野人阁下们！我当然明白，你们那些正在随着黑暗年代而逐渐消失的生活方式以及祖祖辈辈的传统，要求你们马上就应该配着这清凉的泉水将我吃得一干二净。但我要鼓足勇气说，这将是你们无知一生中最愚蠢的一次举动。你们这样就等于是将一只会下金蛋的母鸡给杀死，就相当于将一颗原本可以成为你们国王王冠上最美饰品的珍珠给糟蹋掉。我们知道历史上曾经有过这样一次极不理智的挥霍行径，这就是克里奥帕特拉皇后。她将珍珠放在醋里溶解，并且将这个恶心溶液给喝掉了[①]。但这种事情是一个愚蠢至极、歇斯底里的女人干出来的，而你们可是有理智的、并不愚蠢的野人，你们有着如此诚恳、坦率的面孔！……”

大家都知道，即使是最拙劣的阿谀奉承也很容易把一个人搞定。这些野人们被我最后那几句话拍得不知所以然，被我所举出的克里奥帕特拉皇后（愿她安息吧）例证搞得惘然若失。他们用自己的黑人语言说了点什么，然后其中一个人用手势问我：

“如果我们无视自己神圣的传统而把你留下来不吃掉的话，你能为我们做点什么，来换取这绝无仅有的善举呢?”

“我觉得，还是向你们证明我不能做什么，会更容易一点，”我很骄傲地回答说，“我能教会你们一切：你们的帐篷将会洒满电灯光芒，印刷术将会提升你们的智力水平，文明外交的原则将会扩大你们的领地，而火器则会保护你们不受野兽的攻击。”

几十个胸膛中迸发出欢呼声，于是那些欣喜若狂的野人们将我拖到国王那里去，拖到非洲原始森林的某个深处……

3

我高傲地、优越感十足地站在一个黑皮肤国王面前。

“难道你一个人可以知晓一切吗?”这个憨厚的野人惊讶地审问我。

“我可是记者!”我用手势回答道，“记者就应该什么都知道。我们的工作要求具备各方面知识和能力。”

---

① 克里奥帕特拉（公元前 69—前 30）：是古埃及托勒密王朝最后一任女法老。据传说，罗马将军马克·安东尼奥被女法老的富有惊呆了。对此，克里奥帕特拉将手上的珍珠戒指摘下来，将它放在葡萄酒里溶解后喝掉，以证明她对世间的财富根本不在乎。克里奥帕特拉最后败给屋大维·奥古斯都率领的罗马军队后，与安东尼奥一起自杀身亡。据传，她让一条毒蛇咬了自己从而中毒身亡（古埃及人认为，这样死去的人将得到永生）。

“你认为人类生活中最重要的东西是什么?”国王问我。

“刊物。”

“你能教会我们这个吗?”

“天哪!”我惊讶地说道，“没有比这更简单的事情了。”

“那这是怎么弄的呢?”

“怎么弄?”

周围的人都屏住呼吸。国王本人则往前探着身子，显出极为专注的样子。

“这个弄起来很简单啊。我脑子里有了某种想法，于是我就坐到桌旁，将这个想法在纸上写出来。然后呢，我就把小伙计叫来……”

“小伙计我们这里有，要多少有多少。”国王插话说。

“我就叫个小伙计来，打发他去印刷所。那里会把我写的东西排版印刷出来，然后在全世界散发!”

国王两眼发光，闪现出惊喜的神色。

“那么，为了弄一个印刷所，需要做什么呢?它是用什么东西做的?”

我想了想。

“用……铁。”

“铁我们这里有啊!哎!来人哪……给这个白脸家伙拿铁来，要多少给多少。找十个最麻利的手下来帮他。”

“您知道吗……”我吞吞吐吐地说道，“印刷机有很多种：有旋转式的，是印报纸用的，还有卧式的，印插图的……最简单的是所谓的美式机……”

4

我的脚下堆放着一大堆各种各样的铁块。十个被派来协助我的野人将我团团围住。他们都看着我的眼睛，像奴隶一样准备随时听命，只等我一做手势，就开始干活。

我拿起一块铁来，将它在手里旋转了几下。我倒是经常看见那些印刷机，可那里面有那么多各种各样的齿轮、杠杆和螺丝，所以我现在完全不知道从何下手。

“首先呢，”我吭哧着说道，“我们应该对印刷业做一个历史回顾，从它的诞生开始，梳理一下整个行业的发展过程。曾经有一个叫古登堡的穷人①，出生于公元1……（我很遗憾身边没有带百科词典）嗯……出生于几个世纪以前。他想出了一个办法，就是用木头刻的字母代替手写的。最初这些字母是刻在一整块木板上的，后来古登堡又把它们做成可以移动的……”

我讷讷地说不下去了，绝望地低下头，不吭气了。

一大群野人满怀渴望和信任，充满好奇地围着我，仔细捕捉着每句话、每个动作，就像在听我讲一个惊天秘密……

“是的……嗯，就这样，古登堡发明了印刷术。不过，先生们，在开始建印刷所之前，我们应该先造纸。你们知道纸是怎么做的吗?”

“这东西我们可是闻所未闻呢。”国王说道。

“真的吗?!”我叫了起来，满脸遗憾地环顾了一下这些野人，“这可是很简单的一桩小事儿啊！我跟你们说啊，纸是用废布做的，废布是穿旧的衣服变来的，衣服是用布匹做的，而布匹是用亚麻做的。而亚麻其实就是一种植物!”

我得意扬扬地看了一眼那些听得目瞪口呆的野人们。

国王怯生生地问道：

---

① 约翰·古登堡（约1400—1468）：德国发明家，发明了西方活字印刷术。古登堡印出的第一本书于1445年问世。印刷术在文化、科学和文学的普及方面起到了巨大作用。在古登堡之后，其他国家也相继出现了印刷术。

“那么这位外乡人，你能不能给我指一下，哪一种植物——就是亚麻呢?”

我用眼睛扫了一下长满草的林间空地。由于我一辈子也没有离开过城市，从未见过长在地里的亚麻，只好机敏地回答说：

“纸也可以用木纤维来做！美国人就制造那种所谓的木浆纸。我跟你们说啊，美国自从哥伦布发现它之后，在技术领域做出了很多成果，有工程浩大的巨型桥梁，还有将整个工业生产纳入自己麾下的托拉斯……”

“不不，”国王打断我的话，“你还是说说怎么用木头造纸吧?”

“怎么造? 很简单啊，用电!”

野人们的脸上又显示出极大的好奇。

“电又是什么东西?”国王问道，“你能不能把它造出来呢?”

“在欧洲的学校里，每个小朋友都要学物理的。”我不屑地说道，“在文明人的生活当中，电可是起到首当其冲的作用的：在电灯照亮的街头，时而会飞驰过一辆辆挤满乘客的有轨电车；人们可以借助电梯，顷刻之间登到摩天大楼的最顶层；电影工作者将所有的大事都记录下来；在一团团电火花当中，在蓝光照耀下，20 世纪的人类正雄赳赳气昂昂地奔向遥远的未……”

“不行，你不要这么跟我们说话，”国王不耐烦地打断我，“你最好还是说说，那个……怎样才能弄出个电影院来!?”

“对不起，”我不卑不亢地说道，“但我是一名记者，我习惯于给自己所有的思想都赋予井井有条、有始有终的表现形式。电影院是要借助电来置办的。”

“那它究竟是如何弄出来的呢?”

“这个嘛，首先，我得……嗯……跟你们解释，什么是电……这是一种神秘的、还未被彻底研究清楚的自然力，而自然一向是变幻莫测的……”

“那我们到底怎么能够得到电呢?”国王焦躁地喊道，“从何做起？你倒是给我们讲一讲啊!”

“电吗？你们知道吗，存在两种电荷……正电荷和负电荷……所谓的伦可夫感应线圈①，是由……”

从事写作这么多年来，我从未涉及过电的话题。而我与该物质有过的唯一一次瓜葛，就是有一次我因为修电话给线路维修工支付了四卢布。

“所谓的磁极，”我支支吾吾地说道，“是由于……那个……自然界中最普通的电荷可以通过一些最简单的试验来获得……比如你拿一把梳子，在头发上梳过……听到那种典型的噼里啪啦的声音，就是释放出来的电荷……”

“他就会胡说八道，”旁边传出一个声音来，“他显然什么都不知道，我们还是把他吃了吧!”

“我什么都不知道?!”我愤怒地喊道，“是你们自己在胡说八道!我可是什么都知道的！我可以向你们阐述欧洲正在形成的政治格局，我可以用独到的观点来阐述易卜生的作品，告诉你们希腊膜拜思想的复兴，告诉你们未来之舞蹈，告诉你们个人主义的破灭，告诉你们奥地利的死刑……”

有人把我捆绑起来拖着往什么地方走去……

我继续说：

“飞机乃是一种重于空气的装置，分为很多种——单人机、双人机，以及所谓的直升机。”

“那它们都是怎么做出来的呢?”拖着我的那个野人好奇地问道。

这些细节我还真不知道，所以沉默了片刻说道：

① 伦可夫感应线圈：一种可以将低压交流电转变成高压交流电的装置。最早是由德国机械师伦可夫于1852年设计出来的。

“人类很快就要征服太空了。而这些巨型的白色大鸟将会在万里无云的天空中翱翔。天空将会因此而屏息沉寂，好像被无处不在、肆意翱翔的人类智慧惊呆了……”

“他一定很好吃。”一个野人摸了摸我的头夸奖道。

“我第一眼就喜欢上他了。”另外一个说道。

我可是一个真正的文明人，所以这种赤裸裸的阿谀奉承并未感动我。

我不吭声了，被扔到草地上，开始耐心等待他们把我给杀掉。

“要不，我跟他们说，”我心想，“我知道怎么做武器?”在刊发的文章中，我曾数次表达对达姆弹①不人道的愤慨，表达对俄国炮兵远程武器装备方面落后状况的愤怒。但是这些东西到底是怎么做的，就算绞死我，我也不知道……

① 达姆弹：英国制造的一种枪弹。因在印度加尔各答附近一个叫达姆的地方兵工厂生产而得名。俗称“开花弹”“榴霰弹”“人身变形子弹”，是一种不具备贯穿力但极具浅层杀伤力的“扩张型”子弹。——译者注

再忆契诃夫

谨以此篇献给《文史通报》上刊登的

关于契诃夫的幽默文章作者 H. 叶若夫[1]……

1

有一天，我和安东·巴甫洛维奇[2]坐在他家花园里低声交谈。

“有人找您……问能否见您?”老仆人通报说。

话音刚落，仆人身后就传来了欢快的声音：

“还通报什么啊?! 吼吼! 我烦死这些繁文缛节了! 请通报啊，请接见啊，还要递交什么名片啊——我最受不了这些啰里吧嗦的形式。你好啊，安托沙[3]!”

安东·巴甫洛维奇欠起身，迷茫地看了看这个笑呵呵的来者——此人头戴着圆顶礼帽，很厉害地歪斜着；长一双乐天派的眼睛，却有些许混浊；做派轻松随意，无拘无束……

“请问您……”安东·巴甫洛维奇迷茫地说道。

“不认识我啦，小淘气?! 被荣誉……正如所言……冲昏头脑了? 骄傲起来啦? 吼吼，我可不喜欢这样……一个人尾巴翘上天的架势!”

---

① 叶若夫·尼古拉·米哈伊洛维奇（1862—1942）：记者、小说家，是多个幽默杂志的员工；与契诃夫相识，并多次与其见面。但是他 1909 年发表在《文史通报》上的文章，却有很多杜撰和臆想的内容：例如他说契诃夫上大学时是一名懒散的学生，还声称契诃夫在其书信中“粉饰自己”，等等。

② 安东·巴甫洛维奇：契诃夫全名是安东·巴甫洛维奇·契诃夫。——译者注

③ “安托沙”是契诃夫名字“安东”的昵称。——译者注

“可否劳驾，”契诃夫口气温和地说道，并且调皮地看了我一眼，“劳驾您介绍一下自己好吗，我才能想起您啊。年龄大了，您知道的……记性开始不好了。”

“吼吼！正如所说：伊莎贝拉——走不动啦！你呀，老弟，变啦，瘦啦。你的肺结核怎么样了？是不是都已经咯血了？”

“对不起，”我插话道，并起身走上前去，“请问您是哪位？因为安东·巴甫洛维奇认不出您来。”

“啊！您也在这里呀……老好先生！最近怎么样啊？您是不是也在搞创作啊？现在好多人都开始写东西了……每个人都觉得自己是个天才。对不，安托沙？你还记得吗，过去我经常叫你‘土豆疙瘩-安托什卡’？是啊，老弟，过去的时光啊……”

这个乐呵先生坐到了我的位置上，若有所思地用疤疖密布的手杖敲着花坛里种着的花草，继续说道：

“看看你哪，安托沙……你把我给忘了，可我还记得你啊。你忘了科利亚吗，小淘气？咱们可是在一个报社工作过的。我那时候主要写各类沉船事故、疯狗之类的，而你一直在鼓捣小说。吼吼！你倒是心眼蛮多呢，老弟！鼻子蛮灵呢。能出人头地，也是因为鼻子灵光，善于闻风而动……而我呢，老弟……也开始写杂七杂八的小品文。你应该在报纸上看过吧？前两天我刚把城里大老爷们狠狠批了一通，因为城市小花园的问题。万卡·阿列皮耶夫常说：你呀，科利亚，文笔犀利……嗯，文笔犀利！你还记得万卡·阿列皮耶夫吗？”

契诃夫皱起眉头。

“我好像不记得呢……您写的关于小花园的小品文，很遗憾，我也没有看过。”

乐呵先生长长地吹了一声口哨。

“看看哟，安托沙……你现在真是当起大名人了？连文学也不关注了，原先的朋友也不认得了……所以你现在那个脸色呀……一副肺痨样！而我呢，老弟，给你带来一样小东西。极好的一部中篇小说。我自己写的，亲爱的安东，亲手写的。你看看，提提宝贵意见。没准儿，能帮我在《俄罗斯财富》杂志上安排发表一下呢？①”

安东·巴甫洛维奇叹了一口气，拿起这本封面发黄、磨得不成样子、显然饱经风霜的手稿，把它打开。

“可是您这个……嗯……都没认真改过吧。”

“怎么没认真改过？你胡说啊，老弟，可是连每个逗号都认真改过的！”

“可是这……就看第一句吧：高高的山洞跟前走来一个男人，其黑暗神秘的嘴大张着……谁的嘴大张着啊？”

“当然是山洞啦，凭意思都能猜得到啊。好吧，我已经明白了，老弟，你这是在吹毛求疵呢。这样不好，安托沙……太不厚道了！当然，既然你对同事的态度是这样的，那也别指望哪个《俄罗斯财富》杂志会刊登了。算了，你爱咋样咋样吧！我对你还有一个友好的请求……借我500卢布吧！”

“什么？500卢布？”

“我是借，然后我会还的。”

“可我真的没那么多钱啊……”

“别再撒谎了！你一年挣的钱可能有五倍多吧。那好，要是没有500的话，给300也行啊。我的手稿就放在你这里，随便哪个出版社都会愿意出十倍的价钱来买它的！”

“我跟您说吧，我现在身上大概也就有个三四十卢布吧。而且这

① 《俄罗斯财富》：文学、科学和政治类杂志，于1876—1918年期间出版，创办于莫斯科，但同年出版社迁往彼得堡。杂志是民粹派导向的，后来逐渐笼络了一批现实主义流派的作家；19世纪下半叶至20世纪初，В. Н. 米哈伊洛夫斯基和В. 柯罗连科曾担任杂志出版人，而马明-西比利亚克、斯塔纽科维奇、布宁、Л. 安德烈耶夫、高尔基、库普林、В. 魏烈萨耶夫、潘捷列伊蒙·罗曼诺夫都曾在该杂志社工作过。

些钱可是我一周的生活费呢。不过，拿出一半我还是可以的。”

“哎，安托沙啊！这点名气就让你变得一点人情味儿都没有了！你现在可是变得小家子气了：嫉妒同事，对待钱财也丧失了俄罗斯人宽广的胸怀……变得抠门了，老弟。不过你反正也是咳呀咳的，很快就要死了……留那些万贯家产给谁呀？”

乐呵先生拍了拍我的肩膀，就好像要我来做他评判的见证人。然后一副受委屈的样子，摇摇头，就消失了。消失得那么突然，就跟他出现时一样。

后来我再没见过他……

2

当刊物上出现库普林、布宁和高尔基等人关于契诃夫的各种回忆文章时，乐呵先生认为他的时机也到来了。

“是啊……”他想，“万卡·阿列皮耶夫经常说我文风犀利呢，这可是名不虚传的。那咱就写写！”

于是乐呵先生将已经写了开头的杂文搁到一边——那里写的是关于本市大老爷们在下水管道问题上令人无法容忍的态度，开始写道：

回忆契诃夫

应该说，我对契诃夫是非常熟悉的……我们曾经在一家报纸共事，我甚至像朋友一样，称其为安托沙。

“你呀你，”我常说，“土豆疙瘩-安托什卡！”

我非常熟悉他，应该说，他根本配不上周围人对他的一片叫好声，这只是某种盲目的崇拜……

没有多少人知道，关于安东·彼得洛维奇[①]善良礼貌的传闻，都是被夸大其词的。相反，已故作家对自己曾经的同事持一种令人无法容忍的鄙薄态度。跟他们见面的时候，几乎都不愿相认。

此外，已故作家非常吝啬，口袋里揣着几百卢布，却不愿借钱给急需用钱的亲朋好友。

众人所缅怀的这位已故作家有个显著特点就是粗鲁，有时甚至到了无耻的地步……比如说，笔者就曾亲眼见证，安东·巴甫洛维奇如何将当时在场的一位年长作家绝妙的中篇小说批得体无完肤。更不要说，这种粗鲁的批评是完全不公平的，其实只是因为这个肺痨子作家对更有才华的同行忌妒得发狂而已……

已故作家当然知道，他那些絮叨冗长的胡言乱语缺乏对生活最基本的认识，与那位年长作家卓越的、饱含生活真理的杰出作品相比，会立刻黯淡失色。“为何我们城市的大老爷们，对城市下水管道的可耻现状不闻不问，装聋作哑。”

众人所珍重的这位已故人士还有很多缺点，例如周围人都知道，此人酗酒，并且完全没有你我有别的分寸（笔者清楚地记得，大家现在缅怀的这位作家，曾经将自己的旧套鞋换成笔者的新套鞋。有一天，还装成无意的样子，把一个崭新的餐巾揣走当手绢了。）

将来笔者还会更深入、更全面地将这位英年早逝作家的外表举止和内心嘴脸刻画出来（他的确是离去太早，甚至都忘了将那个银制香烟盒和3卢布归还笔者，这些钱是这位被大家称为“俄罗斯黄昏的歌者”的大作家偷偷从我这里顺走的）……

① 契诃夫父称是“安东·巴甫洛维奇”，此人自称是熟人，却将契诃夫的父称弄错了。——译者注

极端流派

莫斯科《天平》① 杂志的员工、颓废派作家埃利斯②被指在公共图书馆里撕纸页、破坏书刊

（报纸新闻简讯）

1

“您难道不觉得羞耻吗?”法官看着面前站立的颓废派分子，责备地问道，“您说说，它和您般配吗?”

“她出生于一个很好的家庭，”颓废派分子眨了眨眼回答道，“她父亲曾在羊群中当过头羊，然后又在城里的马厩里待过几年，而她母亲曾在展览会上得过奖章呢。”

“可它是一只山羊啊!”

“是山羊，法官先生。”

“那你们怎么能那样呢?! 啊?”

“我没考虑那么多，法官先生，我是出于爱情。”

“您到底觉得它哪里好呢? 一只山羊——永远也只是一只山羊。

---

① 《天平》(1904—1909)：科学文艺、批评-图书索引类月刊，是俄国象征主义学派的机关刊物；编辑兼出版人是C. A. 波利亚科夫，是《天蝎》杂志的所有人。杂志主编是B. Я. 勃留索夫；K. Д. 巴利蒙特、A. 别雷、A. 勃洛克、M. 沃洛申、M. 库兹明，还有象征主义阵营及其相近流派的其他诗人、散文家、政治评论家等，都在该杂志社工作过。

② 埃利斯（真名叫科贝林斯基）·列夫·利沃维奇（1879—1947)：诗人、文学家，俄国象征主义文学的主要代表之一；一直积极在《天平》杂志上发表作品，出版了《俄罗斯象征主义作家》(1910) 一书。1913年后离开俄国定居瑞士。

您现在口口声声说，想给你们的爱情赋予婚姻这样的合法地位。当事人直接表达出的意愿应该受到尊重，这点无可厚非。但您有没有想过以后将会出现的那些乱七八糟的复杂问题和情况呢？您出身于一个体面的家庭，父母亲都年事已高……他们生您养您，在摇篮里拍着您，拍着那个一头卷毛的小孩子时，他们期待的是这些吗？您那受人尊敬的母亲，她会想到自己的长子找这样一个配偶吗？更不要说，你们这种婚姻是违背宗教法典的，将只是不被承认的同居关系。您有没有考虑过，如果您的亲属们，还有朋友们，想和您的……夫人认识一下，该怎么办？您能将它带到体面社会、将它变成体面社会中的平等一员吗？它会不会刚涉足上流社会，就做出什么不得体举动，而让您感到脸红呢？我知道，您当然可以说，我还年轻，我会把它教育好的，和心爱的人在一起，哪怕睡草棚也像是在天堂……诸如此类信誓旦旦的话……那好！那说一说年老的时候吧……您有没有想过，等您年老体衰的时候呢，年轻人?！到时候您将一身病痛、满头白发、衰老无力，谁来给您端水送饭？谁能帮您调整下枕头？谁能拿着小勺来给您喂药呢？是那只山羊吗？一只山羊能在您生活遇到不幸、陷入困境的时候，温暖您、体贴您、慰藉您吗?”

年迈的法官眼中噙满了泪水。

颓废派分子痛哭流涕。

“那我该怎么办呢，法官先生？现在我自己也发现了，她确实和我不般配。”

“那就把它从你身边赶走!”

“那样她会十分痛苦啊，”颓废派分子喃喃地说道，一边用手绢一把鼻涕一把泪地抹着，“我们曾经是那样的相爱……”

“您应当憎恨它!”

“谢谢，法官先生，我会恨她的。那我朋友家以前还有条狗……

特别漂亮。她叫列吉。如果……”

“不行，”法官斩钉截铁地说道，“也不行。要赶走！要憎恨！”

“那前两天我还看到一只猫咪，”颓废派分子说道，“非常让人怜爱的造物……”

“不行不行！要把这些诱惑统统从你身边赶走……要用憎恨替代心中的爱。”

“我会的，法官先生。”颓废派分子深受触动，答应道。

2

“您难道不觉得羞耻吗？”法官看着面前站立的颓废派分子，责备地问道，“您说说，一个有教养的年轻人干这种事情合适吗——用绳子勒死猫，给狗下毒药？”

“然后我们还拿开水烫这些狗了。”颓废派分子试图辩解道。

“这样也不好。您心里是一点分寸也没有啊。一会儿想向一只山羊求婚，想带给它幸福。一会儿又拿开水去烫狗。那条狗并未对您做什么坏事吧？”

颓废派分子想了想。

“什么都没做。”

“那您为什么要用开水去烫它？”

“是啊，我现在自己也明白了，法官先生，这个确实不应该。”

“嗯，您也看见啦？还有，为什么要勒死猫呢？人家是个干净的小生灵，对谁都没做什么坏事。而且正相反，在家务方面还会有所帮助——会逮老鼠，所以您究竟为什么要杀死它呢？”

“前两天在我姨姨家里，”颓废派分子来了兴致，“逮了那么大一只老鼠！”

“那就是了。你姨姨肯定很爱它，因此还给它喝牛奶、吃鸡肝。而你呢，不由分说，把人家抓起来就用绳子勒死了！然后您姨姨到处找自己的玛申卡：玛申卡，玛申卡，你在哪里呀？噢天啊，玛申卡没有了……被绳子勒死了……死掉了！它已经既不需要牛奶也不需要鸡肝了……”

年迈的法官泪花闪现。

颓废派分子也哭了。

“我再也不了，法官先生。”

“这就对啦，您最好是读读书。这可比折磨动物强多了……”

“我会读书的，法官先生。”颓废派分子保证道。

3

“您难道不觉得羞耻吗？”法官看着面前站立的颓废派分子，责备地问道，“公共图书馆里的书妨碍您什么了？您为什么要把里面的书页撕掉？”

“我爱上了读书，法官先生。”

“那您为什么要撕书页呢？”

“我不是把所有页都撕掉了，就是其中几页……而且是从挺厚的书里撕掉的。如果书很薄的话，我也知道不能撕，撕了会更薄的。而厚书嘛，能有什么关系呢？”

“那您设身处地替其他读者想想啊……比如您来了，拿起一本书打开一看，天哪，从第 16 页到第 86 页——没有了！”

“怎么会没有了呢？还在呀！”颓废派分子说道，伸手从口袋里掏出几张揉得皱巴巴的纸页，“这不是嘛！”

“那是在您那里！您要搞明白，是在您那里！因为您悄悄地把它们给撕下来了……那您替另外一个读者想想……比如说一位教授，嗯，比如说医学方面的教授吧。他需要填补理论上的某个空白，而这个理论将会帮助他发明一种药物，比如说治疗肺结核的药物。然后他来到公共图书馆，拿起一本需要的书一看，怎么回事！需要的那几页被撕掉了。最终结果会怎样：治疗肺结核的药没有研究出来，病人们还会像以前一样死去——而这都是您干的好事!”

颓废派分子哭了起来。

“您一切都解释得那么好，而我也真心觉得自己这样做不对了。我再也不了，法官先生！但我现在应该怎么办呢？您能给我个建议吗?!”

“我现在都害怕给您提建议了，”法官说道，“建议您把山羊从身边赶走，您就开始残害猫，建议您读书，您就开始撕书页……也就只能这样了……您去试试写点东西吧!”

“这不可行啊!”颓废派分子痛哭流涕地尖叫道。

“为什么?”

“我现在就在写呀！在《天平》杂志社!!”

无可救药

“对色情文学的需求下降了，读者们开始关注历史问题和自然科学领域的文章。”

（《书讯》报）

作家库库什金兴高采烈、满面红光地来到出版商扎列热罗夫这里。库库什金奸笑了一下，开玩笑地用拳头捣了捣他的肋部。

“什么事儿？”

“有东西啦！”

“是那个吗？”

“啊哈！眼热了吧？就在我口袋里放着呢。如果乖乖地给订金的话，我也许会交出来！”

出版商皱了皱眉头。

“中篇小说吗？”

“是中篇。哈哈！我倒腾了一部大作，上天都会震撼的。算您运气好，给您两三段节选看看。”

作家展开了书稿。

“……黑暗阴沉的井道吞噬了他们。在灯光下可以看到利季娅那丰满起伏的胸脯，和她那富有弹性的大腿。格列明饥渴地盯着她，不顾一切地紧紧将她贴到胸口，于是开始手忙脚……①”

① “于是开始手忙脚……”：B. B. 马雅可夫斯基在给莉莉娅·布里克的信中多次用到这句话。

“还有什么吗?”出版商冷冰冰地问道。

“我还整出这么个东西来呢：‘飞艇稳稳地振了一下翅膀就飞起来了……驾驶飞艇的是马耶维奇。他饥渴地盯着利季娅，她那丰满起伏的胸脯和富有弹性的浑圆大腿离得那么近，撩得他心神不定。马耶维奇丢下操纵杆，收住发动机，不顾一切地将她贴到胸口，于是开始手忙脚……’”

“还有什么吗?”出版商语气冰冷，令作家库库什金感到惊恐和慌乱。他看了出版商一眼，垂下眼睛。

“嗯……还有……这个……特可……可笑!”利涅维奇和利季娅两人被潜水服紧紧箍住。他们透过头盔上的小圆玻璃窗饥渴地盯着对方……他们头顶上有轮船和装甲舰匆匆驶过，但他们根本没有觉察到这些。透过笨拙肥大的潜水服，利涅维奇看到了利季娅丰满起伏的胸脯，和她那富有弹性的浑圆大腿。利涅维奇不顾一切地在水中挥挥手，就扑向利季娅，于是开始手忙脚……”

“不用了。”出版商说道。

“什么不用了?”作家库库什金哆嗦了一下。

“不用了。您走吧，上帝保佑您。”

“那您……您不喜欢吗？我……我还有其他内容……孙子在更衣室看到了奶奶……那时她还很年轻。”

“算啦算啦，我们可是知道!‘他不顾一切地冲过去，一把将她抱住，于是开始手忙脚……’”

“您是怎么知道的?”作家库库什金啊了一声，惊讶不已，“我的确是那样写的。”

“这点雕虫小技，小孩子都能猜得到。哎!库库什金兄弟，现在这种东西已经没人看啦。库库什金兄弟啊，你还是另辟蹊径吧。”

作家库库什金眼里充满了绝望，他挠了挠后脑勺，四下张望着。

“这里的垃圾筐在哪里?”

“这就是。”出版商用手指了指。

作家库库什金将自己的手稿扔进垃圾筐，用手绢擦了擦汗淋淋的脸，干脆利落地问道：

“需要什么内容？”

“现在吃香的是自然科学的东西和历史书籍。你写吧，库库什金兄弟，写点关于贵族的东西，写点有关于各种蝇类生活的东西……”

“那您付订金吗？”

“贵族的话我会给的。写苍蝇的话我也会给的。但是写什么‘富有弹性的大腿’的话，我可不给！还有什么‘开始手忙脚乱’，我也不会给的！！！”

“那咱们还是付苍蝇的订金吧。”作家库库什金叹了口气说道。

一周后，出版商扎列热罗夫收到了两份手稿，内容是这样的：

1. 贵族之过

贵族小姐利季娅坐在自己那古老风格的阁楼里，正准备休息。她从高耸的、上下起伏的胸脯上取下盾形服饰，又开始从她那漂亮丰腴的大腿上往下扯萨拉凡①。这时古老的门突然打开了，年轻的公爵库尔布斯基走了进来。

他目光迷离，默默地看着姑娘高耸的、上下起伏的胸脯，和她那富有弹性的浑圆大腿。

“幸会，幸会！”他用当时的古话说道。

“幸会，幸会，给官人请安了！”贵族小姐尖叫着扑倒在公爵怀里，于是开始手忙脚……

---

① 萨拉凡：一种无袖连衣裙，是俄罗斯女人的传统服饰。——译者注

2. 蝇类及其生活习惯

（昆虫生活札记）

一只个头不大、体态匀称、胸脯高耸、大腿富有弹性的雌性苍蝇，正在布满灰尘的窗户框上爬着。

按蝇类的称呼，她叫作利季娅。

墙角飞来一只大个头的黑色雄性苍蝇，落在前面那只苍蝇对面。他欲火难耐，开始用他那匀称的、肌肉发达的爪子，摩挲着她的头。利季娅那高耸的、上下起伏的胸脯令黑苍蝇头晕目眩不能自持……他伸出爪子，紧紧地将利季娅拥到自己的胸口，于是开始手忙脚……

黄金时代

1

到了彼得堡之后，我立刻来到老朋友斯特列姆格拉沃夫家中，他是一名采访记者。我这样对他说：

“斯特列姆格拉沃夫！我想出名。”

斯特列姆格拉沃夫赞许地点了点头，用手指敲了敲桌子，点起一根烟，将烟灰缸在桌子上转了转，晃了晃一条腿——他总能同时做好几件事——然后回答说：

“现在很多人都想出名呢。”

“我可不是‘很多人’，”我淡淡地表示反对，“叫瓦西里的人，父称是马克西姆维奇，而且还姓坎德宾，老兄，你可不是每天都能遇到的。这可是一种很罕见的组合。”

“你早就在写东西吗？”斯特列姆格拉沃夫问道。

“我写……写什么？”

“嗯，总之，搞写作啊！”

“我可从来什么东西都没写过。”

“啊哈！这么说，你是其他专业了。你是想当鲁本斯吗？”

“我听力不好。”我直言道。

“对什么的听力不好？”

“对于当那个……刚才你说那人叫什么来着？……当音乐家……”

“老弟，你这就太过分了吧，鲁本斯可不是什么音乐家，他是画家。”

因为我从未关心过油画，所以我也不可能记着所有俄罗斯大画家的名字，对此我也向斯特列姆格拉沃夫直言了。然后还补充说：

“我可以画得很像样呢，在床单上。”

“那不必了。在舞台上表演过吗？”

“表演过。不过当我开始向女主角表白爱情的时候，我的语气听起来就好像是帮她搬了钢琴后，找她要钱买伏特加。剧团老板说，我还不如真的在背上驮一架钢琴呢。于是就把我赶走了。”

“但你还是想出名？”

“想啊。你别忘了，我画画可是很像样的！”

斯特列姆格拉沃夫挠挠后脑勺，同时又做了好几样事情：拿起一根火柴，把火柴头掰下来，卷进一张纸里，扔进了垃圾筐，又掏出表来，吹了个口哨，说道：

“好吧。那只能帮你出名了。有时候呢，你知道吗，你如果将鲁本斯和鲁滨孙弄混，或者在背上驮一架钢琴，也不是坏事——这样会让你显得率真自然。”

然后他友好地拍了拍我的肩膀，表示将会尽自己一切努力的。

2

第二天我在两份报纸上的《文艺新闻》栏目中看到这样一条奇怪的消息：

“坎德宾的健康正在好转。”

“你听着，斯特列姆格拉沃夫，”我来到他那里问道，“为什么我的健康正在好转呢？我并没有生过病啊。”

“这是需要，”斯特列姆格拉沃夫说道，“关于你的第一条报道应该是个好消息……读者们喜欢看到某个人的健康正在好转。”

“可他们知道坎德宾是谁吗？”

“不知道，但他们现在已经开始关注你的健康了，并且大家都会在见面的时候相互告知说：坎德宾的健康正在好转呢。”

“那如果另外一个人问：‘哪个坎德宾？’”

“不会有人问的。那人只会说：‘是吗？我还以为他现在情况更糟糕了呢。’”

“斯特列姆格拉沃夫！要知道，他们马上就会把我忘到九霄云外去的！”

“会忘掉的。但我明天还要抛出个新闻来：‘我们德高望重的……’你想成为什么人呢：作家还是画家？”

“那就作家吧。”

“那就写‘我们德高望重的作家坎德宾的健康又出现了暂时恶化。昨天他只吃了一个肉饼和两个水煮嫩鸡蛋，体温 39.7 度’。”

“现在还不需要放照片吗？”

“还早呢。抱歉，我现在要去把吃肉饼的报道交上去。”

然后他就一副忧心忡忡的样子，跑掉了。

3

我抱着一种按捺不住的好奇，关注着自己的新生活。我的健康恢复得很慢，但一直在恢复。体温在下降，在我胃里安家落户的肉饼数量也一直在增加。至于鸡蛋呢，我现在已经不仅能吃水煮嫩鸡蛋了，甚至还敢吃老鸡蛋了。

最后，我不仅彻底恢复了健康，甚至还出去干冒险事了。

“昨天，”有份报纸写道，“在火车站发生了一场令人担忧的冲突，这甚至有可能引发一场决斗。名人坎德宾因为退役大尉对俄罗斯文学进行了尖锐抨击，而在盛怒之下给了大尉一耳光。两人现在是势不两立，已经交换了名片。”

这件事在报纸上引起一片哗然。

有些报纸写道，说我应当拒绝任何一场决斗，因为这一巴掌中并没有侮辱的意思，还说整个社会都应当珍惜那些如日中天的俄罗斯天才人物。

有份报纸说道：

“在我们这个总是有人胡言乱语的国度，普希金和丹特斯那种永恒的恩怨[①]一直在不停地重演。可能很快坎德宾也要将自己的脑袋置于Ч*姓大尉的子弹之下了。让我们扪心自问一下—这样公平吗？一边是坎德宾，而一边是大家闻所未闻的Ч*姓大尉。”

“我们相信，”另一家报纸写道，“坎德宾的朋友们是不会让他去决斗的。有条消息尤其令人瞩目：据称，斯特列姆格拉沃夫（作家最亲密的朋友）发誓说，如果决斗最终以不幸收场，他本人会亲自和这个Ч*姓大尉较量一番的。”

有很多采访记者上我这里来。

“请问，”他们问道，“您打这位大尉先生耳光的动机是什么？”

“你们自己也都看到了，”我说，“因为他尖锐地批评了俄罗斯文学。这个无耻之徒说，艾瓦佐夫斯基是一个毫无才华的平庸作家。”

“可是艾瓦佐夫斯基是位画家呀！”采访记者惊讶地说道。

“那又什么区别？所有伟大的姓名都应当是神圣不可冒犯的，”我严厉地回答说。

4

今天我听说，这个Ч*姓大尉很不光彩地拒绝了决斗，而我则准备去雅尔塔。

---

① 俄国著名诗人普希金，因法国籍宪兵队长丹特斯公开追求其妻纳塔利娅·冈察洛娃，而与丹特斯决斗。决斗中普希金身负重伤，之后不治身亡，年仅37岁。他的早逝令俄国进步文人感叹说“俄国诗歌的太阳陨落了”。——译者注

在见到斯特列姆格拉沃夫的时候，我问他：

“怎么，我让你厌烦了吗？你要把我往外赶？”

“这是需要。要让读者们稍稍休息一下，暂时听不到你的消息。而且，这听起来多气派：坎德宾将赴雅尔塔，希望在南部迷人的大自然中，将他已经开始的大作完成。”

“我开始写什么东西了呢？”

“一部戏剧，《死亡的界限》。”

“剧团老板不会要求上演这部作品吧？”

“当然会的。你到时候就说，写完之后对剧本不满意，所以烧掉了三幕。拿这个来撩拨读者，效果绝对棒！”

一周后我听说，在雅尔塔我遇上倒霉事：在爬一个陡坡的时候，我摔到沟里，把自己的脚崴了。于是又开始了漫长的、令人乏味的只能吃鸡肉饼和鸡蛋的故事。

然后我又恢复了健康，不知何故去了罗马……此后我的行踪就丧失了任何因果性和逻辑性。我在尼斯买了一幢豪华别墅，但并没有住下来，而是去了布列塔尼，想在那里完成自己的喜剧《生命的晨曦》。我住的房子失火了，烧毁了我的手稿，因此我在纽伦堡郊外置了一块地（绝对是个白痴举动）。

我对这种满世界漂泊以及肆意乱花钱的行为感到厌烦了，于是我来到斯特列姆格拉沃夫那里，斩钉截铁地说：

“够了！我想搞个周年庆典。”

“多少周年呢？”

“二十五周年的庆典。”

“太多了，你到彼得堡一共才三个月。办个十周年怎么样？”

“好吧，”我说道，“认认真真过十年，也比浑浑噩噩混二十五年要精彩。”

“你现在看问题的态度简直就像托尔斯泰！”斯特列姆格拉沃夫

不由得赞叹道。

“这样更好。因为我对托尔斯泰一无所知，而他会知道我的。”

5

今天我庆祝了自己从事文学和科学教育活动十周年。在隆重的晚宴上，一位年长的作家（我不知道他的姓名）发表了讲话。

“您一直很受欢迎，因为您是年轻人的典范，是我们亲爱的祖国苦痛和贫困的歌者。而我只想说两个词，这是从我们内心深处迸发出来的话：你好，坎德宾！”

“嗯，您好，”我礼貌地回答，心里美滋滋的，“您近况如何呢？”

所有的人都来吻我。

摇摇欲坠

很多人认为，滑轮滑是一件很难的事……的确，在我们这个弱不禁风、摇摇欲坠的时代，很多人甚至连坐在最普通的马车上兜风都不会，对他们而言轮滑运动确实有点难度，当然，也不至于在首次出发去滑旱冰的时候，要向亲朋好友们郑重道别，写下遗嘱，像临终前似的千叮咛万嘱咐。

我站在休闲小桌旁，靠在柏油铺成的旱冰场边上的软围栏上。滑冰场上一对对生龙活虎的情侣有说有笑，哗啦啦飞驰而过。我站在那里，心想：

“这样就行了？用这几个小轮子滑着走——这不是小菜一碟嘛！我觉得我已经发现这项运动的惊天秘密了：只要你站稳脚跟不倒下去，这事儿就成功了一半。如果你没有立刻倒在地上，那么接下来的步骤就不会有任何困难了……想启动的话，需要请旁边站着的人轻轻推一下你的背部就成了。而轮滑这么灵活的东西，瞬间就会把你送到旱冰场对面。咱们来试一下吧。”

我走到服务生那里，坐在长沙发上，把脚伸出去，像个天不怕地不怕的运动员一样，用狂妄的口气说道：

“来一双旱冰鞋！要好点儿的！！必须要有轮子的那种！”

“所有的旱冰鞋都有轮子啊。”服务生说道，一边将一些螺丝钉往我的脚上拧。

“是吗？”我尴尬地说道，“这真是个很好的做法呢。”

“好了，先生！”

我将五花大绑的脚放到地上，开始小心翼翼地挪动它们……天啊，我怎么感觉不到原本结结实实的地面了：我的腿就像在空中晃悠着。

"这个……一直都这样吗？"我战战兢兢地问道。

"什么一直这样？"

"这样……滑溜。"

"那当然啊，这么多小轮子呢！您上场吧。"

我从长沙发上站起来，但是我的一只脚迅速溜向一边，结果我又跌回座位上。在此之前我也经常会在长沙发上坐很久，但我从来也没有像现在这样，如此心甘情愿地坐在上面。

以前我根本不会相信，我会如此依恋地爱上一个最普通、最便宜的塞着羊毛的靠垫。现在给我多少钱，我也不想与之告别……

"您干吗呢？快上场吧。"

"嘿嘿，"我笑了起来，"嘿嘿……我呀，亲爱的，在这里再坐一会儿。你知道吗，这一天累得……你们这里好温馨：又暖和又舒坦。"

他走开了，我就一直坐在那里，痛苦地喘着粗气，偶尔小心翼翼用脚敲敲地板。我身旁有人在给一位先生穿旱冰鞋，那位先生的情况也和我一样。但这人身上有一种英雄气概！如果在伊万雷帝时代，他肯定能代替叶尔马克去征服西伯利亚①：遇到老虎时，他肯定会用拳头砸它的脑袋，把它打蒙制伏，然后用绳子将它拖回家……这人身上有一种英雄气概！他没有在长沙发上坐半小时，没有像我那样磨磨蹭蹭，而是立刻就站了起来，勇敢地挺直身子，然

① 伊万雷帝：即伊万四世，1547 年加冕称俄国沙皇，并开始俄国的对外扩张。1581 年，其委派曾被处以重刑的哥萨克首领叶尔马克，率领不足 1000 人的队伍去征讨西伯利亚。——译者注

后——以其全部重量轰然倒在休闲桌上。

如果说坏榜样会传染的话，那么好榜样也同样具有传染性：我站起来，极尽我那种死缠烂打的个性所能体现出的激情与温柔，紧贴着服务生，向围栏走去。

现在就剩我一个人了——我紧张地用双手紧握围栏，做出一副对天花板构造产生浓厚兴趣的样子。

“您为什么不滑呢?”坐在桌旁的一个人友好地问我。

“我这不是……在滑吗?”

“您把围栏松开！你不要抓着它，那样会容易些。”

我听从了建议，但是我的双脚（我从来没想到自己的肢体会如此狡猾和恶毒）发现了这一机动信号，立刻就朝两个方向滑去，分得大老远，害得我花了好大力气才把它俩收到一起。我还做出一个与步态竞赛最流行步法①很相似的动作，然后又手忙脚乱地紧紧抓住围栏。

“勇敢点，勇敢点!”一个热心人向我喊，“您别把围栏当成自己的心上人一样使劲贴着。手放松一点，离开围栏。”

“显然这人知道应该怎么做。”我心想，于是就滑离了围栏。

然后我就好像悬在了空中。滑轮自己开始在柏油地面上出溜，就像长了腿似的。而我则向后仰去，身体扭得像条鳗鱼，眼看着我就要丢人现眼地摔在地上了，于是我以闪电般的速度抓住一个正好路过的滑冰人的双手。

“怎么了?”他惊讶地问道，“怎么回事儿?”

我紧紧地握住他的双手，用力摇着，身体扭来扭去。为了掩饰

---

① 步态竞赛（cakewalk）：一类爵士舞，是19世纪美国南部地区黑人的一种公共娱乐比赛，比的是参赛者步法的熟练及姿势的优美程度，因对获胜者奖以蛋糕而得名。——译者注

自己这种冒失行为，我哆哆嗦嗦地张嘴说道：

“啊，您好！……您近来如何啊？您……不认识我了吗？”

“我第一次见您啊，请放开我的手！”

他挣脱开来，而我的双腿也没有错过令其主人出丑的良机，马上又分开向两边滑出去，于是我重重地侧摔在柏油地面上。

“摔倒了？”那个热心人关心地问道。

我装作调整轮滑鞋的样子。

“没有，我就是坐下来而已。系了下鞋带。您看，滑着滑着它们就松了。”

我胡乱地摆弄了一下带子，慢慢地又爬回围栏跟前——我再次感觉这围栏就像是我一个忠心耿耿、久经考验的老朋友。

“如果您感觉到要摔倒的话，”一直坐在桌旁的一个人说道（我现在开始怀疑，他恐怕不是初次来此地欣赏这项新运动的偶然旁观者），“如果您感觉到要摔倒的话，就赶紧抬起一只脚来……那样马上就会恢复平衡。”

我再一次怀着沉重的心情告别了围栏……结果立刻就脚底一滑，所以很容易就执行了那个好心人的建议，甚至还加倍执行了：他建议我要摔倒的时候抬起一只脚来，而我把两只脚都抬起来了。诚然，这是在摔倒以后了，而且为此还不得不将后背倚在柏油地面上。但我也发现，摔倒其实没什么可怕的。

旁边优雅地飞驰过一位先生，他漂亮地往前弓着身，非常轻松地、毫不费力地在平坦的柏油地上滑行。

“我也要试试像他那样，”我心想，“嗯，摔就摔吧！有什么大不了！”

于是我将两只手背在后面，像突然刮起的飓风一般，向正在滑行的人群冲了过去。我只摔了两跤，但却把十个人给撞翻了，还把一个不认识的大胖子推到了围栏上。然后，我听着各种各样祝福和奉承的话，筋疲力尽地、心满意足地去脱轮滑鞋了。

第二天我只放翻了两个人，只是偶尔地接触一下围栏，更多情况下像是在保护它一样，轻轻拍拍它那富有弹力的脊背……第三天我已经没有放翻任何人了（倒是有人放翻了我，有一个笨拙得像熊一样的货——让他见鬼去吧——还有一位陌生女郎，笨得要命的那种）。我已经是鄙薄地看着围栏了，就好像看着某种可笑的、完全无用的东西，并且刻意与这个很久以前曾标志着笨拙和恐惧的东西，保持尽可能远的距离……从那些惊恐万状，脸都吓变形的人身边飞驰而过的时候，我对他们喊着鼓励的话："勇敢点!"而且现在如果有人要给我发轮滑奖，我会毫不犹豫地接过去，不会有任何推让和无谓的谦逊。

我的微笑

星期四

晚上8点的时候利亚皮索夫来到安德罗玛赫斯基家里，问他：

“您去佩林金家里吗？”

“怎么？”安德罗玛赫斯基撇撇嘴说道，“难道今天是星期四吗？”

“当然啊，是星期四。您星期四都去过他家多少次了，居然还记不住。”

安德罗玛赫斯基嘲讽地笑了笑，说道：

“但是我却清楚地知道，我们会在那里做什么。我们进去之后，佩林金娜夫人会兴高采烈、故作惊讶地说：‘天啊！安德烈·巴甫洛维奇！巴维尔·伊万诺维奇！你们简直太客气啦！’什么客气？到底怎么客气啦？见鬼去吧，这个三天两头换情夫的干瘪女人！我还不能说她换起情夫来像换手套一样，因为她换手套的次数绝对要少得多！怎么客气了？是不是因为我们一周只出现一次，或者说我们进去之后，没有三拳两脚把她那些愚蠢的客人都赶走，这样就叫客气？‘您请坐，来杯茶吧？’呵呵，我才不稀罕这茶呢！然后就开始喋喋不休了：‘您去听过关于韦特金①的讲座吗？’这些该死的讲座，我跟您说啊，差不多每天都在进行！你会说没有。‘没去过啊？您怎么会这样？’怎么着，是不是听到这话，我就应该立马起身跪在她面前，痛哭流涕地说：‘请原谅我吧，我没去听过韦特金的讲座。以后我会用一辈子来赎罪的。我还要给自己的孩子们立下遗嘱，要求他

① 韦特金·弗兰克（1864—1918）：德国剧作家、演员，表现主义的先驱；20世纪初其剧作在俄国舞台上很受欢迎。

们每周去听两三次韦特金的讲座；让厨娘不要去澡堂，而是去听韦特金讲座。还要在临终前将我所有的财产都留给做韦特金讲座的人。请原谅我吧，聪颖睿智的女士，并代我向您的各位情人鞠躬致敬！’”

利亚皮索夫笑了起来，说道：

“您不会这么说的！”

“我当然不会说的。然而最可怕的就是我不会说。还有一点也很可怕，那就是，无论是她还是她的那些客人们，都会瞬间就把这个韦特金、把关于他的讲座抛到九霄云外去，紧接着又会带着狂热的好奇心侃侃谈起什么赤足舞蹈[①]。‘你们看过新来的赤足舞女的演出吗？我挺喜欢的。’而另外一头笨驴子就会说‘可我不喜欢’，而第三个人则会说‘您可不能这么说呀，这可是未来的舞蹈。我很喜欢这种舞蹈。我在柏林的时候，歌舞咖啡馆里……’‘唉，’佩林金娜女士则会挑逗地说，‘你们这些大男人啊，成天就惦记着歌舞咖啡馆……’跟她说什么歌舞咖啡馆啊，跟她就该说什么情夫呀情郎的。‘谢苗·谢苗内奇！要不要来杯茶，就着小点心？请用吧！您读过关于魏宁格[②]的文章吗？’而她那个茶呀，老实说，难喝死了。还有那些饼干点心，也有股腐烂的味道……您没有察觉吗？您没有发现吗？赤足舞女早被忘到脑后，未来之舞消失得无影无踪，被扔到下周四去了。关于歌舞咖啡馆的议论也就持续两分钟，然后就烟消云散，取而代之的则是热火朝天的关于新剧本的话题。并且有人喜欢这个剧本，有人不喜欢，还有一个人认为其凑凑合合。可他们其实根本就没有看过这部剧吧?！我告诉您啊，根本没有，就是些跳梁小丑、

① 赤足舞蹈：20世纪初，俄国文艺演出舞台上经常有一些不穿芭蕾舞服装和舞鞋的女舞蹈演员演出；这一舞蹈流派的奠基人之一是伊莎多拉·邓肯（1878—1927）；她的众多追随者被人嘲讽地称为“赤足舞女”。

② 奥托·魏宁格（1880—1903）：奥地利哲学家和心理医生。著有《性与性格》一书，其本人在该书问世当天自杀身亡。

骗子、卑鄙小人！！而你还得坐在那里，喝着那杯茶，并且说，你喜欢赤足舞女，而新剧本给你的印象不怎么样，歌舞咖啡馆挺乏味的，因为所有的房间都差不多一个样。”

利亚皮索夫掏出表来一看：

“天，马上就九点了！”

“马上。我马上就穿好衣服。那里也是快到九点的时候大家才开始聚集嘛……稍等片刻。”

九点的时候，安德罗玛赫斯基和利亚皮索夫来到佩林金家里。

他们刚到门口，佩林金娜女士就看见他们了。她兴高采烈、故作惊讶地说：

“哦，我的天啊！巴维尔·伊万诺维奇！安德烈·巴甫洛维奇！快请坐。你们也光临了，简直太客气啦！来杯茶吧？”

“谢谢您！”安德罗玛赫斯基温和地低头致意说，“听您安排。”

“我和先生还以为昨天能见到您……”

“在哪儿？”安德罗玛赫斯基问道。

“还能在哪儿！在盐浴城啊！格鲁达斯托夫在那里做了一个关于普日贝舍夫斯基①的讲座。”

安德罗玛赫斯基脸上露出着着实实的绝望神色。

“难道是昨天吗?！那真是太可惜了！我好像在报纸上扫过一眼，您知道吗，我当时还想，不会很快就举办吧。我现在对报纸从来就是扫一眼而已。”

“报纸上现在什么有意思的东西都没有。”墙角传来某个人的

---

① 普日贝舍夫斯基·斯坦尼斯拉夫（1868—1927）：波兰作家。其颓废主义长篇小说《安魂弥撒》（1893）、《撒旦的孩子们》（1897）、《Homo Sapiens》（1895—1898）及其他作品，20 世纪初时在俄国很流行。

声音。

“搞清洗嘛，”女主人叹口气说道，“什么都不让写。来杯茶吧?”

“听您安排。”利亚皮索夫鞠躬致意。

“我们订了两份报纸，现在后悔了，其实订一份就可以了。”

“嗯，有时候报纸上也能看到点有意思的东西……您最近有没有看到，说有个女人用催眠术从房东那里骗走了 3 万卢布?”

“女人长得很漂亮吧?”安德罗玛赫斯基故意问道。

女主人娇滴滴地冲他挥了下餐巾：

“哎，你们这些大男人啊！就惦记着漂亮女人！简直是彻底堕落的人类。”

“嗯，也不是，”利亚皮索夫说道，“魏宁格就持完全不同的意见……他对女人的看法糟糕透了……”

“什么样的女人都有，男人也是各种各样的，”从一旁昏暗的角落里又传来那个男人的声音，就是刚才说报纸一点儿没意思的那个人，“有好女人也有好男人。女人和男人中也都有不好的。”

“以前我认识一个人，”一个胖女人说道，“他是个收银员。本来一直就那样上着班，干着活儿，你们想啊，也挺好的。后来就认识了一个娼妇，结果把公家的钱挥霍一空，然后跑到英国去了。瞧瞧你们这些男人吧!”

“我就反对搞什么男女平等，”一个眉毛浓重的先生说道，“这算什么？女人就应该好好当个母亲！她的领地就应该是厨房!”

“抱歉!”女主人不同意他的说法，“女人和男人都一样是人！怎么能什么都不让女人干呢!”

“怎么不让干了？什么都让干啊！前两天在剧院里不就有个女人在赤足跳舞吗？很赏心悦目啊。女人的领地，就是所有优雅的、柔情的东西。”

“但我觉得她一点儿也不优雅。都什么玩意啊——那么粗的腿，还蹦来跳去的，像头山羊！”

“可我喜欢呢！”一个小个头的秃顶男人说道，“这是未来的舞蹈，是在为艺术开启新时代。”

“来杯茶吧！”女主人对安德罗玛赫斯基说道，“要不要给您加一小杯白兰地进去？”

“谢谢，我从不喝酒的。酒精会伤身体。”

那个角落里的声音又说道：

“如果酗酒的话，当然会伤身体。但如果只是偶尔喝上一小杯，那样是不会伤身的。”

“任何东西都不能滥用。”一个胖女人说道。

“此言极是，一切都应该有度。”利亚皮索夫铿锵有力地说道。

安德罗玛赫斯基站起身来，叹了口气，用抱歉的语调说道：

“我有点事得走了，玛丽亚·伊格纳季耶夫娜，请允许我告辞。”

女主人脸上显出惊惧的表情。

“这就要走了?！还是再坐一会儿吧……”

“真的，不能再坐了。”

“嗯，哪怕再坐一小会儿！”

“我也很乐意的，只是……”

“您这人哪，真是的，这可不好……再见，别忘了我们！我和先生总是很高兴见到您的。”

走出客厅来到前厅时，安德罗玛赫斯基脸上一直挂着温柔的、略带歉意的微笑。当他的脚刚刚跨过门槛的时候，脸上立刻就变成一种恼怒、冷漠、无聊、狂躁的表情。

他穿上衣服走出门。

安德罗玛赫斯基将身后的门关上，站在昏暗的楼梯间，侧耳听了听。

他耳朵里清楚地听到各种声音：他朋友利亚皮索夫的声音，那个胖女人的声音，还有佩林金娜女士的声音。

“见什么鬼了？”

他四下张望了一下。在他头顶上方，在高处，有一个狭窄的天窗发出昏暗的灯光。那个天窗显然是从佩林金家的客厅通出来的。任何一个声音都听得到，而且非常清楚。安德罗玛赫斯基听到了自己的名字，于是就靠在栏杆上屏息不动……

“他这么着急是往哪儿跑啊？”那个胖女人问道。

“去找他妻子。”利亚皮索夫的声音回答道。

佩林金娜女士笑着说：

“去找妻子！哪个妻子？！”

“您说什么呀！”胖女人惊讶地问道，“难道他是那种人吗？”

“他？！”长着浓重眉毛的先生说道，“如果他只是对老婆不忠，只有一个情妇，那我还认为他是个品行端正的人。但他还勾搭家里的侍女，对情人不忠，还勾搭那个给他老婆做衣裳的女裁缝，对侍女不忠，如此等等。你们难道不知道吗？”

“我还是要为他辩护两句的，应该说，他有一个矢志不渝、钟爱一生的对象。”那个秃顶小老头说道。

“谁啊？”

“不是谁，而是什么……是啤酒！他每天差不多要喝 20 瓶啤酒！”

众人都笑了起来。

“您这是要去哪儿呀？”传来了女主人的声音。

“我已经待很久了。”利亚皮索夫的声音回答道，“得赶紧走了。”

“您再坐会儿吧！嗯，哪怕是一小会儿！这样不好呀，真不好！再见，不要忘记寒舍。”

利亚皮索夫走出来，来到楼梯间，把门关上后，他突然看见倚在栏杆上的安德罗玛赫斯基，惊得差点没叫出声来。

“嘘！……”安德罗玛赫斯基悄声说道，用手指了指窗户，“您听听！这简直太有意思了……”

“这个利亚皮索夫是挺可爱的一个人呢，”女主人说道，“是吧？”

“很可爱，”眉毛浓重的先生说道，“只是今天他心绪不佳的样子。”

“遇上闹心事了！”胖女人用同情的声音说道。

“家里吗？”

“不，是工作上的。都是因为该死的赌博！”

“难道他？……”

“是啊，关于他有很多吓人的传言呢。说他每月挣两百卢布，可在俱乐部一晚上就能输掉上千卢布。你们发现没有，刚才我说到那个挥霍公款、然后逃到英国的收银员的时候，他脸色都变了。”

“该死的臭女人，”利亚皮索夫目瞪口呆地喃喃说道，“她胡说些什么呀！”

“多好的小窗户！”安德罗玛赫斯基微笑着说道。

“……您这是去哪儿呀？再坐一会儿吧！”

“不行啦，时间已经挺晚了，”传来那个秃顶先生的声音，“您知道的，我睡觉一向很早。”

“那真是太遗憾了！”

那个秃顶先生紧裹着裘皮大衣来到楼梯间。突然看到利亚皮索夫和安德罗玛赫斯基，他吓得往旁边一闪。

安德罗玛赫斯基给他做了个手势，指了指窗户，简短说明他们所处位置的优越性。

“马上就会议论您的，好好听着吧！”

“我从没在您这里见到过这位先生啊，”传来胖女人的声音，“这人是谁呀?”

“这事情说来挺让人惊讶的，”女主人回答说，“总之，我是非常惊讶的……有人在剧院里向我介绍他，而我都不知道他是谁，是什么货色。是杰里亚宾介绍我们认识的。有一次谈话间，我对杰里亚宾说：‘您上周四怎么没到我那里去呢?’这个秃子就对我说：‘你们周四有聚会吗？谢谢，我会去的。’谁也没有叫他，我甚至一丁点儿请他的意思都没有。有些人就是脸皮厚，纠缠不休，简直要命啊！还得堆出殷勤的笑容，对他说：‘好啊！我会很高兴见到您。’”

“天哪，你这个渣滓。”那个秃顶小老头伤心地喃喃说道，“早知道这样，我才不会来你这儿呢。您知道吗，年轻人，”他对安德罗玛赫斯基说道，“这个干柴棍一样的女人和杰里亚宾有一腿，就是介绍我们认识的那个人。千真万确！杰里亚宾亲口跟我说的。简直太搞笑了!”

“那您刚才为什么在客厅里胡说八道，说我每天喝 20 瓶啤酒呢?”安德罗玛赫斯基严肃地问那个小老头。

“您挺让我喜欢的，年轻人。”小老头抱歉地笑了笑，“大家说到你的时候，我就想：我也说上一句吧!”

“恳请您永远不要再说任何关于我的话。他们现在说什么呢?”

“又在说我呢，”利亚皮索夫说，“胖女人很担心，觉得恐怕不是今天就是明天，我就会带上公家的钱跑路的。”

“这只可恶的青蛙!”安德罗玛赫斯基嘟哝道，“你们还不知道她自己的情况呢！到处搞慈善晚会，侵吞大家的捐款。还把自己一个女儿简直就是卖给西伯利亚开金矿的老板。”

“哈哈!”小老头恶狠狠地笑起来，“你们有没有发现坐在角落里的那个人？就是女主人的丈夫，像得了呆小症一样的家伙？……”

“怎么没发现！”安德罗玛赫斯基冷笑了一下，“他说了一大堆自以为是的名言：什么报纸一点儿意思也没有，什么男人和女人都有坏有好，什么酗酒不好，但少喝点就没关系……”

为了更舒服一点，小老头、利亚皮索夫以及安德罗玛赫斯基干脆就坐在楼梯间最上层的台阶上。安德罗玛赫斯基继续说道：

“可那个蠢货甚至都没发现，佩林金娜那个老女人冲这个眉毛浓重的大帅哥一个劲儿抛媚眼。显然又搞定了一个居家小男人①！”

“呵呵！”利亚皮索夫轻声笑起来，“您知道吗，老兄，今天安德罗玛赫斯基是怎么形容这个麦瑟琳娜②一样的荡妇的：她之所以没有像换手套那样换情夫，是因为她根本就不换手套。”

秃顶小老头哂笑了一下。

“你们发现没，他们家里的茶有一股耗子味！也不怕别人笑话……”

佩林金娜女士准备送胖女人的时候，听到楼梯间有声音，就从前厅往外望了望。她惊讶地发现楼梯台阶上坐着几个人。

“我相信，”利亚皮索夫说得正来劲儿，“这个愚蠢的佩林金娜不仅没读过韦特金，而且恐怕把韦特金这个名字和她与各个情夫在包间里喝的洛耶地列尔香槟酒③的名字都分不清。”

“得了吧！”安德罗玛赫斯基反驳说，“你以为她那些情夫会给她喝洛耶地列尔香槟酒？只消一瓶红莓苔子格瓦斯，一个夹了茶肠的汉堡包——佩林金娜女士就会被这种奢侈的皇家美味搞定，让干啥就干啥的！……”

---

① 居家小男人：原文是用法语和俄语掺杂着说的。——译者注

② 麦瑟琳娜：罗马国王克劳迪斯的第三任妻子，以女色情狂的形象而闻名于世。——译者注

③ 洛耶地列尔香槟酒：德国最好的香槟酒品牌。

佩林金娜女士咳嗽了一下，装作这会儿才出来的样子，故作惊讶地说道：

“啊，先生们，你们还在这里呀！聊得很开心吧？别忘了下周四见哦！”

马赛克

1

“我是一个不幸的人，就是这样！”

“胡说什么呀?！我是永远不会相信的。”

“我可以向你证明。”

“你可以花上整整一个星期向我证明，但我最后还是会说，你是彻头彻尾地胡说八道。你还有什么不满意的？你性格平和、温柔，有钱，有一大堆朋友，而且最关键的是——你总能得到女人的关注，赢得她们的芳心。”

科拉布廖夫用忧郁的目光盯着房间里一个没有灯光的角落，轻轻说道：

“我是能赢得女人的芳心……”

他皱着眉头看了我一眼，不好意思地说：

“你知道吗？我有六个心上人！”

“你想说——曾经有六个心上人吧？在不同时间吧？而我呢，说实在的，本以为会更多呢。”

“不不，不是在不同时间，”科拉布廖夫的声音突然振奋起来，他叫道，“不是在不同时间！她们都是我现在的女友！所有人都是！”

我惊讶地双手一拍。

“科拉布廖夫！你要那么多干吗？”

他低下了头。

“我发现不能再少了。是的……唉，你是不知道啊，这可真是个让人难以安生的操心事啊……需要在脑瓜里记一大堆事情，一大堆名字，记着所有的细枝末节和偶尔说出去的话，要想办法圆场。并且每天从早晨开始，躺在被窝里，就要想出一大堆精心设计的巧妙谎言，对付即将到来的一天。”

“科拉布廖夫！那为什么要……要六个呢?”

他把手放到胸口，说道：

“我想跟你说啊，我真的不是一个堕落放荡的人。如果我能发现一个符合我品位的女人——如果这一个女人就能够占据我的心，那我明天就会结婚的。但我遇到的情形很奇怪：心目中的理想女人，我不是在一个人身上发现的，而是在六个人身上。你知道吗，这就好像是马赛克拼图。”

“马——赛——克?”

“是啊，你知道的，就是那种由各种小色块组成的东西。然后就呈现出一幅画。我心中确实有一个理想的女人，但她的各个组块是分散在六个人身上的。”

“怎么会这样呢?”我惊奇地问道。

“就那样啊。我呢，你知道吗，可不像其他那些人，遇上一个女人，爱上她，就不管她身上存在的很多不足之处了。我不同意有人所说的‘爱情是盲目的’。我认识很多头脑简单的人，他们疯狂地爱上一个女人，仅仅因为她有一双漂亮的眼睛和银铃般的声音，从而不顾她们腰线太低，或者有一双红彤彤的粗手。我在这方面做法就不同了。我会爱上漂亮的眼睛和美妙的声音，但一个女人没有漂亮腰身和纤纤细手是不行的，所以我又去找这些东西。我发现第二个女人身材很棒，像维纳斯女神，还有一双迷人的手。但她却性格多愁善感，动不动就哭，这样有时可能也不错，但那只是极偶尔、极偶尔的情况下……结果怎样呢?结果就是我得去找一个性格开朗、心胸宽广的女人！于是我又去找……结果就凑成六个人!”

我非常严肃地看了他一眼。

“是啊，这的确很像一幅马赛克拼图。”

“是吧？一种有造型图案的马赛克。这样一来，我就拥有了或许是世界上最完美的女人形象。只是你不知道，这有多费劲！为此我要付出多高的代价！”

他唉声叹气，双手抓住头发，将头使劲地左右晃动。

“我无时无刻就好似悬在一根头发上。我这人记性不好，粗心大意的，但我脑袋里却要存储一大箩筐东西。这些东西要是说给你听，你一定会惊诧不已。有些东西呢，当然，我会记录下来，但这只能帮助解决部分问题。”

“你怎么记录呢？”

“在记事本里。你想看吗？我这会儿正想跟人说点心里话，我可以毫不隐瞒地讲给你听。因此我可以给你看看我的记事本，只是你可不要笑话我。”

我握了握他的手，说道：

“我不会笑话的。这种严肃的事情……哪能开玩笑呢！”

“谢谢。喏，你看，我这里对整个事情的主要情况有相当详细的记录。你看：叶莲娜·尼古拉耶夫娜，性格稳重、和善，牙齿很好，苗条，会唱歌，会弹钢琴。”

他用书角挠了挠额头。

“我呢，你知道吗，很喜欢音乐。再说了，当她笑起来的时候，我真是觉得赏心悦目。我非常爱她。这里记着一些细节：‘喜欢人家叫她“莲莲”，喜欢黄玫瑰，喜欢我乐天幽默的性格。喜欢法国 Ai 香槟，虔诚。切不可随意说宗教问题。注意不问女友吉蒂事宜，怀疑女友吉蒂对我有意思……’再往后看：‘吉蒂……调皮，会做任何调皮事情，小个头，不喜欢吻她耳朵，会尖叫，注意勿在旁人面前亲吻。喜欢风信子花，只喝莱茵葡萄酒，柔软似藤条，跳马克西舞很棒，喜欢糖栗子，烦音乐。注意勿放音乐，勿提叶莲娜·尼古拉耶夫娜，怀疑……’”

科拉布廖夫从小本子上抬起他那张痛苦不堪的脸。

“还有诸如此类的。你知道吗，我这个人挺狡猾挺精明的，但有时候我依然会觉得自己在飞向万丈深渊……时不时地我会将吉蒂喊成‘我唯一的爱人娜斯佳’，而对娜杰日达·巴甫洛夫娜恳求说，我美丽的玛露霞，不要忘记你忠诚的爱人。这些情况惹出来的眼泪，都可以在里面好好洗个澡了。

有一天我把莲莲叫成了索尼娅，最后费了好大劲解释说，‘索尼娅’这个词来源于‘睡觉’，才总算是避免了一场干戈。虽然她从来也没有迷迷糊糊的，但我说得像真的一样，最终还是说服了她。然后呢我就决定把所有人一个不落地都称为‘杜霞’①，不叫她们的名字。不过那时我还真的和一个叫杜霞的女孩儿在约会（绝美头发，小脚，喜戏剧，烦汽车，勿谈汽车，勿提娜斯佳。怀疑）。”

我沉默了片刻。

“那她们对你忠诚吗？”

“当然啊，就像我对她们忠诚一样。她们每个人我都是深爱的，用我自己的方式，爱她们每个人身上那些美好的地方。不过六个人——这真是筋疲力尽呢。我感觉就好像一个人准备吃午饭的时候，他的汤在这条街上，面包在另外一条街上，盐需要跑到城市最远端去拿，回来时还要奔到各个方向去取热菜和甜点。这个人当然就和我一样，需要一天到晚神经病似的满城疯跑，慌慌忙忙赶路，听着行人的各种指责和嘲笑……而这是为了什么？”

听了他的讲述我感到很压抑。沉默片刻后我站起来说道：

“好吧，我该走了。你要留在这儿，在自己家里吗？”

---

① 杜霞：俄语中是“亲爱的”意思（对女人或男人的爱称）。——译者注

“不，”科拉布廖夫回答说，一边绝望地看着表，“今天6点半的时候，我答应好的，要去叶莲娜·尼古拉耶夫娜家里一起过晚上，而七点的时候要上娜斯佳那里，可她住在城市另一头。”

“那你怎么安排得过来呢？”

“早晨的时候我想了个办法。我先去叶莲娜·尼古拉耶夫娜那里，然后劈头盖脸地指责她，说上周有认识的人看到她在剧院里和一个金发男子在一起。因为这些都是无中生有的东西，她当然会很不客气、非常恼怒地回复我，于是我就气呼呼地摔门而去，然后去娜斯佳那里。”

科拉布廖夫一边和我如此说着话，一边抓起手杖，戴上礼帽，又停下脚步，若有所思的样子。

“你怎么了？”

他默默从手指上取下红宝石戒指，小心翼翼地将它放进口袋里，掏出表来，将指针拨了拨，然后又开始在写字台旁边捣鼓着。

“你在干什么呢？”

“你看，我这里放着一张娜斯佳的照片。她送给我的时候，我保证要时刻将它放在桌子上。鉴于今天娜斯佳是在自己家里等我，这么说来，她无论如何都不会来我家了，所以我可以毫无风险地将她的照片藏到桌子里。你会问我为什么要这样呢？是因为那个小调皮吉蒂有可能会跑到我这里来。看到我没在家，她可能会留上一两句话来表示自己的失望。那么，如果我将情敌的照片留在桌子上，会有好结果吗？所以这段时间我最好还是放上吉蒂的照片。”

“那如果来的不是吉蒂，而是玛露霞……万一她看到桌子上吉蒂的照片呢？”

科拉布廖夫擦了一把额头。

“这个问题我已经想过了……玛露霞不认识她的脸。我可以说，这是我已出嫁的妹妹的照片。”

“那你为什么把戒指从手指上取下来呢?”

“这是娜斯佳送的礼物。有一次叶莲娜·尼古拉耶夫娜看到这个戒指就醋意大发，要我保证以后再不戴它了。我当然做了保证。所以现在去叶莲娜·尼古拉耶夫娜之前，我把它摘下来。等我要去见娜斯佳的时候再戴上。此外呢，我还要注意安排好香水的味道和领带的颜色，调好表上的时间，还要买通看门人、马车夫，并且不仅要记住所有说过的话，而且还要记住是对谁说的，因为什么原因说的。”

“你真是个不幸的人啊。”我同情地低声说道。

“我跟你说过呀！当然很不幸了。”

2

在街上与科拉布廖夫道别之后，我有整整一个月再没见过他。这段时间里我从他那里收到过两封奇怪的电报：

“本月 2 号和 3 号咱俩一起去了芬兰。小心勿弄错。遇到叶莲娜时要告诉她此事。”

以及：

“红宝石戒指在你那里。你把它拿去给珠宝匠，想做同款戒指。请将此事写信告诉娜斯佳。勿让叶莲娜知道。”

显然，我的朋友一直在他自己打造出的那口可怕热锅里翻腾着。为了满足自己对理想女人的追求，显然，这段时间他一直疯狂地在城里奔来跑去，买通看门人，倒腾着戒指和照片，做着那个奇特而荒唐的账目记录——只有这本记录才能保证他那番事业不会垮掉。

有一天我遇到娜斯佳，我“随口”提到说，我有段时间从科拉布廖夫那里拿走了一个漂亮的戒指，现在放在珠宝店那里，想做一个同款的。

娜斯佳心花怒放。

“真的吗？这么说是真事儿了？我的小可怜……看来我那么折磨他是错怪他了。对了，您知道吗，现在他不在城里！他去莫斯科亲戚那里了，要待两周。”

这点我之前还真不知道，但我理所当然地认为，这是科拉布廖夫那些复杂账目手段中的一个；不过我还是认为，我有义务急忙回答说：

“那是！那是！我相信他在莫斯科呢。”

不过很快我就得知，科拉布廖夫真的去过莫斯科。而且他在那里遭遇了非常可怕的不幸事件。

这是科拉布廖夫回来之后我才听说的——从他本人那里。

3

“这到底是怎么发生的?”

“天知道啊！实在不可思议。显然，被那个混蛋给当成钱包偷走了。我登了报，答应给一大笔赏金——但是徒劳！我现在彻底完蛋了。”

“那你不能凭记忆恢复吗?”

“是……你倒是试试啊！要知道在那里，在那个小本子里，事无巨细全都记着呢——那可是整整一本文献啊！而且因为这两周没在家，我把所有东西都忘了，所有东西都在脑子里搅和在一起了。我现在搞不清楚，这会儿要不要给玛露霞带一束黄玫瑰，或者她最受不了的就是黄玫瑰呢？我答应给谁从莫斯科带‘莲花’香水呢——娜斯佳还是叶莲娜？其中一个我答应给她带香水的，还有一个我答应带半打 6－1/4 号手套的……或者是带 5－3/4 号？是谁呢？谁会把香水摔在我脸上？谁会扔手套呢？是谁送我的领带，要求我每次约会时都戴上呢？索尼娅吗？或许恰恰是索尼娅要求我永远不要戴这个深绿色的破玩意儿呢——因为领带‘我知道是谁送的！’她们当中谁从来没到过我家里？又有谁来过呢？我应该把谁的照片藏起来呢？什么时候藏呢？”

他坐在那里，目光中有一种无法描述的绝望。我的心揪了起来。

“你真是个小可怜！”我同情地轻声说道，“或许，我来想一些东西……戒指是娜斯佳送的。这么说，‘勿让叶莲娜看到’……然后照片呢……如果吉蒂来了，要把玛露霞藏起来，因为她认识她，而娜斯佳——不用藏吗？或者不对，是要把娜斯佳藏起来？她俩当中是把谁说成你妹妹呢？她们当中谁认识谁呢？”

“我不知道，”他痛苦地哼哼着，揉着太阳穴，“我什么都不记得了！唉，见鬼！听天由命吧。”

他跳起来，一把抓起帽子。

“我上她那里去！”

“把戒指摘掉吧。”我提醒说。

“没必要，玛露霞对戒指无所谓的。”

“那你就带上深绿色领带吧。”

“我哪里知道！我哪里知道是谁送的领带？又是谁恨死这条领带了……唉，已经无所谓了！……永别了，朋友。”

4

一晚上我都坐立不安，很为这位不幸的朋友担心。第二天早晨我来到他家。他脸色发黄，疲惫不堪地坐在桌子旁写信。

“怎么样啊？情况怎么样？”

他疲惫地用手在空中挥了两下。

“一切都结束了，一切都完蛋了，我现在差不多又是孤身一人了！……”

“到底发生什么事了？”

“最糟糕的事，最荒谬的事。我想去碰运气。我抓起手套去了索尼娅那里。‘你看，我亲爱的莲莲啊，’我温柔地说道，‘你想要的东西！对了，我还买了歌剧票，咱们一起去，好不好？我知道你一定会很开心的……’她抓起盒子，将它扔到墙角，然后将脸埋在沙发里大哭起来。‘您走吧，’她说道，‘去您的莲莲那里，把这个破玩意儿给她吧。对了，您可以和她一起听听这个恶心刺耳的歌剧，我烦死这玩意儿了。’‘玛露霞，’我说道，‘这是个误会！……’‘当然，’她叫了起来，‘是个误会，因为我从小到大都不叫玛露霞，而是叫索尼娅！您给我走开！’我从她那里出来，去了叶莲娜·尼古拉耶夫娜家中……我忘记摘掉那个曾经答应她销毁的戒指，但我给她带了糖栗子——就是那种她吃着恶心、而她的女友吉蒂，用她的说法，爱得要死的东西……我问她：‘为什么我的宝贝吉蒂眼睛如此忧伤呢？……’然后我就乱了阵脚，支支吾吾地解释说，吉蒂是从‘睡觉’这个词派生出来的。被赶出来之后，我又飞奔着去了吉蒂那里，试图挽救我美好生活仅存的那点残片。吉蒂家里正好有朋友。我把她领到屋角，然后按自己通常的习惯，吻了吻她的耳朵。结果她尖叫着大闹一场，此时我才想起来，对她而言，这简直比尖刀还糟糕……我是说耳朵，如果吻它一下的话……”

“那其他人呢？”我轻声问道。

“剩下两个人：玛露霞和杜霞。但这已经什么都不是了，或者几乎什么都不是了。我清楚，和一个完整的、匀称顺眼的女人在一起，可以幸福地生活。可如果将这个女人切成几块，只给你腿、头发、一两条声带和漂亮的耳朵——你会喜欢这些支离破碎、没有生命的碎块吗？哪里还有女人？哪里还有匀称？”

“怎能这么说呢？”我尖叫起来。

“就是这样……现在我的理想形象中只剩下一对美腿、漂亮的头发（杜霞），还有就是好听的声音和一对让我发狂的漂亮耳朵了（玛露霞）。就剩这些了。”

“那你现在想怎么办？”

“怎么办？”

他的眼里燃起了希望之光。

“怎么办？你说说，亲爱的，你前天和谁去的剧院？那个大高个儿、眼睛特别漂亮、身段娇柔的大美女？”

我想了一下。

“谁啊？……啊啊！是和我表妹去的。她丈夫是保险公司的监察员。”

“亲爱的！介绍给我吧！”

鲁巴诺维奇们

有这么一类人，我们经常和他们见面，有商务上的往来，可以热火朝天地聊很久，而与此同时我们却完全不了解他们。

他们的心灵、思维、品位以及追求，对我们而言是完全陌生的，而他们的职业习惯、行为举止总是神秘莫测、难以琢磨，从而令我们抓狂。

这类人——就是裁缝。

“我打算给自己做套西装。”我对一个裁缝说道。而他这时将脑袋歪向一边，仔细地看着我的胸部、胳膊和肩膀。

所有的裁缝都有一个近乎病态、莫名其妙、其实根本没必要的爱好——那就是时不时冒出几句俏皮话来，尖酸刻薄、不合时宜。而鞋匠们就专注得多、正经得多。

“您只是打算吗？”裁缝眯着眼睛说道，“您最好直接就在这里订了吧。”

“是呢，说得容易，您就直接订吧，”我有些犹豫地质疑说，“但您恐怕会宰我，要我两倍价钱呢。”

“我宰你？哈哈！真会开玩笑，简直没得说。您看这样如何——如果您能找到另外一个裁缝，同样的料子和同样的做工，只花我说的那些钱，那我就赔您10卢布。怎么样，要不要？”

他非常清楚，我才不会自找麻烦做这种事情呢。就算我真的找到这样一个裁缝，而眼前这个裁缝也能找到一大堆理由，而拒不支付那10卢布。他会说西装做工太烂，料子也是便宜的破烂货。

“您想不想要呢？您只要给我找到第二个这样的裁缝，”他鄙夷地说道，“我就给您 15 卢布的血汗钱。”

“不，不必了。但我就是知道，肯定会挨您宰的。”

“您？挨宰？要不这样吧，如果您比别处多花钱的话，我就给您一百卢布。”

我才不会要他那一百卢布呢，但我清楚地知道，他肯定会宰我一把，多拿多要的。他也十分清楚这一点。我们都默认这个问题已经有答案了，而且是以对他有利的方式。所以我们就此转向下一个话题。

“您到底要多少钱呢？”

“稍等片刻……我们仔细算算，每个戈比都算清楚。”

他拿出一张纸来，在上面写了一大堆数字。这些数字的意义，无论是我还是他，其实都不明白。但是有着绝对准确性和非相对性的数字，却像催眠术那样能让人乖乖听话。纸上写着两个歪歪扭扭的“4”，一个摇摇晃晃的“7”，三个瘦瘦长长的“1”，和一个巨大的像蛇一样扭来扭去的“3”。不过，在犹豫片刻之后，裁缝又把它改成了“8”，并在旁边写了两个“5”。

他的嘴唇懒洋洋地翕动着：

“17，还有 2.24，还有 45——总共是 14，再减去 6，还有 7——乘上，结果是 62。”

他从纸上抬起头来，信心满满地说：

“71 卢布。因为第一次嘛，我可以把 1 卢布减掉。您去找一找吧，哪还能花这些钱做这样的西装。我可以给您 40 卢布押在这儿。”

“70 卢布?! 亲爱的，您说什么呢！……我身上这套西装——才花了 32 卢布!”

当然，我的西装当初是花 60 卢布做的。但我们两个人都忘记了所有的分寸，都没在数字上和对方客气。裁缝抓起我的肩膀，把我推到灯光下面，仔细看了看，摇着头说：

“32 卢布？我还以为 18 卢布呢。这样的衣服还要花 32 卢布吗？……看看吧，不该花的时候，人家骗你的时候，你却愿意花冤枉钱，而人家替你着想，想着你不会砍价的时候，你却……”

他突然间揪住我的西装上衣侧边，使出吃奶的劲儿往自己跟前拽。

“这也算做的活儿吗？您看看，跟块破抹布似的，快开裂了……再看看样式？难道您穿这样的衣服出去就不觉得丢人吗？您看看，这衣服穿在您身上，像什么样?!”

他揪住我的肋部，将裤子往上提，从后面将衣领往下压，从底下拱了拱西装背心，让它难看地凸起像个驼背，又将上衣领子往里面折了折。

“样式很不错嘛，”裁缝往边上走了两步，讥讽地说道，一边还将脑袋歪向一边欣赏着这一切，“很不错的样式……就像挂着马鞍的牛。就没人笑过您吗?”

当然，以前我的西装从未在任何人那里制造出欢乐的情绪。但我面前这个人用他灵巧的双手把衣服完全变了模样。这个样子，恐怕最乐观的结果，也是将周围的人吓一跳。

我费了好大劲才把衣服整理好，而裁缝紧紧地抓住袖子，亢奋地喊道：

“这还值 32 卢布？这简直就是破纸做的嘛！难道您看不明白吗？简直就是罗兹①的破烂货!”

于是我想起来了，上一个裁缝也是这样猛烈抨击我的再上一件西装的。他指责那个当时未在场的上一任裁缝，说那人把波兰罗兹的破烂货塞给了我。而我反驳说，人家卖给我的是英国布料，而他根本不相信，叫嚷道：“难道这个骗子会给您英国货吗？只有在我这里您才会穿上英国货!”

---

① 罗兹：波兰的一个省。——译者注

我到现在也没弄明白，什么叫作“英国货”。每个上一任裁缝都说要让我穿上英国货，但每个下一任裁缝都无情地击碎了我的幻想。

而眼前跟我说话的这个裁缝也同样对天起誓，说我穿着“地地道道的罗兹破纸”，然后为了让我好受一些，又郑重其事信誓旦旦地说，会采用最地道的英国货……

“好吧，”我同意了，“您量下尺寸吧。不过裤子还要做得跟这条一样，我喜欢这种款式。”

“这种款式的裤子？让上帝保佑您先前那个裁缝吧，让他升天后就穿这种款式的裤子！看看，这裤子短得就像彼得堡冬日的白天……”

“那是因为您刚才使劲往上拽了……喏，它应该这样才对！”

“这样啊？好吧，祝贺您……这裤子现在长得简直就像我们警察局长的手……穿这种款式的裤子，随时都可能绊跟头，并且啊，说不好听的，可能还会把鼻子给碰破。”

我时常会听见演员们如何评论自己同行的表演；经常听到一个小说家对另一个小说家的看法。然而在这些议论中，我还从没见过像裁缝之间的评论那样，充满如此浓烈的憎恨和鄙视。

在这点上能和他们匹敌的只有轻便马车夫了。对这些马车夫而言，其他马车夫都是死敌，因而可以使用一切手段来对付他们：用鞭子抽他的背，将自己的四轮马车横在路上，或者——如果实在没法做到上述这些——那就用最恶毒的字眼狠狠咒骂一番。

我不知道，一个裁缝是否有很多开心的事情，来装点他们那一成不变的生活……或许他们根本没有其他开心的事，除了一件事——这件事他们做起来像疯子一样丧心病狂、像德国人一样矢志不渝、像驴子一样顽固倔强。

这件令普通人和顾客都无法理解、却是唯一能让裁缝感到快乐和满足的事情就是——不按期交活儿。

你可以采取一切手段，可以威胁、让他发誓——然而这些都是徒劳的：从来没有一个人能够按期拿到自己定做的衣服。

在信誓旦旦做承诺的时候，每个裁缝心里其实都在想：

“哎，不会的，老兄！……人生如此烦闷乏味，我怎么可能仅仅因为你那双眼睛长得漂亮，就放弃人类文明赐予我们的最大享受呢：也就是不按承诺的期限交活儿。”

我曾经使过小诡计：比如本来我需要 12 月 10 号拿到衣服，我就约到 5 号，并且一遍遍对裁缝说，6 号早晨我要去美国，每拖后一小时都会给我造成不可估量的损失。

但是裁缝也不知道怎么就能猜到我的战术，知道我需要 10 号交货，并且一直到 12 号才把衣服拿来……

他会解释说，他们那里的工人生病了，而他自己到别的城市待了两天，又说他一直在照料小儿子，因为儿子被开水把手给烫了。而他眼睛里却明明白白写着：“我哪儿都没有去，儿子也活蹦乱跳的像个小南瓜……但我凭什么就不让自己享受这么一点点无关痛痒的开心事儿呢？”

本文开始说的那个裁缝，交衣服的时候只晚了六天。当我穿上新衣服的时候，立刻就发现领子开得实在太低了，下面都能看到后面的领扣。西装背心聚成几十个褶子，悄悄地拼命往上蹿，往下巴那儿跑，而裤子则短得全世界都能立马知道我穿什么颜色的袜子……

但是裁缝却兴高采烈地拍着手，攒着拳头比量着，向我眨巴着眼睛，一脸幸福的笑容。

“啊哈！这可不是你那个鲁巴诺维奇做的活儿……”

“什么鬼玩意儿啊，”我皱着眉头说，“裤子这么短，背心一个劲儿往上跑，领子都快要开到肩胛骨了……”

“哪里啊?”裁缝吃惊地说道，“您看啊!”他一只手将领子往上拽，另一只手把背心往下扯，同时还把我摁弯了腰，结果裤子边儿一下就降低了大约两厘米。

“您看见没有啊？非常好啊!”

“或许吧，”我阴沉着脸反驳说，“或许您拽着的时候是挺好的。或许只要我穿着这身衣服，您就会寸步不离地跟着我，在后面跟着跑，把领子往上拽，把背心往下扯，而且还有个条件，就是我要把腰弓成直角——或许这样，这些问题就不会被发现啦。只是，如果在这一两年期间咱俩被您这套做得乱糟糟的西装拴在一起，就像两个被链子拴在一起的苦役犯，那您家庭怎么办？那么多客户怎么办？……”

有时候裁缝也会听不懂幽默。

他耸了耸肩，收了70卢布，就走了。

下一个裁缝说这套西装就值12卢布，还说，如果说这套西装是用罗兹布料做的，那简直是对它的恭维（它根本就是用比亚韦斯托[1]的纸做的）。一个人得完全没有任何羞耻心，才会穿这样的西装，因为它穿在身上就像是戴着牛鞍子的马……

---

① 比亚韦斯托：波兰的地名。——译者注

四人行

1

特快列车的二等包厢里坐着三个人：一个是省税务局的官员切特维罗鲁科夫，另一个是他年轻的妻子希莫奇卡，还有“伊文思和克伦布”公司的一个员工，名叫瓦西里·阿布拉莫维奇·桑多米尔斯基。

车到某站，包厢里又进来一个陌生人，他穿着毛茸茸的大衣，戴着一顶旅行帽。他仔细地打量了一下切特维罗鲁科夫夫妇以及“伊文思和克伦布”公司的员工，然后掏出一张报纸全神贯注地读起来。

大家都感到一种旅途中特有的无聊。切特维罗鲁科夫在手中旋转着香烟盒，希莫奇卡轻轻敲打着高跟鞋，用心不在焉的目光扫过桑多米尔斯基那张毫无特色的脸，又转向刚上来的那个陌生男人。桑多米尔斯基第十次翻看着那份粗制滥造的幽默杂志，他已经把全部内容都看完了，甚至包括印刷工的姓名和订阅通知。

“我们还要坐五个小时车呢，”希莫奇卡说着，甜甜地打了个哈欠，“无聊至极的五个小时！”

“坐着火车跑在路上，环境一成不变，因此会让乘客们感到疲惫。”丈夫用教导的口吻回答道。

桑多米尔斯基说道：

“而且火车票还贵得让人难以忍受。您想想，随便一张票就 12 卢布。”

然后，他把自己那份幽默杂志又看了一遍之后，补充说道：

“硬卧我都不说了！”

“最关键的还是太无聊！”希莫奇卡敲着皮鞋说道。

一直坐在门边的那个陌生人把报纸放下，用奇怪的目光重新扫视了这几个人，然后笑了起来。

他的笑声有些奇怪，像开水一样沉闷咕噜着。而随后他说的话让所有人都惊讶不已。

“你们觉得无聊吗？我知道为什么会觉得无聊，那是因为你们都不是现在装扮的那种人，而这样是很无聊的。”

“我们怎么就不是哪种人了？”桑多米尔斯基生气地反驳说，“我们就是我们啊。比如我，作为一个知识分子……”

陌生人笑了一下，说道：

“我们都不是现在装扮的那些人。比如您，您是谁呢？”

“我？”桑多米尔斯基扬起眉毛说道，“我是‘伊文思和克伦布’公司的员工，做呢绒、花呢和单面呢绒生意的。”

“哈哈哈哈！”陌生人大笑起来，“我就知道，您会编出一些最荒唐的东西来！但是，您为什么要对自己和别人撒谎呢？您可是梵蒂冈罗马教廷的红衣主教，您故意用什么‘克伦布’的名字在掩盖身份。”

“梵蒂冈？”桑多米尔斯基惊恐地轻声说道，“我是梵蒂冈？”

“不是梵蒂冈，而是红衣主教！别装傻了。我知道，您是当代最聪明、最狡猾的一个人。我听说过一些关于您的事情呢！”

“抱歉，”桑多米尔斯基说道，“我可不想听这种玩笑！”

2

“朱塞佩！”陌生人神情严肃地喃喃说道，并将两只手都搭在“伊文思和克伦布”公司员工的肩上，“你骗不了我的！我不想听你说这些胡话，我想听你讲讲梵蒂冈的事情，讲讲那里的规矩，和你在那些虔诚的意大利贵妇人当中获得的成就……”

“放开我！”桑多米尔斯基惊恐地叫起来，“这是干吗呢?”

“嘘！”陌生人嘘了一声，用手掌捂住推销员的嘴，“不要喊，这里有女士呢。”

他坐回门边自己的位置上，然后将手伸进口袋里，掏出一把手枪，将它对准了桑多米尔斯基。

“朱塞佩！我可是一个极善良的人，但我不能容忍我旁边坐着一个假面人！”

希莫奇卡尖叫了一声，闪到墙角。切特维罗鲁科夫在沙发上挣扎了两下，试图站起来。但陌生人做了一个坚决的手势，让他乖乖地坐回原位。

“先生们，”那个奇怪的乘客说道，“我不会对你们做任何不利的事情，你们放心吧。我只是要求这个人承认他是谁。”

“我是桑多米尔斯基。”推销员嘴唇煞白，喃喃地说道。

“你骗人，朱塞佩！你是红衣主教。”

手枪枪口像一只黑洞洞的独眼，盯着桑多米尔斯基。

切特维罗鲁科夫惊恐地悄悄侧眼瞄了一下陌生人，小声对桑多米尔斯基说：

“您看明白没，是在和什么人说话……您就跟他说您是红衣主教，这对您有什么呢?”

“可我不是红衣主教啊!!”桑多米尔斯基绝望地喃喃说道。

“他不好意思跟您说他是红衣主教，”切特维罗鲁科夫谄媚地对那个陌生先生说道，“不过，他可能真的是红衣主教。”

“难道不是吗?!”陌生人接过他的话，“您有没有发现他脸上有一种红衣主教的神情?”

“有啊！”切特维罗鲁科夫立即回答道，“但是……您犯得着因此就这么激动么?”

“让他自己说!”这位乘客不依不饶地说道，手里摆弄着手枪。

“那好吧!”桑多米尔斯基喊道，“好吧！那我就是红衣主教。”

3

“你们看看!”陌生人做了一个胜利的手势，“我跟你们说过的……所有人都不是他们表面装出来的那种人！请祝福我吧，主教大人!”

推销员犹豫地耸了耸肩膀，伸出双手，在陌生人头顶上挥了挥。

希莫奇卡哧了一下鼻子。

“这有什么好笑的?”桑多米尔斯基生气了，“先生，请允许我出去一会儿。”

“不，我不会放您走的，”那个乘客说道，“我想让您给我们讲讲，您与那些女教徒们之间的有趣情史。”

“什么女教徒？哪来的情……?!”

但是看到手枪之后，推销员压低了嗓子沮丧地说道：

“是啊，是有一些情史，有必要说吗……”

“您说啊!!”陌生人狂躁地嚷嚷起来。

“把您的手枪放下我就说。嗯，跟您说什么呢……有一天，一个意大利女人爱上了我。”

“女伯爵吗?”乘客问道。

“嗯，是女伯爵。‘瓦夏，’她说道，‘我那么爱你，简直爱死了。’我们就接吻了。”

“不行，您要详细一些……您是在哪里认识她的，您心里又是如何第一次萌生了这种情感?”

“伊文思和克伦布”公司员工皱起眉头，忧伤地看了一眼切特维罗鲁科夫，继续说道：

“她当时在舞会上，穿着玫瑰花装点的白裙子。有个公使介绍我们认识。我说：‘哦，伯爵夫人，您真是太漂亮了……！’”

“您弄错了吧，”陌生乘客冷冷地打断他，“难道你们神职人员能参加舞会吗？”

“嗯，这也算不上舞会，就是一次小型家庭晚会。她对我说：‘朱塞佩，我太不幸了！我想在你面前进圣餐。’”

“进行忏悔！”陌生人纠正道。

“对，忏悔。‘好的，’我说道，‘那您就来吧。’于是她就来了，还说：‘朱塞佩，请您原谅我吧，但是我爱您。’”

“真是愚蠢至极的一段情史！”陌生人毫不客气地说道，“您的邻座听得一点儿兴致都没有。如果教皇那里都是这样的红衣主教，那我可一点儿都不羡慕他！”

4

他赞赏地看了切特维罗鲁科夫一眼，礼貌地说道：

“我不明白，您怎么能让您的妻子如此无聊呢？您可是有这样得天独厚的天赋呢……”

切特维罗鲁科夫脸色煞白，怯生生地问道：

“什……什么天……天赋？”

“天哪！唱歌的天赋啊！您真是太狡猾了。您以为您旁边挂着一顶制服帽子，别人就不会想到，您曾经是一位著名的男中音，在很多大省城里收获过各种殊荣吗？”

“您弄错了吧，”切特维罗鲁科夫挤出一点笑容，“我是一名官员，叫切特维罗鲁科夫，这是我的妻子希莫奇卡。”

“红衣主教！”陌生人喊了一声，将枪口对准了官员，“你怎么认为？他是谁？是一位官员呢，还是著名的男中音歌手？”

桑多米尔斯基幸灾乐祸地看了一眼切特维罗鲁科夫，耸耸肩说道：

“可能是个男中音歌唱家吧。”

“你们瞧瞧！红衣主教道出至上真理。您给我们唱点儿什么吧，大师先生！我求您了。”

“可我不会呀！”切特维罗鲁科夫无助地支吾说道，“请您相信，我的声音太难听了，吱吱呀呀的，很嘶哑的！”

“哈哈哈哈！”陌生人笑起来，“一个真正的天才却如此谦逊！求您了，唱一支吧！”

“请您相信我……”

“唱吧！唱吧，见鬼了！”

切特维罗鲁科夫尴尬地看了看妻子那张愁眉不展的脸，将手揣进口袋里，怯生生地用假嗓子唱起来：

“踏着蓝色大海的波涛，
天空中只有群星在闪耀……”

陌生人用手支着脑袋，认真地、兴致十足地听着歌曲。时不时用手指轻轻弹着拍子并跟着哼哼。

“唱得真不错呀！能拿6000卢布吧？没准还更多一点呢！您知道吗？不管怎么说，音乐还是能让神经放松的，是不是这样啊，红衣主教？”

“那当然！”桑多米尔斯基犹豫地说道。

“看看吧，先生们！如果你们不再装模作样，而是回归自我，你们的心情立刻就好多了，寂寞无聊也就无影无踪啦。现在你们不觉得无聊了吧？”

“怎么还会无聊啊！”“伊文思和克伦布”公司员工叹了口气说道，“简直是热闹非凡。”

“我很高兴。我发现，这位女士，您脸上的表情也变了。生活中最可怕的事情，先生们，就是虚伪，装模作样。如果勇敢坚决地做出努力，那么所有虚伪的、装模作样的东西都将烟消云散。要知道，原来您可能认为这位先生只是个销售员，而您的丈夫是个官员。你或许一辈子都以为……而我只消两下，就把他们的面具扯掉了。原来一个是红衣主教，另一个人是男中音歌唱家。不是吗，红衣主教?”

“您说的简直是至理名言。”桑多米尔斯基悲伤地说道。

“而最可怕的就是谎言无处不在。从襁褓时期起，谎言就伴随着我们，伴随着我们的每一步。我们呼吸着它，将它戴在自己的脸上、躯体上。看吧，这位女士，您穿着一件浅色裙子，束着紧身衣，穿着高跟皮鞋。我痛恨所有虚假、骗人的东西。女士，我斗胆恭敬地恳请您——请您将裙子脱下来！因为它遮盖住了大自然中最美好的东西——人的身体!”

这位奇怪的旅客彬彬有礼地将枪口对准了希莫奇卡的丈夫，直直地盯着她，温柔地接着说道：

“劳驾您，脱了吧……您爱人好像也不反对这样做吧?”

希莫奇卡的丈夫用黯然的眼神看了一眼枪口，咬牙切齿地说：

“我……什么都不……我自己也喜——喜欢美丽的东西。稍微脱一点也可以，咳，咳……”

希莫奇卡的眼里闪着火光，她厌恶地看了一眼脸色苍白的切特维罗鲁科夫，以及不再吭气的桑多米尔斯基，一跃而起，歇斯底里地笑着说道：

“我也喜欢美丽的东西，讨厌胆怯的家伙。我就脱给您看！只不过请让您的红衣主教把脸扭过去。”

“红衣主教!”陌生人严厉地说道，“您是一位宗教人士，不能看热辣的场面。请用报纸挡住!”

“希莫奇卡，”切特维罗鲁科夫哼哼唧唧地说道，“你……就一点点。”

“少废话，不用你说，我也知道!”

她谁也不看，解开束胸，脱下裙子，又继续脱衣服。她的脸色苍白，眉头紧锁。

“真的吧？我看起来还不错吧?”她亢奋地说道，嘴角露着微笑，“如果您想亲吻我一下的话，可以征得我丈夫的允许——他没准会同意的。”

“歌唱家！请允许我极为恭敬地触碰一下这位女士，这位我所认识的女性当中最美貌的女士。很多人认为我这个人不正常，但我还是很会识人的。”

切特维罗鲁科夫默不作声，下颌微微跳动着。他眼里带着恐惧，看着这个可怕的乘客。

“女士，他显然完全不反对。让我来十分恭敬地吻一吻您的手……”

火车放慢了速度，驶进一个省城大站。

“为什么吻手呢?”希莫奇卡苦笑了一下，“我们还是正经接个吻吧！您不是喜欢我吗?”

陌生人看了一眼她穿着黑色长筒袜的苗条双腿和裸露的胳膊，叫道：

“那我幸福至极!”

希莫奇卡烈焰一样的目光始终盯着丈夫。她用裸露的胳膊拥抱了陌生人，结结实实地吻了他一下。

火车停了下来。

陌生人吻了一下希莫奇卡的手，拿起自己的东西，说道：

“您，红衣主教，还有您，歌唱家先生！火车在这里停靠五分钟。这五分钟我会口袋里握着枪站在月台上。如果你们什么人敢出来的话，我就开枪杀了他。明白吗?”

“您赶紧走吧!”桑多米尔斯基哼哼道。

火车开动以后，包厢的门开了条缝儿，列车员将手伸进来递过一张小纸条。切特维尔鲁科夫拿起纸条迷惑不解地念道：

“说老实话吧，这一路你们一点儿不寂寞……这是个很有创意、很有效的缩短旅途时间的方法。这个方法还有一个优点，就是让每个人都展现了真实的自我。咱们一共四个人：一个傻瓜，一个胆小鬼，一个勇敢的女人，还有我—— 一个爱开玩笑的开心果，各类场合的核心人物。歌唱家先生，请替我吻一下红衣主教吧……”

药

1

当面我叫她玛丽亚·巴甫洛夫娜，而背后则叫她玛露霞、迈瑞和小耗子。

今天，当我坐车去她家的时候，我心想：

“我要鼓起勇气告诉她！……如果她回答‘是’，那就会有小鸟在我胸膛里唱起歌来，而生活也将永远装点上好看的玫瑰色光芒。如果她说‘不’，那我什么都不说，扭头就走出房间。从此无论何时无论何人，都再也不会听到关于我的半点消息。直到大约几年之后，才会有传言传到她和她的熟人那里，说有一个众所周知过着严酷的、与世隔绝生活的奇怪僧人，住在荒漠里，孤独而神秘。在他那饱经沧桑的脸上还留着俊美的痕迹。他总是为男人祝福，看见女人就转身躲开。而那个人就会是我。”

我走进玛丽亚·巴甫洛夫娜家里，嘴唇紧紧抿着，眼睛里闪着热切的光芒。

“您这是怎么了？”她吃惊地问道。

“我……要跟您进行一次……对我而言非常重要的谈话！”

她的眼中燃起两团火花，然后——又熄灭了。

“好啊。只是我要先去两个地方……我希望，您能送我吧？”

“当然！这还用问吗？”

“我现在就穿好衣服，咱们先去布匹商店，然后去女裁缝那里。怎么样？”

“去两个女裁缝那里都行!”我鞠躬回答道。

她思忖了片刻。

“去两个那里？还别说，我真的是要去两个裁缝那里，只是其中一个人的地址我还不知道。您稍坐片刻，我马上穿上衣服。达莎!!你跑一趟去找清洁工吧!”

“您找清洁工干吗?”我吃惊地问道。

“我总不能这样只穿一件裙子就出门去吧?!”

“那难道清洁工……”

“说来话长了！清洁工的老婆在几个房客那里干活，而他老婆有个姐姐，就在那个女裁缝那里上班。我把斗篷给了那个女裁缝，让她改一下。所以，如果清洁工老婆现在把她姐姐上班的地址告诉她丈夫，我就可以打发达莎去那里取斗篷了。”

“这样，这样啊。这就是两个裁缝当中你不知道地址的那个吧?”

“您在搅和什么呀！这是我知道地址的那个。要不然我怎么能找到那里去呢??”

“你们女人啊，真逗!”我笑了笑说道。

她冲我吐了一下舌头，就跑到另外一个房间去了。

我坐下来拿起一张报纸，从头看到尾，玛丽亚·巴甫洛夫娜在穿衣服。我看完了相册，拿起一本书，看了三章，玛丽亚·巴甫洛夫娜还在穿衣服。看完第六章的时候，我有非常准确的情报表明，玛丽亚·巴甫洛夫娜还没有完全穿好衣服。看到第九章的时候，她从房间里往外看了一眼，问我：

“您有没有扣鞋子用的小挂钩？我自己的找不到了，我们找了整整一个小时了！……为什么您不随身带着小挂钩呢?”

“好的，”我简短地回答，“从现在开始，我会随身带着挂钩的。为了以后不耽误时间，我从现在开始还会随身带着做头发用的夹钳、带上斗篷和头发上的卡子。如果您还需要什么的话，请提前告诉我一下。”

她显然没听懂我的话，因为她回答说：

“不用，夹钳我自己有。不过头发上的卡子嘛，如果您随身带着，我会偶尔从您那里拿的。这些东西丢得太厉害了。”

达莎走进来，问道：

“先生，您有没有看到鞋子上的小挂钩？它应该在这里。”

“我不知道。我把相册翻完了，那里没有，书里也没有。或者问问那个清洁工，就是掌握斗篷信息的清洁工？”达莎也没明白我的意思。

“杰米扬！”她喊了起来，一边往前厅跑，“你有没有看见小姐的挂钩？”

我走进玛丽亚·巴甫洛夫娜穿衣服的那个房间，说道：

“看来得让我找找了。”

出于礼貌，我努力不去看正在梳头的玛丽亚·巴甫洛夫娜，但她还是叫了一声：

“只是看在上帝面上，你可不要看我啊！”

这时再不看可就不像话了。我看了她一眼，看了看她身边放着的那对小皮鞋，问道：

“您是要穿这双皮鞋吗？”

“是啊……只是小挂钩没有了。”

“挂钩可以买到，”我回答说，“可以再做一个，可以找到，可以偷掉，只是——它对您而言并无用处。”

“为什么呢？”

“因为您的鞋子不是系扣子的，而是系鞋带的。”

她笑了起来。

“是吗？还真是的！达莎！不要找挂钩了……您呢，先生，请暂时回避一下。”

我走出房间，因为无聊又抓起了报纸。达莎从房间里往外看了一眼，问道：

“先生，您有没有看到小姐的胸针?”

“我不知道胸针在哪儿。不过您可以看一看隔壁的屋顶上，看看它有没有神奇地挂在烟囱上?”

达莎忧心忡忡地往窗外看了一眼，两手一摊，又回到小姐的房间里。

“那里没有啊……地毯下面看了吗?”

“看过了。盥洗盆里也没有。”

“天哪，真是的!”

我焦躁地走进她们的房间，问道：

“您一般把它放在哪儿呢？它长什么样?”

“一般它是在我胸前别着的。是那个样子……您知道吗，就是马爪子上经常有的那个东西!”

“在什么爪子上?”

“嗯，就是那个……叫马蹄子……”

“我不记得您有马蹄形状的胸针。是不是马掌形状啊?”

“对对……就是那个东西，踢踏作响的。”

“那您还不如直接就说了！……就说那种踢踏作响的，这样人家一下不就明白了。马掌胸针我记得。这么说来，珠宝匠把那个掉下来的绿松石已经装上去了？你记不记得，上周咱俩一起送过去的?”

“没装好呢。”

“那说明它还在珠宝匠那里呗？您说说吧，您一般都花多少时间，在这个房间里寻找放在另外一条街上的东西呢?”

“确实啊，胸针在珠宝匠那里呢！啊，达莎，你这个蠢货，别找了。我都忘得一干二净了。”

因为两位女士都认为我是一个聪敏机灵、善解人意的男生，所以她们要求我在装扮结束的时候留在那里，以防万一。

一切进行得都还算顺利，如果不算一件事——就是两位女士白费气力地想要打开那个香水瓶，还咒骂那只塞得很紧的塞子。而我并没费多大力气就向她们证明，打开这个瓶子没有任何意义，因为它根本就是空的。而且，如果打开那里放着的另外一个瓶子应该会更有用处——因为那里是几乎快到瓶口的满瓶香水。

2

我们来到商店，掌柜子彬彬有礼地向我们鞠躬致意，但立马就变得脸色苍白，用充满恐惧的眼神紧盯着玛丽亚·巴甫洛夫娜那张红扑扑的笑脸。

“请给我看看随便什么做衬衫的新布料吧，但是要最新的。我总来您这儿的，但您总给我看旧货。”

“这个混账家伙！”我心想。

掌柜子爬到一个楼梯上，开始往柜台上扔布料。一匹匹五颜六色的布料如瀑布般垂下来，那架势就好像老板想在自己和这位女顾客之间建造一个结实可靠的堡垒，这样他就可以躲在这个堡垒后面了。

他的眼中充满绝望和对命运的顺从。

“您看这个，女士……很不错的图案。”

“这个？您是在嘲笑我吧！乡下女人戴的头巾就是这样的。”

“那您看这个！时尚的最强音。”

“这个？不不，看来您真是嘲笑我呢。”

我从未见过这样嘲笑人的。掌柜子额头上开始冒汗，干巴的嘴唇神经质地哆嗦着。一块块布料如雨水般从架子上倾泻下来，展开，又被推到一边，被倾泻下来的新布料遮盖住。而新料子同样又被推到一边，被层出不穷的新布料重重地压在下面，痛苦地呻吟着。但这些新布料或是“粗糙难看”，或是格子太大，或是格子太小……甚至还有一块布料遭受严厉指责的理由，居然是因为格子大小过于中等了。

“这块儿我喜欢。”我指着底下冒出来的一个黄色布料角，怯生生地说道。

掌柜子感激地看了我一眼，然后又叹了口气说道：

“这个不是布料，这是布料中间的包装纸。您看这块儿好像很不错呢。”

“这块儿啊?”我用极力装出的赞赏口吻喊了起来，“这个非常好啊。”

“您再给我看看这类的什么吧。”我的女伴温柔地说道。

掌柜子此时已经不是站在柜台后面了，而是躺在那一大堆被揉得皱巴巴不成样子的布料上面，我们要使劲仰着头才能看见这个和善的人。他从上面用嘶哑的嗓子对我们喊着：

“还有这块……也推荐您呢……时尚的最强音……”

掌柜子的行为方式让我吃惊不已。

到底是什么原因，才使得他没有用一个不易觉察的手势，将这堆“随便什么做衬衫的”的东西推到这位女顾客头上呢……那样的话，将女顾客从轰然倒塌的布料堆中刨出来，以及随后手忙脚乱的开心场面，就可以让他稍微喘息一下并重整旗鼓了，而那位女顾客也可以用自己的脑袋和肩膀来明白一件事情——那就是有时候这“随便什么做衬衫的”会重达 8－10 普特，折腾起来可不那么容易的。

从上面传来的“时尚最强音”变得越来越弱、越来越小。现在我明白了，为什么掌柜子看到我的女伴时，会当场吓得脸色苍白。而我的女伴这时却用温柔的、银铃般的声音说道：

“这个颜色有点暗，或者确切地说，对我而言有点亮……看来，我什么都挑不出来了。”

她叹了一口气站直身来，向歪歪斜斜横在上面的掌柜子的身体温柔地点了点头。

“我们这就走吗？”我问道，“要是这样的话，掌柜先生，请把这块、这块，还有这块料子给我包上。”

“您要这干吗？”玛丽亚·巴甫洛夫娜吃惊地问道。

我想对她说，这掌柜了再不济，也不仅值得我买这三块对我毫无意义的布料，而且还应该享受终身退休金以及公费养育孩子。话又说回来了，他也不见得需要什么终身退休金，看那样子，这个可怜人也熬不过本周末了。

3

我们从商店里出来，我抱着一个巨大的包袱，而她两手空空，开开心心的一副胜利模样。我们坐上了马车。

“然后呢？”我问道。

“然后？”

“去哪儿啊？”

“去裁缝那里。我不是说过嘛。”

“马车夫，上裁缝那去。”

“请问，去哪条街呢？”

“去哪条街呢？”我转身问自己的女伴。

“就是那条街……挺长的。不过说实话，我忘了街名叫什么。”

“嗯，挺长的！您这样说不就行了。是不是两旁还有很多房子，每个大门口都坐着一个清洁工？是不是啊？”

“对对。差不多就是那样的。那里还有一栋四层高的楼房，有那种大门的。”

“哪种大门呢？”

她把手指往前一伸，模棱两可地晃了晃。

“就是那种门，知道吗?”

“啊，是那种大门啊? 很漂亮。那街道您还是不记得吗?”

“我以前记得的，不过现在忘了。我记得，现在应该朝右拐。”

“车夫，朝右拐。”

“他这是往哪儿去呀?! 不是往那边! 是向右!”

“他就是在朝右拐呀!!”

“那就应该是朝左拐。”

“这些马车夫总是稀里糊涂的，”我口气严肃地抱怨说，“是这样的，对于马车夫以及其他男人，右边呢，因为某种偶然的原因，是与右手相一致的。而对于女人呢，右边是和左手是一致的! 男人们总是笨得要死，怎么也适应不了这一点。”

“总之，你们这些男人啊……”玛丽亚·巴甫洛夫娜批评说，并且因为意识到自己的这种优点而笑了笑。

我们拐到了某条街道上，开始在上面跑起来。我将敏锐的目光投向所有带着“那种门”的房子。而我的女伴此时悄悄用手在胸前画了一个十字。

“您怎么突然想起祷告了呢?”我耸耸肩问道，“是不是想将自己奉献给上帝呢?”

“不是，”她说道，“我是这样来判断右边在哪儿的。”

“就是说……怎么判断呢?”

“大家都是用右手做祷告的呀! 我一做祷告就想，啊，原来这边是右。”

“真是太绝了! 又可以找到路，同时还能祈求上帝宽恕自己的罪责。如果大家都知道这个机智的方法，就不会有那么多迷途者以及罪恶深重的人了。”

“您在奉承我呢!”她娇媚地用手套拍了一下我的手，“不过这不是我想出来的，是我一个女友。”

“她简直是个聪明绝顶的主儿。”我赞赏地说道。

4

因为有“那种大门的”房子实在太多了，我们最终没能找到那个女裁缝。

一小时后我们往回走的时候，玛丽亚·巴甫洛夫娜想起来了：

“您想跟我说什么重要的事儿来着？您记得不？还是在我家里的时候，您还说这件事对您来说非常重要！”

我既没有在心里叫她迈瑞，也没有叫她小耗子，而是打了个哈欠，说道：

“啊，是啊！我是想问，您是在哪里买这么好吃的小茶点的？”

并且从这一刻起，沙漠失去了它最好的一名隐士，一名曾经在那里拯救自我的隐士。

谎　言

中国人和女人都很让人费解。

我认识一些中国人，他们可以耐心地在一块核桃大小的象牙上面花两三年时间，用一大堆各种各样的小刀小锉，将这块普普通通的象牙雕刻成一艘船——这简直是巧妙与耐心的奇迹：船上有各种各样的绳索、船帆，有相应数量的船员，而且每个船员只有一粒罂粟籽那么大，而缆绳细得都看不到投下来的影子——而这些玩意却毫无用处……更不用说，想坐这艘船进行一次最普通的航行都不行——这艘船实在太脆弱了，只消用手掌轻轻一压，就能把这个中国人极尽力气弄出来的作品给毁掉。

女人的谎言时常让我想起中国人那艘只有核桃大小的船——要经历那么多忍耐、使出那么多诡计，却全无用处、毫无结果，只要稍一触碰就毁坏殆尽。

剧本朗诵会被定在夜里 12 点。

我稍微早到了一点，一边抽着雪茄，一边与这家的男主人——一个姓利亚兹戈夫的律师闲谈，来打发这段无聊的时间。

很快，紧随我之后，利亚兹戈夫的妻子脸色绯红、容光焕发地风一样跑进我们坐着的房间里。而一小时前我还在剧院里瞥见她和我们共同认识的塔尼娅·切尔诺茹科娃并排坐在一起。

“这是怎么回事儿?”利亚兹戈夫的妻子笑嘻嘻地喊道，“都快 12 点了，观众怎么都还没来呢?!”

“会来的，”利亚兹戈夫说道，“你上哪儿去了，希莫奇卡?”

“我……去溜冰场了，巴谢伊纳雅街上那家，和塔尔斯基的姐姐一起。”

我坐在沙发椅上，慢吞吞小心翼翼地转过身来，看了一眼谢拉菲玛①·彼得洛夫娜的脸。

她为什么要撒谎呢？这意味着什么呢？

我沉思起来。

她为什么要撒谎呢？这里不大可能会牵扯到什么情夫的事情……在剧院里她一直是和塔尼娅·切尔诺茹科娃坐在一起的。而且看来，从剧院出来之后她直接就回家了。这么说来，她只是想隐瞒自己去剧院的事情，或者隐瞒和塔尼娅·切尔诺茹科娃见面的事情。

这时我突然想起来了，利亚兹戈夫曾经有两三次当着我的面，要求妻子少和切尔诺茹科娃见面。因为按照他的说法，这个女人很愚蠢，一身臭毛病，对妻子有不良影响……于是我突然惊讶地想：有时这样一个微不足道的原因，就会让一个女人撒谎……

大学生科尼亚金来了，他和我们打了个招呼，转过身问利亚兹戈夫的妻子：

“怎么样啊？今天剧院的演出……有意思吗？”

谢拉菲玛·彼得洛夫娜吃惊地耸了耸肩膀。

“您凭什么认为我知道演出的情况呢？我又没去剧院。”

“怎么没去啊？我去了趟切尔诺茹科夫家，他们跟我说，您和塔季扬娜·维克托罗夫娜去剧院了。”

谢拉菲玛·彼得洛夫娜低下头，用手捋着膝盖上的裙子，冷笑着说道：

---

① 希莫奇卡是谢拉菲玛的昵称。——译者注

“这也不怨我呀，塔尼娅就那么蠢，她出门的时候可能随口撒了个谎。”

利亚兹戈夫对此事变得饶有兴趣起来，他看了一眼妻子。

“那她为什么要撒谎呢?”

“你怎么就想不明白呢？她有可能是见她的大诗人去了!”

大学生科尼亚金呼啦一下扭过身去，看着谢拉菲玛·彼得洛夫娜。

“去诗人那里？是去加加罗夫那里吗？这不可能啊！加加罗夫前两天去了莫斯科，还是我亲自送他走的。”

谢拉菲玛·彼得洛夫娜固执地摇了摇头，那神色就像是一个正要往悬崖下跳的人。她说：

“可他就是在这儿呢!”

“我搞不明白了……”大学生耸耸肩说道，“我和加加罗夫可是好朋友，他如果回来了，会首先通知我的。”

“他好像躲躲藏藏的，”谢拉菲玛·彼得洛夫娜用皮鞋尖敲击着地毯说道，“有人在监视他。”

最后这句话显然是为了终止关于加加罗夫的这个偶然话题才说的。

但是科尼亚金却担心起来：

“监视他?！谁在监视他?”

“就是那些……密探。”

“对不起，谢拉菲玛·彼得洛夫娜……您这话好奇怪呀：密探为什么要监视加加罗夫呢？他又不是革命者，也从来也没有参与过政治!”

谢拉菲玛·彼得洛夫娜向大学生投去仇恨的一瞥，用舌头舔了一下干裂的嘴唇，一字一顿地说道：

“以前没参与，但是现在参与了。再说了，我们干吗一个劲儿说加加罗夫啊，加加罗夫的。先生们，要不要喝点茶?”

又来了一位客人，是报社的文学评论员布留欣。

“好冷啊，”他说道，“不过挺好！冷得简直不像话。我刚才滑了两个小时的冰。巴谢伊纳雅街的那个冰场真不错。”

“我妻子也刚从那里回来呢，”利亚兹戈夫抿了口杯中茶说道，“你们没遇上?”

“您说什么呀?!”布留欣惊讶地说道，“我一直在那儿滑冰，可是没见到您啊，谢拉菲玛·彼得洛夫娜。”

谢拉菲玛·彼得洛夫娜笑了一下。

“可我就是去那里了，和玛丽亚·亚历山德罗夫娜·舍姆舒林娜一起。”

“好奇怪呀……我没见到您，也没见到她呀。而且更奇怪的是，那个滑冰场就巴掌大点儿，一眼望去什么都能看见。”

“我们大部分时间是坐在那里的……在音箱旁边，”谢拉菲玛·彼得洛夫娜说道，“我冰鞋上的螺丝有点松了。”

“啊，是这样啊！要不我现在帮您修一修吧？我可是这方面的行家。您的冰鞋在哪里呢?”

那只脚神经质地在地毯上敲了起来。

“我已经拿给维修工了。”

“你还有本事送到维修工那里去啊，这深更半夜的?”利亚兹戈夫问道。

谢拉菲玛·彼得洛夫娜生气了。

“我就是送去了！你怎么没完没了了？维修铺当时因为有个急活儿，所以开着呢，我就送去了。那个维修工叫马特维。”

终于，众人翘首企盼的剧作家谢里万斯基出现了，他带来一个卷成筒状、用细带子扎起来的剧本。

“抱歉了各位，我迟到了，”他鞠了几个躬说道，“有位女士耽搁了我一会儿。”

“剧作家总是很受欢迎的，”利亚兹戈夫说道，“是谁耽误您了？”

“舍姆舒林娜·玛丽亚·亚历山德罗夫娜。我给她读了下剧本。”

利亚兹戈夫拍起手掌来。

“骗人了，骗人了，大作家！大作家在隐瞒自己的艳遇吧！你根本不可能给什么舍姆舒林娜读剧本！”

“怎么没读啊？”谢里万斯基莫名其妙，他狐疑地环顾了一下这帮人，“读了呀！真是给她读的。”

“哈哈，”利亚兹戈夫笑了起来。“你跟他说吧，希莫奇卡，他这下被当场逮住了：舍姆舒林娜不是和你去滑冰了吗？”

“是的，她是和我在一起的。”谢拉菲玛·彼得洛夫娜点了点头说道，一边用冰冷的目光打量着我们所有人。

“什么时候？我从8点半到12点，一直都在她那里待着，读我自己的《彗星》。”

“您搞混了吧？”谢拉菲玛·彼得洛夫娜耸了耸肩。

“什么？我搞混什么？我会把时间搞混？会把舍姆舒林娜和什么人搞混？还是会把自己的剧本和什么撕页日历搞混呢？怎么个搞混呢？”

“您要不要喝点茶呢？”谢拉菲玛·彼得洛夫娜提议说。

“不行，咱们现在要弄个明白：舍姆舒林娜是什么时候和您去溜冰场的？”

“大概十点、十一点吧。”

剧作家双手一拍。

“那我祝贺您吧：这时候我正在家里给她读剧本呢。”

谢拉菲玛·彼得洛夫娜恶狠狠地扬了一下眉毛：

“是吗？或许世界上有两个舍姆舒林娜？或者我把一个不认识的女人当成玛丽亚·亚历山德罗夫娜了？或者我是昨天去的滑冰场……哈哈！”

“我彻底不明白了！”谢里万斯基吃惊地说道。

“这就对啦，”谢拉菲玛·彼得洛夫娜笑了起来，“这就对啦！您哪，谢里万斯基呀，谢里万斯基……”

谢里万斯基耸了耸肩，开始展开自己的手稿。

等大家往客厅走的时候，我在书房里多停留了片刻。我向谢拉菲玛·彼得洛夫娜做了一个手势，和她单独留下来。

“您今天去冰场了？”我漫不经心地问道。

“是啊，和舍姆舒林娜一起。”

“可我今天在剧院看到您了，和塔尼娅·切尔诺茹科娃在一起。”

她突然恼了。

“不可能的，这么说来，我在撒谎了？”

“当然，您就是在撒谎。我清清楚楚地看见您了。”

“您把别的什么人当成我了……”

“没有。您的谎话编得实在不高明，牵扯进来一大堆人，说露馅儿了，然后又一个接一个地往上堆谎言。你干吗要对丈夫撒谎，说去溜冰场了呢？”

她的一只脚又在地毯上敲了起来。

“他不喜欢我和塔尼娅见面。”

“我现在就去跟大家说，我在剧院看到您和塔尼娅在一起。”

她一把抓住我的手，惊恐万状、嘴唇不停地哆嗦。

“您不会这样做的吧？！”

“为什么不会这样做呢？……我会的！”

“噢，亲爱的，噢，大好人……您不会说的……是吧？您是不会说的吧？”

“我会说的。”

她将双手搭在我的肩膀上，狠狠亲了我一下，紧贴着我，一字一顿地小声说道：

“您现在不会说了吧？不会了吧？”

读完剧本后大家一起吃晚饭。

谢拉菲玛·彼得洛夫娜一直坐在丈夫旁边，始终极力回避我的目光。

谈话间，她问丈夫：

“你今天下午去哪了？从三点起你就一直不在家。”

我好奇地等着他回答。当我们两个人在书房的时候，利亚兹戈夫坦白地跟我说，今天他过得非常潇洒。从敖德萨来了一个认识的法国女人，她是一个歌舞咖啡馆的歌手。他们一起在康坦那里吃了午饭，就在他办公室里。吃完午饭后他们开车兜了一会儿风，然后在她住的“格兰德大酒店”待了一会儿。晚上的时候开车将她送到“布弗”剧院，就在那里分的手。

“你今天去哪里了？”

利亚兹戈夫转过身去看着妻子，想了几秒钟，说道：

“我去康坦那里了，在他办公室吃的午饭。有一个敖德萨来的客户带着他的法国老婆，还有我。然后我去找一个女委托人去办乌萨乔的案件。我们开着她的车跑了好几个地方——她很有钱的——去跑解除庄园查封的事情。然后我去了‘格兰德大酒店’，在一个地主那里待了一会儿。晚上的时候路过‘布弗’剧院，又在那里待了一会儿，见了一个熟人。就这些。”

我暗自笑了笑，心想：

“看看，这才叫谎言！”

造访者

（鉴定经验）

任何一个人，如果他见过刚开始奔走的造访者，都知道，这可是喷着香水、内衣雪白、皮鞋锃亮、收拾得干净利落的一个人！

在出门前，造访者会在镜子前矗立很久，将耳朵旁翘着的几根头发抚平；他会摆弄很久，不让白色领带尖露出西装背心的边缘，会仔细地将胆敢落到皮鞋尖上的那一粒灰尘擦掉。燕尾服袖子即使粘上一根绒毛也会令他心神不定，然后这根绒毛会被重重地从袖口掸掉，掉落时简直都能听到轻微的撞击声。两根手指从背心口袋里抽出红色小丝巾的一角——位置恰到好处，使得黑白背景上不多不少点缀出一抹红色。

造访者在准备出门之前，都要如此这般折腾一番。

至于后面如何就无所谓了：在造访到第五家的时候，他的燕尾服上面将会满是粉末、粘着芥末，皮鞋尖上稳妥地粘着一条小鲱鱼的头；造访到第十家的时候，领带将歪斜得一塌糊涂，领带夹将会在造访者英勇的胸前晃荡着，而塞进背心里的红色小丝巾里，将会卷着一块没能钻进造访者狭窄喉咙里的未嚼烂的香肠。

无所谓！造访者在家里穿衣打扮的时候，是不考虑未来的。

他全部的思想和信念——都在当下。

来到熟悉的房子之后，造访者会洋溢着对美好人类的温情和爱意，首先冲上去挨个亲吻大家。

男人大多数都是英勇坚韧地忍受着造访者的亲吻，只有个别人在吻第一下之后，就将造访者推开，让剩下的两个亲吻落空①。

但造访者并不会因此而觉得尴尬：落空就落空吧——那他就吻吻空气。空气也是个好人呢。

对于女士，造访者就要折腾一番了。

“哎哟，对不起，我不跟人亲吻的。”

“那是为什么呢?”

“哎哟，不，不，不行的。”

“这怎么行？大过节的……必须要吻一下。”

“我这人有原则的——不跟别人亲吻。哎哟，哎哟!”

很多女士一生中唯一的原则，就是复活节那天不跟别人亲吻。而在她们轻浮生活的其他时间里，她们却随意接吻，无须任何理由。而那个造访者无论是冬天、秋天，还是夏天，都比复活节那天更容易触碰到女性的嘴唇。

如果女士继续拒绝，造访者在情急之下会扑向这位女士，紧紧抓住她的双手，亲一下她的肩胛骨，亲一下她头发里插着的小梳子，以及那个无怨无悔的空气。

一般说来，不那么讲究的造访者会满足于这种轻描淡写表现出来的基督之爱，而大家会马上将他请到桌前。

“吃口菜吧……来一杯花楸果酒?”

在前两家造访时，造访者一般会特别仔细地品尝酒水和小菜：先喝一点酸橙露酒，就一口鱼子；然后是茅香酒就着火腿；最后是喝一杯白兰地，吃一个复活节圆面包。

喝白兰地时他会皱下眉头，会夸一夸复活节的圆面包。而接下来的造访会让造访者那种矫揉造作的考究之情逐渐消失：开始他还喝着蜜酒，就着大海虾，后来就干脆喝普通的伏特加，就着圆面包

① 按照俄罗斯的习俗，复活节见面时人们会相互亲吻三次，互致问候。——译者注

上的糖霜花了。

越往后，他的口味就越不讲究了，但却更加刁钻古怪、越发随性了。

他会把普罗旺斯橄榄油当成白葡萄酒误斟上来，想就着火腿给它喝掉；但他的手却伸得稍远了点，把大火腿上的彩色纸流苏扯下一块来，然后将主人儿子制作的这个美丽作品——送进嘴里。

“这三文鱼不错，”造访者赞赏地点着头，嘴里嚼着那张纸，“多……多少钱卖的？”

然后他又狂笑自己，说自己说错了，应该说“买”，却说成了“卖”……

他发现自己的错误，就想着赶紧承认这些错误，这无疑是他的优点。而他张着嘴大笑的时候，嘴里还露出一些被嚼了一半的彩色纸片。领带也弄歪了，而领带夹则像长了脚似的，配合着主人愉快的笑声，有节奏地在胸口晃来晃去。

在刚开始造访的时候，家庭主人还试图与造访者聊上几句。采取的策略始终如一：

“您是在哪家教堂做的晨祷？”

“在大教堂。”

“是在哪里开斋的？”

“在家里。”

“那您家复活节圆面包做得挺好吧？”

“挺好。”

“夏天您是在郊外小别墅住吗？”

“在小别墅。”

“那么，您近来总体如何呢？”

“还行。好了，我该走了。”

“您再坐会儿吧。”

“不了，不了，真的！”

再往后的造访，则让造访者变成一个奇特的、有着层出不穷创意的人，而要想与他聊聊普通老百姓的话题，就变得极为困难了。

人家问：

“您在哪里做的晨祷？”

他显然是仔细斟酌了一下自己的答案，说道：

“十四个。前天还有八个。”

“什么——八个？”

“一个个头挺高的金发男子。你就住我这吧，他说，有什么呢！”

“什么？”

“我告诉您什么吧！把它从炉子里拿出来，结果它就两半了。可能是面和得太稀了吧。我能再喝一杯火腿吗？”

而造访到最后的时候，造访者都已经不说话了，只是面带讽刺和怀疑的神色，低头瞟着所有人。

到了其生命的这一阶段，他轻而易举、毫不痛苦地就摒弃了祖先们以极大热情创造的千年文化与文明的所有成果。他会突然狂笑起来，或者津津有味地咬着水晶高脚杯，或者会试图爬到三角钢琴上去，用绝对的、不容反对的口吻要求道：

“15 点半的时候叫醒它。”

结束了所有造访后，造访者久久地徘徊在街头，脑子里充斥着混沌不定的想法。笔者很少见到造访者处于这种过渡状态，但还是有一天偷窥到了造访者在这种状态下的举动。

他迈着摇晃不定的步伐走在街上，偶尔赞赏地拍拍墙壁，往水管的孔洞里瞧瞧。

他当时的状态是：对重要的东西毫不在意，只有一些鸡毛蒜皮的东西会引起他的兴致。

大踏步走在街上的时候，他看到路上有根火柴棍儿。他惊讶地停下来，俯身看着这根火柴棍，并一直保持着这种紧张姿势。

然后他小心翼翼地将火柴棍儿捡起来，走到正在打瞌睡的清洁工跟前。

“这个人哎！你们这里废弃物仓库在哪里？”

“啥——啥？”

“请您指出，我应该将干扰乘客正常行进的该物体置于何处？”

“您扔掉就得了，”清洁工笑了起来，说道，“有啥大不了的。”

他从造访者手中拿过火柴棍儿，将它扔在地上。

“亲爱的清洁工，你可不能这样做。你为什么这样做呢？这样做可不好。”

“可它能妨碍谁呢？”清洁工说道。

“人们在这里走来走去，谁要是绊上了，摔倒了，会把腿摔断的。他会很疼的……会死掉的……没有……做敷圣油的仪式①……”

然后他弯下腰去重新捡起火柴棍儿，用手指在大门旁边挖了一个小坑，将火柴棍儿放进去，又将小坑填好，然后长长舒了一口气。

“这样就放心啦……永别了，尼基福尔。”

造访者又晃晃悠悠继续往前走。他停在某个单元门口，坐在台阶上。恍惚的眼神落在了皮鞋上。那只皮鞋上粘着他在倒数第二家吃饭时掉落的小鲱鱼。造访者将它从皮鞋上取下来，放到手掌心。

“可怜的小鱼啊，”他说道，一边咽着泪水，“难道你已经死了吗？不！你会活着的。我要把你带回家，你将在那里，在温暖和关爱中度过余生。噢，不仁不义的人们哪！……天哪，我的天哪！到底是为什么，请问，为什么？”

---

① 敷圣油：基督教徒临终前神父给其额头、躯体、四肢涂抹圣油的仪式。——译者注

于是他左摇右晃地走着，哼着催眠曲子，手里摇晃着那只沾满灰尘的鲱鱼，抚摸着它，吻着它，用自己的呼吸温暖着它。

然后他掏出小丝巾，将它在膝盖上展开，将小鲱鱼放进去。然后费了好大劲站起身，将这些东西放进自己白色西装背心的口袋里。

然后又继续晃晃悠悠往前走，从我的视线中彻底消失。

关于复活节造访者，有个熟人给我讲了一个极为有趣的故事。这个故事可是完全真实的，因为我这个熟人是金银检验局①的官员，在彼得堡有一栋两层楼的房子。

我不认为这样的人会编造自己的故事，或者添油加醋、夸大其词，而且他这人也挺笨的，编不出这些东西来。

如果你非常了解复活节造访机制的话，本故事就不会让你觉得特别奇怪、闻所未闻了。

下面就是他讲的内容：

有一次复活节前，他从彼得堡去哈尔科夫办事。这座城市他不太熟，所以复活节前的圣星期六，他一整天都是在无聊中度过的。第二天早晨，当他醒来的时候，太阳照进窗户里，在他床旁边叠放着仔细清洗过的燕尾服。

金银检验局的官员在床上甜甜地、兴冲冲地伸了个懒腰，自言自语道：

“今儿个要做造访啦，这可是复活节的第一天，上帝保佑！该穿衣服啦。”

他起床穿好衣服，刮好胡子，就来到街上。

---

① 金银检验局是一个虚构的机构。1841—1860 年，其局长是虚构的人物科济马·彼得罗维奇·普鲁特科夫。此形象是由热姆丘日尼科夫兄弟和 A. K. 托尔斯泰塑造出来的。

在街上他和马车夫讨价还价一番，然后登上了轻便马车。他拿出自己那本写着各种地址的记事本，翻看了一下，说道：

“请您送我去贵族街 7 号。”

来到贵族街之后，他按照记事本里的记录找到了 4 号住宅，按了按门铃。

“都在家吗？”他问女仆，“接待客人吗？基督复活了。”

“您请进吧，真的复活了。”

官员受到这家男主人的热情接待。热烈亲吻之后，他走到女主人跟前，伸出嘴去。

“我不和男人行复活节亲吻礼的。”女主人娇滴滴地宣称。

“那又是为什么呢？”

“唉，不行，不行，这怎么能行！”

官员还是吻了吻她脖子上的衣服褶边，然后是耳朵上的耳环，然后是空气，再然后是三者一起，一边乐呵呵地笑着往桌前走去……

“来杯茅香酒吧！请品尝一下我们的复活节圆面包——今天做得好像挺成功呢。”

“我尝尝！嗯，面包真不错。”

“您在哪里做的晨祷呢？”女主人问道。

“在大学教堂。”

“在哪里开斋的呢？”

“在家。”

“夏天您准备去郊外小别墅吗？”

“是，是在小别墅。好了，我该走了。”

“您再坐会儿吧。可是难得一见的稀客呢。”

“不啦，不啦，瞧您说的。”

官员出了门，坐上马车，又看了一眼记事本。

“莫斯科街 12 号，20 号住宅。”

马车夫带他来到这个地方。官员按了按门铃，与那个看上去颇有心计的女仆互吻三次，行复活节礼，又和男主人左拥右吻，而后因为女主人拒绝行复活节亲吻礼而惊讶得无以言表，然后喝了点茴香甜酒。

“您是在哪里做的晨祷呢？”

“在大学教堂。”

“夏天去郊外小别墅吗？”

“是的，好了，我该走了。再见。”

“您这就走啊？”

马车夫要去的第三个地方是：

“伊万诺夫斯卡亚街 9 号，6 号住宅。”

按规矩行了复活节亲吻礼、喝了两杯白兰地之后，女主人问道：

“您是在哪里做的晨祷呢？”

“在大学教堂。本来想去伊萨基辅大教堂的①，不过您知道吗，离我家有点远。”

“我也觉得。”女主人说道。

“是啊，”官员再次肯定说，“坐车要 40 分钟呢。”

“从哪儿？”

“从我家啊！”

“天啊，您说什么啊！……从哈尔科夫到彼得堡怎么会是 40 分钟车程呢？”

官员站起身来，彻底发懵了。

“这……是哪个城市呢？”

---

① 伊萨基辅大教堂：坐落在圣彼得堡市区，与梵蒂冈的圣彼得大教堂、伦敦的圣保罗大教堂和佛罗伦萨的花之圣母大教堂并称为世界四大圆顶教堂。——译者注

女主人笑了起来。

“还有这种事！一个人在哈尔科夫市，在伊万诺夫斯卡亚大街上的斯韦尔奇科夫家里坐着，可自己却不知道是在哪个城市。”

“那么说您是斯韦尔奇科夫家了？”官员叫了起来，“可我本子上记着：伊万诺夫斯卡亚街 9 号，6 号住宅，恰普雷金家。这么说来，这不是恰普雷金家了？”

“当然不是啊，这是斯韦尔奇科夫家。”

“那抱歉，”官员慌忙说道，“再见。我告辞了。”

“您这就走啊，再坐会儿吧！”

“您知道吗，”官员给我讲这段故事的时候说道，“这事儿简直太不可思议了：彼得堡和哈尔科夫都有莫斯科街、贵族街和伊万诺夫斯卡亚街。我是按彼得堡的地址走的。”

“那他们不认识您，就接待您了吗？”我吃惊地问道。

“他们也无所谓啊……来了一个造访者，穿着燕尾服，行复活节亲吻礼，做过晨祷，喝着伏特加——就是说，一切都按规矩来的，一切都符合要求……而且我的情况是——难道你能把所有认识人的脸都记着？我要是不提伊萨基辅大教堂，那谁都不会发现有什么不对劲的。”

生活总会给我们带来一些离奇的情节，安排一些最不可思议的情节。

如果上述故事有些人觉得不大可能，那我要再说一遍：一个拥有两层楼房的金银检验局的官员，总不会编出这样的故事吧?!

附：我们这五年（履历材料）

1905年，就好像有一颗血红色的火箭弹腾空而起……升空，爆炸，释放出千百个血红色的讽刺性杂志。这些杂志的出现出人意料，它们非同寻常、大胆辛辣的风格，则让人瑟瑟发抖。

所有人都赞赏地扬着头，互相指着这颗明亮的火箭弹。

“快看啊，这就是自由呢!”

而当天气糟糕、迷雾笼罩的早晨到来时，人们在火箭腾起的地方只找到一个烧掉一半的纸筒，它被绑缚在一根棍子上——这根棍子就是俄罗斯所迈出的任何一步的鲜明象征——无论是前进，还是后退……

火箭弹的最后一点小火花到了1906年就已经奄奄一息了，而1907这一年就已经完全笼罩在黑暗、阴郁和沉沦之中。

那些火爆的、鼓舞人心的名称，如《机关枪》《晨曦》《观众》《霞光》等，都从报童皮包的显著位置退去，消失得无影无踪。而此前被赶到角落里的默默无闻、不温不火的《交易所信息》和《话语》等刊物，又重新回到醒目位置。

这段时期读者们已经习惯于色彩和内容都“鲜红夺目”的讽刺杂志上刊登的嘲笑、讽刺和恶毒挖苦作品，而今他们重新又回到了原来那个只有四种讽刺刊物的时代：《蜻蜓》《闹钟》《小丑》和《碎片》——这些杂志合起来大约有150年的历史了。

当我来到彼得堡时（那是在1908年初），数十年来靠这些半腐烂的废物吃饭的“丈母娘”“假面舞会上微醉的商人”“被小别墅摧残的别墅主人”之类的俄罗斯幽默刊物上的人物形象，已经将他们那些凶险的脸不住地往出版社窗外张望了。

盛宴结束了……

那些被自由言论灌得醉醺醺的客人们，都被按照“羁押室”“单人囚房”等片区分开带走了；而留下来坐在洒满葡萄酒、布满残羹剩饭的桌子旁的，都是那些乖乖听话的家伙：“别墅丈夫”、“恶毒的丈母娘”，以及“假面舞会上微醉的商人”。

就是那些所谓的——穷亲戚。

就这样，我是在一个最不适宜的时刻来到首都的。不仅是大家都在找帽子准备散场了，甚至是帽子找得差不多散场快要完毕的时候——几乎所有的人都已经拿着自己的帽子走人了。

在这里请允许我说几句关于我自己的话，因为这些内容与本文还是有点关系的。

我是从哈尔科夫来到彼得堡的。

一连几天我都在彼得堡街头游荡着，仔细看着各个出版社的招牌——我的雄心壮志也仅限于这些地方。

有时候人的命运就那么偶然：《小丑》杂志和《碎片》杂志的编辑部位于两条很远的、我不熟悉的街道上，在这个巨大而陌生的城市深处，而《蜻蜓》杂志和《大灰狼》杂志则在市中心（《蜻蜓》杂志在涅瓦大街果戈理街口，而《大灰狼》杂志在莫依卡街上）。

如果当时《小丑》杂志和《碎片》杂志就在这里，在市中心的话，或许我也会在其中一个杂志社里垂下自己谦逊的脑袋。

但当时我只能在两个邻近的编辑部里选择：《蜻蜓》杂志和《大灰狼》杂志。

“我先去《蜻蜓》杂志吧。”我决定就按字母顺序来。

看到了吧，有时候不起眼的字母表也会影响到一个人的未来：

我就这样留在了《蜻蜓》编辑部。

我记得有人将我带到出版商科恩菲尔德的办公室（杂志编辑是年事已高的瓦西里耶夫斯基一布可瓦——他不在彼得堡住）……

迎接我的是一个胡子刮得干干净净、年纪轻轻的先生。他有一双温柔的眼睛，举止非常得体。他坐在一张很大的写字台旁边，面前放着一块黑板，黑板上画满了各种陌生面孔。这是一些气质高雅的侧脸像，一般正在思考的人就喜欢随手勾勒出这样的侧脸像。

黑板上还放着一个小纸片——非常小的小纸片，我都担心自己这样沉重的喘息会把它给吹跑了——因为我是刚刚爬楼梯上来的。

“正在工作呢，”我羡慕地想，“看人家的生活！”

于是我像一个外省来的乡下人，用贪婪的目光紧盯着出版商那张刮得干干净净、让人看着很舒服的脸。

“他原来是这样的，”我内心充满柔情地想，“这么年轻呢。呵，真厉害！”

我们开始攀谈起来。

“材料您带来了吗？”

“是的，带了几个小作品和一个短篇。”

“您现在在哪里任职吗？”

“不……没有，我刚从哈尔科夫来。”

“您在那里写过作品吗？”

“是的，”我略带自豪地晃了晃脑袋，“甚至还出了一个讽刺杂志。”

“出得好吗？”

“不算特别好，发行 3 千册。”

“噢哟！”出版商真诚地表示了惊讶。

“什么‘噢哟！’？”我傻乎乎地追问道，“这样算多吗？”

“当然啦，我们是个老杂志了，挺有名的，在彼得堡出版。就这样，也没有超过您订量的两倍。”

这下轮到我惊讶了。

“怎么会呢？我还以为得 10 万来册呢。”

“哪会有那么多？”

在接下来的谈话中我明白这一奇怪事实的原因了：《蜻蜓》杂志出版了 30 年，而这 30 年期间主要的消费群体是军官图书馆、饭店、理发店和啤酒屋。因此，就在那些中层次知识分子读者中产生了一种固定印象，认为《蜻蜓》杂志也就是在喝着汤、吃着肉饼、服务生跑去和厨师干仗而迟迟不来的时候看一眼，或者是在等着理发师给那个比你运气更好的邻座脸上抹肥皂的时候，把它抓在手里翻两下。

因此，那个如火如荼的 1905 年，像狂流一样掠过这个慵懒惺忪的杂志，而未曾将其带上风口浪尖。甚至当我第一次出现在《蜻蜓》杂志社时，杂志已经进行了重大整改，已经出了一些彩色期刊，并且后来的《萨蒂里孔》杂志的大部分员工都已经在其中工作了，这个杂志依然没有被大家所关注。没有任何一个新读者会对它产生兴趣。三十年以来公众对这个饭店和理发馆小杂志的漠然态度，还是影响很厉害的。

“您知道吗？”我摆出一副初生牛犊不怕虎的架势，勇敢地对科恩菲尔德先生说道，“您应当改换一下杂志的名称。因为您现在已经和过去那个《蜻蜓》没有任何相同之处了，至少在插图方面。而《蜻蜓》这个名称只会坏事儿。”

“我自己也在考虑这个问题呢，”出版商愁容满面地说道，“可是挺可惜的，您知道吗，要是换名称的话……毕竟杂志已经存在 30 多年了，而现在突然就不是《蜻蜓》了……不过，我们可以在会上好好讨论一下这件事情。您今晚 8 点过来吧。”

直到后来，已经过去很长时间之后，我才真正意识到这对我而言是多么大的荣幸：每周一次的编辑部内部会议都是在很小的圈子里进行的，参与的都是一些核心员工，而外人是一律不得与会的，生怕惹上杀身之祸。过了几个月之后，出版商才跟我说，会议开完第二天，他因为我而承受了怎样的暴风骤雨。

“您无权请什么外省乡下来的路人参加会议!”脾气火暴的拉达科夫像暴风雨一般号叫着，“那些南方来的火车每天都会运来一大堆乡下的猪头，是不是要把他们都拖到这里来啊!”

“真是的，”略微平和稳重一点的列-米摇着头说道，“这可不好啊，这可不好。如果我也随便从街上抓一个人来参加会议，您觉得合适吗?”

不过在第二次会议上，当我提出了一些漫画题目时，他们倒是认真听取了我的意见，讨论了这些题目，并且也通过了——于是垂头丧气的科恩菲尔德也重新昂起了头。

再过一个星期，我已经被聘为编辑部秘书，并且正式开始履行自己的职责了。

当时的员工差不多就已经是现在《萨蒂里孔》的这些核心人物了：列-米、拉达科夫、容戈尔、雅科夫列夫、克拉斯内（K.安季波夫）以及米斯——这样一来，我在这些人当中是最“年轻”的。

当时的气氛是非常融洽的，尽管大家的任何意见和看法都是以最直接、最明确的形式提出来的。因为相互尊重，谁都不会因此而生气。大家都对这份喜欢的工作非常投入，这样也抚平了很多摩擦。

大概就在我参加的第二次会议上，员工们提出将刊名《蜻蜓》改成其他什么名称……这个问题最棘手的一点，就是进行这种改革需要非常谨慎，不能把那些保守的已有订户给吓走了。毕竟数十年来他们已经习惯于旧名称了，就好像一个人习惯了旧睡衣——尽管浑身上下已经磨得到处是破洞，但那种熟悉的感觉、那些已经将其身体形状永久记录下来的褶皱，却让他感到非常亲切。

我们这次更名行动大获成功。《蜻蜓》杂志的订户还没反应过来，就变成了《萨蒂里孔》的订户。

1908年4月1日，《萨蒂里孔》杂志的第1期问世了。大家对这个新杂志立刻议论纷纷。

对于旁观者和批评家们来说，《萨蒂里孔》杂志取代了《蜻蜓》杂志，是一次意义深远的重大事件，而我们几乎没有感觉到这一点，因为杂志还是原来的杂志……只不过前9期，是由接替瓦西里耶夫斯基的拉达科夫作为主编签的字，而从第10期开始，接受这个俄罗斯传统中极具冒险性职责的人，是我。

当时的情形令人惊讶：《蜻蜓》杂志发行时，报纸上从未有人评论过这个杂志，而新名称刚出来，批评界就一片哗然。令我们高兴的情况是：《萨蒂里孔》立刻就被大家所接受。过了还不到一年，这个名称就牢牢地印入人们的生活，而“这可以当作《萨蒂里孔》的话题”“这是值得《萨蒂里孔》登载的情节”“这是给《萨蒂里孔》编者的材料”这类说法，时不时会闪现在各大报纸的栏目中和严肃的政论文中。

五年了……

这大约是300期。每期杂志都是一场紧张的劳动，需要为绕过书刊检查而付出诸多努力。那种巨大的工作量、那份艰辛，都是读者们所想象不到的。

每次都是这样：你现在翻看这一摞杂志时，还清楚地记得每一期杂志诞生的艰难，以及为出版它而遭遇的周折……然而当这300期杂志全部聚在一起时，你又完全不记得、也无法想象它们是怎样做出来的。

难道这一切都是我们这五六个人做出来的吗？而我们所拥有的全部武器，无非是铅笔、蘸水笔和微笑……真的难以置信。

与此同时我们还举办了各种“萨蒂里孔晚会”，居然能用一周时间画出布满整个贵族会议大厅的讽刺性装饰画，举办各种晚会、幽默讲座和漫画展，到国外进行“学习”考察，并且出书……

有谁能相信，五年的时间，我和科恩菲尔德联手出了两百多万册书。

不相信吧？不过……数字可是千真万确的。

这些都已做完。这些都已过去。

如果五年前有个预言家过来跟我们说：先生们，你们在未来五年期间要做如下工作：

1）编 300 期杂志。

2）出两百万册书。

3）写剧本、配道具、举办展会、舞会，这些都要折腾两三个月。要在欧洲四处奔波，要生气、愤怒、对付书刊检查，而除此之外，还要保持心平气和的良好精神状态，因为没有这些也不可能有“快乐的工作”。

如果那个预言家五年前跟我们说这些话，那我们每个人听完他的话之后，可能都会默默地扭过身去，各自找一条结实可靠的绳索——就此摆脱这些书、这些杂志，以及所有这一切。

现在这一切都已经过去了。真好！

我们举办这样一个短短几年的庆祝会，如果招来非议的话我们会很伤心。的确，大家一般都不会庆祝五周年纪念日的。

但我想，鉴于前面所说的情况，我们还是有一定理由，希求大家接受我们举办五周年庆祝的想法。

谁又知道我们会不会有十周年庆祝呢？……

不应忘记，我们并不是在一汪轻轻抚摸你身体的温泉中游弋的，而是在一锅滚烫的开水中被煎煮着。

如果我不提一下全体员工与出版商科恩菲尔德之间的决裂，那么《萨蒂里孔》的“历史”也不能算是完整的。

但我觉得，在这里再次谈起这件事并不合适，因为该事件已经在我们的《新萨蒂里孔》的前几期中得到了详细报道。

我只说一个事实：决裂是在今年 5 月发生的。全体员工都从两个编辑部退出了：《萨蒂里孔》和《寒鸦》。6 月份我们创建了《新萨蒂里孔》，而三个月期间杂志就达到了我们在《萨蒂里孔》那段时间的发行量。

在这件事上，读者们发出了自己的声音……感谢读者。

这篇文章尽管冗长，但还是略过了很重要的一条：关于《萨蒂里孔》这五年期间所经历的书刊检查限制，我几乎只字未提。

但是……现在不方便向大众宣扬这些东西。这是历史的问题，关于这段历史，我们精心选择了一些材料。

这些材料都是闻所未闻的。

以后我也不会再说了。

我只列举一些我们绝对不能触碰的东西：

1）军事题材（甚至是一些日常生活的漫画）。

2）饥饿的农民。

3）僧侣（哪怕是最为恶劣的）。

4）部长（哪怕是最为平庸的）。

在最后一期，一幅嘲笑《新时代》杂志的漫画，甚至都未能通过。

亲爱的读者！请您面对这一事实，恭恭敬敬地脱帽致敬。

1913 年

第二编

米西奈斯的玩笑

（长篇小说）

第一部分　洋娃娃

第一章　陛下大人感到烦闷无聊

“我必须告诉你们，你们这些人，都让我厌烦透顶了。”①

“米西奈斯！你要好好治一下自己的肝了。”

“不错的建议。但是蛾子，你知道治肝最好的药是什么吗？”

“我猜：就是把我们这些人都赶走呗！”

“唉，你也看到了，为什么我那么死心塌地对你们这些人留恋不舍了：总是不等我把话说完，你们就明白我想说啥。换了别人的话，恐怕得揣摩半天，而你们总能一下就全然领会。”

“那好吧……那就把我们都赶走呗。只消两三天，你就会像一只被打折腿的鳄鱼，苦着脸爬到我们跟前，哼哼唧唧哭诉一番——然后一切又照旧。”

“蛾子，你这家伙虽然厚颜无耻，但还不算蠢。”

“嗯，在你们这些人总体的映衬下，确实不难发现。”

“不难发现厚颜无耻？”

“不难发现不算蠢。”

“我就想知道一个问题：你们到底是不是真的喜欢我？”

“你试试，只要一破产，马上就看出来了。”

“这可是个危险的试验：破产可不是闹着玩的，而且等我发现你

---

① 说明：长篇小说《米西奈斯的玩笑》中，所有注释均为译者注。

“米西奈斯”意为“以金钱财物资助科学、艺术等事业的庇护者”。《米西奈斯的玩笑》是阿韦尔琴科于1923年在波兰索波特市完成的长篇小说，是作家的最后一部作品。小说是在作家去世之后，于1925年出版的。小说场景发生在20世纪初革命前的彼得堡。

们都是些猪狗不如的家伙，喜欢我只是因为我有钱，到时候想再富起来可就难了！”

“我爱您，米西奈斯。”

“谢谢你，库贾。考虑到你一向那么懒，所以，对你未遭任何强迫就吐出的这三个字，我是视如珍宝的。”

在一个凌乱不堪的大房子里，有三个人在聊天。这房子布置得很怪异，墙上挂着壁毯、枪和几幅画。

房子的主人外号叫“米西奈斯”，是一个身高体胖的男人：脑袋上顶着一堆花白头发，浓密的眉毛下面有一双炯炯发亮的眼睛，红色的嘴唇肥嘟嘟的很性感。他半躺在宽敞的、堆满靠垫的土耳其式沙发上，像一头正在休息的狮子。

在他脚边的地毯上坐着“蛾子”，一只胳膊撑在沙发边沿上。“蛾子”是一个脸上纵横交错布满古怪皱纹和褶子的年轻人。说话时，他的脸晃来晃去，像布满涟漪的水面。他衣着十分考究，与穿着邋遢的米西奈斯形成鲜明对比——米西奈斯脚蹬一双两侧裹着橡胶的高帮皮鞋，身穿一件黑色的天鹅绒西装，上面落满了烟灰。

第三个人，就是那个叫作库贾的人。这是一个面无血色的年轻人，嘴角稀稀落落有几根胡须，长着一双淡得几乎看不出颜色的蓝眼睛。此人斜倚在沙发椅上，脚搭在沙发扶手上，正在吃一只橙子。他没有剥橙子皮，而是直接用牙把橙子皮啃下来吐在地毯上。

“您想不想下会儿象棋？”库贾试探性地提议说。

“难道是和你吗，库贾？要知道，你这家伙只消五分钟，就能把我杀得片甲不留，像一只被踩死的青蛙。这样有什么意思呢？！”

“呸，你这人今天真难伺候！好吧，让蛾子给您读读他自己的诗吧，他今天好像随身带着最新一期《顶峰》杂志。”

“难道蛾子还要给我读他自己的诗？我做了什么对不起他的事啊？”

“米西奈斯！今天跟您简直没法聊天——简直像在嚼一张吸墨纸！”

房间里进来一个肥胖的老太太，冷冷地抿着嘴唇。她在房间中央收住脚步，用讥讽的目光环顾了一下这伙人，然后将双手插在围裙里，冷笑了一下说道：

“你们一大早的不干正事，就在这里耍嘴皮子。这都是些什么人啊，我真闹不明白！”

“啊——啊”，蛾子欢快地叫道，“卡里维娅·克里斯庇尼拉！Magistra libidinium Neronis！[1]”

“小心你的舌头烂掉，无耻的家伙！你怎么能用这样的词来称呼我这老太婆呢！鲍里亚，我可是从小把你抱大的，你怎能允许他们这样说话！这怎么能行？”

“蛾子，你就别再缠着她了。你倒是给我说说，她和卡里维娅·克里斯庇尼拉有什么共同的地方？”

“当然！你可别脸红啊，米西奈斯，但我嗅出来了，她把您所有那些上心的激情都记录在案呢。这不就是 Magistra libidinium Neronis！”

“哼，如果我把这段拉丁语翻成俄语给她听，你打算用什么方式从楼梯上下去？”

“嘘，我自己翻译。亲爱的安娜·马特维耶夫娜，Magistra libidinium Neronis 用咱们的话讲，就是‘因做善举而荣耀的女人’。您可是我们永不坠落的星辰。今天准备拿什么给我们吃啊？”

“难道你现在就想吃饭了？”

“给他弄些中国式的渍狗肉，”库贾提议说，“您贵体可安好啊，

---

① 卡里维娅·克里斯庇尼拉：古罗马皇帝尼禄（Nero）的宫廷服饰顾问，是其最受宠的一个情妇，拥有巨大的权力和影响力。Magistra libidinium Neronis：塔西佗称卡里维娅·克里斯庇尼拉为尼禄“淫乱的顾问”（magistrate libidinum）。

安娜·马特维耶夫娜?”

“啊，你也在这儿啊。一大早在这吃橙子，手挺快呢。你为啥把皮往地上扔?”

“瞧您说的，安娜·马特维耶夫娜！我其实没把皮往地板上扔，而是相反，我是扔到天花板上的……不过嘛，地球引力……您也明白。没办法。”

“你瞧瞧，这人简直是巧舌如簧。鲍里亚，早饭想点些什么呢?”

“安娜·马特维耶夫娜!”米西奈斯将顶着一头乱发的脑袋埋进靠垫里，有气无力地说，“莫非又是溏心煎蛋、煎肉饼和雏鸡肉？吃够啦！苦闷！绝望！我跟您说啊，还是给我们来点儿新鲜鱼子、鲑鱼、白兰地，再煮个鱼汤什么的吧……还有，我跟您说啊，把这些都拿到这里来。我们在地毯上铺上桌布，搞个小野餐。”

“就在客厅里？在地毯上？这不是乱来吗!”

“安娜·马特维耶夫娜!”蛾子从地毯上欠起身，将手指凑到鼻子跟前说道，“我们来到这个世界上，就是为了打破旧规矩，开创新途径。”

“少和老太婆说这些。所以你才满脸的褶子。就应该找个好熨斗仔细熨熨。”

“上帝保佑您，”库贾懒洋洋地说道，一边用西装里衬擦着手指上的橙汁，“他的皱纹可不能熨。”

“为什么呢?”米西奈斯好奇地问道，他知道库贾那萎靡的脑袋瓜里又有了新想法。

“还能怎样！您知道蛾子是何等人么？他可是‘捕蝇人’。在炎热的夏天，他简直是无可取代的！捉苍蝇的天才！他把满脸褶子展平就坐在那里等着。然后就有苍蝇落在他脸上。突然他‘啪’地把脸一抽抽，就有二十来只苍蝇被困在里面，然后他就坐在那里，把压得半死的苍蝇一只一只从褶子里捉出来，扔进烟灰缸里。”

“呸！”老太太生气地啐了一口，消失在门外。一阵狂笑淹没了怒气冲冲的关门声。

第二章　玩闹之初

笑声还未平息，就传来一阵快速的脚步声。然后如草原上的旋风一般，飞进一个体格健壮的人，身穿旧的、瘦瘦的大学生制服，勉强裹住他那宽阔的胸脯和肌肉凸起的肩膀。

他在众人面前先是手舞足蹈了一番，然后气喘吁吁地摆出一个优美的姿势，停在那里。

“真见鬼，保镖怎么跑来了，”库贾悲恸地说，“这下三分之二的早餐算是泡汤了。”

“真是奇怪了，”蛾子懒洋洋地说道，“这个诺瓦科维奇有着切尔卡瑟公牛①的体型和秉性，却有着西班牙猎狗一样极为灵敏的嗅觉。”

“你们就这样接待我啊，马屁精们？”诺瓦科维奇声音洪亮地说道，一边用自己那双可怕的大手将瘦骨嶙峋的库贾一把抓起来，放在高高的书柜顶上，“我可是片刻不敢松劲儿，为了你们，晚上都不睡觉的！……”

“保镖，”库贾可怜兮兮地哀求道，“把我放下来吧，我再也不敢了。”

“老实坐着！”

---

① 切尔卡瑟州是乌克兰的一个州。20世纪初，切尔卡瑟州的牛肉在彼得堡市场上被认为是最好的牛肉。

"保镖！我知道，你内心的善良是超越身体的卓越力量的。把我放下来吧，你的身躯如希腊神灵……"

诺瓦科维奇心满意足地冷笑一声，把库贾从书柜上放下来，就如摘取一小片羽毛。

"身躯如希腊神灵，"库贾躲到沙发椅后面，接着说道，"而大脑如希腊海绵。[①]"

于是库贾像一只老鼠被强劲的猫爪抓住，发出一阵吱吱声，然后又像一只小鸟，轻盈地飞回书柜顶上。

"米西奈斯！您是否愿意为了一个好玩的消遣，花上 25 卢布呢？"

"过后再说。"

"不行，这些钱可是我的血汗钱呢。这是预付的开支。我跟你们说啊，伙计们，今天早晨我从家里出来，上了机组……"

"上了有轨电车！"库贾就像回声一样，在柜子顶上回应道。

"好吧，上了有轨电车，这不是关键的。往酒店赶……"

"就是那个所谓的小饭馆。"库贾纠正说。

"什么？嗯，您知道吧，就是那种……那儿有间咖啡屋，和酒店差不多。我坐下来，要了一瓶冒着泡的……"

"格瓦斯。"库贾无情地接过话去。

"什——么?!"诺瓦科维奇凛然喝道。

"你只要把我放下来，就随便你胡扯。我一个字也不会说的。"

"老实坐着，你这只白脸狗。嗯，伙计们，不知过了多久，这点并不重要，我在这个咖啡屋里认识了一个年轻人……他简直就是一颗香气扑鼻的果子！春天树叶上一颗钻石般的露珠！待开垦的处女

---

① 在俄语中，洗浴海绵也称"希腊海绵"。古希腊人很早就采集天然海绵动物，用于洗澡擦身等。

地！你们知道吗，他居然在写诗！！啊？真是个无耻的家伙吧？！这个世界是不是觉得，像蛾子那样，用赞美诗把我们本来就脏兮兮的地球抹得更污的人，还不够吗！”

“保镖！”蛾子像一只暴怒的火鸡，扯着沙哑的嗓子喊道，“不许你辱骂我们的地球。在你的圣书中写道：你来自大地，终归大地[①]。而且越快越好。”

“啊哈！你不喜欢公正的评论？！对了，你们知道不，我新认识的这个人在倒腾什么样的诗么？我就记住了其中四句：

> 草原里有小矮屋，
> 四周荒草连片。
> 矮屋里有老太婆，
> 尚能残喘几天……

“怎么样？你们都记清楚了啊，以后好引用呢。我把他带来了。”

“把谁带来了？”

“就是这人啊。在下面等着呢。我跟他说了，这可是一个大户人家，光通报就要好长时间呢。”

米西奈斯无聊苦闷的眼中燃起了一点慵懒的好奇神色，如同风中燃起的火柴。

“你把他带来吧，诺瓦科维奇。如果他真的很好玩儿的话，就留他吃饭。没意思的话，就打发走。”

“我在他身上花了25卢布呢，”诺瓦科维奇狠狠地说，“也就是说花在您身上的。您得还我，米西奈斯。”

---

① “你来自大地，终归大地”：本句是对《圣经·创世纪》中的“你本是尘土，仍要归于尘土”一句的改编。

“你自己去拿吧。在桌子抽屉里。你们这些魔鬼，就不能有一次免费为我做点儿什么。”

“噢，亲爱的米西奈斯，我们得过生活啊。您倒是不错，在支票上大笔一挥，就能管一百顿酒足饭饱。我们可是劳动人民。”

待诺瓦科维奇把抽屉里拿来的钱藏起来时，蛾子抚着马夹口袋说道：

“保镖！你现在要从这些钱里拿出 4 卢布，为我抵押在当铺里的那块表做点贡献。否则我会搅黄你那个新宠计划的。我会把你将他卖给米西奈斯的事，前前后后都告诉他。”

米西奈斯吃惊地问道：

“你怎么又要拿钱赎表？昨天你就从我这里拿钱去赎表了啊?!”

“没赎成！把钱给一个可怜的老太婆了。”

“是不是那个老太婆？在小矮屋里残喘的，四周荒草成片?”

“不是，我说的是城里的老太婆。”

“现在的女人都老得好快啊，”库贾在书柜顶上伤感地说，“22岁就成老太婆了。”

蛾子脸红了：“闭嘴，你这个长舌妇!”

趁他们说话时出去的诺瓦科维奇回来了，手里领着那个被他吹得神乎其神的“钻石般的露珠”。

第三章　洋娃娃

这是一个腼腆的男青年，淡黄头发，蓝眼睛，像智天使①一样，长着圆嘟嘟的粉红嘴唇，上嘴唇上隐隐约约显现出柔软如丝的小胡须。他衣着朴素，但很得体：身穿一件正统款式的西装，脚蹬一双带有灰色保暖鞋罩的漆皮鞋，左手戴着一只灰色手套。

“这就是我说的那个人。一位非凡的诗人！我们未来的骄傲！青年拜伦！而这就是我说的那个大户人家。虽说有点礼节繁复，但这帮伙计其实最能胡闹了。坐在沙发上的那位是房子的主人，米西奈斯。而他脚旁那个低等生物叫蛾子。他是《顶峰》杂志社的秘书，有很多关系，没准对您有用呢。”

“非常高兴，”男青年怯生生地轻声说道，并晃了晃米西奈斯那只胖嘟嘟的、指甲很长、修得很妥帖的手，“我特别特别高兴。诺瓦科维奇常夸您呢。我姓舍尔科夫尼科夫，名字叫瓦连京，父称是尼古拉耶维奇……”

“我奶奶叫阿格拉娅，”库贾从柜子顶上探下头来，学着他的腔调说道，“有只哈巴狗，叫菲利卡。我叫库贾。咱俩也认识一下吧。然后，如果可能的话，请您把我从柜子上放下来。”

舍尔科夫尼科夫吃惊地往上看了一眼，这才发现坐在那里无助地晃着腿的库贾。

“抱歉，”他不好意思地惊叫了一声，“我刚才没发现您。很高兴

---

① 智天使（也有音译作“基路伯”）是个超自然的物体，屡次在旧约和新约《启示录》中被提及。它在旧约中被描述为有翅膀、服从上帝的天物。

认识您。我姓舍尔科夫尼科夫……我的名字叫……”

“没完没了了，”库贾说，“您到底能不能把我放下来？”

“您别碰他，”诺瓦科维奇一把抓住舍尔科夫尼科夫的手，“这是我惩罚他呢，因为他脾气太粗暴。让他待着。”

安娜·马特维耶夫娜用托盘端着餐具走进来，腋下夹着两瓶白兰地和一张桌布。

“这家伙你们又是从哪里弄来的？”她一边打量这个新来的客人，一边不满地叨叨着，“哎哟，还挺干净挺端正的。您妈妈怎能允许您上这种地方来呢？”

米西奈斯发现来客彻底窘得不知所措了，就想给他鼓鼓劲：

“您别在意她，这是我家的阿妈，安娜·马特维耶夫娜。她一向絮叨，不过人特别和善。”

小青年很礼貌地鞠了一躬，微微顿了顿鞋跟，觉得还是应该向老太太做一下自我介绍：

“非常高兴见到您。我姓舍尔科夫尼科夫，名叫……”

“鱼汤煮好没有啊，卡里维娅·克里斯庇尼拉？”蛾子问道，并用肩膀将新来的客人往边上挤，“你知道吗，保镖，我们今天要在这个房间里搞野餐。在地毯上喝鱼汤，妙吧？”

“真想找根好棍子……”老太太心平气和地叨叨说，“然后……这位先生，您干吗站着呢？还是坐下吧。而且最好呢，我跟您说啊，还是不要和他们混在一起。他们都是人类的敌人！而您这样的人看着就稀罕，像个洋娃娃似的。”

“乌拉！”诺瓦科维奇喊道，“这位丰满的贵妇人口吐真言啊！说得简直妙极了：‘洋娃娃！’从现在起我们就这样叫您了。洋娃娃万岁！您就叫我保镖吧，因为我在米西奈斯大老爷四处云游时会保护他免遭人身危险，而那个坐在书柜顶上的稻草人叫库贾。”

“你们快把我放下来吧。”库贾恳求道。大家总算想起他了，这让他心花怒放。

新出炉的“洋娃娃”完全被这些喧哗逗闹声弄晕了头，不知道应该脸朝向哪里，听谁说话……

他感觉这些人当中米西奈斯算是最沉稳、最平静的一个了。因此他优雅地侧过身，从占据了整个房间的蛾子和保镖身边挤过去，将椅子推到米西奈斯跟前，坐下来不动声色地问道：

“您近况如何啊？”

“谢谢您，”米西奈斯很礼貌地回答说，他那有些花白的小胡子下面，丰满红润的嘴唇上露出一丝笑意，“就是觉得挺无聊的。”

“那您不妨从事点艺术类的活动，比如诗歌什么的，如何？”

“好的，我一定体验下，”随和的米西奈斯立即附和说，“明天就开始。”

“我还很年轻，不过真心热爱诗歌。这就像音乐一样……您说对吧？”

“千真万确。”

“请问，米西奈斯——这是您的姓吗？”

“是姓，是姓。”蛾子突然凑上前说道。他挤到正在说话的两人中间，毫不拘束地坐到沙发上，“我们这个男主人祖上可是罗马人。出自一个著名的没落贵族。已故的尼禄就是这个家族的。还好是已故的，真是谢天谢地。不然的话，您也知道的，变成黑乎乎油渍渍的一个火炬，出现在他家花园里，那可不是什么开心事呢[①]。而现在这是多么美妙的一种没落啊！不是吗？而过去那些荣耀奢华，现在仅存的就是卡里维娅·克里斯庇尼拉——Magistra libidinium

① 据传，古罗马暴君尼禄故意在罗马城纵火，然后嫁祸于信仰基督的人。他甚至吩咐手下将很多信仰基督的人与干草捆在一起，制成火把并排摆在花园中，然后在入夜时点燃，照亮皇帝的游园会。

Neronis。”

“这是拉丁语吗?”洋娃娃傻乎乎地问道。

“西班牙语，不过这不重要。请问，您是不是一位天才诗人的亲戚？那个诗人也姓舍尔科夫尼科夫。”

“不是……我不认识……他写什么了吗?”

“当然写了！他的诗简直妙不可言。我们甚至还能背出其中一首呢。是怎么写的?

草原里有小矮屋，
四周荒草连片。
矮屋里有老太婆，
尚能残喘几天……

“……太妙了！字字珠玑。”

“等等，”洋娃娃说道，兴奋得如同绽放的罂粟花，“这是我写的诗啊！……您是从哪里知道的？我甚至从没发表过这首诗啊!”

“拜托！现在整个彼得堡都在流传手抄本呢。这难道是您写的吗?!您没说错吧？请允许我握一下您的手！……这太不可思议了!多么简洁，和普希金一样精炼，简直如出一辙！……库贾，你喜欢不?”

“我被惊艳到了，”书柜顶上的库贾打着哈欠说道，“简直就是大家手笔！一个多余的字都没有：‘矮屋里有老太婆!’寥寥数字，就在我们面前勾勒出一片长满针茅和芳草的大草原，遥远广阔，一望无际……而在这一望无际的原野上，有一个小小的圆点，这是一座摇摇欲坠的灰色小草屋，屋顶低垂着直压门边……”

库贾没有再说下去，似乎陷入了沉思。事实上他只不过是太懒了，哪怕是多转动一下舌头也不愿意。不过他还是又花了些气力：

抬起头，使了个眼色，示意生性好动的蛾子把话接下去。

蛾子皱起他那收放自如的脸，堆成一片褶子，然后充满激情地接着说：

“再看这句：‘四周荒草连片！’荒草，再无他物。打住！句号！但我似乎嗅到青草的芳香，听到成千上万只昆虫的鸣叫声。我们再接着往下看……‘矮屋里有老太婆’。确实如此啊！她还能住在哪里？她又不能像羊羔一样在草地上奔来跑去，她早已不是那个年龄的人了。的确，诗人也马上有力地证实了这一想法：‘尚能残喘几天’。四周荒野一片，凄凉孤独的晚年——这是一件多么可怕的事情啊！而她又能怎样呢？只能是苟延残喘！”

米西奈斯低下头，用手遮住自己的脸，生怕脸上的笑意出卖了他。而洋娃娃欣喜若狂地左顾右盼，盯着这些人，连连点头：

“是啊，太对了！……我觉得，你们的确明白了我的用意。”

“蛾子！”米西奈斯终于彻底告别了自己苦闷无聊的情绪，“你应该想办法把这首诗发表在哪个杂志上。”

“我一定会让他们发的！这样的诗，任何一个杂志社都会拼命抢去的。”

诺瓦科维奇将洋娃娃拽到一边，小声问道：

“怎么样？带您到这样一伙人当中，喜欢不喜欢？”

“这伙人真是太棒了！个个都情感细腻，善解人意……”

“又何止这些呢。您喝白兰地吗？”

“嗯……其实，我不喝酒的……”

“哼哼！那就是说您会喝的。安娜·马特维耶夫娜！但愿您把鱼子冰镇过了？”

“我还会把鱼子给你冰镇！”

“安娜·马特维耶夫娜！您别忘了，我当年可是认识您父亲的。”

“你成天胡说八道，”老太太并不相信他的话，“他已经死了快三十年了。”

“那又怎么样，我都快五十岁了。您别看我长得年轻，我是在酒精里泡着保鲜的。天啊，日子过得真快！想起您父亲，一切如同昨日……多开朗的一个小老头！我俩经常一起钓鱼……”

“嗯，你莫非还真的认识我父亲?!”老太太上钩了，“莫非你也是扎赖斯克来的人?”

“我啊？待了一辈子。我还记得，您父亲有一头奶牛……灰色的那种……”

“棕色的。”

“对对，棕灰色那种。产的奶可好啦，老头儿经常拿给我喝。他说：‘谢廖扎啊，你可是我的第一个朋友。只是可惜呀，’他说，‘我的女儿阿纽塔[①]已经嫁人了，不然的话你就是我的女婿了’”。

“别说了!”安娜·马特维耶夫娜不好意思了。她将桌布铺在地毯上。

诺瓦科维奇有一个奇怪的本事：他能够厚颜无耻地讲述最不可思议的事情，说起谎来一点儿不含糊，自信满满。光听他那语调，就能让那些怀疑一切的人立刻打消心中的疑虑。

不知道为什么，在所有这些人当中，米西奈斯的保姆还是最喜欢诺瓦科维奇的。甚至有时候，她会把一整罐碎糖块倒进他的口袋里。而诺瓦科维奇一边吃着糖，一边向所有人信誓旦旦地说，吃糖可以让骨骼更结实。

他经常对朋友们说：

“知道我为什么这么强壮吗？全都是糖的功劳。还有，我吃生胡萝卜，和兔子一样。所以五戈比的硬币我可以不费吹灰之力就把它掰弯。”

---

① 阿纽塔：“安娜”的昵称。

“喏，这有一个五戈比硬币，你掰一下看看。”

“干吗要糟蹋它呢?”诺瓦科维奇不动声色地一边说着，一边将那五戈比硬币放进自己的口袋，“正好，我坐无轨电车用得着。”

“哎，老兄，你怎么这样啊！好吧，这儿还有一个五戈比，你掰一下看看。”

“噢，太感谢了！第一个五戈比我只能坐车去，第二个五戈比我就可以坐车回来了。”于是第二个五戈比和第一个五戈比一样，也在诺瓦科维奇学生制服肥大的裤口袋里找到了栖身之地。

洋娃娃默不作声地坐在那里，瞪大眼睛看着他们怎么准备早餐。这阵势怎么也不像是诺瓦科维奇所描述的米西奈斯家——“礼节繁复的大户人家”。

“为什么这个老太太把早饭摆在地上啊?”他怯怯地悄声问诺瓦科维奇。

“这个故事说来奇怪，”诺瓦科维奇显然是有备而来，“她家原来有 82 口人，后来一个接一个地死去了，而且这些人都是她眼看着在桌子上死去的！所以从此，桌子对她而言就成了一个神圣的地方，是不应该被鱼子和白兰地玷污的！”

“这真的好奇怪啊！”洋娃娃惊叫道，“我觉得这个情节可以写一个内容沉重的民间叙事诗，仿茹可夫斯基[①]风格的。”

“这还不简单嘛！您应该把它记下来，省得忘了。”

“真的唉，我要记下来。”

当所有的人——除了那个被大家忘在脑后的库贾——都坐到地毯上，背朝上开始就着鱼子酱喝白兰地的时候，库贾哀号起来：

“保镖，你把我放下来，要不我就跳下来，把腿摔断。”

---

① 瓦西里·茹科夫斯基（1783—1852）：俄国诗人，俄国浪漫主义诗歌奠基人。他的诗作侧重描写人物内心，以及对自然的感受，其题材大都来自民间传说、神话故事等。

“那我是什么样的大脑呢？”

“卓越的大脑！伽利略、哥白尼、牛顿、爱迪生——这些人的才智都神奇地结合在你的脑壳里。”

“我不喜欢直白的奉承，老实坐着吧。”

眼看着那些好吃好喝的东西以惊人的速度在消逝，库贾决定进行自救。他在书柜顶上躺下来，打开书柜门，开始把一卷卷厚厚的《词典》，从最上层扔到地板上。米西奈斯冷冷地看着他如此粗鲁地对待自己的藏书，而诺瓦科维奇和蛾子小声嘻嘻哈哈笑着，用肚子在地毯上蹭来蹭去。

当扔下来的书堆到足够高的时候，库贾扒着柜子开始往下爬。而蛾子则报以亵渎神明的话：

“圣灵降临了①。”

鱼子酱盛在一个非常大的碗里，大家用汤勺舀着吃。而白兰地就倒在茶杯里喝，因为用诺瓦科维奇的话说，往小酒杯里倒要占用太多时间。米西奈斯慷慨得像一个国王，他殷勤款待洋娃娃，就差拿着盛满鱼子的汤勺直接往他嘴里塞了。

洋娃娃喝了一点酒之后，就开始说个不停：

“我以前一直对自己没信心，而现在，从今天开始，我对自己有信心了！我要写一本书，把它献给米西奈斯先生！”

“写吧，老弟，写吧！”蛾子在一旁煽风点火，“我们不会丢下你的！你写的那首关于老太婆的诗，简直是太妙了：

森林里有老太婆，

---

① 圣灵降临：据《新约圣经》记载，耶稣“复活”后第40日“升天”。第50日，即耶稣升天后第10天的主日，使徒们正聚集于耶路撒冷，圣灵突然从天而降，落在各人身上。于是众使徒大得力量，向别人广传福音，这一天也成为圣灵降临日，即基督教会诞生之日。所以此处说蛾子这种说法是“亵渎神明”。

独自倚坐木桶。

苟延残喘小矮屋……”

“抱歉……您弄混了……”

“这不重要！最重要的是诗歌的乐感。”

“哎，洋娃娃！”诺瓦科维奇问道，“如果把这首诗配上音乐怎么样啊？要是我的话就给它谱曲了。”

“您难道是作曲家？”

“我啊？《五月之夜》这部歌剧您听说过吗？”

“这不是里姆斯基-科萨科夫①的作品吗？！”

“所以我说嘛，您知道里姆斯基-科萨科夫的《五月之夜》吧？我可以写得比他好十倍！”

“那您会下国际象棋吗？”库贾问道。

“下得很不好。”

“这就对了。我可以先让您一个马和一个卒子。”

“难道您下得那么好？”

“很好。”库贾谦逊地说。

“他跟您对弈的时候，不仅可以不看棋盘，甚至都不用问，您走了哪一步。”

“那他怎么走啊？”洋娃娃非常吃惊地说道。

“猜的啊。噢，这人可是狡猾至极的鬼头。”

蛾子认为也应该说点儿自己的情况：

“你读过我的诗吗？”

---

① 里姆斯基-科萨科夫（1844—1908），俄国杰出作曲家、教育家、指挥家、文学批评家，1861年成为新俄罗斯乐派（强力集团）最年轻的成员。里姆斯基-科萨科夫的创作以歌剧和交响乐为主。歌剧《五月之夜》是根据H.B.果戈理的中篇小说改编的，作品充满浓郁的民间生活气息。

“您也是……诗人吗？”

“嗯……当然，只是没像您那样。不过，我写的诗有一半都收入各个中学的文学选读当中了。”

只有米西奈斯一个人默不作声，但看得出来，他真心享受这种交谈。偶尔也会张大鼻孔做个深呼吸，仿佛在仔细品味洋娃娃那种淳朴、幼稚和轻信的芬芳气息。

喝完鱼汤后，米西奈斯举杯，提议为自己这位青年客人的健康干杯，并对蛾子说：

“给我们演奏一曲肖邦吧。”

米西奈斯的意愿对于所有人来说就是法令。于是蛾子一跃而起，坐到钢琴前，用十分好听的嗓音唱道：

> “草原上孤独地矗立着小矮屋，四周荒草，荒草，荒草……矮屋里孤独地住着老太婆。虽然已是苟延残喘，可手里握着红酒杯，脚下跳着康康舞……”

“我写得不太一样……”洋娃娃略显犹豫地想提出异议。

“我知道，但是按曲调的话只能这样。”

米西奈斯变得开心起来。他吩咐端上香槟酒来，于是所有人都手捧高脚杯，唱起祝酒歌，唱的还是那个无怨无悔的老太婆。

洋娃娃简直被这伙人弄得心迷神醉了。离开前，他紧紧地握了所有人的手，并且信誓旦旦地说，他“永远永远不会忘记这美妙的一天，如果可能的话，会经常经常来的……”

当屋里只剩下慷慨好客的主人和他那些开心逗乐的狐朋狗友时，诺瓦科维奇站到房屋中间，双手插兜，扬扬得意地说：

“怎么样？？！！”

“这人的确值25卢布，”米西奈斯用专家的口吻评判说，“应该在这里把他喂喂熟。”

“那你们想不想让我来逗个乐，把他的诗刊登在杂志上?”蛾子提议道。

“应该不止如此，”库贾接着他的话说，“我们应该把他捧成一个名人。明天我就给我们报纸写一篇简讯介绍他。”

“才一篇？应该做一个系列报道。然后我们组织一台他的作品晚会!”

就这样，在某一天的黄昏时分，几个人策划出这场无由头的恶搞活动，只不过是想嘲弄一个轻信、幼稚、有点愚笨的头脑简单的男青年……

第四章　说说米西奈斯

这个米西奈斯是位很奇怪的先生。这人本质上不坏，但从少年时代起就被烦闷无聊所困扰着，而这个病症让他这辈子走过一条非同寻常、不可理喻的道路。

拥有万贯家财的他，无须像常人那样赚取生活费，因此，他把身上埋藏的那些无尽能量和不可遏制的古怪想法，都用在最出人意料的方面。

他四处旅行，但一无所获。来到任何一个国家，他不是像其他旅行者那样去了解这个国家，也不去参观他们的博物馆和名胜古迹，而是随便找个贫民窟的小餐馆，坐下来开始结识渔民、水手，和这些衣衫褴褛的人混在一起。他会请闹哄哄的一大群人吃饭，然后津津有味地在一旁冷眼看着他们激烈地争论、吵架、打架斗殴。

他酷爱各种鲜活的现实生活，但不知道为什么，却不在应该去的地方寻找这样的生活。

他写的小故事非常不错，但却从未送去发表过。他能在钢琴上即兴演奏出很不错的曲调，但回头就把自己的创作忘得一干二净。有时他会整日卧在沙发上，无精打采地捧着一本《法国革命史》[①] 或者《罗康博尔奇遇记》[②] 看。而突然之间，又会有一种可怕的能量向他袭来，于是他带着自己的一帮狐朋狗友，从下三烂的小酒馆冲进一流的大饭店，然后又喧闹地往回走，路上又裹挟进来一大堆无关人员。他们故意制造出纠纷和冲突，然后在一顿狂饮中和好如初。

经过两三天这样的疯狂日子之后，他又悄然沉到水底，像一具不会说话的溺亡者尸体。

他曾经娶过老婆，这可谓是他此生中最荒唐的一件事了……他干吗要结婚呢？

答案只有一个：米西奈斯疯狂地、歇斯底里般地喜爱各类美好的事物——可能是色彩，可能是声音，可能是成熟黑麦的沙沙声，抑或是美丽女性瞬息万变的生动面孔。

因此，与薇拉·安东诺夫娜的邂逅，也注定了他浑浑噩噩的命运。

她长得非常漂亮，个头很高，是一个丰满的黑发女子。身体如大理石般光洁白嫩，眼睛像两颗星星一样，照亮她苍白的面孔。米西奈斯此生还从未见过如此诱人的美腿和软绵的酥手，因此他非常利落地就解决了这个问题：要么娶这个女人为妻，要么去死。

考虑到他最终并没有死掉，读者们想必也很清楚，这个非此即彼的两难处境，最终还是以有利于他的方式化解了。

---

① 《法国革命史》：法国著名历史学家米涅写于 1824 年的作品。米涅在此书中以阶级斗争观点叙述了法国历史的巨变，并明确指出法国“革命不可避免”。

② 罗康博尔：19 世纪法国作家蓬松·杜泰拉伊（1829—1871）所著的几十部冒险题材连载小说中的著名主人公。

这位华贵的大美人懒得简直令人难以置信。她的头脑和身体总是处于一种半梦半醒的状态。当米西奈斯第一次吻了她的时候，她迷迷糊糊地问道：

“您干吗在我脸边蹭来蹭去啊?”

这样的问题更令他忍不住赞叹：

“哦，您简直是美丽的大理石雕像！是我亲吻了您啊!”

“天哪，还有人乐意干这种事？难道您这样很享受吗?”

“请您听我说，”米西奈斯充满激情地说道，“我恳切希望您能嫁给我！我知道您喜欢安静慵懒的生活，而我会给您这样的生活！我有的是钱，我会让您尽情享受充满安逸、懒散和愉悦的东方式奢华生活的!”

“啊?”她用悦耳的，但是昏然欲睡的声音问道，“对不起，您刚才说什么？我没听清。”然后又质朴而迷人地补充了一句：“我刚才好像打了个盹儿……请您把刚才说的话再重复一遍。”

于是米西奈斯又重复了一遍刚才的话，并且给自己求婚的话语，增添了很多天马行空、疯狂华丽的辞藻。

“您是想娶我吗?”她简短总结了他这段洋洋洒洒的华丽语言。

“是的，是的。您简直就是库普律斯女神①的雕像!”

“那您以后不会总来……烦我吧?”

“哦，不会的。度完蜜月，您就彻底自由了。”

“您听我说……只是我觉得，结婚真是件喧闹麻烦的事情……又要找裁缝，又要签文件，又要订婚礼。您这人挺让人喜欢的，但是……能不能不要这些呀?”

“不要……什么呢?”

“就是不要那些烦我的东西。”

① 库普律斯：爱情女神阿弗洛狄忒的另外一个名字。

“这样吧……明天您能抽出半小时的空闲时间吗？”

“哦，我都能感觉到，这将会是‘半小时的不空闲时间’。您准备让我干什么呢？”

“我把一切都提前安排好。您只要做一件事，就是去教堂参加结婚典礼。”

“难道这事可以这么简单吗？”她惊喜地看了他一眼。

“是的，是的，只需要半个小时。然后咱们就去旅行。”

“那咱们去一个远点儿的地方吧，好吗？特快列车的车厢里总是特别惬意。可是一走出车厢，哎呀呀……到处是搬运工，到处忙乱不堪，火车站总是人山人海……还得找酒店住……您干吗这样看着我呀？听我说啊，难道您喜欢我这副样子吗？”

“从没有这么喜欢过！这简直就是一个深藏的宝物——睡美人啊！至少，懒惰会让您少说蠢话，少做蠢事……”

“嗯？您说什么来着？”

他热烈地亲吻她，而她将宛如古典雕塑般的双手放在美丽的膝头，开始甜蜜地打起盹儿来……

婚礼之后，米西奈斯所做的一切都是按照薇拉·安东诺夫娜的意愿进行的：一个半月的时间里，他们乘着快速列车走遍整个欧洲。他沉浸在狂热的爱恋中，而她则处于一种甜美的半梦半醒的慵懒状态……世界上恐怕再没有比这更强烈的对比了：疯狂疾驰的快车，以及这个在其钢铁躯壳深处恬静安睡的华美身躯。

一个半月后这对奇特的夫妇回来了。米西奈斯很体贴地将妻子安排在一套单独的住宅内，因为她说“这样少些打扰”。

他俩生活得很和睦，因为米西奈斯在饱尝了最初的激情烈焰之后，没有总是造访打扰她，而是重新回到蛾子们、保镖们的世界，继续在狂野客厅里昂贵的波斯地毯上搞野餐、喝鱼汤……他这是放荡够了，一直对米西奈斯恭敬有加的保姆赞许地解释道。

第五章　米西奈斯的狐朋狗友们

“放荡的年轻人，未来的强盗”——米西奈斯引用席勒[1]的剧中标注来称呼自己这帮狐朋狗友。而这么一大帮奇怪的人物，他是慢慢凑到一起的。

最早缠上他的是库贾。

某天，米西奈斯坐在一个阴暗咖啡馆的后屋中，和一个没精打采的陌生老头下象棋。

库贾是一个成天懒洋洋的采访记者，在一个没有多少读者的小报社工作。他当时就坐在那里，一边看他们下棋，一边打着盹，眨巴着沉重的眼皮。

在那个没精打采的老头走了一步棋之后，库贾建议说：

“把他的马给吃掉。”

“胡说什么呀，我亲爱的！那样的话，他就能同时威胁国王和王后，并且可以把王后拿下。”

“哦，也是哦。”库贾有点不好意思地说。走了两三步棋之后，库贾又给了一个愚蠢透顶的建议：

“这个兵往前走啊，往前走啊！”

“可那样的话，国王不就暴露出来了吗？”

---

① 弗里德里希·席勒（1759—1805）：德国18世纪著名诗人、哲学家、历史学家和剧作家，德国启蒙文学的代表人物之一。他于1780年创作了剧本《强盗》。剧中主人公卡尔由于不满个人生活和社会现状，与一群青年人遁入波希米亚森林为盗，并被选为首领。他试图以杀富济贫、除暴安良的侠义行动来报复和改造不公正的社会，最后却只能以悲剧收场。

“哦，也是哦!”

“您就会说‘哦，也是哦!’”米西奈斯温和地一边说，一边把老头给将死了，“我看您就是个臭棋篓子。想不想咱俩玩一局？我先让你一个王后。”

“我也不知道玩还是不玩呢……”库贾犹豫之间小声嘟囔着，“我下得实在太臭，只能一局一个卢布。”

于是两人下起来。库贾费了九牛二虎之力，赢了这局，然后又赢了第二局，这局库贾赢得稍显轻松。

“不行，让一个王后我还真有点儿招架不住呢，”米西奈斯直言道，“要不给您让一个马吧!”

“马就马吧，”库贾犹豫片刻又同意了，然后……又赢下了这一局。

“那什么也不让了，您看怎么样?”米西奈斯建议说。他被这奇怪的状况挫伤了锐气。

“好啊。”库贾同意了，并且……又赢了。

下到第七局的时候，已经是库贾给米西奈斯先让了一个马——对局结束的时候，米西奈斯的钱包已经明显瘪下去了。

“您这小子真狡猾。”下完棋之后，米西奈斯大笑地说道。

“是的，我这人很狡猾的，”库贾说道，“也是给您一个教训，不要头脑发热就和陌生人打赌。”

“那我希望现在我们已经不是陌生人了，”米西奈斯热情地说道，他已被此人的恬不知耻所折服，“走吧，我请你吃晚饭。”

“还是我来请吧，我把你的钱都赢光了。”

“噢，我家里还有很多钱的。”

当米西奈斯看到库贾没有把右手从口袋里抽出来，而试图只用一只左手在桌上的火柴盒上划燃火柴时，他真心惊喜地叫道：

“您听我说啊！您简直和我老婆一样懒呢!”

“棋手的头脑，”库贾十分简练地解释道，“平常都在打盹儿。”

“那您是以下象棋为生的吗？”

“我是《早间声音》报的采访记者。如果晚上有人抢了您的东西，您就给我打电话。我会把这件事写出来，让那个罪犯自己看了都会像个小孩一样痛哭流涕。”

晚饭后，米西奈斯将库贾拽到自己的住处，然后两个人品着查特荨麻酒[①]，一直聊到早晨。他们兴致勃勃地讨论埃德加·爱伦·坡[②]，讨论发现犯罪的最好方法，以及顿河哥萨克女人的美妙之处。

两个人都是无所不知的百科全书。

和诺瓦科维奇的结识，则发生在更悲惨的情形下。

那是半夜三点在一个叫“约旦”的小酒馆里。这个小酒馆的面貌与它那简短的圣经名称[③]一点儿不相称。在这个小酒馆里，一个叫格里沙的小偷口若悬河地向饶有兴趣的米西奈斯讲解自己那些复杂的技巧，还展示了探摸旅客、解扣子和掏钱包的方法。

米西奈斯并不嫌恶这样的群体，因为正如前面所说，他喜欢“体现在各个方面的鲜活生活”。而小偷格里沙则是这个危险行当中个性鲜明的一个人物，一个行家里手。

因此米西奈斯像个孩子一样，和这个新结识的人逗着玩儿。当格里沙展示右手和左手一些动作，灵巧地将米西奈斯的金表取走时，他已经不是抱着展示目的了，而是明显想私吞。于是米西奈斯立刻采取格里沙的手法，悄然将格里沙领带上的钻石领带夹取下来。然后这两个人像孩子一样大笑着，将东西物归原主。

---

① 荨麻酒：法国卡尔特教会修道士发明的一种力娇酒，诞生于18世纪40年代，由蒸馏酒精萃取130种草本植物陈酿而成。

② 埃德加·爱伦·坡（1809—1849）：19世纪美国诗人、小说家和文学评论家，美国浪漫主义思潮时期的重要成员。

③ 在《圣经》中约旦河占据举足轻重的位置。施洗约翰在约旦河给耶稣进行了洗礼，因此约旦河也被称为圣水。

“您的身手也很利落呀!”格里沙殷勤地夸奖道，“您要是再学学，就能和我们一起工作了。”

正说着话，有同伴叫他，他应声而去，撇下得意扬扬的米西奈斯。这时一个眉目和善、外表极为殷勤的男人走过来说道：

“您想不想换个玩法，打会儿牌呢？就在后屋里。走吧，先生，要是运气好的话，您可以赢很多钱呢。”

“骗子，”米西奈斯脑袋里闪过一个念头，“不过跟他玩一把还是蛮好玩儿的……”

“好啊，那咱们去吧!”他温和地大声答应道。

正准备走的时候，有个虎背熊腰的大学生来到桌子跟前。这人穿一套紧绷在身上、已经发黄的大学生制服。此前他一直坐在隔壁桌前，喝着啤酒，狼吞虎咽地吞着一大份灌肠。这人走到跟前，心平气和但不容反驳地说：

“不行，您不能跟他去打牌。”

“为什么呢?”米西奈斯好奇地问道。

“因为……”

“您听好了，年轻人，”那个殷勤的玩家温和地说，“我看您最好还是少管闲事儿。”

“您啊，亲爱的，最好还是上一边去。”身材魁梧的大学生同样温和地对他说。

“亲爱的”脸色突然一变，殷勤的面孔荡然无存，就像蜕掉了一层皮。他像一头发狂的狼，一双眼睛像炭火般燃烧起来，把牙齿咬得咔吧咔吧响。

“得了得了，别找事了，”大学生非常平静但很严肃地说道，“上一边去吧，啊？见鬼!”

其后的事情发生得实在太快了，米西奈斯甚至都没能来得及数三下：那个殷勤人的手突然微微一动，亮出一把芬兰短刀，就好像是凭空抓出来似的。不过这把刀最终还是停在半空中，因为那个大学生同样也只是微微一个动作，就擒住那个玩家持刀的手，抓住其胳膊肘略高的部位。

大学生十分平静地站在那里，而玩家突然脸色发白，手开始微微颤抖……

“看看你，这个怪人……我可是警告过的。”

“您怎么想?”大学生用率直明亮的目光看着米西奈斯，问道，“我是弄折他一只胳膊呢，还是把他扔出去拉倒?”

“难道真能弄骨折了?”米西奈斯好奇地问道，不过更多是作为一个运动爱好者出于学术目的的探讨。

“小菜一碟。只要往外使劲一掰就……”刀子嗖的一声就从玩家发青的手里掉落了。

“您饶了我吧，”他疼得直抽搐，苦着脸说，“我这就走。”

“走吧，亲爱的，上帝保佑你。这没你啥事儿。赶紧走，找点别的事情做。”

当就剩下他俩的时候，米西奈斯问道：

“这人是谁呀?”

“哦，是个可怕的畜生。先前跟你坐着聊天的那个人，还算是个正经家伙。就是个普通小偷，您最糟糕也就是丢个钱包——仅此而已，而这家伙……可是会把烟末往你眼睛里撒，情况不妙拿刀就捅，都不会犹豫的。咱们还不认识呢：我是大学生诺瓦科维奇。”

格里沙回来了，他听完刚才发生的事，也完全证实了诺瓦科维奇的话：

“我们这里的人也不喜欢他，我们无论如何不会干伤人的事儿。

可对他而言，这种事就好像咱们唱‘我们在天上的父’① 一样，平常事一桩。有点儿事伸手就抄家伙，阴险得很，我们都躲着他……我能不能摸一下你的肌肉呢？”他非常礼貌地问诺瓦科维奇。

“随你便。怎么样，我这身肌肉厉害吧。这都是因为吃糖，还有，我吃很多胡萝卜。”

然后他用最平常的、信誓旦旦的口吻，向这两位新认识的人讲了一个最不可思议、最不像真事的故事，而米西奈斯和格里沙听着他的故事，笑得东倒西歪。

从那天起，诺瓦科维奇就成了米西奈斯这个郁闷无聊的温厚阔佬在进行各种冒险活动时忠心耿耿的同伴，有时候也充当他的保镖。

而最晚“飞来”参加米西奈斯“灯光茶话会”的，是无忧无虑的诗人巴沙·克鲁格良斯基，外号叫作“蛾子”，因为最开始时，即便是早晨十点来到这伙人当中，他都是带着抱歉的口吻说：

“我来参加你们的灯光茶话会了。”

米西奈斯是在一个大书店的橱窗边第一次发现他的。蛾子站在那里，一会儿把他布满皱纹的脸堆成一堆奇特的褶子，一会儿又把这些褶子舒展开，小声骂道：

“蠢驴！卑鄙！荒谬的畜生。鬼玩意儿。”

“‘蠢驴’是说谁呢？”米西奈斯插话说，打断了他一字一顿电报似的独白。

“这帮编辑，”蛾子毫不顾忌地对他说道，“他们出版的什么啊？刊登的什么啊？这些也能算诗？”

“那您到底喜欢什么样的诗呢？”

---

① 这是基督教徒的主祷文：“我们在天上的父，愿人都尊你的名为圣。愿你的国降临。愿你的旨意行在地上，如同行在天上。我们日用的饮食，今日赐给我们。免我们的债，如同我们免了人的债。不叫我们遇见试探，救我们脱离恶者。因为国度、权柄、荣耀，全是你的，直到永远。阿门。”

“自己的诗。您听听……”

于是蛾子背靠着橱窗，开始声情并茂地朗诵一首伤感的民谣。

“真的不错吧?”

“非常好！对了，您想不想帮我整理一下我的藏书?”

“您的书很多吗?”

“大概有三千册吧!”

“那就走吧!”蛾子断然说道，一把抓起米西奈斯的胳膊。

“可不是现在啊，你这个怪人。这件事不急，而现在是吃早饭的时间。”

“那咱们去吃早饭!”蛾子更为热切地揪住这一想法，正如他一把揪住米西奈斯的胳膊，“呃，只是……”

他松开米西奈斯的胳膊，掏出瘪瘪的钱包，开始若有所思地数他那几个零币。

“嗯，够两人吃饭了吧?”

“加上我的就够了，”米西奈斯让他放宽心，“总之，咱俩凑起来大概能有 1500 卢布吧!”然后拽着目瞪口呆的蛾子走了。

从此就形成了一个惯例：所有人的花销都由米西奈斯来买单。也不能说是他这些狐朋狗友们太自私，其实他们的想法也对：如果他们异想天开地想在花钱这方面和米西奈斯比拼，那么只消两三天，个个都得破产。而大家谁也不想因为这种小事就和米西奈斯分手，于是他们现在都特别依赖米西奈斯，更何况，他们也是真心喜欢他。

而且米西奈斯给他们现金的时候心里也很清楚，有一部分钱落到了他们那些外面的朋友手中，而那些人比他们还穷。因而这些都未能破坏他内心那种宽厚平和的心态。

“这是在整个居民中将地球上的财富公平分配。”有时候他会自我解嘲地说。

尽管平常大伙儿总拿米西奈斯开玩笑或取笑他，但事实上这帮乌合之众还是很尊重米西奈斯的，大家都不约而同地称其为“您”，而米西奈斯对大家都是温柔随和地以“你”相称。

“米西奈斯的狐朋狗友”——他们这样称呼自己——相处得很和睦。只是诺瓦科维奇总是折腾库贾，拿他逗着玩儿，就像一只大型猛犬逗弄一只小狗崽。而库贾有时候又喜欢“挠拨蛾子”。具体表现如下：蛾子在众人面前读自己的新诗或者新故事，读完之后，在大家掌声响起之前，有那么几秒钟时间，大家都处于一种沉默的回味状态。

“嗯呐，嗯呐，嗯呐，”库贾会干巴巴地说，“故事写得很好，非常不错！不过，我以前在另外一个作家作品中已经看到过了。”

“你在谁那里看到的？”蛾子又尴尬又气恼地问道。

“就是那个人，叫什么来着？我忘了他姓啥，故事情节都一样的，甚至用词都一样。”

“不带这样的，”蛾子气愤地嚷嚷道，“你必须说出来，是在哪里看到的!!”

“这点不是关键，你激动什么？我是在某本德语杂志中看到的。”

“可你根本就不懂德语！”

“那你懂吗？”

“我当然懂啊！”

“这就对了，就是说，你是‘攫取’来的呗。是一个熟人翻译给我听的。简直就和你那篇一字不差。我那个熟人叫谢苗·谢苗诺维奇。”库贾最后说道。这种“真实性”手法是他从诺瓦科维奇那里学来的。

蛾子被这种微妙至极的诽谤气得几乎要掉下眼泪来。的确，有本事你去核实啊：“我千真万确地在一本德国杂志里看到过这些东西，具体在哪本杂志里——记不清了。”

而事实上，内心深处这个库贾也承认蛾子有极大的文学才华。

在和米西奈斯私下交谈的时候，两人也经常感到很惋惜，觉得这么一个才华横溢的朋友却一直无法成名。就是这样一些人，策划了这场玩笑——用其中一人的说法，“规模宏大的玩笑”，把一个有点呆笨的、孩童般天真的、傻呵呵的自信青年，当成取笑的对象。

第六章　米西奈斯和他的狐朋狗友们继续玩闹

洋娃娃第一次出现之后过了几天，在米西奈斯的豪宅里可以看到这样一幅温馨的家庭景象：米西奈斯本人身着白色家居服，在雕塑台旁边忙碌着。雕塑台上矗立着一堆生黏土，在他灵巧手指的摆弄下，这堆黏土渐渐显出了模样——以高傲姿态坐在这里的活灵活现的蛾子。

在房间另外一个角落里，强壮的诺瓦科维奇赤裸着上半身，正在练杠铃。他大幅度地伸展着他那吓人的、布满绳索般肌肉纹理的双臂，有节奏地将腰扭来扭去。

“保镖！”米西奈斯喊道，一边用大拇指修饰着黏土制成的蛾子前额，“我手上都是黏土，这会儿偏偏脸颊发痒，帮我挠挠，亲爱的。”

“哪边？”保镖煞有介事地走到他跟前问道，“是这边吗？”

他挠了挠米西奈斯的脸颊，把头歪向一边，双手叉腰，开始打量米西奈斯的作品。

“皱纹少了点儿，”他批评道，“应该再加上几十条。”

“够了，够了！”蛾子惊恐地喊道，“把我变成老头你才甘心！”

“你算什么老头啊！你就是脸上的皮肤不够紧致，你应该到裱糊工那里去重新裱一下。”

“滚你的，见鬼。”

“蛾子！”

“啊？”

“理发师给你刮脸收多少钱？”

“什么叫收多少钱？和大家一样，十五戈比啊。”

“可是要知道他给你刮脸有多麻烦啊！首先得把你那些疙疙瘩瘩给剃干净，然后还要钻进你那交错纵横、沟沟坎坎的皱纹里，在那底下摸着黑，磕磕绊绊，几乎是摸索着，把你那些胡子茬和胡子根给清干净。”

“去你的，净胡扯。”

“以前我有个朋友，”诺瓦科维奇倒骑在椅子上，又开始讲他那些胡编乱造的故事，不过这些故事让他讲起来都煞有介事，跟真的一样，“我这个朋友，你们想象一下，完全没长胡子。年轻人嘛，他特别想长胡子，于是就想了一个不错的办法：从后脑勺上揪下百十来根头发，连毛囊一起揪下来，然后坐在镜子前，拿着一个放大镜和一根针，就大干起来！先用针在上嘴唇上扎一个洞，然后马上把带毛囊的头发塞进去，将毛囊栽到那个洞里，就像给葡萄插条一样。”

“你就胡扯吧，保镖。”

“我可不是那种胡扯的人，这件事可在圈子里引起不小的轰动呢。栽上以后，他每天早晨还浇水呢！你们猜怎么着——还真的就开始长起来！不过糟糕的是，新长出的胡须在嘴唇上不是很服帖，不像其他人那样呈 45 度角，而是垂直杵在那里，因为他往里栽毛囊的时候，是竖着戳进去的。可怜的家伙郁闷死了。”

米西奈斯听完这段故事，大笑起来。蛾子则气恼地喊道：

“保镖！瞎编乱造也要有个底线。”

“你认为我在胡说吗？如果我告诉你这个人叫谢德拉科夫·彼得·叶果雷奇，你觉得我这是在撒谎吗？他以前住在基洛奇纳亚街的，现在不知道搬哪儿去了。你可以去找他呀！这件事情还详细刊登在一个德国杂……啊！库贾！哪阵风把你给吹来啦？”

库贾手里挥舞着一叠新报纸，飞奔进来。

“哇，朋友们，这就是期刊的力量！不光是洋娃娃，我保证让安娜·马特维耶夫娜也变成全俄大明星！”

“怎么啦？”

“看看！这是第一篇报道，在《首都晨报》上发表的：‘日前，在著名文学庇护人米西奈斯（这是我对您的奉承）的豪宅中，在为数不多的文艺观众面前（蛾子，你可得明白，我这是说你呢！），初出茅庐却已在文学界享有盛名的年轻诗人舍尔科夫尼科夫，首次朗读了其精心挑选的系列作品，给在座的人留下难以忘怀的印象……’”

听了这篇报道，大家都报以赞赏的笑声。

“还没完呢，先生们！喏，《每日新闻》的文学新闻专栏写道：‘文学界现在议论纷纷，因为在我们暗淡的天空中出现了一颗新星，他就是诗人舍尔科夫尼科夫。很多专家认为，其诗作无论是从震撼程度、力度，还是塑造力方面，都将梅伊、迈科夫①等文学巨匠远远甩在身后。很快，这位天才诗人的第一部书将问世。’”

“好一个小矮屋里的老太婆，高高骑在炮筒上！”蛾子幸灾乐祸、手舞足蹈地感叹道，“现在好了，让整个彼得堡都有笑料了。”

“还有，最后一条简讯，”库贾得意扬扬地笑着说道，“‘有消息称，因作品引起极大反响，科学院提议给年轻诗人 B. 舍尔科夫尼科夫颁发普希金奖。’就这些了！”

---

① 列夫·梅伊（1822—1862）：俄国诗人、翻译家、散文家。阿波隆·迈科夫（1821—1897）：俄国诗人，以风景诗见长。两人均为俄国诗歌史上纯抒情诗歌流派的重要代表。

"库贾！那些编辑怎么能刊登这些胡言乱语呢？"

"哎！你知道什么叫编辑吗？"库贾厚颜无耻地大笑着说，"他们一个个都游弋在大政治中，对于他们那些干枯的心灵而言，英国在中国问题上的立场，要比本国艺术话题更有看点、更让他们上心。说实话，我们报纸上那个简讯是我自己塞进去的，而其他报纸上的是我让记者朋友帮忙搞定的……现在《达维德卡报》那里已经笑成一片了。他们都已经写了一首关于苟延残喘老太婆的民间叙事诗，说实话，写得很不像话。"

"真想现在就看见洋娃娃！他现在没准高兴得像过生日一样呢！"

"伙计们，他这个傻瓜，可是会把一切都当真呢！"

"会把自己的画像挂到达济阿罗画馆旁边去[1]！"

"马上工厂就会生产出'洋娃娃'牌卷烟！"

这一大群人嘻嘻哈哈大声说笑，淹没了怯生生的敲门声。

只有敏锐的米西奈斯听到了：

"好像有人敲门吧？谁呀？请进！"

进来的正是他……洋娃娃。儒雅得体，透着青春气息。

他用柔和闪亮的眼睛环顾了一下这群人，微微一笑。

"我没有打扰到你们吧，先生们？你们好像有什么高兴事，笑得这么大声？"

"我刚才讲我父亲的事呢，"保镖首先反应过来，"您知道吗，他个头可高了，用手绢擤鼻涕的时候，都得跪下来。"

"好奇怪呀，"洋娃娃惊奇地说道，"他干吗要这样呢？"

"你问我我问谁去啊！他叫格列布·伊万诺维奇。"

[1] 达济阿罗画馆是19世纪末至20世纪初彼得堡一家著名的印画馆，以出版风景画著称，也出版俄罗斯皇帝、大主教等人的肖像画。画馆的艺术水准和印刷水平在业内享有很高声誉，其橱窗里总是挂着很多印制的画。

洋娃娃先是略微迟疑了一下，然后眼睛闪出奕奕的神色。他轻声说道：

“先生们，我这人可能有点愚笨，我自己也清楚这一点……还有点迟钝。但我来是想对你们说，像你们这样的人，我这辈子还是第一次遇到!”

洋娃娃这段热切的感叹听起来意味深长，大家都担忧地交换了下眼色。

“莫非是发飙了?”蛾子惊恐地凑到米西奈斯耳边小声说道，“莫非他猜到了?”

“洋娃娃，”库贾冷冷地说道，“我们不太明白，您这些话是什么意思？我们可都对您的才华崇拜有加呢……”

“我知道，我知道!”洋娃娃狂喜地喊着，“所以我说，像你们这样的人我这辈子还是第一次遇到。在认识你们之前，其他人，甚至我的朋友，无非在我耳边叨叨几句，说些好听话而已。而你们对我这个毫不相干的人，不仅关爱备至，而且还为我做了那么多事，就算是亲生父亲也做不到！此前我一直像一只蚯蚓，默默无闻地在泥泞的土地上爬行，而你们赋予我翅膀，现在我感到自己如此强大，如此……充满能量，我觉得，我只需振动几下翅膀，就能够飞上九天!”

“洋娃娃，您可不要飞离我们啊。”诺瓦科维奇伤感地恳求说。

“噢，不会的！你们现在是我最亲的人了，我永远不会离开你们的！我应该在你们身边，和你们同呼吸，吸收你们周身散发的那种纯净诗歌的高雅芬芳。在遇到你们之前，我是那么渺小无助，现在我好像突然强壮起来，也长大了！朋友们！我当然知道，你们在报纸上写的那些关于我的简讯，当中有很多善意的夸张，很多话我都不敢受用……但是，朋友们！我会尽一切努力，不让你们对我的期望落空，哪怕是那些夸大的期望！我现在有了努力的意义和目标，我向你们保证，终有一天你们都会为我而骄傲的，到时候你们会说：‘是啊，还是我们帮助洋娃娃迈出怯生生的第一步，都是因为有我们，他才成为这样的人，能够为俄罗斯的艺术宝库增添自己的一份贡献。’终有一天，光辉灿烂的福玻斯神①，将会驾着自己的金色战车，奔向太阳……”

“那你们是准备在家里喝白兰地呢，还是上别处去呢？”安娜·马特维耶夫娜很认真地问道，她是在洋娃娃进行热情洋溢的独白时悄悄走进来的，“如果在家里的话，我就要打发人去买白兰地了，家里的库存都没了，好像被海绵吸得一干二净！”

“卡里维娅·克里斯庇尼拉！”蛾子叫道，“您现在怎么能讨论这种地球人喝的庸俗的白兰地呢？要知道我们现在正在品尝洋娃娃唇间流淌出的绝妙甘露呢！”

“安娜·马特维耶夫娜！”诺瓦科维奇用华丽的辞藻说道，“您进来的那一刻，或许就是一个真正的天才诗人，刚刚经过痛苦的洗礼而诞生之时！……”

最后又用平淡的语调小声问：

“您那里有没有糖啊？尊敬的女士，我想嚼点甜东西。”

“我看啊，你们这些都不是正经人！”安娜·马特维耶夫娜不满地说道，一边从口袋里抓出一把方糖塞进诺瓦科维奇的手中，“你这位先生干吗和他们搭话？他们会把你毁掉的。你还是甭理他们，赶紧走开，去找几个像样的好同伴。”

“见到您荣幸之至，”洋娃娃温柔地和她打了个招呼，问候道：“您贵体如何？安娜·马特维耶夫娜？”

“你好，你好，亲爱的！”保姆欢喜地向他点点头，“我们这些老太婆身体还能怎样呢！腿脚不是太好，不知道是风湿病呢，还是别

---

① 福玻斯神：即阿波罗神，被视为司掌文艺之神。

的什么。”

“建议您立即用蚂蚁酒搓一搓。”洋娃娃像个专家似的说道。

“这真让人欣喜啊，”米西奈斯淡淡地嘲笑说，“一个人身上集中了医神埃斯库拉庇俄斯和艺术之神阿波罗呢。洋娃娃，咱们一起喝点白兰地吧！”

“我……其实是不喝酒的……”

“但是您得喝。让我们为世界上诞生了一位新诗人而干杯！我的目光已经洞察到他辉煌的未来！”

“噢，你们对我都太好了！”洋娃娃几乎含着热泪说道，他左转右转，不知该朝向谁，“噢，友谊！这是多么甜蜜的东西啊！”

“说到点子上了！卡里维娅·克里斯庇尼拉，您来安排吧！”

“谁是你的卡里维娅，”老太婆毫不客气地回答，“这人又是谁呀？满脸褶子，还尽说难听话。”

“可能就是因为有这些褶子，让我这人显得疑心重重，阿妈。我要是有洋娃娃那张漂亮面孔……噢！我早就把全世界都征服了。”

第七章　蛾子突然爆发了

当桌上摆上了白兰地和下酒菜以后，蛾子提议第一杯酒为洋娃娃的成功而干杯。

“洋娃娃，”库贾尖声叫道，“您想不想要我教您下国际象棋啊？这个可以发展思维的精确性和综合协调能力。您这样的诗人，应该具备这些素质。”

“我本来就会下象棋的，”洋娃娃带着灿烂的微笑说道，“就是下得不好。”

"'我们可知道，你下得怎么个不好法！'[①]"

诺瓦科维奇十分友好地建议说：

"洋娃娃，既然您现在已经成名人了，应该拍些照片，这样就能给您的崇拜者赠送相片了。"

"我已经照过了，前天拍的，在布阿松和艾格勒[②]那里。他们打包票说，照片会非常棒的。"

大家意味深长地对视了一下，而米西奈斯赞许地说道：

"好样的，什么都不耽误。的确应当趁热打铁。您还得有件燕尾服，出席公众场合用得着。"

"昨天在安利那里订了。定做了一件很好的燕尾服呢。"

"瞧人家洋娃娃！这脑瓜！什么都想到了。"

"我的诗集也准备好了，"洋娃娃腼腆地说道，"万一找到出版商，喏，书是现成的。"

"这真是个人物，"蛾子差点儿没被白兰地给呛着，"你刚想到点什么，人家已经都预见到了，都做好了。这个人身上结合了阿波罗和拿破仑的气质。"

"先生们，"米西奈斯喊道，"我建议安排一场盛大的庆祝会，庆祝洋娃娃荣登为诗人！就在我家里摆场子吧，到时候可以把苹果树也请来。我本来是考虑在哪个小酒馆里包个单间的，但是苹果树是不会去小酒馆的。"

"请苹果树参加庆祝会?!"库贾兴奋起来，"那可太好了!"

"苹果树——这人是谁?"洋娃娃好奇地问道。

诺瓦科维奇故作吃惊地说：

---

① "我们可知道，你下得怎么个不好法!"：果戈理的长篇小说《死灵魂》（第四章）里的一句话。

② "布阿松和艾格勒"是彼得堡一家著名的照相馆，1900 年由瑞士人布阿松和其合作伙伴德国人艾格勒开办。摄影师曾给沙皇尼古拉二世的女儿照相。

“苹果树吗？如果您不知道苹果树，那您简直就不知道世界上真正的美物。您也就不会真正理解绿宝石般小草的沙沙声，不会理解森林里的潺潺小溪、百鸟鸣唱，以及蝈蝈那美妙如音乐的唧唧声。总之，苹果树是可见世界和不可见世界的所有美的代表。”

“听我说，诺瓦科维奇，”洋娃娃高兴地说道，“看来您也是个诗人啊！”

所有的人都哄堂大笑起来，这让诺瓦科维奇原本刚毅的面容突然变得通红。他窘迫地叨叨说：

“您别在意他们，洋娃娃。他们有时候蠢得让人无奈。他们什么都不懂。”

“不，我们可是知道很多的。比如我就知道一种方法，可以通过角力，将肌肉的物理张力，变成一束从尼斯运来的昂贵白玫瑰和康乃馨！”

“库贾，我要把你放到柜子顶上去！”

“你就是把我塞到口袋里也无所谓……不过到时候，正如一个古代贤士所说，你口袋里的智慧将比脑袋里更多。”

而米西奈斯饶有兴趣地问道：

“怎么可能啊，库贾，怎么能把一个人肌肉的力量变成花呢？”

“呵，您难道不知道吗，米西奈斯？这么说吧，如果一个人违背自己的运动原则，给脑袋上蒙一个黑色头套，去匿名参加竞技冠军赛，战胜几个白痴，因此而获得了奖金。而得了奖金，不是给自己做一件新西装，而是在苹果树生日那天，给她送了一大束奢侈的白玫瑰！所谓的以花赠花……那您觉得应该怎么称呼这种情况呢？”

诺瓦科维奇坐在那里耷拉着脑袋，脸色阴沉，彻底被库贾这个恶毒的故事打垮了。

米西奈斯认真地看着诺瓦科维奇，突然摇了摇自己智慧的、放荡的、头发花白的脑袋。有那么一瞬间，他的眼中闪过慈父般的爱怜。

“保镖！我还不知道你在赛场上有这种丰功伟绩呢！你这是什么鬼附体了，跑去干这种事情？你完全可以大大方方从我这里拿钱的，更何况是为了苹果树。”

“您知道吗，米西奈斯，”诺瓦科维奇小声说道，“我平常总是厚着脸皮伸手到你口袋里拿钱，而且我也知道，您根本不在意这些小事。但我还是想用自己挣来的钱，给苹果树送一样令她开心的东西。”

库贾嘻嘻窃笑着说道：

“怎么挣来的钱？怎么挣的？这些雪白花瓣上闪闪发亮的不是露水，而是被你用强有力的熊掌抓住脖子，从那些可怜的‘非洲和欧洲冠军摔跤手’身上挤出来的滴滴汗水。”

“库贾，你能不能别再说这事儿了？”诺瓦科维奇蹙着眉头说。

“确实是！”米西奈斯断然支持他说，“只要涉及苹果树，你们这些狐朋狗友们就应该保持缄默。”

库贾突然喊了起来：

“在圣洁至美面前，所有人都应脱帽致敬！！保镖，我爱你。”

“我若能和这位受人尊敬的女子结识，该多么荣幸啊！”洋娃娃矫揉造作地宣称说。

“我也这样想！您的品位还真不错。我的意见是，米西奈斯，应该由苹果树亲手为我们的诗人加冕……怎么样？”

“当然，我还要为整个庆典设计一个详细的仪式。洋娃娃，您要去哪里？”

“我得赶紧走了……还有一首诗需要再润色一下……”

“莫非还是那种，像那个小屋里的老太婆那样的?!”库贾兴奋地叫嚷道。

“哦不，另外一类的。不过先生们，你们真的那么喜欢《老太婆的忧伤》?”

“哦，这可是需要努力领会的作品。德国人称之为‘Schlager’，所谓的流行小调。不久前，我在一个人家里读了这首诗——大家听得如醉如痴！”

“真的呀？”洋娃娃满脸放光，“你们到底喜欢我什么呢？真搞不明白！”

“喜欢你的才华，老弟，完完全全是因为你的才华！稀有植物就需要特别的呵护。”

“谢谢，那你们想不想我写几首新诗献给你们呢？”

“噢，我配得上这种荣幸吗？”库贾一副可怜卑贱的口吻，引得诺瓦科维奇忍不住扭过身去，用拳头捂嘴扑哧一笑。

而洋娃娃对此浑然不觉，他用明亮信任的目光环顾了所有人。他的目光中闪着柔情，以及对每个人的眷恋爱意。

“我真舍不得和你们分别，但没办法啊：艺术高于一切嘛。我去和尊敬的安娜·马特维耶夫娜道个别，然后就回家。再见，各位好友。”

洋娃娃出去了，大家一时都沉默不语。后来诺瓦科维奇挠了挠后脑勺，说道：“米西奈斯，这个货色怎么样啊？他可是我发掘出来的。发掘这么个人物，我才得了25卢布。能这样贱卖宝物的也只有我了。不行，我这人实在不适合做贩卖人口的生意。”

“你们可听好了，各位先生，”米西奈斯忧心忡忡地扫视了一下他的狐朋狗友们，“我们这个玩笑当然蛮好的……很搞笑，很巧妙，很高明。但我们最后该怎么收场呢？你们想一下，万一这个才情平庸的蠢货真就神奇地出版了自己的诗集，那可怎么办？到时候可会闹得满世界哗然啊！”

此前一直坐在那里沉思不语的蛾子突然跳起来，脸上的皱纹堆成一大堆褶皱，像一大团颤颤巍巍蜿蜒爬行的蛇。他突然叫喊起来，声音中透着一种真正的恼怒：

“让他闹！我早就渴望闹他个轰轰烈烈、满世界哗然！要知道像洋娃娃这样的呆瓜，可是百年不遇的！而且还是这么一个自以为是的呆瓜！那就让满世界哗然吧！活该！就该这样！”

“你怎么了？”库贾甚至从他身边闪开了，“你们小心啊，这人是疯了！看看你的脸，像被鬼抓了一样。哎！所有皱纹听令：稍息！各就各位，齐步走！”

“我早就，我早就等着这个机会呢!！你们给我听着！我沥尽心血、笔耕不辍，抒发自己最美好的情感，将一捧捧真正的钻石慷慨地扔向麻木的人群。可结果呢？我就像一只鼻涕虫，在黑暗中默默无闻地爬行。批评界甚至就没人注意到我的存在。而那些观众，他们将我的作品囫囵吞枣地咽下去，就像河马吞掉一堆橙子，或者说，就像果戈理小说里描述的那头猪，顺带吞掉了一只小鸡雏，却浑然不知[①]。其实我对他们也是不屑一顾的！不仅如此，我还要抓起这只洋娃娃，摔向他们那张河马脸！喏！给你们！这就是你们般配的诗人。你们慢慢品味去吧，用没牙的嘴细细咀嚼去吧！万岁，诗人舍尔科夫尼科夫！库贾!！你是不是我朋友？是的话就接着写，写关于诗人舍尔科夫尼科夫的文章，造声势，喊得全世界都听见！我来帮你！我可以主持关于新诗人的讲座，我可以组织系列研讨会、讲座、专题报告……等那些乌合之众冲上去拜倒在他脚下的时候，我就朝他们脸上啐口唾沫喊道：‘这就是你们要的原创诗人！我像第欧根尼一样，打着灯笼搜寻世界上最没有天分却最自以为是的东西，[②]，然后哈哈大笑着，让你们在这庸俗至极的东西面前，低下公牛般倔强的脖颈！向他致敬吧！鞠躬吧！你们这帮牲口！”

---

① 这是果戈理长篇小说《死魂灵》里的情节。

② 第欧根尼（约公元前 412—前 324）：古希腊哲学家，犬儒学派的代表人物。他揭露大多数传统的标准和信条的虚伪性，强调禁欲主义的自我满足，号召人们恢复简朴自然的理想生活状态。每天白天他都会打着灯笼在街上“寻找诚实的人”。

他双手捂脸倒在沙发上，陷入沉默。其余三个人被他这突然之间的爆发深深震惊了，站在他身边不知说什么好。他们都很了解蛾子，但眼前这个没心没肺的人突然展现给他们一张完全陌生的面孔。

当沉默的气氛变得令人窒息的时候，库贾决定缓和一下大家的心情。

“太棒了！”他干笑着说，“我们这些头脑简单的人都以为，‘捉弄洋娃娃’无非是俄罗斯思想人士们无聊之余想出的新娱乐项目罢了。可是蛾子，瞧瞧你——愿上帝保佑你健康——居然随手就给这件荒诞的事情打造出一个坚实的思想根基……蛾子啊蛾子，真是聪明绝顶！”

米西奈斯吹了声口哨，走到未完成的蛾子半身雕像前，打量了一下自己的作品，说道：

“我要给你塑成现在看到的这副面孔，并且给这件作品起名叫《盛怒》。”

“这可太难啦，米西奈斯！”诺瓦科维奇接着他的话说道，“脸上那点儿地方放不下这些皱纹的。”

大家都说笑着，但是……在内心深处，所有人都震惊了，深深地震惊了。

一向乐呵呵的蛾子，生平第一次向大家展示出他复杂内心中出人意料的一面。

第八章　关于苹果树以及她的一些肉体和心灵属性

米西奈斯和他的狐朋狗友们有一个莫名其妙的喜好，就是给他们遇到的每个人起外号。这样似乎就对那种盲目的偶然性做了一种修正——因为这种偶然性，一个人一辈子在自己肩头扛着的名字，并不是按照他自己或其他人的品位选出的，而是鬼知道怎么选的：要不，这个衣着光鲜的优雅小伙子，为什么叫伊万·彼得洛维奇·库巴列夫，而不是叫维克多·阿波罗诺维奇·格沃兹杰茨基？为什么那个丰满的黑发美女叫作柳德米拉·阿基莫夫娜？尽管怎么想来，最适合她的名字都应该是适合丰满黑发女子的名字：维拉·弗拉基米洛芙娜。

虽然是无意地，但是狐朋狗友们很可能正是因为如此，才给周围的人都按照自己的想法起了外号。

这些外号当中，被认为最成功、最贴切的一个，是“一个半犹太佬”。这个名字他们是送给那位个头儿特别高、整天没精打采的红发犹太裁缝的。他经常给狐朋狗友们添几件简单的衣裳。

而他们将和善的俄罗斯族保姆安娜·马特维耶夫娜称为“卡里维娅·克里斯庇尼拉”—Magistra libidinium Neronis，这可就很不厚道了。她的性格和那个“尼禄淫乱的女顾问”之间可没有任何相同之处。尽管蛾子对天起誓，说她不仅非常宽容地对待米西奈斯的那些痴心对象，甚至还将她们分成“值当的”和“不值当的”，并且和她们煲电话粥，讨论一些原则性问题。

还有一个被认为最成功的外号，就是“苹果树”了。苹果树是简称，正式的称呼是“鲜花盛开的小苹果树”，因为这一充满诗意的称呼，与尼娜·伊孔尼科娃的外表完全匹配。

这是一个金发女郎，高高的个头，娇柔的身段，一双蓝色的大眼睛亲切地环顾着整个世界。脑袋上是一头浅浅的、细柔如蛛丝般的头发。整个人白净、芬芳，似乎散发着苹果花的芳香。高高的胸脯，圆润的肩膀，矫健有力、健康朝气，就好像刚刚破壳而出。她走路的姿势非常迷人：走着路，整个人微微颤着，就好像有一阵阵看不见的波浪从她全身掠过，就好像成熟的麦穗迎着夏日暖洋洋的微风，轻轻颤动……

有一次，一个过路人甚至忍不住在路当中停下来，双手合十，热烈地惊叹道：

“我的上帝啊！上帝居然会给人间送来如此尤物！”

她一点儿没被这种赞赏弄得不知所措，而是停下来嫣然一笑，表示感谢：

“谢谢您的美言，我最喜欢的是，在您的赞美之辞中两次出现了‘上帝’这个词，这说明您是一个好人。”

然后她就若无其事地继续走自己的路，身板笔直柔韧，像一棵小白杨，一如既往地冲着蓝天微笑。

最先认识苹果树的是蛾子。这个鬼灵诗人有一天在夏园旁边的一条林荫道上，跟在她后面走了很久，最终抑制不住心中的赞叹——他经常会这样控制不住自己狂热的情感冲动——突然走到她跟前，搭起话来。

“您这是去哪里啊？”他很唐突地问道。

“去图书馆，换书。”

“我跟您一起去。”

“您也是去换书吗？”她用很平常的、没有任何讽刺的口吻问道。

“不是……我这个……早就打算办一个长期借书证……嗯，您明白吧，我不知道这个怎么弄。这很复杂吗？”

“一点也不复杂呀，”她很亲切地大笑起来，“咱们一起走吧，我帮您办。”

蛾子赶紧快步跟上她，但当他俩走到放着厚厚书目的借书柜台跟前时，蛾子突然觉得，他似乎是一脚踩空，脑袋朝下跌向了深深的悬崖：他现在才想起来，他口袋里只有三十戈比，而一个月的长期借书证加上押金，正好是这一数目的七倍。

“这是给您的表格，”未来的苹果树说道，“您一定要回答每个问题，并在这里签上名字。”

为了拼命将自己毁灭和耻辱的时刻往后推，蛾子在这张小小的纸片上磨蹭了半天，把自己那一脸著名的皱纹一会儿堆成堆，一会儿松开，甚至还悄悄抹了两把额头上的汗珠。他工工整整地写下自己的姓名，龙飞凤舞地签了字，终于，付钱的最后一刻切切实实地到来了。

“哎，您干吗呢？”苹果树鼓励他说，“现在只要付了钱，从书目上选本书就可以了。”

蛾子愁苦地看了一眼她那充满青春朝气的嘴唇，用冰凉的手指疯狂地抓了抓后脑勺，突然迸出一句：

“是这样……您能上一旁和我说两句话吗？”

“怎么了？好啊。”

他们走到一旁。

“噢，亲爱的姑娘！您恐怕从没见过我这样的混账东西吧？”

她的嘴唇哆嗦了一下，目光有点儿迷茫。

“您怎么说这种话？怎能这样说呢？”

“就是混账东西！”蛾子激动地喊道，“十足的混蛋！请您听听蛾子的忏悔吧！全体东正教的教民们，你们都听着！难道我真的需要书么？我需要的只是用这本书在我这张狗脸上拍几下！我方才在夏园里无非就是想纠缠您，像个最不要脸的街头小混混一样纠缠您!!而您这圣洁的心灵甚至都没有意识到！您就像那个小红帽，毫不设防地和大灰狼搭起话来……”

“可您也不像大灰狼啊！”苹果树大笑起来，蓝色的眼睛闪着奕奕的神采，“您的脸很和善，我只是怕那些醉酒的人。不过有一天晚上，我还真把一个酒鬼说服了，给打发走了。对付他们，就是需要多讲些最普通、最平常的道理就好。那天晚上，在弗拉基米尔大街上，他走到我跟前说：‘这位小姐，和我走吧！’当然，我当时可以叫警察，他就在几步远的地方站着。但我有点可怜这个酒鬼，‘去哪儿呀？’我说，‘我和您去哪儿啊？’‘一起去吃晚饭。’‘您看，’我说道，‘好遗憾啊，我已经吃过晚饭了。’‘啊，您说什么啊？’他忧伤地说，‘真是好遗憾哦，那咱们喝点红酒怎么样？’‘我不能喝红酒，医生严禁我喝酒。’他思索片刻说：‘那怎么办？’‘我也不知道啊！’‘那我到底能和您做点什么呢？或者，再喝一杯？还是试试吧！’‘不行啊，真不能试。’他已经完全乱了阵脚：‘那我能和您做点什么呢？’‘我看，您还是别搭理我了吧！您最好还是去睡一觉……看您脸上好疲惫的样子，肯定是干活很累了吧。’他居然抽泣起来，抹了一把湿漉漉的胡须，说道：‘还真是呢，我现在就走！谁都不理解我，只有您理解我！现在最重要的就是睡一觉。’他摘下礼帽，鞠了一躬，于是我们都心情愉快地各走各的路了。”

“哇，您真有一手！”蛾子赞叹道，“您真应该和米西奈斯认识一下，他肯定会将您奉为上宾的。”

“米西奈斯是谁？”

“他是谁？我这就告诉您他是谁：您有两卢布吗？”

“有啊。”

“借我用两分钟。谢谢！现在我拿上您的书——您手里是什么书？洛克的新书。米西奈斯恐怕没看过。您再拿本什么新书，然后咱们就走吧！”

“去哪儿啊？”苹果树笑着问道。

“我要给您还钱。亲爱的姑娘，我这个人可是很诚实的。走吧，快点儿，快点儿！”

“您这是把我往哪里拽呀？真是疯了！”

而蛾子已经面红耳赤、浑身颤抖了——他一向都是这样，动不动就面红耳赤，浑身颤抖。他抓起苹果树的手，小心翼翼地把自己那些皱纹收好准备上路，然后拽起彻底被他弄糊涂的苹果树，来到街上。

“您真是一个怪人啊!”苹果树只来得及怯怯地说出一句话来。

“甭提了，我这人，要么成为一位著名的诗人死掉，要么在疯人院里度过余生……姑娘，您喜欢世间的美物吗？美无处不在：低垂于静静流淌的水面上的柳树中，阴郁笔直的彼得堡街道中，在一个很有意思的人身上，而这个人……姑娘!！还有什么会比米西奈斯更吸引人呢？有什么比我们善良、智慧、高尚的米西奈斯更吸引人呢？这是一头皮毛上有鬣毛、懒洋洋的公狮子，他几乎把自己漂亮的母狮子完全撇到一边，就是为了美、为了自由、为了内省!”

“我完全不明白您的话。”苹果树柔和地表示异议，并试图将自己的手挣脱出来。

“也不需要明白！您现在不明白，以后会明白的！很快就会明白的，只消片刻！这不，我们已经到了米西奈斯家的单元门口了。哎，门卫！赶紧把2号房的主人叫下来，就说有一个非常重要、非常着急的事情。快快!”

“您真是好奇怪啊，”苹果树摇摇头，“好奇怪的人，倒是不可怕。只是干吗要找米西奈斯呢？他没准现在正在忙什么事儿呢，而您却来打扰他。最好下一次吧?”

“不不！这不已经听到他的脚步声了嘛。您看，他正不慌不忙地往下走，像一头和善的老狮子。您听，紧随其后的公牛般沉重的脚步声，这个肯定是保镖了。”

米西奈斯，还有紧随其后的诺瓦科维奇，两个人都没有戴帽子。他们飞奔出来，看到蛾子身边的金发美女，都愣住了，一声不吭，惊讶万分。

“米西奈斯！我现在就，现在，这就给您介绍，但是……您得先给我两卢布。这是给您的书。您现在有长期借书证了！洛克的书。您应该读读，挺有意思的。这书真的很有意思吧?”他猛地转向苹果树，问道。

“挺有意思的。”她平静地笑了笑，打量着这伙奇怪的人：穿着一件沾满烟灰的天鹅绒西装的米西奈斯，以及在他身后张望的身材魁梧的大学生诺瓦科维奇。

“赶紧给我两卢布，米西奈斯！谢谢！喏，给您，好心的仙女，这是还给您的，现在可以介绍你们认识了。这是米西奈斯。真的是个极好的人吧？而后面那只洞熊，叫保镖。姓诺瓦科维奇！把你的小手给阿姨伸过来，喀喀站直了！先生们，这位姑娘是首都最漂亮的姑娘。我在大街上像一个恶棍似的缠着她聊天，而她像女神一样回复我。她多漂亮啊！您希望我们为您祈祷吗？我们要点上小神灯，为您撰写赞美诗。保镖，快收拾好你的眼珠子，都快掉到马路上去了。米西奈斯，您看出来我是多么爱您了吧！看见了一个美丽尤物，我第一个念头就是想——米西奈斯！‘米西奈斯啊，’我当时想，‘你如果没有见过她，哪怕是从远处看她一眼，你也将是枉过此生！’而这个诺瓦科维奇，圣洁的姑娘，他也是个不错的人，两手一抓就能举起 9 普特。”

“蛾子疯了。”首先回过神来的米西奈斯哂然一笑说，“敢问尊姓大名？”

“尼娜·伊孔尼科娃。”

“可您知道刚才我是怎么称呼您的吗？当您站在这个榆木疙瘩旁边的时候，那样洁白，那样温柔，我就想：一棵鲜花盛开的小苹果树！”

“噢——噢——乌拉[①]！小苹果树！”蛾子嚷嚷得满大街都听得到。

“您不会生气吧，”米西奈斯微笑着问道，“我想请您到我们那里

---

① 乌拉：是俄语中表达强烈情感的语气词，经常可译为“万岁！”。

歇息片刻，不用再听这个蛾子喋喋不休，您看如何？他们这两个人可能会惊着不熟悉的人，不过总体来说，他们在场也没什么可怕的。”

“我得赶紧回家了，”苹果树想了想说道，“不过，如果您不会再执意留我的话，我可以小坐十分钟。”

“苹果树，”诺瓦科维奇迈步向前说道，“就凭您立刻就理解我们、信任我们，还去我们那里做客，我发誓，从今天开始，我就是您的保护神，保证您不受任何苦难。如果有谁胆敢多事儿，我就把他头拧下来，塞到他胳膊底下去。先生们！为苹果树开路！”

当苹果树迈步走上米西奈斯家门口的台阶时，诺瓦科维奇一把脱下自己身上的外衣，恭恭敬敬地抛到苹果树脚下。

“于是居民们欣喜若狂地迎接了她，”诺瓦科维奇不知从哪里引用了一段话，“将披风在她面前铺开，以免粗野的土地触碰她温柔的脚心。”

“您衬衫袖子后面破了，”苹果树看了看诺瓦科维奇的衣袖，关切地说道，“如果你们这里能找到针线的话，我给您缝上。”

“多好的姑娘啊！……如果我配得上，我会吻她的裙边呢。”诺瓦科维奇用肩膀顶了顶米西奈斯，感叹道。

苹果树走进米西奈斯那间著名的客厅，好奇地四下打量。

“您这里很舒适，就是有点奇怪。少点儿阳光。为什么拉着窗帘呢？盛烟灰应该用烟灰缸，而不是用地毯或者用天鹅绒西装的肩膀。您的刷子在哪里？我来帮您刷一刷……”

苹果树稍坐了一会儿，吃了一个梨，把挂歪的画扶正了。当她都已经在镜前戴上自己的小圆帽准备离开时，安娜·马特维耶夫娜出现在门口。

“我们还有这么个尤物，”她一边打量着苹果树，一边感叹道，“您呀，小姐，最好离他们远一点！这些人都是十足的强盗，会欺负您的。”

“我呀，老奶奶，谁也欺负不了的，”苹果树笑了起来，“我相信上帝，并且爱所有的人。他们怎么会是强盗呢？虽说有点儿怪，但还是蛮和善的。”

“炼狱里的路就是用这种和善的人铺成的。您倒是怎么称呼呢？”

“苹果树。”蛾子从一旁跳出来说道。

“是像棵苹果树。多端正的姑娘。这位女士啊，您哪怕劝劝他们，甭一大早地就在这里猛灌白兰地。”

“安娜·马特维耶夫娜！我们可是用小杯喝的！”

“哼，我知道用小杯喝。神父当年给你做洗礼的时候，就是浸在这种小杯里的。您不想吃点什么吗？女士？”

“不了，谢谢，我该走了……以后再路过这里，我会来看看的，看看你们在这里过得怎么样。白兰地你们最好还是不要喝了，好吗？”

“我们会节省点儿的，”米西奈斯哂笑着说，“如果您需要什么书的话，我的藏书将随时为您效劳。随便翻，随便扔，我们这里都这样。”

苹果树响亮地吻别安娜·马特维耶夫娜，然后离开了。

待她离开后，保姆走到沙发椅跟前，重重地倒在上面，看了看得意扬扬的狐朋狗友们，严厉地说道：

“哼，兔崽子们……她和你们可不是一路的，别自不量力，这棵树你们砍了可扛不住的。”

“卡里维娅，”蛾子拥抱了一下她花白头发的脑袋，抗议道，“您啥时候看到蛾子砍苹果树了？恰恰相反，我会扇着翅膀围在她身边，嗅着芳香，扇着翅膀——就这样！”

他跳到长沙发上，又一下蹦到椅子上，从那里扑到诺瓦科维奇的肩膀上，最后，气喘吁吁地从诺瓦科维奇身上爬到地上。

“蛾子，”米西奈斯心情大好地说道，“考虑到你今天想起了我，惦记着我，我送你一个绿宝石领带夹，你会喜欢的。”

“而我，”诺瓦科维奇郑重地接话说，“我再也不许库贾胡说，说什么你的作品他在德国杂志上别的作者那里看到过！！你绝对是原创作家，蛾子！”

“而我，”保姆嘟嘟囔囔地说，“会把你的耳朵揪掉的，如果你再给我往地毯上乱扔橙子皮的话。”

“卡里维娅！我可是非常爱您的，以后我吃橙子会连皮吃掉的。”

不过后来所有的人都没能兑现自己的承诺，除了米西奈斯：他那个领带夹永远地别在了蛾子瘦弱的胸前，算是对苹果树的纪念。而苹果树，就像彼得堡吝啬的阳光一样，偶尔会来照亮米西奈斯那间阴暗的客厅。

| 第二部分　鬼头洋娃娃 |

第九章　高加索的小餐馆里

在商队街一个小酒馆气氛舒适的单间里，墙上挂着东方壁毯，墙边摆放着没有靠背的沙发床。房间里正在开会，米西奈斯作为领导主持这次会议。这伙人数量不多，却非常和睦。

除了米西奈斯之外，与会人员还有库贾、诺瓦科维奇，以及美丽而古怪的维拉·安东诺夫娜——就是那位因为懒惰而不愿抛头露面的夫人。

今天恰好是她的生日。早晨，米西奈斯把他的狐朋狗友召集在一起，提议在维拉·安东诺夫娜家里庆祝这个在他看来非常美妙的日子。不过，当他们打电话通知她这一想法时，她突然迸发出平日难得一见的极大能量——她宣称，将会亲自到米西奈斯那里，去商讨这一复杂问题。

她来了之后，疲惫地眯着星辰般的眼睛，认真说道：

“你们听着，你们是疯了不成？这样得招来多少麻烦，带来多少忙乱？……要知道，这样庆祝完之后，我会有三天时间躺在那里，浑身像散了架一样！难道你们不知道，当一名热情好客的女主人，可是要付出非凡劳动的！你们还是可怜一下我吧——别上我这里来。唉，你们这样折磨我，难道不觉得羞愧吗？我那么美丽又善良……”

蛾子哀号起来：

“谁呀？谁折磨您了啊，我的公主？谁敢这么做呀，我的大美人？（‘公主’和‘大美人’是那帮片刻不会安分的狐朋狗友们，在米西奈斯默许下，送给维拉·安东诺夫娜的两个外号。）请您向我指出那个折磨您的家伙，我去把他骨头上的肉啃下来！难道我们还不了解您吗？这的确是个累死人的活儿——单独接待每个客人，还要向这个家伙说几句温柔体贴的话，而且恐怕还得给他盘子里夹菜吧?！还要敬酒吧？还要吩咐换盘子吧?！还得安排好菜单吧?！如此繁重的工作，难道是你我能承受得了的吗?”

“是啊，是啊，蛾子！看看，您一下就明白我的意思了！”

于是这伙人全都笑得前仰后合，而维拉·安东诺夫娜十分不解地扫视了一下大家，揪住蛾子的耳朵，说道：

“这算什么？您刚才好像在嘲笑我吧，蛾子？库贾，您给我走近点……您是唯一一个理解我的人。”

“这家伙会理解的，”诺瓦科维奇笑着说，“您哪，公主，当初应当嫁给他，而不是嫁给米西奈斯。昨天就出了这样一件事儿：我路过库贾家，他在床上躺着，哼哼唧唧地。‘你怎么了，库贾?’‘唉，保镖，你什么时候体会过那种折磨死人的干渴吗？而我因此已经痛苦整整一个小时了。’‘那你就喝点水呗，怪人！’‘可是上哪儿弄水去呢?’‘这不是有个水瓶吗？就在盥洗池上放着，离你就几步远！’‘这个嘛，’他说，‘不是水。’‘那这是啥呀?’‘双氧水。’然后又开始哼哼唧唧，像一匹快要断气的马。‘你怎么了呀?’‘我算是彻底完了，’他说道，‘我得了不治之症。这窗户还透风。保镖呀，’他说，‘你把我的床往盥洗台那边挪一挪吧。’于是我就把床、连同床上的他一起往盥洗台那边挪。你们猜怎么着？他刚刚挪到伸手能够着水瓶的距离，就一把抓起水瓶，狂饮那里面的液体，像一匹重新活过来的马！……”

“难道他把双氧水给喝了?”米西奈斯惊讶地问道。

“什么双氧水呀！水瓶里就是普通的水。”

“那为啥说是双氧水呢?”

“我告诉你们为啥吧：如果他对我说，让我拿水给他，我就会坚持原则，绝对不拿的，我可不想惯他这个无与伦比的懒毛病。所以他就编出这么一个窗户的故事，说什么窗户透风，还有那个双氧水的故事。这还不算完呢！我在房间里走来走去，骂他个狗血喷头的时候，突然噔的一下，我的靴子挂到木地板上一个探出头的钉子上，我那只亲爱的老靴子当场就开裂了！'库贾！'我喊道，'你这地板上有个钉子翘起来了！'而他对我说：'我知道啊！''那你为什么不把它拔出来？或者给钉回去？''那又何必呢？我已经习惯这个钉子了，下意识地就会绕开它。至于旁人么，省得他们在那里没事晃来晃去啊！'于是我拿起夹煤的钳子，先敲了敲钉子帽，然后又用这把钳子将库贾好一顿收拾。"

"你这人真是生性粗野，诺瓦科维奇，"库贾有气无力地反驳说，"你怎么不明白呢！那个钉子是在我的活动轨迹之外的地方杵着的，而我的活动轨迹就是从床到盥洗池，再从盥洗池到镜子前。你这个蠢货！那颗钉子又没杵在我的必经之路上！"

"您怎么看？我的公主？！"

"什么呀？"公主慢悠悠地抬起自己惺忪的大眼睛望着他。

"就是库贾的那个故事啊！"

"哦，我呀，抱歉，刚才没听见，想自己的事情了。库贾！刚才有人讲您的故事了？您是这里最可爱的人了，库贾。请您把手提包里的手绢拿给我吧！手提包在前厅里。"

"马上，"库贾立刻应声道，却还在原地不动，"您确信，手提包是在前厅吗？"

"嗯，是呢！"

"您把手提包具体放在前厅哪儿了？是放在镜台上了，还是放在长沙发上了？"

"我不记得了，您在那两个地方都看一下嘛！"

"您的手提包啥颜色啊？"库贾继续问道，依然卧在软绵绵的沙发椅中。

“天哪，你这个人！那里还会有百八十个手提包吗？!”

“我问这些，是不想找得太久，耽误您时间。或许，它可能掉到沙发后面去了，而那里黑乎乎的，我可能一下找不到呢……此外呢……哦，这不就是手提包吗？”

此时，诺瓦科维奇已经从前厅巡游回来。库贾从诺瓦科维奇手中拿过手提包，殷勤地将它递给了公主。

“谢谢啊，库贾，您真体贴！”

“那个笨蛋女侍从，”诺瓦科维奇似乎是随口说道，“把装肥皂水的桶丢在了前厅，也不知道是谁的大衣从衣架上掉下来，有一只袖子浸到水桶里了。现在湿乎乎的！”

“什么颜色的大衣呀？”米西奈斯狡黠地笑着问道。

“好像是件灰色的。”

“这可是我的大衣！”库贾惊慌地喊道，像一只兔子似的一溜烟蹿到前厅去了。

“你真看到有大衣掉到水桶里了？”

“没有的事儿！就是想让库贾活动活动腿脚。也是为手提包报一箭之仇。”

安娜·马特维耶夫娜走了进来，和公主左亲右吻地打过招呼，坐在了对面，看了看她，责备地摇了摇头，于是两人又开始老话重提：

“孩子呢？”

“什么孩子啊！”公主惊讶地问道。

“什么什么孩子？你的孩子！”

“可是，阿妈，我没有孩子啊。”

“为什么没有啊？”

“我也不知道，阿妈。上帝没有给啊。”

“‘上帝没有给。’还不是你那该死的懒毛病。你这是像谁了？”

“像谁？像米洛斯的维纳斯。”蛾子接话说道。

“像库贾，”诺瓦科维奇纠正道，“说来这都是一回事儿：如果把库贾的两只胳膊砍掉，就是活脱脱一个穷人家的维纳斯。”

“唉，我亲爱的乖乖们，”老保姆闷闷不乐地说道，“你们知道，我多想帮着看宝宝啊！简直是无法形容。”

“是啊！”米西奈斯苦笑了一下说，“这个我们现在可没存货呢。那么，各位先生，今天的活动到底怎么说？”

蛾子出来救场了。

“这还不简单吗！在商队街上有一个非常好的高加索小酒馆，里面有东方风情的包间，咱们上那里去吧！那里葡萄酒很不错的！”

“你就惦记着酒，恬不知耻的家伙。”保姆责备道。

“这可不是我的错呀，丰腴的卡里维娅！我妈妈就是个酒鬼，她甚至有两种奶水：左胸是勃艮第奶水，右胸是波尔多奶水。[①]”

“呸！”安娜·马特维耶夫娜生气地啐了他一口，“和你们说话简直就是罪过，简直就是斋戒日里吃荤菜。”

众人决定就去商队街。蛾子宣称他要先去一趟自己的杂志社，到编辑那里闹一场，完事后马上就过去。而其他人则吵吵嚷嚷地来到街上。在睡意蒙眬、似一尊雕像般神色泰然的公主映衬下，这些人显得格外惹眼。所以当他们前呼后拥地走进酒馆时，所有房间里坐着的客人都被这片吵嚷声引得探出头来张望。

维拉·安东诺夫娜选了一个最舒适的角落，将自己埋在靠枕里，把美丽的脑袋耷在沙发背上，就一动不动了，如同炙热阳光下的一只绿蜥蜴。

“请问您想吃点儿什么，尊敬的殿下？”米西奈斯问道，一边轻柔地吻着她的手，“有卡尔斯肉串，也有普通肉串。”

---

① 勃艮第和波尔多是法国两个著名的葡萄酒产地。

“有什么区别吗?”殿下打着盹儿问道。

“普通肉串是小块儿肉，在钎子上穿着的，而卡尔斯肉串是一大块肉。”

“那就是说需要切了?那最好还是普通肉串吧!”

“给我也是。”库贾也加入她的行列。

二十分钟后蛾子到了。他的嘴唇哆嗦着，眼睛里迸出愤怒的火花。额头上的皱纹数量暴涨，眼看就要威胁到脸颊了。

“一帮混蛋!”他刚迈进门槛就嚷了起来，“一群卑鄙的贱人!”

“出什么事儿了，蛾子?”米西奈斯担心地看了一眼他的眼睛，“什么事儿让你不痛快了?”

“唉，米西奈斯!您简直无法想象，我们那个编辑是怎样一个傻瓜!我在杂志社已经当了三年秘书，自认为也算有一定影响力和地位吧……我将自己的诗《珍珠蚌的秘密》送去排版，您记得吗，您还挺喜欢这首诗的，可他突然跟我说：‘因为技术条件原因，没法发表。’‘技术条件是个什么玩意?!’‘篇幅太长!160行。’‘可是诗是好诗吧?’‘很好。’‘那为啥就不能发表呢?’他又说：‘因为太长了!’‘但是诗是好诗啊!’‘是好诗。’‘那您为什么不能把它刊发出来?’‘篇幅太长。’于是我绝望地号叫道：‘普希金，’我说，‘他的诗还两千行呢!那么说普希金的诗，如果换了您，也不会登出来了?’‘不会的，’他说，‘换了我也不会刊出来。’您知道吗?米西奈斯……如果只是说我的作品，我还可以原谅他，这可是普希金啊!我嚷嚷道：‘您知道普希金是什么人吗?’‘那您知道技术条件是什么东西吗?’我拿普希金砸他脑袋，他就用技术条件砸我的腿。我站起来说道：‘今天我的朋友诺瓦科维奇在库贾那里，被钉子把靴子挂烂了。’‘那跟我有啥关系?’他说道。‘关系就是，您给不给我修理一下?’‘我是您什么人?是您的鞋匠不成?’我说：‘当然，就是鞋匠!’我俩的叫喊声整个编辑部都听见了。‘您，’他说道，‘是一个没有教养的年轻人！’‘那您是在马戏团里教养出来的老驴子，只会在那一丁点儿舞台上蹦跶两下！’我抓起自己的手稿，摔门而去。”

“润润嗓子，蛾子，”诺瓦科维奇劝道，“要不要我去把你们那个编辑狠狠收拾一顿？”

“不用，我给他塞了一头最好的猪！我往你们这里走的时候，遇见了鼎鼎大名的洋娃娃。‘您怎么了呀，蛾子？’‘洋娃娃，您可是情感细腻的人，是天生的诗人，您总会理解我吧！’于是我把事情的来龙去脉都跟他讲了，而他对我说：‘您知道吗，蛾子，普希金确实写得篇幅太长，现在已经没有人这么写了。现在需要的是精炼思想。’我看了他一眼，说道：‘您去找编辑毛遂自荐当秘书去吧，他肯定会很乐意要您的。’他吞吞吐吐、非常婉转地问我：‘我不知道该怎么办。我怕这样的话，对您显得不够意思。’‘没关系，您去吧。我将会非常高兴的，反正我也不会再来这栋楼里了。’于是他晃晃悠悠地就去了。我都可以想象出这两头驴的对话。对了，我后来还邀请他到这里来呢。您不会反对吧，米西奈斯？”

“我会非常高兴的！公主！您说说，如果还有一个可爱的、有教养的年轻人来到这里，您不会有任何反对吧？”

“他不会跟我絮叨没完吧？”公主有点担心地问道。

“怎么个絮叨？”

“就是说，他不会突然缠着我没完没了地问问题吧？比如问我去不去剧院啊？……或者是其他什么的？多烦哪！！”

“您别害怕，大美人，”库贾狡黠地笑了笑说，“我们把您介绍成一个有血统的真正公主……他会立马闭嘴的。”

“这可太荒唐了……我可不想自封为公主。”

“哦，小公主，请恩准吧。我们就是开个玩笑……他蠢得什么都会信的！您就帮这一点儿忙吧。”

“这样会很麻烦吗？”

“一点儿不麻烦！您就像一尊绝美的雕像一样坐在那里，而我们像一群小鸟在您身边叽叽喳喳地飞来飞去。”

第十章　祝酒词·洋娃娃首获成功

当酒和肉串端上来之后，大家都开始动起来了，兴奋不已，几乎是狂喜。

诺瓦科维奇用凶猛的目光看了一眼肉串，低声号叫道：

“哦，我是多么喜欢这只兔子！”

“这又不是兔子，这是羊肉串。”

“嗯，无所谓，都一样，我喜欢这些羊肉串。”

他也完美地证明了这一点：羊肉串在他嘴里一败涂地。看他胃口那么好，米西奈斯又点了几份，然后手里端着杯子起身郑重宣布：

“这杯酒，我提议为永恒的、永不黯淡的世间之美而干杯！而这种美的化身就是我们今天的生日主角，我们的公主，她只消微微一笑，就能将周围的一切照亮！哦，你们当然可以不同意我的话，会说，女性之美不是长久之物，但我对此看法更广阔：当这种美开始消退，当充满智慧的美丽晚年光顾，以及紧随其后的死亡，再之后是生命物质的分解，最终又回到初始元素，那么，从我亲爱的妻子的那些元素中，还会成长出一种丝毫不亚于现在的美，会长出一棵洁白婀娜、枝繁叶茂的白桦树，在她身下会长出鲜嫩如丝的青草，在她头顶上会飘过珍珠般芬芳的云朵，会落下几滴珍珠般的水滴，然后汇聚成明亮的小溪……而在这一切当中——在白桦树、在云朵、在鲜嫩的青草、在滴滴春雨中——都会有我美丽妻子秀美容貌中的一部分，而我们现在就是要为美丽的她隆重、高雅地庆贺生日。公主，为您最最美好的健康身体，干杯!”

“瞧瞧，”诺瓦科维奇悲伤地说道，“米西奈斯以健康祈福开头，却以安灵祷告而告终。那我就想知道，兄弟们，等我死了以后，我将会归于何处？变成什么样的元素?”

“会变成正义的力量，”库贾哂笑一下，“你整个人本应该变成一只羊的。”

“凭什么?”诺瓦科维奇威严地问道。

“因为刚才整个一只羊，包括其所有元素，甚至还包括你从我盘子里抢走的那两只腰子，都已经进入了你的躯体。不，先生们，现在我要讲话了，这将是正经演讲，而不是谈论一个人怎样分解成基本元素。朋友们，在座的没有任何一位能像我这样理解公主。大家总是对我们说：‘你们太懒了！你们连指头都不想动一动，不想多走一步路……’这都是有眼无珠！难道这不是世间最美妙、最有益的事情么?！我们就是懒，但是我们会因此而对任何一个人作恶吗?哦，先生们，你们应该害怕的是那些精力充沛的人！我们这些人往往会让人觉得喜欢，可能就因为我们懒。如果公主生性活泼好动、喜欢折腾的话，那她这一路上要毁掉多少我们这样的男性？这么一个大美人，要不是她成天迷糊着——无论这词是直义理解，还是转义理解——她周围的男人恐怕早已是尸横遍野了，就像铁石心肠的迦梨女神头上的花环①！总有一些怪人，他们总是觉得飓风可爱迷人，因为飓风可以将乌云如木屑般狂扫乱甩，可以将百年大树拦腰折断，可以将房顶掀翻。还有人喜欢海上的狂风暴雨，喜欢看着礁

---

① 迦梨是印度教中的一个女神。传说三界中出现了一个法力强大的恶魔，迦梨女神终将恶魔消灭，自己却因为过于愤怒而不能自制。她的双脚不由自主地大力践踏土地，令三界众生的生活都受到影响。其伴侣湿婆为减轻众生的苦痛，就躺在迦梨脚下，任其践踏以泄恨。在印度教画像或雕塑中，湿婆总是躺在迦梨脚下的。迦梨身上总是挂着长长的项链（一说是花环，一说是 50 颗头骨）。迦梨女神既是创造性力量、也是毁灭性力量的化身，象征着生命与死亡、创造与毁灭的不断循环。

岩在巨浪拍打下痛苦地呻吟。我可不是这种人！我就喜欢平静如镜面的小河湾，喜欢河边昏昏欲睡的垂柳，喜欢看着它们将自己多愁善感的绿色枝条探入宁静的水中。我喜欢在这宁静水面上看到自己的倒影——安宁、温柔，未被任何妖风卷起的涟漪所搅扰的倒影！”

“你倒是挺会说的，一下就把自己掺和到祝酒词来了，”蛾子恶毒地打断他的话，“没完没了的，除了‘我’还是‘我’，‘我觉得很可爱’，‘我看哪哪儿’，‘我这方面那方面欣赏我自己’，孤芳自赏的家伙，真恶心人。”

“闭嘴，你这个被人家从编辑部赶出来的家伙！管好你的舌头吧，还想替普希金说情！我现在就要直接说说公主了。今天，伟大的宁静降临到我和她的身上，我们的心灵沉浸在甜美涅槃的安宁之中。我们仿佛站在炽热的南海岸边，而南海也在这美妙的宁静中沉睡了。这时你甚至想大喊一声：‘停下你的脚步吧，美妙的瞬间，永远停下你的脚步吧！’但你又不想用喊声来打破这炽热芬芳的静默，于是就那样默不作声地站着，被魔法无边、魅力无限的慵懒和静谧女王深深迷住。为了您的健康干杯，公主！您同意我的话吗？”

“啊？您刚才说什么了？我啊，说实话，刚才想事情走神了，对不起！”

大家都笑了起来，但库贾并没有觉得尴尬，他做了一个手势，让大家不要作声。

“你们别笑，我发誓，我这辈子还从来没做过这么长时间的演讲。我还发誓，我们美丽公主所提的问题，是对我那些话最好的证明，也是对我最好的奉承。我刚才是在祈祷，你们明白吗？我的心灵在鸣叫，犹如风鸣琴……蛾子，给我一盒火柴。”

“给你什么火柴？我的火柴在我大衣兜里，而你那盒就在你旁边放着。”

“噢，厚颜无耻的家伙，你难道就不明白，放在你兜里的那盒火柴距离你，比放在这边桌上的我那盒火柴距离我，要更近一些！你更容易拿到……”

“我不会打扰你们吧？”从门帘后传来了软绵绵的声音，“能上你们这儿来吗？”

进来的是洋娃娃。他容光焕发，圆润的红嘴唇腼腆地微笑着，和往常一样，无可挑剔地身着笔挺精神的黑色西装，打着雅致的领带，左手戴着手套……

“啊，洋娃娃呀，这伙人就差您了。请进！请允许向您介绍一下，这是东哥德王国[1]的公主殿下。殿下，请允许我向您介绍我们一个年轻朋友，一位极好的诗人，我们的慧眼预见他会有辉煌的未来。”

“荣幸至极，”洋娃娃说道，一边低下他长着一头卷发的脑袋，“我叫舍尔科夫尼科夫·瓦连京……父称是……”

“详情见文字，”蛾子很不客气地打断了他的话，顺便替他吻了一下公主伸出的白皙圆润的手，“您请坐，阿波罗之子。嗯，怎么样……现在可以祝贺您了吗？”他问道，一边向大家使眼色。

“祝贺什么呀？”

“祝贺您获得秘书的职位呀！方才我不是让您去的吗？”

“啊呀，”洋娃娃红了脸，“我都忘了感谢您了！真是太失礼了。您知道吗，蛾子……（不知能否这样称呼您？）就算是亲兄弟，也不会像您那样为我做这一切！”

“到底怎么回事儿啊？”蛾子焦躁地打断他。

“事情是这样的……（噢，我真是太感谢您了。噢，天哪，友谊——这是多么伟大的东西啊！）事情是这样的，我去的时候几乎没

① 东哥德王国：东哥德人（日耳曼民族的一支）建立的国家。公元3世纪时东哥德人曾在黑海北边建立一个帝国，5世纪末在意大利建立东哥德王国。

抱任何希望，我去纯粹是因为我决定一切都听您的。我很清楚，您一向都是为我好的……”

“少啰唆，说关键的!”蛾子不耐烦地咬牙切齿地说道。

“那个，怎么说呢……您那个编辑，人还是蛮好的。当他得知我就是最近报纸上铺天盖地介绍的那个诗人舍尔科夫尼科夫的时候，就更是殷勤备至了。他说：‘我将很荣幸为您做一切，满足您的所有请求。’于是我就说：‘我听说您这里空出一个编辑部秘书的位置，不知道能否……’‘您看，’他说，‘我选助手的原则是——只在自己熟悉的人当中挑选。但我看出来了，您的性格非常好，很随和，而且您也是有点知名度的……而且，您的出现正是情急之时!! 所以我恳请您开始履行自己的职责吧……’‘对不起，’我说道，‘我愿意接受您的所有条件，但请允许我提出自己唯一的条件，那就是您要保证把我前任写的诗刊发出来——《珍珠蚌的秘密》……’”

“绝对不行!”蛾子粗鲁地喊道，从座位上跳起来，“谁让您提这样的条件了? 我可不想! 明天我就把我的《珍珠蚌的秘密》拿回来!!”

“您等等，他可是同意了，我说服他了。”

“您说服他了?”蛾子沉着脸说道，并且用一种难以言表的目光扫视了众人一圈，“您说服他了? 我没能说服他，而您说服了。”

“我也想做些让您高兴的事情啊!”洋娃娃用哀求的语气低声说道，并且将双手放在胸前，“如果我早知道不应该这样的话……”

“他把他给说服了。”蛾子垂下脑袋，双手抱头喃喃地说道。

然后他突然身子一颤，阴森森地看了一眼洋娃娃：

“简言之，位置是您的了?”

“是啊，是我的了。但如果您愿意的话，我明天就……”

“不，不!”蛾子非常激动地叫了起来，“您应该，您必须担任这个职位! 这是我希望的。您要在这个杂志上写东西，多写东西!!”

"嗯，他也请我为下一期杂志写一首诗，我现在脑子里已经有构思了。"

之后很长一段时间大家都沉默不语，每个人都各怀心事……

只有米西奈斯一个人像皇帝一样平静，浓密花白的小胡须下静静地挂着一丝笑意……还有洋娃娃：他带着儿童般的好奇打量着公主，最后终于没能忍住，凑到坐在自己身旁的诺瓦科维奇耳根下，问道：

"请问这位女士真的是位公主吗？是真正的公主吗？"

"哦，是啊，"诺瓦科维奇早有准备，立刻小声回答道，"只是她不喜欢别人提她的皇室出身。总之这是一段沉重的往事……不久前她刚刚经历了一场心灵的震荡。他们国家的外交人士突然要把她嫁给埃塞俄比亚的皇帝，而她，您也明白的，忍受不了黑色……这好像叫作色盲症吧！说再简单点，就是——特异体质。她原本想用鸢尾根[①]来结束自己的生命，但是被救了。于是她买通了仆人，坐在一只热气球的筐子里开始逃亡。那个热气球是她那权力广大的父亲绑在豪华花园中供大家娱乐的……而东北风就把她刮到了彼得堡。"

"那您是怎么认识她的呢？"

"说来话长了。有一天晚上，我去热田[②]那里散步，突然看见田野上空有一只气球在很低很低的地方飞行……下面晃荡着绳索的端头……离地大概有 1.5 俄丈[③]的样子。咳咳，你们也知道我力大无比灵巧如燕的。于是我跳起来，抓住绳索端头，把气球拽了下来。气球筐里是已经晕过去的公主，还有已经死去的，就像米西奈斯说的，已经分解为基本元素的仆人。我将公主从筐里拖出来，将她唤

---

① 鸢尾：一种植物，其根状茎可作中药，具有消炎作用。

② 热田：彼得堡的一个区。

③ 俄丈：俄国时期的长度单位，1 俄丈＝2.134 米。

醒。从此，你们也看到了，我俩就形影不离了，是真正的朋友。只是您哪，洋娃娃，别跟她提这事……您知道的，往事不堪回首啊！……那个仆人叫鲁道夫。”诺瓦科维奇最后又牛头不对马嘴地补充道。

“哦，我理解，我完全理解，”洋娃娃热烈地喊道，“而且，诺瓦科维奇，这是多好的情节啊，可以写首诗呢！”

“绝妙的情节，”诺瓦科维奇表示同意，并往嘴里塞了一块烤肉，“您应该和殿下聊聊，不然我们这些人在她面前总有点发怯，而您那么机灵。”

“这有什么好怯的？”洋娃娃笑着说，“我这人和谁都能说得来。”

于是他用儒雅十足的腔调，开始和正在打盹的公主说话：

“贵体如何呀，公主殿下？”

公主睁开眼睛，第一次打量了洋娃娃一眼。

“您说什么？”

“我问您，身体可好？”

“谢谢，很好。就是他们这些人太闹腾了。方才甚至还说了些祝愿我的话。您也是他们那伙的人？”

“是的，我有幸在不久前认识了米西奈斯和他的朋友们。您知道吗，殿下大人，他们对我简直像对待亲兄弟一样呢。跟他们在一起，我感觉真的太美妙了。”

“他们干吗叫您洋娃娃呢？”

洋娃娃脸颊绯红，垂下自己长长的丝绒般的睫毛。

“说实话，我也不知道……是最令人尊敬的安娜·马特维耶夫娜首先这么叫我的，结果他们都挺喜欢这个称呼。”

“那我也叫您洋娃娃，可以吗？”

“悉听尊便，公主殿下。”

“那您不会很闹腾吧？”

“怎么个闹腾？哦不，我总的来说是比较安静的。”

“哦，那就好，什么时候上我家来，我请您喝茶。”

“我将十分荣幸，请随时吩咐。”

“而他们那些人真的太闹腾了，”公主娇滴滴地抱怨说，“有一天，诺瓦科维奇把库贾卷进地毯里去，害得我还得把他从地毯里翻出来。”

“真是太可怕了！”洋娃娃真心发愁地说道，“但如果我没弄错的话，库贾先生好像是挺安静的一个人。”

“是啊，他还算好，就是有一天，往我敞开的钻石首饰盒里弹满了烟灰。”

“那是烟灰缸放得太远了，”库贾简明扼要地解释道，“但我喜欢上公主那儿去。静静的，没人打扰我们。有一次我在她那里的沙发椅上睡了三个小时。”

“那您喜欢诗歌吗？”洋娃娃打探道。

“喜欢，”公主略加思索后说道，“不过，我喜欢诗写得短一些。”

“我的诗都不长。”洋娃娃安慰她说。

“先生们！”此前一直冷着脸沉默不语的蛾子不耐烦地敲了敲桌子，“那我们什么时候为洋娃娃加冕诗人桂冠呢？”

“我怎么有点不喜欢蛾子这样呢？”库贾悄声对米西奈斯说道，“我们都在玩闹说笑，可他在洋娃娃这件事上好像有点儿过火了。”

“应该理解蛾子，”米西奈斯摇了摇头发花白的脑袋，“他比我们这些人都有才华，偏偏他呀，这个可怜的家伙，文学之路并不如意。所以他就有点烦躁……要不给他点钱怎么样？这也不好，这不是他想要的。”

“到底什么时候加冕？”蛾子用手掌拍着桌子，不依不饶地又问道，“我想为洋娃娃加冕。”

“嗯，星期六就行，在我家吧。就是要提前通知一下苹果树。”

“好啊，”诺瓦科维奇匆匆忙忙附和道，刻意摆出一副无所谓的样子，“我上她那儿说一声。”

库贾用胳膊肘捣了捣米西奈斯的肋部。

“干吗劳驾你呀？我几乎就从她家门口路过。早晨我顺脚去一趟就行了。”

“你去什么呀！你那懒样，怕是在楼梯间就睡着了。你还是别费劲了，我自己去。”

“不行，我去！”

“库贾！小心我还把你卷到地毯里！”

“那我就从地毯里探出脑袋来，让整个基督世界都能听到我的喊声：‘东正教的教民们！保镖爱上苹果树啦！’”

“傻瓜，”诺瓦科维奇小声说道，把脸扭向墙，“噢，你真是个大傻瓜！这又从何谈起呢！”

“我说啥了？”

“说我……这个……爱上苹果树了。”

“哼哼，这么说来，你并不爱她？那我明天就告诉她：‘保镖说了，他不爱你！’”

“你怎么就像只蚊子一样盯着他不放呢？”米西奈斯打圆场道，“你可不许欺负我的保镖。”

“他们想怎样给您加冕呢？”公主问道，在昏暗中眨巴着自己星辰般的黑眼睛。

“我也不知道，”洋娃娃憨厚地笑了笑，“不过，这个可能会很有趣儿、很开心吧！”

众人很晚才散去。大家决定一起送送维拉·安东诺夫娜。晴朗的夜空星辰密布，从闷热的房间里出来，呼吸舒畅了许多。众人三三两两地走着：洋娃娃挽着公主的胳膊走在最前面；米西奈斯牵着蛾子的手跟在后面，他小声但热烈地向这个垂头丧气、失意的朋友证明着什么；他们后面是诺瓦科维奇和库贾，路上依然为了那个苹果树而劲头十足地对骂着。

而苹果树根本不会想到她会成为争论的焦点。此刻，她早已在闺房雪白的被窝里睡着了，浅色的头发像一缕缕暖洋洋的金丝散布在枕头上，而她那半裸的、充满青春活力的少女胸脯，非常平稳地呼吸着……

第十一章　准备为洋娃娃加冕

“您这里真是太乱了，”诺瓦科维奇扫视了一下米西奈斯的客厅，批评道，“您为什么不让仆人们收拾一下呢？”

“哼，这些仆人！他们只会把这里搞得一团糟，然后你什么东西都找不到。而现在我这里一切都放置有序。”

“确实是放置有序。比如说吧，这沓旧报纸放在沙发边的地毯上，那块黏土放在镜台上，脏兮兮的亚麻睡袍挂在书柜门上，所有这一切都让房间充满了舒适的客厅气息！钢琴盖上是厚厚一层灰，我看所有书面工作都可以在这个钢琴盖上展开了。我这就给您写上一段绝望的呐喊！”

于是他在钢琴盖的灰尘上清晰地写道：

“伙计们，请允许自我介绍一下——我是灰尘。老兄们，到底谁能把我给擦干净呢？”

库贾从沙发椅上欠起身，看了看那段“呐喊”，正儿八经地解释说：

“这个灰尘可不能动。它已经在这里安家落户、老老实实地躺在这里了，不会进入任何人的肺中……如果你去擦它，我们的肺就会遭殃的。”

“墙角地板上的这些瓶子呢？那些脏兮兮的啤酒杯呢？我就奇怪了，米西奈斯，难道这样您不难受吗！”

“你怎么突然就得了洁癖呢?!”米西奈斯惊讶地说道，“我可从来没发现你有这毛病。”

“我自己嘛，说实话，无所谓的，但今天要来一位女士……怎么能让她坐在这样的沙发椅上？看看沙发上的烟灰，简直和那个愁眉苦脸老不死的犹太人脑袋上的烟灰一样多了！苹果树可不喜欢这种脏兮兮的地方！”

众人都意味深长地对视一眼，异口同声地拖着腔喊道：“啊——啊——啊!!”

一个人喊累了停下来，另一个人马上就接过这种悲凄的调子继续拖着腔喊，直到第一个人又接替他。

“啊——啊——啊……啊——啊——啊!!”

“我发誓，我要告诉苹果树，你们挖苦嘲笑我，还要扯上她的名字!!”

这些狐朋狗友对苹果树还是心怀敬畏的，所以当诺瓦科维奇说了威胁的话之后，这些嘴立刻就合上了，仿佛一只只空箱子。

库贾到底没忍住：

“保镖啊，什么时候举行婚礼呢?”

“谁的婚礼?”诺瓦科维奇一时没明白。

“你们的婚礼啊，你们的！看你憔悴的，甚至安娜·马特维耶夫娜的糖块儿也救不了你。等你通过国家考试，穿上燕尾服，扎上白领带，就可以去求婚了。”

诺瓦科维奇沮丧地垂下脑袋，沉默了一会儿，突然全身一振，非常坦率地说道：

“要是这样就好啦！当然，燕尾服嘛有点扯远了，但总之，除了燕尾服呢……哎，弟兄们，你们拿这种感情嘲笑我，简直是罪过。”

“可我们并没有嘲笑你啊，你这个怪人。我们挺同情你的。我理解你。我自己有一次也爱上一个寡妇——爱得死去活来，简直无以言表。甚至有一天我倒在地板上，开始啃桌子腿儿。”

“这有什么相同之处吗？”蛾子愤愤地说道，“人家是个纯洁、高贵、芬芳袭人的姑娘，而库贾你无非就是会下两把象棋，现在又扯着个寒酸土气的寡妇冒出来了，而且还是骑在什么桌腿上跑来的！我很理解诺瓦科维奇，更何况，神奇般发现苹果树的人是我，而且我以此为荣！”

却突然来了一个很现实的结尾：

“更何况米西奈斯为此只花了两卢布！而洋娃娃花了我们十二倍半的价钱……”

“蛾子，你可不能那么势利。”米西奈斯责备他说，口气十分温和，但他却被蛾子这种奇怪的计算方法震惊了。

“我那个寡妇可不寒酸土气，”库贾不愿意了，自顾自地说道，“她原来的老公是个上校，而且她的胸那么美，你们肯定没见过那么美的胸！还有那头发！那嘴唇！”

诺瓦科维奇认为有必要打断他的话：

“你对上校遗孀那活灵活现的描述和分析解剖，并不是我们关注的对象。米西奈斯！您还是让我们把这里多少收拾整齐一些吧！如何？”

“随你们的便，难道我什么时候拒绝过你们吗？仆人我是不会让她动的。她只会把这里弄乱。”

“好嘞，蛾子，库贾！把衣服脱了，开始干活。”

库贾脱下西装上衣，坐到沙发椅上，说道：

“你们开始干吧！我来指挥。蛾子，你把报纸收起来，找块布把黏土盖上，把它塞到桌子底下，放远点！诺瓦科维奇，你把书柜门上的睡衣取下来，把上面的灰刷一刷，把烟灰抖到地上。然后扫干净。”

于是大家热火朝天地干起来，库贾则埋在沙发椅中，偶尔向诺瓦科维奇和蛾子发号施令，而自己则在指挥间歇时喃喃自语：

“哼，‘寒酸土气的寡妇’！她连厨房都不会让你们踏进一步的。她那双腿，简直美极了！雪白，丰满……这就是你说的‘寒酸土气’！真把自己当贵族了。你把睡衣拿给安娜·玛特维耶夫娜，让她扔到脏内衣里去！她那脖颈——大理石般光滑！有时她会露出那洁白的牙齿……烟蒂，不要忘了把窗台上的烟蒂扫掉！”

这时米西奈斯也没有闲着，他正在卖力地用一张金纸和各种各样颜色的玻璃碎片，做一只非常漂亮的王冠。

“应该再给他做一件紫红皇袍，给这个鬼家伙，”蛾子停下手头的活儿说道，“就是没什么材料可以做了！”

“你们听着，”米西奈斯若有所思地挠挠耳朵，“如果他突然猜透我们的想法，再生气了，可怎么办呢……那可就难堪了。”

蛾子把脸上的褶子收拾成一幅奇特的画卷，奸笑道：

“他吗，你们可以想象一下——他现在正遨游在幸福的海洋中，我把他吹了起来，就像一只儿童气球！我没见过比他更自信的傻瓜了！对什么都信以为真，为自己的文学道路做着异想天开的计划，并且……你们也知道，他居然神奇地在我原来那个编辑部位置上站稳了脚跟……说实话，我当时想，这事儿最后肯定是闹得丢人现眼，但他……居然坐稳了！总编这样的呆瓜，需要的就是这些一文不值的家伙！不过嘛，我还是沉得住气的：他最多撑到下期杂志出来。等他在杂志上刊登出自己那个‘矮屋里有老太婆，四周荒草连片’——到时候，就像掉到楼梯上的空桶，轰隆隆滚蛋！然后那些不要脸的家伙还会低三下四来求我……到时候我再好好挖苦一下他们。啊哈，我就说，你们这些小摊贩们、奸商们……哦，洋娃娃我还用得着，我要用这个洋娃娃把所有编辑部掀个底朝天……要让他们先夸夸他，刊登几篇关于他的简讯，就像昨天的那样：'最近被铺天盖地报道的那位声名鹊起的诗人舍尔科夫尼科夫准备出自己第一本书，文学爱好者们正兴致勃勃地期待着这顿饕餮大餐……'不，一定要给洋娃娃戴上诗王的桂冠！然后我就送给他们：'你们看看吧，蠢货们，你们也就配得上这种思想人士！'"

"我只担心一件事……"诺瓦科维奇不安地说道，手里捻着自己棕黄色的胡须，"要知道按照仪式规划，苹果树要参加这场荒谬的加冕仪式吧？"

"当然，她将亲自给他戴上王冠！"

"问题就是，我们到时候怎么办：向苹果树解释说，洋娃娃是个微不足道的呆瓜，还是不告诉她实情？让这场仪式看起来真的像是对这位'天赐诗人'的膜拜？"

"我认为，应该向苹果树吐露一切，那样不会有问题的！她会和我们一起开心乐呵一下的。"

诺瓦科维奇坚定地看了看所有人的眼睛，说道：

"不，伙计们，这么说你们还是不了解苹果树。我现在就可以说，会是什么情况：她要是知道我们在故意捉弄这个可怜的小子，肯定会义愤填膺，说我们太残忍、冷酷无情，会将我们奚落一通。她会说，我们这样捉弄上帝的造物根本是枉然，因为这个'造物'也有一颗蒙受苦难的心灵——如此云云。总之，她会搞砸我们的游戏。你们没有想过这一点吗？"

"那就对苹果树只字不提，就介绍说他是新的席勒，才情可比普希金和拜伦二合一。就说，我们想向这位伟大的天才人物致敬！！"

诺瓦科维奇摇摇头说：

"这么说来，你们建议干脆把我们的苹果树蒙在鼓里？"

"你干吗那么着急就说泄气话呢？"蛾子冒起火来，"咱们今天跟苹果树什么都不说，明天一起上她那里去，跪倒在地，吻着她的裙摆一起忏悔。是谁发现了苹果树？是你不成？是我发现了她！所以一切责任由我来负！”

房间收拾好了，简直是焕然一新：铺着北极熊皮的地毯中央摆放着沙发椅，上面盖着精美绝伦的波斯披肩。沙发椅两侧是两棵栽在木桶里的枝叶繁茂的棕榈树，木桶外面包裹着毯子。在一旁有一张小桌子，小桌上放着一个红色丝质靠枕，靠枕上放着一个镶着各种小石子的流光溢彩的王冠。这个王冠在魔术师米西奈斯那灵巧的手指下俨然变成一件真正的艺术品。旁边是一张桌子，上面摆放着鲜花和水果。

蛾子在旁边转来转去，兴冲冲地看着这些东西，啧啧赞叹。今天大家都干了不少活儿——甚至连库贾也为大伙儿的共同劳动增添了一份贡献：打碎了插花的瓷花瓶。

当安娜·马特维耶夫娜拿着他们要的香槟酒和酒杯飘然而至时——她停在房屋中间，简直是呆若木鸡……

“你们这又是搞什么名堂呢？”

“漂亮吧，阿妈？”库贾骄傲地问道，“您看看，我把这儿收拾得咋样？”

“你们这是……这是要给谁娶亲啊，还是怎么着？又想出什么幺蛾子来了？”

“噢，好心的卡里维娅！”蛾子跳上前说道，“这一切都是为您安排的呀！我们敏锐地察觉到，整整四十年前，您熄灭了维斯塔女神之火①；您将炙热的童贞火炬摔落，投入爱人的怀抱，进入婚姻殿堂。而我们就准备庆祝一下这个令人难过的事实！”

“是谁给你这个魔头安了这么个舌头?!”安娜·马特维耶夫娜生气地说道，“你最好常去教堂，向上帝祈祷！”

---

① 维斯塔是古罗马神话中的炉火、家庭与处女的守护神。在她的神庙中燃烧着永远不能熄灭的神圣之火，并且由6个处女守护圣火，轮流守卫。

“不，您还是不要强迫他向上帝祈祷了，”库贾出来替他说话，“不然他会把额头磕破的[1]——到时候谁去维修教堂的地砖呢？难道是您不成？”

这时门外响起了响亮的、充满青春活力的声音：

“小强盗们！……苹果树在此，请放我进来！”

第十二章　加冕仪式

在热烈的欢呼声中迎来了一位女宾。她有着娇柔的身段和金色的秀发，穿一件桃粉色的裙子，露着胳膊和脖颈，似一块白色大理石，在啧啧赞叹的狐朋狗友们面前飘然而过——她是那样妩媚迷人，没有丝毫的做作，充满青春气息。

她周身上下，从遮盖住美丽面庞的金光闪闪的蓬松秀发，到穿着一双银色鞋子的美足，都散发着温暖的光芒，像一只欢乐的复活节小蜡烛。

“苹果树，”米西奈斯赞叹道，“如果我被您美丽的光芒刺瞎了双眼，就像那个老贝利萨里，您会牵着我的手引导我吗？就像那个给贝利萨里喂饭的小男孩？[2]”

诺瓦科维奇叹了口气，神情忧郁地替苹果树作答：“她可不是那种牵着你的手走路的人，她会牵着你的鼻子把你迷得神魂颠倒……”

此时苹果树和安娜·马特维耶夫娜打了个招呼，因此诺瓦科维

---

① 俄语中有个谚语：“让傻瓜去祈祷，他只会把脑袋磕破。”意思是做很多愚蠢无用的努力。

② 这里指的是法国著名画家雅克·路易·大卫（1748—1825）的作品《贝利萨里乞求施舍》。

奇悲苦的慷慨陈词并未抵达她的耳朵。

“我的小白鸽子，”保姆对她说，“你总能给我解释一下吧：这里又在闹什么名堂？你上他们这里来能有什么好处？他们刚才跟我说的那些话，你一个大姑娘家简直都没法听。”

“阿妈，您以为我知道什么吗？诺瓦科维奇突然飞奔到我家里来，往我手里塞了两个梨。嘱咐我，让我今天晚上来的时候务必要穿得隆重些。我问为啥，他支支吾吾地不肯说。”

“他们真是捉摸不透，”保姆伤心地说，“你可得提防着点儿他们，姑娘，谁知道他们会把你卷进什么大事里去。我太了解他们了，一帮真正的讨债鬼。”

“现在到了解释的时候，”蛾子架势十足地说道，“今天，我们要为一位卓越的诗人举行加冕仪式，而这位诗人的名字就是——洋娃娃！”

“什么加冕仪式？”保姆有点儿担心起来，“又想出什么花招来了？难道他是沙皇不成？”

“他是王者，阿妈！是诗王。”

“哦，上帝保佑他，”保姆舒了一口气，“那小伙子倒是像模像样的，儒雅还懂礼貌，和你们这帮无耻的家伙不是一路人。这不就是他吗？正说着就来了。”

洋娃娃出现在众人面前。他的穿着打扮俨然就是一个诗王：一件黑色的天鹅绒上衣巧妙地勾勒出匀称的腰身，而深暗色调则鲜明地映衬出那张粉白美丽、充满青春气息的面孔，以及闪亮柔和的浅色头发。

“看看这两个人，”保姆热情地说道，一会儿看看他，一会儿望望苹果树，“这两个金色的小脑袋！简直就是天使降临地狱。”

“嘘，”蛾子把手指抵在鼻子上嘘了一声，“请勿交头接耳！别乱说话！各就各位！”

他向洋娃娃深深鞠了一躬，优雅地牵着他的手，让他坐在白色熊皮上放着的那把典礼用沙发椅上，然后一个箭步跳到钢琴跟前，灵巧的手指在琴键上快速滑过，悠扬地演奏出《霍夫曼的故事》[1]中的波洛涅兹舞曲……

演奏完毕，他从桌上抓起预先准备好的一卷《普希金集》，像《福音书》一样将它翻到预先备好的书页，然后大声地读道：

当阿波罗还未要求诗人
做出崇高的牺牲，
他一直浑浑噩噩沉浸于
尘世无谓的逗弄。

而当矮屋阿婆的残喘
触及敏锐的听觉，
他立刻奋笔疾书著诗篇，
思如泉涌难收笔！[2]
……

① 《霍夫曼的故事》：法国作曲家雅克·奥芬巴赫（1819—1880）的经典轻歌剧。

② 此处是改编了俄罗斯诗人普希金写于1827年的一首诗。原诗是：

当阿波罗还未要求诗人
做出崇高的牺牲，
他一直浑浑噩噩沉浸于
尘世无谓的纷争；
……
只有上天庄严的细语
触及敏锐的听觉，
他的心灵才会猛然一震，
犹如一只惊醒的鹰
……

他三下两下就读完了整个诗篇，独出心裁地将铿锵有力的普希金名篇，与洋娃娃那首关于老太婆的倒霉诗作掺揉在一起。读完后，他啪地合上书，恭恭敬敬地吻了吻书，开始他的演说：

“陛下大人，亲爱的洋娃娃！几乎每位伟大的诗人，在其生命中都难以摆脱一个悲剧……那就是：同时代的人，或者未能足够认识到他的价值，或者根本就未认识到他的价值，而只有当诗人死后，人们才开始承认他、给他荣誉、给他尊敬。这是多么可怕的事情！而我们这些内心脆弱、情感细腻的人敏锐地感觉到，您也可能遭受这种多年来往复出现的不公平命运，所以我们决定尽自己的微薄之力，想让您在有生之年，就获得其他人可能在身后才能获得的东西。我们要为您创造荣誉，因为您是当之无愧的。而今天，是我们向‘心醉神迷的机会王国’战战兢兢迈出的第一步——无数机会将会在您所过之处等候您，而我们将会关怀备至地将那条路上所有的绊脚石、所有的荆棘都铲除殆尽；我们将令道路两旁迎接您的，只有盛开的玫瑰，只有芬芳的花朵，以及人民充满感激之情的笑靥——因为您用自己神奇的才华，让他们变得高尚尊贵！真正的诗人就应该像真正的国王那样接受加冕，因此，噢！俄罗斯最美丽的女人，我们的苹果树，恳请您为这闪耀着天才之光的额头，戴上这顶王冠，乌拉！”

苹果树温柔地微笑着，从靠枕上拿起王冠，将它戴到“诗王”长着卷发的脑袋上，而“诗王”则神情严肃地单膝跪下，吻了吻她娇柔馨香的小手以示感谢……

于是，由米西奈斯带头，所有的狐朋狗友都爆发出强有力的“乌拉”声。而保姆坐在墙角，被蛾子的演说感动得稀里哗啦，不住地用白色的围裙擦着眼泪。

“乌拉”声持续不断，狐朋狗友们从花瓶中抽出香气袭人的鲜花，抛向容光焕发、感动至极的洋娃娃。

当欢呼声平息下去后，苹果树从白色熊皮上拣起一只深红色的玫瑰，将它别在衣领处，对洋娃娃说："很遗憾，我还没有拜读过您的作品，不过我相信在座各位的文学品位，因此我也想表达一下自己的祝贺和祝愿……我想说：努力吧，拼命往前冲，不要满足于外表的一些成功，更重要的是——不要在原地停留。对艺术而言，一切都在追求之中。"

"谢谢，只是咱们还不认识。请允许自我介绍一下，我姓舍尔科夫尼科夫，我的名字叫……"

"名字不必说了，"蛾子打断他，"千百万读者将在您文集的封面上读到您的大名。先生们，现在每人端起一杯香槟酒！苹果树，请您举杯，敬诗王一杯。"

当蛾子纵身来到正在给众人倒香槟的安娜·马特维耶夫娜跟前时，老太太揪住他的耳朵，和善地说道："你这家伙一向只会逗乐，像个十恶不赦的强盗。可方才那些话，说得我这个老太婆眼泪都出来了。你这个人呢，要是再稳重一些，还是能有点儿出息的。"

"哎，阿妈，我还能有什么出息啊！我早就自暴自弃了，还是让老天爷把别人弄出息吧！我这人，哪方面都不会有戏的……"

在蛾子故作快乐的时候，有一团厚重阴郁的乌云，爬上他皱纹密布的面容。那云层实在是太厚重了，它携带的部分湿气凝结在蛾子眼睛下方的一丝皱纹里，在那里停留了片刻，最终滴落在西装衣襟上。

"哎哟，"蛾子似乎随口说道，"这香槟里这么多气！冲得我眼泪都出来了！"

而在房间另一边，痛心疾首的库贾端着一杯香槟酒，将身体深深地埋在沙发椅中，就像乌龟藏在自己的壳里，失神的眼睛呆呆地望着空中，嘴里还念念有词：

"'寒酸土气的寡妇'！哼，这样的寡妇，你们只怕是连闻都没有闻过！她的胸脯如象牙般结实，而且弹性十足，跟安了弹簧似的，钢琴还弹得那么好……她老公嘛，本来人家想提拔他当将军的，可他自己不想当，他说：'当将军干吗？我又不想升官，我只喜欢做实事。除了事业，事业，还是事业！'哼，这就是你所谓的'寒酸土气'！"

第十三章　地毯上的闲聊

在地板上喝酒是库贾的主意，他说这种姿势最舒服，还引经据典地说，古罗马人在盛宴狂欢之时也是横卧于地的。而实际上该创意最根本的原因，是因为这个萎靡不振的象棋手无可救药的懒惰。他就是特别想躺着，而当着众人的面突然无缘无故地就横在沙发上，似乎不太礼貌，但是如果把这变成众人共同参与的娱乐活动，那么库贾他自己就不会尴尬了，而其他人也会觉得很好玩……

他们在巨大的波斯地毯中央放了一个装着克留霜果汁的大玻璃瓶，众人就围坐在玻璃瓶周围，苹果树也不例外。坠入爱河的诺瓦科维奇为她打造了一个威风凛凛的床榻：白熊皮，上面铺着长毛绒围巾，而围巾上坐着苹果树。她将光洁、圆润、如雪花石般的下巴，搭在那个骇人野兽毛茸茸的大脑袋上。

"亲爱的朋友们，"米西奈斯提议说，"当然，我们可以聊一些很世俗的东西，但是这样的闲谈空洞无物，甚至还不如一颗空核桃，实在是无聊至极的。不如这样吧，咱们每个人都讲一段自己生活和经历中最奇特、最不同寻常的故事。这样的东西有趣也有益，更何况是在这样一个隆重的日子里。这样吧，保镖，从你开始吧！在你那五彩纷繁的生活中，有什么故事最让人惊异？"

聪明的米西奈斯提出让诺瓦科维奇先讲，并不是随便说说的，因为在这种情况下，第一个开讲的人往往是最难的。而众所周知，诺瓦科维奇肚子里有的是词，不管什么时候，他都能够摆出一副一本正经的样子，编出最为奇特的经历。

“恭敬不如从命，”诺瓦科维奇果然张口就来，“只是我这个故事里呢，会讲到一个姑娘和一个香吻，情节有点儿轻佻，所以我首先要求得苹果树的谅解。”

“您讲吧，保镖，”苹果树大笑起来，她的笑容温柔随和，似乎能原谅一切，“我又不是幼稚的小孩子，我可知道，有些姑娘会和别人接吻的。”

“而且不是一般的接吻呢！”库贾接过话去，他那副花花公子的样子，分明是在向众人宣布，在这些不符合大姑娘美德的行为中，他库贾扮演了非同寻常的角色。

“库贾！大姑娘可没你啥事儿，闭嘴！不过嘛，等大姑娘出了嫁，等她丈夫成了上校，然后死掉，等她成为一个寡妇，有一双洁白的美腿和其他等等之后……”

“你们今天拿我的寡妇开涮实在是没有道理，”库贾又沉下脸来，“她钢琴弹得那么好！她弹琴的时候，肩上的小窝窝活泼地上下跳动……”

“这些话等苹果树不在场的时候你再讲给我们听吧。”诺瓦科维奇摆出一副清教徒的模样，生硬地打断了他。

“好吧，是这样的，尊敬的朋友们，我的故事……叫作——《船舱里的吻》。”

我得从以往生活中最私密的一些细节讲起：年少之时我曾坠入爱河……我的情感是献给一个最值得爱的姑娘的，而她是否与我心有灵犀就不得而知了。总之，这把我折磨得死去活来！

（说这些话的时候，他偷偷地斜眼瞟了一下苹果树，指望她的眼睑或者嘴角会微微颤动一下，从而暴露内心的想法。然而苹果树却不动声色，只顾用她粉色的舌尖，将克留霜果汁杯子里的菠萝捕捞出来。诺瓦科维奇伤感地叹了口气，继续讲下去。）

即使是现在，先生们，我对女人也是很腼腆很胆怯的。而那时，哪怕正眼看一眼女人，对我来说都是一种不敢奢望的壮举。而后来有个机会，我心爱的姑娘和我一起乘船从敖德萨到塞瓦斯托波尔。我只敢喘着粗气，从远处悄悄看着她。而她则异常开心，过一会儿就到我跟前来开开玩笑，拿我开涮。而当她突然想知道海洋生活的什么事情——比如旁边驶过的轮船，或者是某个在岩石上撞碎的小船残骸飘过来，或者是在船尾撒欢的一群群海豚，或者是水面上布满浮萍的田野——她都过来问我，而我会详细地讲给她听，因为我还是很了解海上生活的。或许在我躯体里沉睡着一个海盗的灵魂吧，当然，谢天谢地，是沉睡的海盗灵魂。不然要是干这种事，人家可不会摸摸脑袋表扬你的。

我们就这样聊着天，而她突然问我：

“您好像收藏有一套特列季雅科夫画廊作品的明信片吧？”

“有啊，”我说道，“很不错的一套收藏品。”

“给我看看吧。不过您不必把它搬到这里来，我呢，”她说，“最好到您房间里去看，可以吗？”

我在船上有一个单独的房间，因为和船长是好朋友，人家给我安排的。

听到心爱的姑娘主动提出这种要求，我立刻满脸放光，像一颗‘光明之山’钻石①。于是，我当然是以最热情好客的方式向前冲去。我们走进房间，她来到房间中央——那么美丽，就像我们的苹果树一样，忽闪着黑色的眼睛和白珍珠一般的牙齿。从打开的舷窗射进来耀眼的正午阳光，将她照得闪闪发亮。当她急促喘息的胸脯俯到相册跟前时，我像落入火中的麦秆一样，浑身燃烧起来。

我干脆给你们彻底交个底吧，我当时特别想吻一下这位美丽的姑娘，差点失声叫起来。

换了别人，当时可能就这样做了，因为那个姑娘当时对我非常温柔。但是前面我已经跟你们说了，我这人性格简直是腼腆极了。这怎么行？光天化日之下，突然不由分说，就咂巴嘴吻人家！如果当时是黑黢黢的深夜，也许还不至于那么不好意思……这倒好，太阳不知廉耻地将自己所有的光芒都投进来，就像八爪鱼伸出它的爪子，直入打开的舷窗，我当时甚至都能数得出她侧歪着的脑袋上面细软弯曲的头发根数……

于是我就恳求上帝：“万能的主啊，如果你真的无所不能，请现在就让夜色降临吧！这样我就可以坦白地向您这美丽的造化之物，解释令我如此激动的情感！”我刚刚向上帝说出自己简短的祈祷，突然哗地一下！舱里突然一瞬间就变暗了，简直伸手不见五指……我再也把持不住自己，将心爱的姑娘拥入怀中亲吻，噢，简直太幸福了！而她也还我以热烈的香吻。原来，她一直就非但不讨厌我，而且恰恰相反……真是上帝安排的奇迹！

---

① “光明之山”：一颗名贵钻石的名称，产于印度，其历史可以追溯到14世纪，1850年归英国王室所有。这颗钻石曾引发印度政府与英国王室之间的纷争。

诺瓦科维奇讲完之后，头俯在地毯上做祈祷状，并悄悄地斜眼看着苹果树，而苹果树的笑容那么灿烂，无忧无虑。

“听我说，诺瓦科维奇，”库贾意味深长地说道，“跟你认识这么长时间，我没少听你的那些故事，但今天的故事……呵呵！难道你没觉得，世界上任何事情都得有个尺度吗?!”

“什么意思？这有什么不可思议的地方吗？”诺瓦科维奇冷冷地耸了耸肩。

“你这个该死的家伙，埃菲尔铁塔一样的傻大个儿，你是不是还会信誓旦旦地说，”已经从打盹状态醒过来的库贾说道，“说天上的太阳是为了你的吻而熄灭的?！你敢说这句话，装果汁的玻璃瓶马上就会落到你脑袋上的!!”

“没有啊，太阳没有熄灭。”

“那就是说你们两个人一瞬间都失明了？”

“我俩的视力都完全正常。”

“保镖。”米西奈斯发话了，因为他看到库贾已经失去了平日那种不温不火的平静状态，眼看着就要向诺瓦科维奇发难了。

“保镖，如果你不是在逗我们的话，那你讲讲，怎么大白天的，夜晚突然就降临了呢？”

“哦，抱歉，我忘记跟你们说了！事情是这样的：当时轮船旁边聚了一大群海豚，其中有一只特别灵巧，比其他海豚跳得都高。它跳到我那个房间的舷窗上，用自己的身体将舷窗的小孔遮得严严实实，这样房间里就变得伸手不见五指了。这种情形无论是对小偷，还是对热恋的人，都是难得的机会。我刚才说的都是真事！你们可以找船长去求证，他现在正在‘叶卡捷琳娜女皇’号上工作，他姓柴金……”

大家都笑翻了，而洋娃娃将他那双如夏日湖泊般清澈透明的蓝眼睛投向诺瓦科维奇，热烈地感叹道：

“您知道吗，保镖，这可是个很好的题材，可以写一篇英国风格的怪诞故事！”

“我也这样想！您赶紧记下来，省得忘了。”

“库贾，”米西奈斯一口气把一杯冰冷的克留霜果汁喝干，一边擦着胡须一边下命令，“该你讲了。”

“我的故事很短，”懒洋洋的库贾哼哼唧唧地说，“故事里既没有姑娘，也没有海豚，而只有——《两条腿的狗》。”

说起两条腿的狗，我可不是讽刺的说法，而真有这么一条狗，它当时就在我们中学的院子里——在那所学校里我获得了极为出色的教育。

在我上三年级的时候，这还是一条普通的四条腿的狗，但是等我获得了各种奖章升到四年级的时候（尽管我的成绩和这条狗所遭遇的灾难没有直接关系），有一天，这条普普通通的狗遭遇了一场极为奇特的惨剧，具体说来就是：在过马路的时候，它钻到小汽车底下去了，而且钻进去的方式很奇特，车轮将它的左前腿和右后腿活生生地轧掉了。

“太可怕了，”心地善良的苹果树摇摇头说道，“它不会死了吧？”

“问题就是，女士啊，它活下来了！我们这些中学生给它疗的伤。而从此就出现了一幅奇特的景象：这个小狗就剩一条左后腿和一条右前腿，当然也没法走路了。这个情况你们明白吧，就像一张对角线上的腿被折断的桌子，你是死活也没法让它立起来的。但是过了一段时间，我们的狗就开始展现出奇迹……经常会这样：它躺在墙边晒太阳，你突然吹口哨叫它，它会用肚子爬到墙跟前，用身子侧面抵住墙，然后突然间奔跑起来！！”

“我跟你说，库贾，这是不可能的！”

“怎么不可能?！它奔跑的原理就像两个轮子的自行车：突然获得了惯性就奔跑起来，像疯了一样！但它只要一停下来，马上就向侧面倒下去，也和两轮自行车一样。但因为它的两条腿并不是在身体轴线上，而是斜着在对角线方向上，所以它跑的时候也不是跑直线，而是歪斜着，身体猛地扭来扭去。”

库贾用一种极为嘲笑的眼神看了一眼诺瓦科维奇，道出故事的结尾：

> 我看你们都根本不相信我的话，但我保证，确实有这么一条狗，而且正如诺瓦科维奇常说的，这很容易求证啊：这条狗叫“勋爵”，狗的主人叫古萨科夫！他现在也在哪哪地方哪哪船上工作……

大家沉默了一会儿，以示对库贾那条怪异小狗的惊讶之情，然后米西奈斯的手指指向了蛾子：

“该你讲了，蛾子，你的风格应该是更具文学品位的，所以你不会去残害小狗，或者用海豚去堵舷窗！喂！我们听你讲呢！”

“我讲的不是个令人开心的故事，因为我现在心情不是很好，虽说洋娃娃的加冕仪式对我而言是一个重大的节日！对了，洋娃娃，您的秘书职责履行得顺利么?”

“噢，谢谢！我对您简直是感激涕零，我和编辑的关系还不错。不过您知道吗？他跟我说，说他想离开《顶峰》，有人请他去一个大的日报社当编辑。要不要我给你们讲和，让他把你安排在报社当文学部的主任?”

“不不，这不可能！我当时让他见鬼去了，现在我可不想跟他一起当鬼，对不起，这个比喻可能不太恰当。但我很为您高兴，非常高兴，洋娃娃！您真的没有辜负我的希望！”

蛾子把脸收成一团皱纹，怪异地看了洋娃娃一眼，说道：

“还是说正事吧，我的故事正好配合我的心情——是一种病态、怪异的品位，好似西班牙画家戈雅[①]笔下的兰花。而且在这个故事中，主要人物就是一位画家！这样，我要讲的就是——《有家难回的画家》。”

我呢，和米西奈斯一样，喜欢在各种各样的贫民窟里转悠，所以遇到下面这件事也就不奇怪了：有这么一天，应该是命运注定的，我的任性和不由自主的腿脚，将我带到“侧路渠”那里一个阴暗的小酒馆里。这个酒馆和那个“约旦”小酒馆很像，就是保镖第一次见到米西奈斯、并且阻止他和那个卑鄙可怕的凶手玩牌的那个地方……

我去的时候，那小酒馆里坐满了人，他们穿着都很差，教养就更差了，墙上挂着的两条冷冰冰的横幅，就无可辩驳地证明了这一点：“用餐请先付钱”以及“店主对客人放在桌上的帽子概不负责”。

我在那群吵吵嚷嚷的坏家伙当中坐了半个小时，喝着糟糕的温乎乎的啤酒。突然有一个人引起了我的注意，他坐在我的左侧，猫在这个被烟熏火燎、充斥着变质食物臭味儿的小酒馆的一个昏暗角落里。

此人脸色白得像石灰，嘴角向下耷拉着，一副难以忍受、快要窒息的苦闷样子。一顶宽边礼帽压在额头，下面闪现出一双阴郁的、似乎有些惊恐的眼睛。他坐在角落里，也用沉重的

---

① 弗朗西斯科·戈雅（1746—1828）：西班牙浪漫主义画派画家。戈雅画风奇异多变，从早期巴洛克式画风到后期类似表现主义的风格。他一生总在改变，未建立自己的门派，但对后世的现实主义画派、浪漫主义画派和印象派都有很大的影响，是一位承前启后的过渡性人物。

《小妇人罗曼史》

一个有着托尔斯泰、陀思妥耶夫斯基和契诃夫魅影的作家

本书收录作者10部中短篇小说，包括其真正意义上的处女作《帕沙·图马诺夫》和让其声名鹊起的《兰德之死》。从这些作品中可以看出，阿尔志跋绥夫非常关注人与人之间的关系，特别是两性之间的关系，他的写作虽然完成于上世纪初，但是这些作品却似乎是为百年之后的我们，当下的读者所准备的。

阿尔志跋绥夫 著
薛冉冉 译

《怪人笔记》

与普鲁斯特、乔伊斯、卡夫卡齐名的俄国象征主义作家

书中以第一人称的形式，记录了“我”与妻子奈丽的相识、相爱到永久分别；从德国小城市回俄罗斯路途中所经历的种种事件；从西欧旅行、听施泰纳讲课、结识知名哲学家和研读其著作，到被当作间谍审问等事件，“我”的身体、生命体、灵魂体和精神体在宇宙世界中扮演着不同角色等事件，着重表现“我”经历自我认识、忘却、肉体死亡、梦幻、超越物质等过程中的变化。

安德烈·别雷 著
温玉霞 译

第二辑

《回到伊萨卡》

俄罗斯新生代作家集体浮出水面的作品

本书的作者阿列克塞·扎哈罗夫、伊琳娜·鲍加特廖娃、沙尔古诺夫、德·巴基恩等均为俄罗斯新生代作家代表。这群年轻的俄罗斯作家在写作手法上显得更自由开放，但字里行间依然心怀民族责任感与使命感，几乎每一部作品里都隐含着他们对国家前途、民族未来的深刻叩问。

伊琳娜·鲍加特廖娃等 著
侯玮红 译

《我记得那美妙的一瞬》

俄罗斯文学之父　俄罗斯诗歌的太阳

精选300余首普希金诗选。普希金在俄罗斯有“俄罗斯文学之父”“俄罗斯诗歌的太阳”等美誉。诗人最善于对庸常的现实赋予浪漫主义的光芒。他生活的年代也被后世看作俄罗斯文学的“黄金时代”。

普希金 著
汪剑钊 译

《莫斯科的小提琴》

俄罗斯“孤儿小说”系列的典型代表

普拉东诺夫是一位创作风格独特，思想深刻的作家。本书收录其中、短篇小说12篇，集中体现了普拉东诺夫创作中最重要的“孤儿主题”。不同类型的孤儿们通过三种寻父路径实现他们对世界的认知：寻找精神之父，完成拯救人类的使命探索未来；寻找记忆之父，循着记忆之水追思过去；寻找全民之父，顺应当下潮流面对现实。

安德烈·普拉东诺夫 著
池济敏 译

《自天堂回家》

俄罗斯后白银时代流亡诗人 波谱拉夫斯基代表作

《自天堂回家》是波普拉夫斯基三部曲中的第二部，带有自传性质，包含着无情的忏悔和复杂的思索。小说也可以看作是奥列格的一段心路历程，通过这段历程表现的是每个人身上都有的内心冲突：物质与精神的脱离，精神追求和对世俗的眷恋。

波普拉夫斯基 著
顾宏哲 译

《致群山中的她》

精心编译吉皮乌斯具有代表性的作品140余首

吉皮乌斯是俄罗斯“白银时代”极具个性与宗教感的女诗人之一，她的创作被誉为“有着抒情的现代主义整整十五年的历史”，《致群山中的她》在展示人类在生命的两极之间彷徨、犹豫、挣扎的浮悬状态的同时，也体现出这位女诗人对存在所抱有的“诗意的永恒渴望”，以及在苦难中咀嚼生活的甜蜜、在绝望中寻觅希望的高傲。

吉皮乌斯 著
汪剑钊 译

《鬼玩偶》

极富宗教感的女诗人吉皮乌斯的思想小说三部曲之一

《鬼玩偶》以俄国1905年间发生的真实事件为背景，描写尤里和米哈伊尔等人在俄国革命前的日常生活和境遇，展现不同阶层的人们对待俄国20世纪初历史事件的不同态度和看法。作品不仅是对俄罗斯历史发展进程的一个描摹，还将吉皮乌斯本人的哲学、审美和宗教观点融合在一起，用诗人惯用的象征手法重述人类存在的诸多永恒问题。

吉皮乌斯 著
赵艳秋 译

目光久久地盯着我，突然问了一个奇怪的问题：

“您又是为什么跑这里来了呢？”

他说话时一上来就用了一个小词儿“又是”，而且还特别强调代词“您”——主要是这两点让我很惊讶。因为这样一来他的话语就带上了某种特定色彩，就好像说“我来这里是因为别无选择，那又是什么鬼把您带到这种地方来了呢？”

“我是偶然进来的，我喜欢观察底层人的生活，”我非常礼貌地回答了他这个奇怪的问题，“而且您有没有发现，在这片肮脏、绝望的堕落当中，也是有某种风景的？”

“不是吗？”他回答说，一边抓起自己的酒瓶，挪到我的桌子跟前，“但是这种风景画，无论是胭脂红还是普鲁士蓝，都一丁点儿不需要，应该全是乌贼黑和赭黄，还要大量添加骨炭黑！”

“您是画家吗？”

“我是画家。您听我说，咱们一起喝酒聊天吧。我有钱，我来请您。就一条，您要说话，使劲地说话！……”

“这算什么？您好像心情很奇怪啊？”我好奇地问道。

“没什么奇怪的！一点儿也不奇怪，就是平平常常的心情！但……我们聊会儿吧！您随便说点什么——我实在受不了沉默。”

于是我开始给他讲一些荒诞无稽的东西，而他津津有味地听着，甚至偶尔还会来一点儿兴致，但马上又黯淡下去。而且他的嘴角一直耷拉着，显示出一种魔鬼般恐怖的阴郁神色。

“鬼知道，”我心想，“这个委拉斯开兹式的画家①，是不是

---

① 委拉斯开兹（1599—1660）：文艺复兴后期西班牙最伟大的肖像画大师，对印象派的影响很大。他的作品色彩缤纷，显示出高超的色彩表现技巧。

杀了什么人了?”

“您听我说,”突然间我说道,并且环顾了一下身后那些吵吵嚷嚷、衣衫褴褛的人群,似乎在这群人当中,我为自己这个疯狂勇敢的问题,找到了某种依据,“您今天是不是杀了什么人?”

我突然这么莫名其妙地问他,他却一点儿未感到惊讶,只是痛苦地皱了皱眉头,急忙说道:

“不,问题不在于此,完全是另外一个情况!而且嘛,没必要说死亡的事,您刚才还说到阿纳托尔·法朗士[①]!我们还是接着谈阿纳托尔·法朗士吧!”

我们又重新回到阿纳托尔·法朗士的话题,然后又谈到了马拉美[②],接着谈到巴尔贝·多尔维利[③],这个奇怪的画家对这三个人都了如指掌。

我此前不久在法国报纸上看到的一个故事,尤其让他唏嘘不已:有一天清晨,在巴黎一个林荫道的长椅上,有人发现了一个死去的老头,后来才知道这是一位诗人。人们在他口袋里既没看到钱,也没找到证件,只发现三样东西:一卷手稿,一个起瓶器,和裹在一张几乎烂掉的纸张里面的几绺细柔的浅色女人头发。这就是林荫道长椅上那个尸体口袋里的所有东西,一个真正诗人的死!

“这点我可明白,”听完巴黎诗人的故事后,那个画家叫了

① 阿纳托尔·法朗士(1844—1924):法国作家、文学评论家、社会活动家。受法国唯心主义历史学家列南的“人类永远也不能接近真理”观点的影响,他的作品充满对社会丑恶的嘲讽和抨击,总是流露出悲观情绪。

② 斯特芳·马拉美(1842—1898):法国象征主义诗人和散文家。马拉美在家中举办的诗歌沙龙成为当时法国文化界最著名的沙龙。1896年,诗人被选为“诗人之王”,成为法国诗坛现代主义和象征主义诗歌的领袖人物。

③ 巴尔贝·多尔维利(1808—1889):法国作家、政论家。是法国有名的保王派作家之一。他反对和蔑视资产阶级文学的“平庸”,主张文学应该表现“真正的伟大”。

起来，“是的，就是那样，他是一个真正的诗人，就像我，或许，是一个真正的画家！”

我环顾一下周围，小酒馆里已经没有什么人了，因为彼得堡阴暗潮湿的夜幕，已经不知不觉滑落在首都那个躁动不安的脑袋上。

一个外表写满沧桑的服务员——长着一脸雀斑，就像扔满彩色碎纸条的化装舞会大厅的地板——他走到我们跟前，不容商量地说道：

“请你们回家吧，小店要关门了。”

“亲爱的，我们再坐一会儿……再坐半个小时吧，我掏钱！”

“您是何方的先生呢？”服务员阴着脸充满疑虑地嘟囔道，“昨天就不想走，前天也不想走……我们这里警察管得紧，现在到点了，得关门了！”

“或许您能找个小包间或者是正经的房间？您最好给我们来半打红酒，切点儿冷牛肉，再拿两支蜡烛来！其他什么都不需要了，您可以去睡了……”

“其实我也该回家了。”我有一点犹豫地叨叨说。

“亲爱的先生，可爱的先生，绝对不行！您可一定要留下来，再给我讲点什么故事吧。咱们再喝点酒，怎么样？别把我一个人撇下！”

我不是很情愿地耸耸肩，跟着他顺着咯吱作响的楼梯往楼上去。

我们落座，又喝了一些酒。

只有我们这个总是出人意料、独出心裁、幽灵般的彼得堡，才会炫耀似的展现出这样凶险的搭配：阴暗潮湿的房间里除了一张沉重的桌子，没有任何家具。桌上盖着一个潮湿破烂的桌布，房间里好像有一种曾经发生过凶杀案的那种挥之不去的味道，而窗外则是浓稠如果子羹一般的潮湿黑夜，朝你脸上喷吐着伤寒病菌。而在我对面——被唯一一支蜡烛昏暗的烛光照亮的那个人，从低垂的嘴角倾吐出令人窒息的忧郁话语：不要收住话！随便说什么都行，只求不要沉默！

然而最终我还是彻底筋疲力尽，住了嘴，眼睑疲倦地盖住了眼睛。

“您的父母还健在吗？”画家突然问道，这和我们此前的话题没有任何关联。

“父亲尚在，母亲已经去世了。”

“去世了？真的吗？那她去世后，您是怎么处理她的？”

“死人还能怎么处理呢？该怎么样就怎么样啊——体体面面地给她下葬了。”

“是怎样呢？那是怎么个过程？您给我讲讲！”

我不由自主地离开他，向窗户挪了挪。脑子里闪过一个念头：这人是疯了。

“您是不是觉得我是个疯子？我向您保证，绝对不是。不是这样的，是另外一种情况。我不知道，是否有人能够理解我。”

我下定决心，站起身来。

“这样吧，亲爱的先生，如果您喜欢和我待在一起，那请您现在马上就告诉我，您发生了什么事情？如果不说的话，我现在就走，让您和您那些神经病一样的问题，还有您那伽玛佣鸟①一样阴郁的眼睛，都一起见鬼去吧！到底怎么回事？”

他走到窗户跟前，凝望着窗外，盯着那团在彼得堡被堂而皇之称为“夜”的昏黑、黏稠的东西，看了很久。

---

① 伽玛佣鸟：俄罗斯传说中的一种天堂神鸟。在17—19世纪的一些书籍中，将其描绘成一种来自天堂的没有腿、没有翅膀、凭着尾巴永不停歇飞翔的鸟。

然后他开始回答问题——不是向我作答，而是对着这哀愁的夜色：

“我老婆死了。”

“这真是太不幸了，”我很得体地回答，“但也不能变得这样……怪异啊。”

“我知道，但我没有勇气回家……而且，您也别笑我！我不知道这事该怎么处理!!”

“什么怎么处理?!”

“怎么处理死人。这辈子第一次遇上。我在贫民窟这里已经晃悠五天了，没回过家。”

“那您老婆什么时候下葬的?”

“还没有下葬呢。就在家里躺着呢。她心脏不好，接到电报听说父亲去世了，一下没能承受住，摔倒了，心脏破裂。”

“您真是个疯子！五天了，她还没有入土呀？你为什么不把她安葬了?”

“您想想啊，我们在这里只身一户：没有朋友，没有认识的人……突然人就死了。应该怎么处理她，怎么处理死人——我也不知道。这辈子第一次。我就从家里跑出来了……现在就没法回去了。既害怕，也不知道该拿她怎么办。我很爱妻子的，您明白吗？而这种事……好像需要洗一洗，弄好多蜡烛，还要唱诗——我哪里知道这些啊？所以我现在就一个劲地把回家的时间往后拖，一个劲喝酒。您知道吗，那里好让人害怕。她就在地板上躺着，已经五天了，越往后就越不敢回家。”

“您看这样吧，这张桌子够大的，您就在桌子上躺会儿，到天亮。您把地址还有钥匙给我，我来安排一切。等安排妥当之后我回来找您。”

他看了我一眼，就像看见了上帝，恭恭敬敬地双手合十，像个孩子一样，对我言听计从。他躺到桌子上，把上衣垫到脑袋底下，叹了一口气，用一种很抱歉的口吻说：

“我在她跟前守了一天一夜还多，甚至都没有哭，一直看着那张已经死去的面孔。当我嗅到一种奇怪的难闻味道时，我突然害怕了——我妻子可从来没有过那种味道，于是我从家里跑了出来。”

天已经亮了，我回到自己家中，叫上那里的房东老太太，她很擅长殡葬这些事情。然后去片区警务局，叫上警务局长和医生，然后一起走进画家的画室。确实，地上躺着一个女人，而首先给她送去死后大餐的，是几乎要将她啃光的大老鼠。这房间里的味道着实让人受不了！

傍晚时分，所有的程序都已经结束，画室被通过风，那位逝去的女人也被安放在潮湿难闻的泥沼地里——那个在首都被称为“墓地”的地方。而我郑重地将画室移交给那位画家，那个一直在“侧路渠”贫民区焦急等待我的画家。你们猜怎么着？他进了画室后，先是久久盯着地板上妻子曾经躺过的那个位置，然后感激涕零地吻过我，小声喃喃说道：“我现在要画一张她在天堂中的画，我想她是进了天堂吧。”然后就好像什么事都没有发生一样，开始在一张新画纸上涂油彩。一直画到晚上。这种事他做起来可是得心应手。我后来看见过那幅画……妙不可言，是那种色彩充满神秘感的东西。在画展上展出过。

蛾子得意扬扬地扫了一眼默不作声的听众，然后补充说：

“您怎么想呢，米西奈斯！这个不会料理现实生活的画家，这个上帝的孩子，可是比你我更喜欢‘鲜活的生活’呢！”

“你把我的话题抢去了，蛾子！”米西奈斯苦笑了一下，“我本来也想讲这样一个奇异风格的忧伤故事，可你却抢在我前面了！”

“哦，亲爱的米西奈斯，”苹果树怂恿他说，“没人要求故事一定是欢快的。比如蛾子刚才讲的那个戈雅风格的故事，就很合我的口味。您也讲一个吧！”

“苹果树耍弄起我来呀，就像一个孩子耍弄拨浪鼓一样。她一摇，我就开始哗哗响了。那我就说下故事的名字——《一个被骗的疯子》。”

两年前的一个夏天，我住在自家的一个庄园里：有河流，有草场，有公园，还有一个大果园，妙极了！有个朋友来我家里做客，他是一个法学副博士，叫祖布钦斯基。我俩坐在长满野生葡萄藤的露台上下象棋，我们两个都特别喜欢下象棋。旁边有一张小桌子，桌子上放着加冰的白葡萄酒、浆果，还有一些小糕饼，妙极了！我们推着棋子，天南海北地聊着。突然他下了一招妙棋，之后思忖片刻，用一种很奇怪的目光看了我一眼，说道：

“你说如果用干草喂象棋里的马，会怎么样呢？那样是不是就能赢了这局呢？”

这个玩笑挺蠢的。我耸耸肩，大度地笑了笑说道：

“你脑子里又进什么古怪想法了？”

“不是，不是怪想法！（还用一种不祥的目光看着我。）不是的！不是怪想法！干草可是一种伟大的东西。如果给男高音歌手喂干草的话，他们就会像夜莺一样歌唱的！而您总是舍不得！你的那些马连干草都没得吃——真是不像话！”

“尼古拉·普拉东内奇，”我惊恐地说道，“你这是怎么啦？是中暑了吗？你醒醒！”

他开始疯狂、刺耳地尖叫起来：

“我受不了了！他自己有500俄亩草场，却让他的马儿们活活饿死！我身上可能被马的灵魂附体了，所以我就痛苦不堪！这帮恶棍!!”

他的头发变得汗渍渍，竖了起来。

我抓起他的手，他像被烫到了似的跳到一旁，喊了起来，并且越过露台的栏杆，在花坛里蹿来蹿去，像一只小马驹……

“走马!”他在下面喊道，“看到没？赶紧抵挡啊，坏蛋!”

他蹦啊跳啊，最后，显然狂暴的发作期过去了，他筋疲力尽，安静下来，躺在露台的台阶上，开始小声地嘤嘤哭起来。

我站在他跟前沉思了很久，当时的情况非常残酷，也很荒唐。祖布钦斯基疯了——这点我是毫无疑问的。但下一步拿他怎么办？显然这是狂暴型的癔症。把他绑起来，关进板棚里——于心不忍，毕竟是好朋友。但我们距离最近的医生有二十俄里，距离有精神病医院的省城大约有三十多俄里。怎么把我们这个宝贝弄到那里去呢？精神病人总是疑心重、心事多，我亲爱的尼古拉·普拉东内奇肯定一下就会明白我要把他往哪里送的……而且要是明白的话，他可是会做出各种可怕的事情来的。处于这种状态时，他们往往会力大无比——恐怕连保镖也对付不了呢。

正当我站在他面前发愣的时候，我的管家来到跟前。管家是一个头脑十分冷静的人，曾在外省当过演员，他追随我来到大自然的怀抱。管家从厢房窗户中看到那个法学副博士在花坛里的乖张举动，就赶紧跑来帮忙。

我将他拽到一旁，简短地告诉他这一荒唐事情的经过，并且问道：

“怎么办呢?”

“没法子，只能送到城里去，送到精神病院去。”

“可怎么把他送去呢？他会把这里所有东西都砸坏的，能把咱俩也给打残了。”

“那得智取。”

我愣了一会儿，脑子里突然闪出一个非常清晰的想法，就像鸟用翅膀掠过水面一样。

“这样吧，”我说，“您能不能装成疯子，装上四个小时？”

管家用聪慧的眼睛看着我，狡黠地笑着说：“当然可以啦！我以前可是个不错的演员呢。”

“那就好。我先试试把这个可怜的家伙抓住。您到桌子那里坐下来，然后脸上尽可能摆出一副白痴模样。而我和他聊聊。”

而尼古拉·普拉东内奇一直哭啊，哭啊，最后终于安静下来。不知是困了还是怎么着……我在他旁边坐下来，坐在露台的台阶上，晃了晃他的肩膀，说道：

“尼古拉·普拉东内奇，哎，尼古拉·普拉东内奇！”

他扬起那张疲惫不堪的消瘦面庞，问道：

“你想干啥？”

“你听我说……我呀，老兄，遇上一件很不幸的事情！”

“到底怎么回事啊？”

“我的管家疯了。”

他那呆滞的眼睛里突然闪现出好奇的神色。

“你说什么呀？加夫里洛夫吗？他疯了？他是怎么了啊？”

“鬼知道啊。你知道吗？他一个劲儿信誓旦旦地说，说他今天早晨吞了一只大老鼠。”

“那真是有病呢！一个人怎么可能吞掉大老鼠呢？”

“我也是这么跟他说的呀！可是怎么解释他都不听——就说肚子里有一只大老鼠，就认准了！”

“这样吧，让我跟他聊聊，没准能给他说通了。”

他走到管家跟前，开始既好奇又同情地仔细打量他。

“嗨，您说说，发生什么事情了?”

“我肚子里有一只大老鼠。方才不小心给吞下去的。”

“噢，加夫里洛夫，我亲爱的！您自己想想啊：这根本是无稽之谈嘛！一个人怎么可能吞下一只大老鼠呢？您也是个有学问的人呢，您很清楚咽喉和消化道的构造……”

我的加夫里洛夫脸上一副傻乎乎的白痴样，看着都让人生厌。

“既然我跟您说，我肚子里有只大老鼠，就说明它确实在那里。你把手放在我肚子上，听见没？它正用爪子在里面挠呢！”

“您要知道，没有任何活体生物能够经得住胃里的温度……”

“算了，您别在这里费劲了……您显然已经和主人串通好了……”

尼古拉·普拉东内奇实在没办法，离开他走到我跟前。

“千真万确是疯了！我从逻辑上向他证明，人肚子里不可能有活老鼠的，他却不知道说些啥鬼话。你听我说，咱们给他治疗一下如何?”

“怎么治啊?!”

“咱们给他喂些新鲜干草。新鲜干草的枝干里有鲜活的汁液，能很好地作用于大脑中的灰色物质。知道吗？要汁液多的干草！我们给他喂点儿，怎么样?”

我佯装考虑的样子。

“干草嘛，当然确实是个好东西。但是用多少剂量呢？剂量过大有可能会危及生命的。所以不看医生可不行。”

“那就把他送到疯人院去，到那里人家会把他治好的。”

“我倒是想把他送过去啊，但是我一个人很难搞定。哦，尼古拉·普拉东内奇，我的朋友，你可要帮帮我！咱们一起把他送过去吧。”

“你听我说……万一他猜到我们要把他往哪里押送，可怎么办?”

“那你跟他谈谈吧，编点什么骗骗他。”

尼古拉·普拉东内奇疑虑地摇摇头，走到加夫里洛夫跟前，一边狡黠地看着我，一边说道：

“是这样，我的朋友加夫里洛夫！我们现在探讨了一下大老鼠的问题，决定把您带到城里去做个手术。既然老鼠在胃里，就得把胃切开，把异物从里面取出来。然后我再用干草给您继续治疗——您看如何?”

“我最害怕医生！其实我有个好朋友，他就是个医生，他在精神病院里上班。”

这时精神病人的眼睛突然兴奋得闪亮起来。

“那好，我们就把您带到他那里。有认识的医生当然是最好了!”

他踮着脚尖走到我跟前，以一种非常狡黠的神情朝加夫里洛夫使了一个眼色：

“一切都安排得天衣无缝了。这个肚子里有只荒唐大老鼠的呆瓜，现在自己要往精神病医生手里送呢。你吩咐安排马匹，我们赶紧把他送去。”

就这样，我们坐上了马车。你真应该看看当时那种动人的情景：一个真正的疯子如何无微不至地对待一个假扮的疯子。他用毛毯给他盖住脚，还匆匆忙忙给他马夹里塞了一把干草(“干草的生命精华能很好地软化机体内的异物……”)。在路上，他偶尔还会同情地点点头，对加夫里洛夫说：

“怎么样，加夫里洛夫？……那只大老鼠不闹腾了吧?”

“不，还在折腾呢，那个该死的家伙。”

“哎呀，真是的，还会有这种事儿。好吧，再忍忍，亲爱的……我们给你带到医院做个手术，马上就会手到病除。”

一行人来到医院。在精神病院大门口，祖布钦斯基关怀备至地将加夫里洛夫从马车上接下来，很绅士地托着他的胳膊肘，开始沿着台阶往楼梯上走。

我跟在后面，心里不知为什么隐隐作痛。

我们运气不错，接诊室里当时有一位医生、一位助理医师，还有两个穿着白大褂的身材魁梧的护工。

“请问有什么需要效劳的?”医生神情严肃地问道。

我很机智地在门口停下来，给医生一个明显的示意，然后说道：

“是我一个朋友，身体不太舒服。您能否给他检查一下呢?”

“您知道吗，医生，”祖布钦斯基毫无顾忌地插话说，“他产生了幻觉，说肚子里有一只大老鼠，而且……”

“实际上不是我有问题，”加夫里洛夫恭恭敬敬地向前迈了一步，鞠了一个躬，并向医生使了一个眼色，“我们带到您这里来的是祖布钦斯基先生……”

医生很有经验，他扫了一下两人的脸，立刻就明白是怎么回事了。

“呵，他是在开玩笑呢，”祖布钦斯基强颜笑了一下，奇怪地颤抖着，用谄媚的语气说道，“如果肚子里真有个大老鼠，那么新鲜干草制剂……”

“好的，好的。不过您呢，祖布钦斯基先生，暂时先休息一下，您路上走累了。请将这位先生送到8号病房去!”

祖布钦斯基的眼睛惊讶地瞪圆了，他想往前挣，但四只有力的大手已经将他从后面紧紧钳住。他一瞬间清楚地看到了一切：加夫里洛夫，以及正在神情严肃地耳语的医生，还看见了我——那个窘迫地将脸扭过去不敢看他的我，那个曾央求他帮忙的我，那个已经抓着门把手准备扔下他转身而去的我。

于是一阵可怕的、直击心肺的哀号，划破了医院凝滞的空气：

“他们骗我！！！大夫，他们把我骗了！！我完蛋了！！”

我大脑一片空白，从接诊室里落荒而逃。我从楼梯上连滚带爬地跑下来，直到加夫里洛夫在街上追上我，让我上了马车，我们重新又来到广阔的大草原，来到正在发黄凋落的田野上，我才缓过神儿来。加夫里洛夫一言不发，但即使他说话，我也不会听到他的声音的。那个痛彻心扉的尖叫声直到现在还在我耳畔回响，湮灭一切——这尖叫声中，包含了一个人遭遇人类卑鄙行径时所有的绝望、惊恐、愤怒的责备和巨大的痛楚：

“他们骗我！！！”

这个故事对大家触动很深，一时间所有人都默不作声。沉默之后，躺在苹果树旁边的诺瓦科维奇用他强有力的胸脯深吸了一口气，整个身躯甚至都微微抬了起来，然后若有所思地说道：

“你们这两个故事，米西奈斯的，还有蛾子的，像墓地上的两块石板一样，直压到我身上。我现在的全部希望都在苹果树身上，希望她能缓解一下这种墓地般压抑、骷髅般沉重的气氛。苹果树，您随便讲点什么吧！哪怕您又用海豚堵住哪个舷窗口，大伙依然会很高兴的。”

苹果树用她温柔似玫瑰花瓣的手抚了抚白熊的大脑袋，紧紧抿着嘴唇，陷入了沉思，然后断然抖了抖那头蓬松软滑的金发。

“我的故事也很短，”她微笑着说，“和那只两条腿的狗的故事一样，尽管我不像那个故事的作者库贾那么懒、那么吝啬言辞。既然我们已经有规矩，要给所讲的故事定个题目，那么我就给故事起个名字，多少有点肤浅吧——《一段奇怪的友谊》。”

两年前我和家人一起住在郊外别墅。别墅那边有一个不太大的花园，这个花园直接连着树林，和树林之间只隔了一个很高的木围墙。围墙这边放了一把长椅，我喜欢拿一本屠格涅夫或冈察洛夫的书坐在上面看，晒着太阳，周身沉浸在树木散发的树脂清香中……

有一天，我正坐着看书，忽然听到围墙那边有窸窸窣窣的声音。开始我以为是住别墅的人散步溜达到跟前来了。稍停片刻，我又沉浸在自己的书中。突然，我的耳朵隐约捕捉到围墙外什么人的喘息声。人往往能凭直觉感觉到有人在盯着他，而我也马上就感觉到，在围墙外有个什么人正透过缝隙盯着我看……

“谁在那边?”我厉声问道。

然后就听到有人快速离开，发出窸窸窣窣的脚步声。

这桩小事儿很快就从我脑海中忘却了。但是晚上的时候，当我从湖边散步归来回到自己房间的时候，一个奇怪的东西映入我的眼帘：梳妆台上的镜子边靠着一个身着镀金法衣的圣尼古拉圣像①。我当时惊呆了，叫来仆人，问遍了家里所有人，大家都觉得莫名其妙：无论谁那里都从未有过这样的圣像，而且谁也没有进过我的房间，更何况房门还是被我锁住的。

我们每个人内心都有点神探夏洛克·福尔摩斯的影子。因此当房间里就剩下我一个人的时候，我跪下来，开始仔细查看地毯，当然没有发现任何痕迹。沿着打开的窗户到梳妆台的那

---

① 圣尼古拉（约270—343）：基督教圣徒，米拉城（今土耳其境内）的主教，以乐于助人而知名。他被认为是社会各阶层的庇护神，是悄悄赠送礼物的圣徒。

条线上，我发现了几小撮沙子，这几小撮沙子之间隔着一定的距离，当然，这什么问题都说明不了，因为我自己也可能在鞋底上带回这些沙子。所以只好把圣尼古拉显灵的事件扔到脑后。

但两天后同样的事情又发生了：早晨围墙外有喘息声和窸窣声，而晚上在梳妆台上我又看到了一瓶法国香水，已经启封用过一点点的。

我又将所有人问个遍，但大家都表示完全不知情，而侍女建议我把朝向花园的窗户锁上。

我如此照办，但第四天窗户又打开了，梳妆台上放了几本包装精美的书，但所选书的内容却非常奇怪：两本百科辞典，一本波德莱尔①的诗集，还有缅兹比尔②写的《欧洲蝴蝶》精装版，以及欧仁·苏③的《七宗罪》俄译本。

我觉得有点不太自在了，显然有人翻窗户进过我的房间，就像回自己家一样。虽然什么东西都没拿走，还恰恰相反，给我送来各种礼物，但这种情况下谁都不会高兴吧，毕竟英国人最爱说的“我的房子就是我的城堡”这一法则，被某人不止一次地践踏了。

第二天早晨，我一直还在琢磨这件不可思议的事情。我抓起波德莱尔的诗集和《欧洲蝴蝶》，想仔细瞧瞧这些东西，然后就朝自己喜欢的那条长椅走去。墙外又响起了窸窣声和什么人的喘息声……我等了片刻，装作全神贯注欣赏那些花花绿绿插画的样子——突然，我闪电般往后扭头一看：我只看到某个人戴着骑士帽、长着棕红色头发的脑袋，因为我的突然举动，他

① 夏尔·波德莱尔（1821—1867）：法国19世纪最著名的现代派诗人，象征派诗歌先驱。

② 米哈伊尔·缅兹比尔（1855—1935）：俄国、苏联动物学家，俄罗斯鸟类学奠基人。

③ 欧仁·苏（1804—1857）：法国19世纪中叶著名小说家。他的作品揭露了这个时期法国社会的种种弊端，描绘了下层人民的贫困状况。

的脑袋忽地缩下去，还伴着一声轻叹。

“您听好了，年轻人，”我严厉地说道，“偷窥是很龌龊的，您最好还是现身，而不是像兔子一样在围墙外躲躲藏藏。”

“我可没有躲躲藏藏，”那个红头发的“年轻人”又从围墙外探出脑袋，窘迫地说道，“我在这里……就是看看花园风景。”

突然，这位新认识的人的目光落在我手中那本缅兹比尔的书上，他的脸上闪出兴奋的光芒：

“您喜欢吧，小姐？”他用脏兮兮的手指着那本书问道，“这书看来不错吧，啊？可以说，简直是自然的奇迹！”

我一下就猜到，谁是这些荒唐礼物的始作俑者。

“这么说来，是您爬我的窗户进我的房间了？”我板着脸问道，看到他那张窘迫的脸，我勉强控制住自己不笑。

“对不起，小姐，我在您那里可是什么东西都没拿。相反，还给您送了一些东西做纪念。”

“那您到底为什么要这么做呢？”

“因为我觉得您特别可爱，我发誓，骗您就让我的眼睛瞎掉！只要看着您简直就是一种享受。我要是撒谎，您就打断我两根肋骨！！”

来自这样一张荒唐嘴脸的爱慕表白，显然无法满足我作为女人的虚荣心，于是我愈发严厉地说道：

“我不希望这种事情再发生，您听到了吗？而且我也不希望您把钱花在这种愚蠢的行为上。”

“哼，您说谁呢？我花钱？这点您就不用操心了—— 一分钱也没有花！所有东西都是白拿的。我给您圣像，怎么说呢，是为了祝福您。如果有什么不喜欢，您给个眼色就行，我会给您拿来货真价实的东西，不论是衣服料子，还是胸针，还是镯子……”

"您是做生意的不成?"

"完全正确,"他狡猾地哂笑一下,"差不多算是做生意的,贩卖非购买品的。"

虽然我还是个不谙世事的姑娘,但还是一下就明白了,这所谓的"贩卖非购买品的"生意人是什么货色。

"要是我上警察局去告发您呢?"

"您绝对不会去告发的,"他不慌不忙地说,并用他那双愚蠢而痴情的眼睛盯着我,"您不是那种人,您不是那种把别人往监狱里送的人。难道这种白白净净的美人会去告发人?"

这个小偷还是个心理大师。我沉默了片刻。

"那您想让我干什么呢?"

"我就是想偶尔看您一眼,送个礼物什么的——其他我什么都不需要。看见您这样的小姐,简直就想为您祈祷。我要是撒谎,您就打断我两根肋骨!"

"您一边口口声声说祈祷,一边为我偷东西。"

"怎么是专门为您偷的?有些东西我是为自己偷的。"

我看了一眼他那张胖乎乎、棕红色的脸,不知为什么有点可怜他了。

"您听我说,亲爱的,如果我求您一件事儿,您能做到吗?"

"分分钟地!是把自己脑袋拧下来,还是把别的什么人脑袋拧下来,我都立马就去!不然您打断我两根肋骨!……"

"您没明白我的意思!……我说的是另外一件事:您还是别再干这种……营生了!"

他略微思考了一下,夸张地翘起大拇指挠了挠棕红色的脑袋。

"让我放弃工作?您这个计划可不好啊,美丽的小姐。我别的事也不会干啊,只会工作。再说,又有谁会找我干活呢?请仔细端详一下这家伙——那副嘴脸简直就是一张小偷证，人家一俄里外就能闻到我身上的小偷味。”

哎，可怜的人！在这点上他说得绝对正确，甚至都不必以打断两根肋骨来发誓。

你们能想象得到吗？我和他聊了很久，尽管我举了种种理由，也没能让他走上正道。不过我们告别的时候还是像朋友一样的。他甚至还保证，不再往我的窗户里放礼物，只是央求我，允许他用“树林里的野花向我表示敬意”。

我发现他与我见面还是很开心的，于是我就想，除了这个没什么恶意的喜好之外，在他那不幸的生活中也确实没什么能慰藉心灵的事情了——除了酗酒和打断其他人的肋骨，真的再没有其他什么安慰了！

夏天这段时间，他到围墙这边来过几次。我给他织了一条粗线围巾当“礼物”，而他从围墙那边给我扔过来一些“林间野花”。即使这样，还是有那么两次，显然是小偷禀性难移，他还是做了些手脚。因为有一次他送给我一簇连根拔起的盛开的玫瑰花，还有一次奉上一束非常漂亮的温室花朵，还信誓旦旦地以全世界的肋骨来保证，说他是在森林里采到的。真是一个怪人（苹果树带着一种明朗甜美的微笑，结束了自己的故事）——真拿他没办法！

“那他现在在哪儿呢，您这位勇敢无畏、却有着一身毛病的勇士？”诺瓦科维奇酸溜溜地问道。

“哎，我就怕问这个，”苹果树顿时没了情绪，叹了口气轻轻说道，“这个故事的结局很悲伤，我本来不想给你们传染上忧伤情绪的……但既然您问到了，那我就讲完吧！等我已经回到彼得堡居住的时候，有一次，一个衣衫褴褛的孩子给我捎来一张字条。那是一张脏兮兮的小纸片，上面满是错别字。我还纳闷儿，他是怎么知道我的地址的……字条中写道：‘如果您真的是天使，抱歉，请您过来道个别吧！最后这次工作可把我害惨了——肺都碎成块了，从喉咙里往外吐。好想看您一眼啊!! 我住在奥布霍夫医院，3号病房，您找姓奥布拉兹佐夫的病人……等您来，我就死了，抱歉打扰您了。’”

“那您……去了吗？”米西奈斯小声问道。

“当然！怎能不去呢！不费什么劲儿，而他会很高兴。一看到我，他整个人都精神了。唉，这个不走运的棕红色头发的家伙，上帝原谅他吧！他就在我面前咽气的……他到底还是实现了自己最喜欢的那句‘以打断肋骨为誓’：医生说，人家打断了他三根肋骨。”

突然苹果树颤抖了一下，将放在洋娃娃身边的手抽了回来，伸到眼前。

“谁呀？这是什么？难道是洋娃娃吗？您吻我的手，也就罢了，这个我原谅您。但手上有您的泪水——这可不好啊。男人应该更坚强些。”

“天哪!”洋娃娃忘情地喊道，从地毯上欠起身来跪下，双手合十说道，“难道真有这样的女子存在吗？这么说来，上帝创造的世界真是太美好了!!”

蛾子出来化解了那一刻的尴尬：

“那您的故事呢？这颗多愁善感的洋娃娃的心灵？您得把故事讲得很精彩——也打断我两根肋骨!!”

“哦，朋友们，请允许我什么都不讲吧……听完苹果树的故事，其他故事感觉就像是豺狼的干号。如果你们想听的话——我这辈子最奇妙的一个故事，就是你们所知道的故事：认识了你们这些极好的人，以及你们赋予我身上的那种力量，那种能量——我能感觉到，那种能量会在我的生命中起到至关重要的作用!! 我来提最后一杯酒吧，为你们的健康和幸福干杯，我亲爱的朋友们!! 已经很晚了，该睡觉了！我永远不会忘记这个夜晚的！……”

在明亮的月光照耀下，洋娃娃往家走去。他饱含泪水的双眼望着天空。在那里，在广阔无垠、华美无比的夜空深处，他看见了一尊美妙的神灵，被一群闪闪发光的六翼天使①包围着。此时此刻，洋娃娃已经感受不到脚下的大地，因此，当他一头撞上街头一位青楼女子时，甚至一反常态而没有道歉。

第十四章　洋娃娃声名鹊起

彼得堡偶尔也会有这样的星期天：空气变得略微清新明亮，天空也变得晴朗起来，太阳照耀着，好像一位节日盛装的俄罗斯姑娘，身着红色萨拉凡，踏着欢快轰响的钟声走向教堂——此时连耀眼的阳光也散发着节日的气息。这时候，平淡无味的日常生活就溜走了，像一条条灰色衰老的蛇，躲到某个很远的地方去。心情变得欢快起来，兴奋起来。这时候，城市纷乱生活的曲调鸣奏得更加慵懒却更加和谐，而阳光从未关严的窗幔钻进来，洒落到床铺上方的提花壁毯上，在这和煦体贴的阳光中飘浮着的金色尘埃，则飞舞得尤为自在、尤为起劲……

当洋娃娃在被窝里伸个懒腰、睁开惺忪的双眼时，这些尘埃更是起劲地旋转起来，跳起圆圈舞。

教堂的早祈钟声传来，浑厚、沉闷、强劲，如一颗颗铜铸圆球。有几颗这样的铜铸圆球牵起那些翩翩起舞的尘埃的手，在洋娃娃的房间里跳跃起来。

---

① 六翼天使（撒拉弗）：是天使之首，爱和想象力的精灵，是歌颂神。

这段欢快的晨间舞蹈，让洋娃娃彻底从睡梦回归到现实生活。

他抖擞精神跳起身来，披上睡衣，向女房东要了一杯咖啡和一些菲利波夫烤馅饼。沐浴完毕，他容光焕发，心情也因感受到即将到来的节日气氛而变得格外柔和。他郑重地打开最新报纸，在文学时事那栏中看到了关于他的报道：

"当红作家 B. 舍尔科夫尼科夫近日将赴意大利卡普里岛，去完成他早已构思好的长篇小说。"

洋娃娃笑了笑，略带责备却很友善地摇了摇头。

"唉，蛾子呀蛾子！这家伙总要杜撰些东西出来……不过嘛，他这也是为我好。哪来的什么长篇小说啊！我压根就没想过这事。要说写篇长篇小说也不错呢，厚厚的那种，三卷本的。"

周日的钟声再次沉重地轰响起来。听到这钟声，洋娃娃突然扔下报纸，双手一拍。

显然，洋娃娃觉得他出现了一个严重的疏忽（"你可以以后再去更正！可到那时你又怎么可能更正呢?"），因此他迅速在圣像前跪下，为天主送去一连串长长短短的祷文。他在这段祷告中，神奇地融入了对上天的祈求以及对上天恩赐的感谢：他为母亲祷告，为俄罗斯祷告，为米西奈斯和蛾子、为库贾和诺瓦科维奇祷告——为他这些忠心耿耿的新朋友祷告，还为他担任秘书的《顶峰》杂志发行量增长了一倍而感谢，感谢上天赐予他的才华，还为美丽的女神苹果树道出一长串精心选取的华丽祷文，顺便还想起了她认识的那个棕红色头发的小偷，也替他向天主祈求，保佑他在天国中安心长眠。

这个洋娃娃有一颗纯洁的灵魂，于是他的心随着祈求奔向万能的天主——他的内心充满上帝子民的淳朴，淳朴得如同一个小男孩乞求妈妈再给他几颗核桃时的那种心境。

结束这一连串纷繁复杂的宗教祷文和仪式之后，洋娃娃又精神抖擞地投入到世俗事件中去，具体说来就是：喝了一大杯咖啡，吃了两个大家都喜欢的、还微微热乎的菲利波夫馅饼，然后兴冲冲地开始给住在外省的母亲写信：关于他向文学荣耀殿堂迈进过程中的卓越成就，关于米西奈斯那帮优秀而忠诚的朋友，关于苹果树——他断言说苹果树是上帝在世间最好的造物，关于他认为应该创作的三四卷本的长篇小说（一粒健康的种子被扔进黑土地中，会马上蓬勃地发芽成长），关于他和《顶峰》杂志社编辑和出版商的相互关系，关于他的女房东……洋娃娃写了很多东西，很多细碎的想法和信息被他从墨水瓶底倾倒在纸上，还塞进去很多废话和琐碎小事，因为直觉告诉他，父母大人的胃会贪婪地将每粒细渣都吞进去，然后感激涕零地消化掉……

洋娃娃刚写完信，就有人来敲门。

“请进。”洋娃娃说道。

一位满脸胡子拉碴、长着一双谄媚眼睛的先生走进房间。他身着一件挺瘦的常礼服，礼服已被岁月、维也纳式木椅子和未铺桌布的啤酒馆小桌子磨得褪了色；裤子的膝盖头鼓鼓囊囊，好似里面塞了两只足球。这位先生故作优雅地鞠了一躬，俨然一副小酒馆里得到慷慨小费的侍者模样。

“抱歉，我贸然闯入。大过节，都休息。我知道。但媒体无情。简直是妖魔。终究会将整个人嚼碎。”

不过，对这位新冒出来的先生，妖魔似的媒体还是相当宽厚的：除了被咀嚼了一半的领带和被吃掉的半截裤子，他几乎未受到媒体利齿的伤害。

“是啊，关于媒体您算是说对了，”洋娃娃赞许地说道，“总之，我能为您效劳什么呢?”

“我是《金星报》编辑部来的。被派来做采访的。采访您。请赏脸!”

洋娃娃的心脏疯狂地跳动起来，像坐在秋千上似的，甜美地落下去，紧接着又更加甜美地飞向云端。

“瞧您说的……我，说真的，都不好意思了。干吗要劳驾您呢……我可以自己去的，如果需要的话。”

这个胡子拉碴的家伙脸上现出极为恭敬的惊恐表情。

“天，瞧您说的！我们怎敢惊扰您这样德高……（他差点说成“德高望重”，但是看了看洋娃娃那张少年无邪的脸，赶忙改口）这样的……知名人物！那么说，您是答应了？”

“恭敬不如从命！”洋娃娃略微慌乱起来，“那您想喝点咖啡吗？……这里有小面包、黄油，还有些馅饼。”

“我其实是吃过早饭的，”《金星》报这位采访记者嘟哝着说道，但一边说着，一边却扑向洋娃娃请他吃的食品——那副凶猛劲头，让人觉得他所说的“吃过早饭了”应该说的是上世纪70年代的事情了。“噢，这种小馅饼，就应该配上一小杯伏特加……双人杯的！”

洋娃娃脸上露出彻底绝望的神情。

“哦，天哪，真是太不幸了！恰好就没有伏特加！我怎么能把这个忘了呢?！不过，倒是有红酒的，您喝红酒吗？”

来采访的人点了点头，塞满食物的嘴里哼哼唧唧地拼命说着什么——很显然，对他而言，所推荐饮料的颜色，简直是小得不能再小的一个细节而已。

终于，他把最后一滴红酒喝掉，离开了桌子，然后为了给自己这副疯狂吃相打个圆场，说道：

“您知道吗？散步简直能极大提高人的食欲！请问您出生在哪里呢？”

“在辛比尔斯克。”

“很好的一个城市，我一定要去一趟。那我们就写上：‘出生地：辛比尔斯克。’您上过学吧？”

“上过。”

"这就对啦，俗话说，学则明。您为何开始写作呢?"

"我一直都很迷恋文学。"

"最高贵的一种迷恋！有的家伙只会迷恋台球，就惦记着打一把台球，而稀有的天才肯定会将自己的目光投向文学或者音乐什么的。翻译成哪些语言了呢?"

"说实话，还没翻成其他语言……"

"那我们就这么写：'两首长诗已译成英语，发表在《法国信使》杂志①上。'"

采访人朝后一仰脑袋，洋溢着演员似的赞赏与自豪，看了看自己在记事本里清清楚楚写下的外国杂志名称。洋娃娃甚至都没有勇气再表示异议。

"和哪些经典作家有私交呢？屠格涅夫？陀思妥耶夫斯基？冈察洛夫?"

"哦天哪，饶了我吧，那时我还没来到这个世界上呢。"

"真让人痛心。您这么年轻，无端让我少写了三十行。不过没事，我们写点儿细线条的东西：'伟大的屠格涅夫身处辛比尔斯克的时候，有一天将舍尔科夫尼科夫抱在怀里——那时他还是个不谙世事的小家伙——预言似的感叹道："这将是我的继任者!"'"

"但是……这可是……没有的事儿啊!"

"您怎么知道？万一有呢！您那时候太小了，可能当时没在意呢。请问您喜欢哪位作家?"

"普希金。"

"我们就这么写：普希金和陀思妥耶夫斯基。据说您在写长篇小说?"

"您看……我自己还不知道呢……"

---

① 《法国信使》(Mercure de France)：法国巴黎最具权威的文学刊物，创办于1672年。

"这样啊……保密。我明白。秘密可是最为神圣的事情。写什么生活？我认为应该是讲知识分子的衰落吧！唉！"

"怎么跟您说呢……"洋娃娃绝望地支吾说道。

"那就这么写吧：'未来作品将会无情鞭笞那些脱离现实生活的俄罗斯罗亭们①的丑态……'您抽烟吗？"

"呃，这种小细节，还值得一提吗……"

"不，是给我，最好能给我来根烟。好想抽根烟！我是这意思。您再说点什么吧，说上三十戈比的！凑个整数。"

洋娃娃无助地望了他一眼。能跟他说什么呢？可怜的洋娃娃甚至闪过一个念头，就是自己拿钱给这个采访者补上所差的三十戈比，但那人已经灵光一闪，打断了他的想法：

"您做运动吗？我觉得，您应该是个很不错的轻量级拳击手。不是啊？哦，不过空闲时候还是应该练练的。'被采访人除了喜爱文学之外，还对一项体育运动极为着迷，难怪著名的拉斯普留耶夫曾这样评判该项运动——'文明开化的航海能手，却突然搞起拳击'。演员达维多夫扮演拉斯普留耶夫角色时②，曾将其刻画成……刻画成什么，我过后再补，到家再写。"

他把自己写的东西读了一遍，把嘴撅成圆筒状。

"嗯……写得有点干巴巴的。没事儿，到家以后我再润色一下，一些地方再补点笔墨。好了，我闪了。还有个家伙要采访呢。一个公使。关于巴尔干问题。要写上四卢布的。您忙，再见！再来一支

---

① 罗亭：俄国作家屠格涅夫同名长篇小说中的主人公。作品中的罗亭出身于破落的贵族家庭，热爱自由，能言善辩，向往和追求理想的生活、事业和爱情。但他却是"语言的巨人，行动的矮子"，虽有过许多追求和尝试，但却屡屡失败，一事无成。

② 拉斯普留耶夫：俄国剧作家苏霍夫-科贝林的剧本《克列钦斯基的婚礼》中的一个滑稽角色。著名演员 B. H. 达维多夫曾在 1875 年扮演过这一角色。此段话是改编的剧中对话：拉斯普留耶夫（比画着手势）："原来这就是拳击啊！……英国人的发明！……噢，天哪！您说说啊？……英国人可是受过教育的民族，文明开化的航海能手……"

烟行吗？三支？或者五支？凑个整吧。嗯，您出生在萨拉托夫吧？很棒的城市。一定要去一趟。正所谓，上案发现场看看。妙极啦！海滩。洋行。‘哎，你呀，伏尔加河’——已故的斯捷潘·拉辛时常这样说①。叙事诗是吧？回头见！”

这个可怜的打工仔在文学界颇有点儿名气，主要是因为一个奇怪的特点：每月末从编辑部领到工资——大约是五十卢布——领到钱后，他不是用来置办新衣，或者是找一直战战兢兢担着心的女房东结清账，而是找个喜欢飙车的司机，载着他直奔“水族池”② 那里，在朝向舞台的包间里定上一顿丰盛的晚餐，喝着香槟酒，抽着“哈瓦那”雪茄烟，然后从卖花姑娘那里把结完账剩下的钱全部买成一捧红玫瑰，豪气十足地将这捧花扔向舞台上跳舞的某个西班牙女演员。一切完毕之后，就步行回家——身无分文却精神十足，一路嘟囔着自言自语说：

“像王公一般度过了一晚！看看咱这样，姓别格诺索夫的人！这才叫生活！美妙！光艳！”

他说话的风格也很特别，和别人都不一样。蛾子不知道为什么，称这种风格为“语音法”。

遇到蛾子时，他总是大老远就喊道：

“您好啊，帅哥！挣钱呢？太好了！这领带啊！时髦！爱德华国王的时尚，就是马甲解开一个纽扣！英国人！直布罗陀问题！我考虑去西班牙——西班牙响板，女舞蹈演员，好久没去‘水族池’了吧？贝亚恩斯沙司鲟鱼简直好极了！鱼的问题！我考虑去打鱼呢！

---

① 斯捷潘·拉辛（约 1630—1671）：俄国农民起义领袖，17 世纪 60 年代末组织领导了俄国较大的一次农民起义。曾率起义农民沿伏尔加河而下。普希金曾写过关于其的诗歌，其中有一句：“噢，祝您长命百岁，伏尔加河啊，亲爱的母亲！”

② 水族池：1886 年在圣彼得堡开办的娱乐园兼剧院。1888 年在娱乐园场地上建了玻璃大厅，两侧和后面放置了餐桌，可以边吃边看。当时也有外国演艺团体在此表演节目。

大海——黑海——里海——油井——诺贝尔——煤油大亨——帅哥——挣钱呢!!”

这一连串没完没了的话可以持续半个小时。

而此时，当他从洋娃娃那里走了之后，洋娃娃被惊得目瞪口呆地足足愣了五分钟，就好像有人让他坐在炮筒底下，然后开了一炮。

可还没等他回过神来，又有人来敲门。

“能进来吗?”

“请进。”

进来一个花白胡子的老者，感觉整个人好像是由软绵绵的银白色长毛绒做成的。他面容亲切，仪表堂堂，穿一件灰色常礼服，手握一顶毛茸茸的宽边礼帽。

“一直想有机会结识您……”他用柔和清脆的声音和蔼地低声说道，并用两只胖乎乎的、像羽绒被一样的手掌裹住洋娃娃的一只手，“啊，原来您是这样的！……还这么年轻。我们都老啦！是啊！……落日余晖啦！你们在走上坡路，而我们已经在走下坡路了。我就是过来瞧瞧，年轻人们都在关注些什么。”

“请问您是哪位?”洋娃娃怔怔地问道。

来者道出自己的姓名，而洋娃娃一惊，恭敬地闪到一旁：这可是个大名鼎鼎的人物，名震整个彼得堡的大作家，过去十来年他的长篇小说可是声名大噪的。

是哪阵风把他给带到可怜的洋娃娃家来了呢?洋娃娃不过是被别人开玩笑吹捧起来的名人，用蛾子的话说，“就像一只被打满气的儿童气球”。莫非他想看着洋娃娃，回忆一下过去那个年轻的自己，那个名声渐噪、“正在向高山上挺进”的自己?或者这位老一辈文学巨擘，其实只是想先来讨得未来大腕人物的感激和友谊呢?天知道!穷途末路的演艺者的心灵之路是黑暗蜿蜒、捉摸不定的。

“我的天哪!”洋娃娃窘迫得简直有些不知所措，他立刻欢天喜地地张罗起来，“我简直都不知道让您坐哪把椅子好了！您可是我的老师啊！把您安排在哪个尊贵的位置上好呢?!”

“哎，最终您会把我像个傻子一样安排在鞋套里的，嘿嘿。开个玩笑。您似乎和《顶峰》杂志有点干系?”

“嗯是的……我在那儿……当秘书。”

“很好的杂志。名气越来越大了。对了，到您这来，为了不两手空空，我带了一样物品呢。看来是带对了。您要是愿意的话，可以拿给杂志社。”

那人从礼服口袋里掏出“物品”，洋娃娃瞥了一眼这个卷成筒状的东西。尽管他此刻完全像个小孩子似的，处于欣喜若狂的状态，而且也毫无经验，却也立刻就发现，这个“物品”可是有些年头的。它曾经游历的痕迹，清楚地显示在已经磨损破旧的边缘上，以及封皮上那已经无法用橡皮擦掉的暗蓝色铅笔字迹——“退回”。

尽管如此，洋娃娃还是毕恭毕敬地接过这个物品，马上表态说，他这边将尽一切努力，在最短的时间内，等等，如此这般。

他的内心还是很温和很真诚的，和编辑部那些老家伙不同——无论是对忐忑不安、心怀憧憬而初试文笔的新人们，还是对已经日落西山、穷途末日的墨客们，编辑部这些家伙都是铁石心肠的老练猛虎，是心狠手辣的刽子手、屠夫，是扼杀者和毁灭者。

“好了，我该走了……没准您正在搞创作呢……嘿嘿……正在创作什么流传千古的东西，而我这个唠唠叨叨的老家伙却在影响您。”

洋娃娃的一只手再次钻进那个蓬松柔软的羽绒被中，钻进那两个洗得干干净净的胖乎乎的手掌中，然后这个毛绒软绵的老者，晃着银白色的大胡子，拄着一根有银白色镶头的手杖，走出门去。

等他离去之后，洋娃娃坐在那里又愣了一会儿，把写给母亲的信重新读了一遍，加了几行字，然后擦擦额头自言自语道：

“我好像还要做点什么？……不想做的，但必须做的……嗯！从昨天就一直打算做的，啊，对了！要找米西奈斯，和他谈谈。”

洋娃娃苦着脸挠挠后脑勺，从书桌抽屉里拿出一张浅紫色的小纸条，读了一遍，叹了口气，迅速穿好衣服，果断地迈出家门。

第十五章　米西奈斯的死局

米西奈斯有没有背叛过妻子呢？就此问题他这些狐朋狗友谁都无法说他好或者说他不好。总之，米西奈斯这方面的生活是完完全全秘而不宣的。在他那五彩缤纷的生活轨道中，旋转着的除了这些狐朋狗友，还有几个长相相当不错的女子，她们和苹果树是完全不同类型的姑娘。不过米西奈斯对她们的态度更多是慈父般的，而不是对女人的那种殷勤暧昧。那个无处不在的蛾子会追求她们，对此米西奈斯是睁只眼闭只眼。他最多就是温厚地拿这些个穆西娅啊、列莉娅啊开开玩笑，在穆西娅和列莉娅私生活不顺的时候，管她们几顿晚饭，偶尔找个堂而皇之的理由，给她们塞点儿钱，比如说“穆西娅啊，你那顶红色帽子看得我头疼，把这钱拿去，买个不那么血呼呼的东西！”

于是这些个穆西娅们一遇上不顺心的事，就紧紧依偎在他身边，好似遭遇瓢泼大雨的小鸟们，紧紧依偎在热情好客的橡树跟前。

而今天——就在这个星期天——米西奈斯也不是一个人在享乐，而是左右簇拥着穆西娅和列莉娅。他们就坐在高加索小酒馆的包间里——就是不久前他们为公主庆祝生日的那个地方，当时库贾还即兴创作了一部热情赞美公主懒惰性情的绝妙作品。

穆西娅坐在米西奈斯右边，而列莉娅坐在左边。

列莉娅是一个黑发女子，戴一顶灰色宽边帽子，而穆西娅是一位金发女郎，戴着黑色的羽毛饰品。除了这一点，她俩之间没有任何区别。穆西娅和列莉娅一样，列莉娅与穆西娅无二。总而言之，就是普普通通的两个姑娘。

“您知道吗，米西奈斯，”列莉娅激动地说道，“我们刚认识的时候，他口口声声说是林业大学的学生，结果却是个木材仓库的普通管理员。换了您会是什么心情?”

“绝望和恐怖，”米西奈斯一本正经地说道，一边小口抿着白葡萄酒，“我恐怕都经不住这种打击。”

“您知道吗？所以我才和他分手的。”

“但愿他没能经住分手的打击，自行了断了?”

“哪有的事儿！我自己也那么想，可他却跑去追‘Au bon gout’店里那个杜西娅，而且居然还笑嘻嘻地!”

“还笑嘻嘻地?！真是恬不知耻，令人气愤！换了我，就把他忘了。”

“我已经忘了。”

“这才是聪明人。你们再叽叽喳喳给我叨叨些什么呗!”

“哈哈，您是不是总把我们当小鸟儿呢?”穆西娅娇媚地大笑起来，“简直太让人生气了，您好像甚至根本都不把我们当成文化人呢。我可是听过接生婆课程的!”

“神圣的职业。我向您保证，如果我生孩子的话，您肯定是第一个将他包裹起来的接生婆。”

“可是课程我没有上完。都是因为那个格里什卡，就是旱冰场那个教练员，都是因为他我才荒废了课程，后来我还哭了很久呢!”

“这么说来，穆西娅，你是因为心上人而放弃了自己的事业……上帝就赞赏你这种牺牲精神。”

“您这人好奇怪啊，米西奈斯。说话的样子一本正经，但总好像在嘲笑人呢。”

“这是含泪的笑，是世人看不见的泪水。好吧，再喳喳点什么吧。”

穆西娅又撅起了嘴。

“我们对您来说到底算什么？是人呢还是小鸟？”

“当然是人啦！如果有人杀害你俩当中任何一个人，那凶手被判的刑期，会和杀害列夫·托尔斯泰是一样的。也就是说，从法律角度上讲，你们和列夫·托尔斯泰是具有同等分量的。”

“我这里有一张列夫·托尔斯泰的明信片呢。”

“不可能吧！这老头子这么走运。”

“米西奈斯，您更喜欢谁呢？是穆西娅呢还是我啊？”

但这个凶险的问题并没有得到回答，因为就在这个关头，从那个取代门的门帘后面，探出洋娃娃那张窘迫的脸。

“抱歉，米西奈斯……我，说实话，本来没打算来的，但我以为就您自己呢。尊敬的安娜·马特维耶夫娜说您到这儿来了……我以为您是和咱们那些人在一起呢……”

“看您，干吗在门槛上就叨叨着道歉呢?！请进！请和两位女士认识一下：左边这是穆西娅，右边是列莉娅。恳请您不要把她们弄混了，这点很重要。”

“长得真俊，”穆西娅咯咯咯地说道，一边还像小鸟一样歪着脑袋，打量着洋娃娃，“简直像个洋娃娃。”

“他就是叫洋娃娃。”米西奈斯大笑起来。

“真的吗？……好奇怪的一个姓啊！”

“您看，其实呢，我姓舍尔科夫尼科夫，我的名字叫瓦连京，父称是……”

于是洋娃娃认真地将自己全部底细都倒出来，还好蛾子不在这里，那家伙可从来不会让他将自己的名号完完整整地报出来的。

“不过我还是叫您洋娃娃吧，行吗？您是演员吗？”

“不，我是个诗人。”

“真是太妙了！您给我写几首诗吧！”

“乐意效劳，”洋娃娃极为礼貌地说道，他对周围所有人都是这样的，“等我找个空闲时间，一定给您写。”

然后洋娃娃就扭过头转向米西奈斯，脸上掠过一丝不易察觉的忧云。

“抱歉，亲爱的米西奈斯，但是我，说实话，是找您有事儿。想和您谈谈，很严肃地谈谈。”

米西奈斯似乎有些惊讶和发窘，因而眉毛略微扬了一下。但他立刻就一本正经地向洋娃娃点点头，站起身来。

“这简单啊，现在就行。这旁边就有个空房间，咱们上那里去吧。你们两位美女再要些红酒和水果，自己玩一会儿吧，我失陪了。木材仓库那个小伙计背叛的事可是大问题，你们还没完全说清楚呢。”

米西奈斯那种轻松开心的神情显然是刻意装出来的。能够感觉到，他在面临“严肃谈话”之时，内心多少有点儿紧张：会不会是“洋娃娃的喜剧”被揭穿了呢？是不是现在得小心翼翼地对这个“宇宙级”的残酷玩笑做出解释呢？

但实际发生的事情却是可怜的米西奈斯做梦也没想到的，哪怕给他三年的时间让他去猜，他也猜不到的。

空荡荡的包间里没有点灯，所有的光照都来自于一个不太大的、布满灰尘的窗户。窗户位置很高，但探出去那一面离地面却很矮，几乎是和人行道一般高的。太阳将窗户上的尘埃照得金灿灿的，但这里的尘埃并不像方才洋娃娃房间里的尘埃那样上下舞动，而是一动不动紧贴在窗户上，似乎在等待着什么。桌上的桌布被取掉了，在光秃秃的桌面上，两个曾经并排立着的湿乎乎的红酒杯留下的痕迹，构成醒目的数字“8”。墙上挂着一幅极蠢的画——《正在歇息的宫女》。画上是一个胸部丰满的女人，正在一个花花绿绿的地毯上逗弄一只驯养的金钱豹。

所有上述细节米西奈斯一开始并没有发现，只是当“这一切”发生之后，它们才进入他的大脑，并且深深印入其中，令米西奈斯永生难忘。甚至是那种奇特的混合气味——葱、柠檬、研碎的干伏牛花和刺鼻的羊奶酪——那种浸透房间墙壁的特殊香气，此后也久久萦绕在米西奈斯的脑海中，挥之不去。

他们走进包间后，洋娃娃转过身脸朝着光亮，将自己那只优雅纤细的手搭在米西奈斯宽大的肩头，略显激动地说道：

“您相信我吗，米西奈斯，相比于其他那些人，我更爱您。”

“我相信。”米西奈斯迟疑了一下，回答道。

“太好了，这样我说话就轻松一些了。您相信吗，我现在找您说话，是因为您是最聪明、最善良的人。我觉得您就是和善的圣父，任何人都有权向您提任何请求，向您寻求任何一种，甚至是最不可思议的建议，您相信吗？”

这种荣耀的比喻有点儿惊住米西奈斯了。他费了好大劲才控制住自己，没有显露出窘迫的神情。

“洋娃娃，到底发生什么事儿了？”

“您比我年长、比我聪明，遇上难以启齿的事情，除了您可以寻求建议，我也没别人可以说了。这事实在太棘手了。我还是头一遭遇上这种情况。”

“您是想听听建议？”米西奈斯松了口气说道，“那您只管说，只要我力所能及……”

“米西奈斯，您……不会以为我是个花花公子吧？……”

“天哪，这怎么可能！”

“谢谢您这样说，不然的话我简直都无法启齿了。您听我说，有个女人向我表白了爱慕之情……怎么说呢？……甚至有点儿穷追猛打。而我，您知道吗，并不喜欢她。我都已经开诚布公说明白了，说我喜欢另外一个女人。而前面这个女人呢……她的确很漂亮，但真不符合我的心意。”

最后他很真诚地问道：

“这种事常有吧，米西奈斯？”

“常有的事儿，”米西奈斯被当成足智多谋的倾诉对象，不由得哂笑一下，“那您说说，洋娃娃，对于前面那个女人……您说什么做什么了，让她有这种想法？”

“半点都没有，我只是像对待其他人一样彬彬有礼而已……但情况却变成这样。您自己也明白，扮演《创世纪》中约瑟[1]的形象——这个角色可实在太荒唐了，但是怎么办呢，我脑子里完全是另外的想法和……追求。您那么聪明又有经验，您指点一下吧，我怎么把这些事情处理好呢？”

“嗯，如果您真那么信任我，那干脆就信任到底吧！要想给您一点具体的建议，我总得知道，前面那个女人到底是谁。是波提法之妻么？啊？”

“我以为您自己就能猜到呢！好吧，那我就像在忏悔时一样直说吧：就是殿下大人。”

米西奈斯不解地看了他一眼。

“哪来的……殿下大人？”

“噢，天哪，就是那个大美人啊，上个月在这个饭馆里和咱们一起待过的那个大美女。诺瓦科维奇还讲了个故事，说她是坐着热气

---

① 约瑟：《圣经》中的人物，与其兄弟一起被视为以色列十二列祖之一。约瑟是雅各的第十一个儿子，因聪颖得其父偏爱而遭众兄弟嫉恨。兄长们将其卖到埃及，在护卫长波提法家做奴隶，后来成为家务总管。波提法的妻子被年轻的约瑟深深吸引，想引诱他，但遭到约瑟的坚决拒绝。波提法的妻子不肯罢休，有一天她拉住约瑟的衣裳，但约瑟将衣裳丢下逃走了。波提法的妻子竟诬告约瑟意图强奸，而波提法相信了她，将约瑟囚禁起来。

球从父亲身边逃走的……嗯，就是那个公主，总而言之!”

屋顶本来就很低，而此刻它似乎压得更低了，咣当一下砸在米西奈斯的脑袋上，将他压弯，把他压扁……米西奈斯一言不发，晃了几下，一把抓住椅子背，坐了下来，就好像有人用某种神奇的力量，一下将他的骨架给抽掉了。

“您怎么了呀，米西奈斯！您好像被什么惊到了？或许，我不该讲这些?”

“不，没什么，没什么，”米西奈斯哆哆嗦嗦摆了摆手，“我这是，好像不该喝那么多葡萄酒……您等等!”

他走到窗户前，抬起胳膊肘支在窗台上，久久盯着玻璃上附着的尘埃。

他的思绪是破碎的、凌乱的，就像暴风雨过后的云彩……

“比如这块干掉的雨迹，像极了非洲大陆的轮廓，”米西奈斯想道，“对……非洲！我们到底也没能走到那里……公主懒得去。要是我们在埃及的话，也就不会有这一切了……八年！……这个‘8’很容易就组成呢：两个喝光的葡萄酒杯并排放着，留下的痕迹正好不就是个‘8’么！哼，慵懒的宫女……没准并不慵懒呢。宫女并不慵懒，豹子——也不是豹子。”

“我陪他去看马戏，上电影院，跟正经女朋友一样。可后来他的一个同伴，你知道的，就是那个黑发男人，叫瓦夏，那人说：‘他哪里是林业学院的大学生啊?！他不过是在木材仓库干活儿，登记一下木材而已。’‘你干吗说破木材的事儿来烦我?’我说道，可自己却哭啊哭啊，跟个大傻瓜一样，真的，哭啊哭的。”墙外又传来列莉娅那段一成不变的悲伤往事。

米西奈斯突然离开窗户，一脸平静地看着洋娃娃。

“咳咳，好点了。好吧，现在您给我讲讲吧，您这个塞维利亚骗子①，这一切到底是怎么发生的?”

“那这样，长话短说吧！因为那边还有女士在等着您呢，把她们晾在那里没人陪也不合适。认识的第二天，我上她那里去拜访，纯粹出于礼貌，心想，要是赶上她不在家，就把名片留下。但突然就接到通报说‘请您进去’。于是我们就喝了茶，坐了一会儿……确切说我是坐着的，而她是躺着的……我们聊了一会儿。我告辞的时候，她说：‘过几天您还来吧，把您的诗带来读给我听听。’我以为她对诗挺感兴趣，于是就又来了。我开始给她读诗，而她呢，您能想象得到吗，她好像睡着了！好奇怪的一个女人。然后，等我读完了，她又醒了，说：‘您干吗坐在那儿呀，坐到我跟前来吧！’于是我就坐到了沙发椅上，而这个……这位公主就开始抚摸我的头发。我当时还想，是我哪首诗挺让她喜欢的吧，而她……只是想鼓励我一下。可是她搂住了我的脖子，还突然说道：‘请您吻一下我！’我吓了一跳，就告辞了。后来她给我打过两次电话，自己还乘马车来过……邀我去岛上转转……有一次我心一软就去了，后来就开始回绝……您知道吗？我不喜欢别人总是跟我说：‘您把我给闹醒了，您把我给闹醒了。’”

“是啊……莫非她真的坐车来找过您?”

“真的呀！”

“可是这个……这位公主懒得跟一大堆吃饱喝足的猫一样！”

“我也不知道她怎么了，反正和第一次见面的那天晚上完全不一样……眼睛熠熠发光，整个脸颊都红了，舔着嘴唇，像个正在寻找

① 塞维利亚骗子：指唐·璜。唐·璜是西班牙家喻户晓的一名传说人物，以英俊潇洒和风流著称，一生中周旋于无数贵族妇女之间，在文学作品中多被用作“情圣”的代名词。据信，史上最早记录唐·璜故事的书名是《塞维利亚骗子与石像客人》。

血液的吸血鬼。您知道吗，我甚至有点害怕她。昨天晚上接到她的第四张纸条。她又是打电话，又是写纸条，又是上门来……”

“那您到底想让我干什么呢?”米西奈斯用一种奇怪的声音问道。

“您和她……更熟一些，比我熟。您给我出个主意吧，我怎么把这件事给了结呢？既不让她难过，我自己也不会丢了男人尊严。您知道吗，好为难的一件事儿！我第一次遇到这种情况。而且，对不起啊，米西奈斯……是不是这事我根本不该和您商量，而是应该……比如说，和诺瓦科维奇……？不然您……看起来好像有一点怪啊!”

“不不，您恰恰是找对人了。再想不出比这更明智的做法了！您要想体面地摆脱这件事，就这样做吧……拿一张您喜欢的那个女人的肖像，在背面写上‘我的未婚妻’，然后捎给她，不要写任何信。她会明白的，一切都会漂亮地解决的。”

“您觉得？这……合适吗?”

“完全合适。我是作为一个……无利害关系的人，来建议您的。”

门帘后面突然传来了男人的笑声、喧嚷声和叫喊声。

“他们躲到哪儿去了?!保镖、洋娃娃和米西奈斯之间有秘密呢——洋娃娃是不是在挖我们墙脚啊？是不是想降低我们在米西奈斯眼里的分量呢?!”

库贾和蛾子在诺瓦科维奇的率领下，毫不客气地就闯进这个墙上挂着宫女和豹子的包间来。进来后他们停住脚步，大吃一惊：米西奈斯两只黑色的眼睛一动不动地盯着他们……这帮狐朋狗友们还从来没见过这样奇怪的目光。

“对不起，米西奈斯，如果你们还没有说完，我们再等等。”

“哦不，我们已经没事了，洋娃娃悄悄给我读了下自己的新作，一部长篇诗作。这个……嗯……简直是……不得了的一部大作!”

“长篇写完了?”蛾子用一种职业性的口吻打探道。

“是的！就要写完了，”洋娃娃斩钉截铁地回答，“今天就能写完。”

第十六章　本书最短的一章

在维拉·安东诺夫娜那间布置华美的小客厅里坐着诺瓦科维奇，他那庞大的身躯几乎将充气软凳给压扁了。他说道：

“我就闹不明白，米西奈斯干吗自己不上您这里来，要打发我过来？这么一桩小事儿……简言之，他请您准许休假。”

“休什么假啊？天哪，这一切……好累人呢！”

“对我们？可是一点儿也不烦累。他准备去游伏尔加河，从雷宾斯克到阿斯特拉罕，再返回来。还要带上蛾子、库贾和我。”

维拉·安东诺夫娜半闭着闪出光芒的眼睛，睡眼惺忪地问道：

“当然还要带上洋娃娃吧？”

“哦不！我们要这个呆瓜干吗……他也就是在首都待着时比较有意思，充当蛾子那些突发奇想的对象。那到底……您准许米西奈斯去休假吗？”

“噢，天哪……我什么时候拦过他了！让他去呗！祝你们玩得开心。哦，我可是累坏了！”

完成委托的事情之后，诺瓦科维奇坐在那里一声不吭，气氛有点压抑。虽说他这个人话挺多的，但是他也很清楚，和一尊大理石雕像你是聊不起来的。

“是啊……就是这件事，”他嘟哝着准备起身，“就这吧，情况就是这样。”

但突然间，公主一个奇怪的问题又让他老老实实坐回原位：

“您说说，保镖……你们那个大名鼎鼎的苹果树，她长得很漂亮吗?”

“呃，想描述她的美貌，可就难了，就好像……”

突然他的目光落在地板上铺着的那张大地毯的某个位置上，话说一半就打住了。

“然后呢？您怎么不说话了？说呀！”

“描述苹果树可就难了，就好像……”

“然后呢?!”

“可就难了，就好像……”

“天哪，你这个人真啰嗦!!”

但诺瓦科维奇并没有听她说话：他弯下巨大的身躯，目光如鹰一般紧盯着沙发椅旁边那块毛茸茸的地毯……

“可就难……天哪，就可是她的碎片！……这是怎么回事?”

他闪电般跪在地上，将藏在地毯流苏里的照片碎片捡了起来。

“我不会是疯了吧?！这可是我的……我们大家喜欢的、无与伦比的苹果树！这小碎片是她的小脸！她的眼睛！是她那任性的下嘴唇碎片……公主！到底发生什么事了?”

公主突然猛地将脸埋进枕头，那一头黑色旋风般的头发向四面散开来。从她那黑色瀑布底下，一只闪亮的眼睛往外看着。突然，她语气生硬，几乎是凶巴巴地问道：

“您爱她吗？诺瓦科维奇?”

“跟您说实话吗？胜过热爱整个世界!”

“那您给我滚开！您就是个傻瓜，你们所有人都是大傻瓜!”

她的肩膀抖动着，身体弓着，抽搐着，像一只受伤的皇家母老虎；她扭曲着身体，用枕头遮盖住微弱的呻吟声。

“这是歇斯底里症犯了吗?”诺瓦科维奇自言自语地问道，一边在手中转动着那块照片残片，“好像不是。我们的公主只是吃饱了撑的没事干罢了！不，不太像歇斯底里。就是普普通通的滴几滴雨，既不打雷也没闪电的。这是什么情况呢？”

“您给我走！快走！现在就……给我走！”

他耸了耸肩，踮着脚尖从房间里出来。

第十七章　洋娃娃的翅膀

米西奈斯独自一人在巨大的客厅里踱来踱去，像关在笼子里的野兽。他用脚将椅子踢开，时不时猛地转过身来，就好像身后被某个无形的人击打了一下，惊得他转过身去。

有人敲门，于是他赶快跳到一边，躺倒在沙发上，装出平静惺忪的声音，说道：“哎！谁啊？请进！啊！是你呀，库贾！”

“您好像在睡觉？我是不是把您吵醒了？”

“正相反。”

库贾咣当一声坐到自己平常坐的那个沙发椅上，并没有注意到米西奈斯意味深长的回答，而是陷入了忧郁的沉默当中。

“你怎么了，库贾？”

库贾没有吭气。

“发生什么事了吗？”

库贾又沉默了一会儿，突然间爆发了，就好像水流从被钉子扎破的消防水管中喷涌而出。

“米西奈斯！他可是个地地道道的大骗子！咱俩第一次见面认识的时候，我和您也开了同样的玩笑。但我就罢了，毕竟我算是专业干这个的。而这家伙，真是一只龌龊的畜生！”

“到底是怎么回事啊，库贾？你今天话怎么这么多？不过从你说的这些话中，我能提取的信息却少得可怜。”

“我输了！”

“下象棋？”

“还能下什么！我输掉了自己所有的钱，还有从您那里拿的一小叠钱，就是您刚才给我买箱子用的钱！我们赶紧走吧，让魔鬼把他抓去好了！”

“输了?！输给谁了?”

“还能输给谁？还不是这个恶魔一样的洋娃娃！您什么时候见过这样的骗子吗？一双孩童般纯洁无邪的眼睛，小女生一样银铃般的声音，却原来是个十足的江洋大盗！

‘我呢，您知道吗，就是个菜鸟（库贾学着他的腔调，却一点也不像），我哪能和您这种大师比拼？我很长时间都没玩过了……’你好久都没玩过了吗？我看恐怕是在那个世界上，小鬼们好久没玩过你的脑袋壳了吧！他显出一副木桶里老太婆的水平，我就先让他了一个卒子。可他见鬼了，左杀右进，我一看，完了，王后已经无路可走了。第四局他干脆让我一个棋子，那场面，我都不知道该怎么形容了……‘鬼头洋娃娃让棋’，可以这么说不?！米西奈斯，能再给些钱买箱子吗？要是不给，那您干脆把我赶走算了！省得我在这儿受折磨。”

奇怪的是，今天狐朋狗友们都不约而同地来参加“灯光茶话会”了，一个接一个地来了。

第二个进来的是蛾子。

“我到您这里来参加灯光茶话会了……洋娃娃没来过吗?”

“没有没有，这个鬼头洋娃娃没来过。”库贾沉着脸嘟囔道。

“为什么是鬼头?”蛾子突然回过身来，“你咋啦？你也什么都知道了?”

“知道了某些事情……”

蛾子突然尖叫起来：

“你们怎么看这事？刚才我看报道说，‘信天翁’出版社买下了他的书，这可是最好的出版社！看到这条消息的时候，我差点没摔倒在大街上，跌到马蹄下面去。这帮蠢货，他们居然相信了我的评论。现在老太婆会坐在大木桶里骑着枕头踏遍整个俄罗斯！你们想想吧，我精心选了一套诗集，那可是最纯净的一串珍珠。而这串珍珠现在在我的桌斗里搁着没人看，死了一样，一动不动，仿佛是用铅制子弹串成的。而这个沼泽泡带着自己‘清晨的呼唤’冒了出来。等着吧！！行，就让他那本小册子出版吧——嘲笑、争议和丑闻，将很快传遍整个俄罗斯！！噢，一帮傻瓜！噢，简直是三倍的白痴！”

“谁是三倍白痴？”诺瓦科维奇没敲门就走了进来，正好听见蛾子最后那句铿锵有力的话。

“大概也包括我们在内。而你在咱们当中是首当其冲的。你当初是怎么鬼使神差地把这个鬼头洋娃娃弄到这里来了?！因为他我花了多少心血！他倒好，现在霸占在我那个秘书位置上，没准这个无耻的家伙正捂着嘴偷偷乐呢。要是没他，他们可能还会请我回《顶峰》当秘书呢。”

“要不是他，我今天也不会把自己的钱都输光，还搭上米西奈斯的箱子钱。”库贾凄凄地补充道。

诺瓦科维奇好奇地看了库贾一眼：

“莫非你输给了洋娃娃？下象棋输了？是这样！米西奈斯……我刚从大美人那里过来！您的休假恩准了。是的，是的，是的……米西奈斯，您能否给我解释一件不可思议的事情？苹果树是怎么跑到公主客厅去的?！这不，我抢救下来一块残骸。她可是被撕得粉碎呢。”

“这么说来……是苹果树了?！”米西奈斯啊了一声，心里叹息道，一时间甚至忘了自己内心的煎熬，垂头丧气地叨叨说：“可怜的保镖!”

“您在那里嘟囔什么呢?”

“我是在琢磨出什么情况了！确实啊，苹果树的照片是怎么落到我妻子手里的？而且还被撕得粉碎。不会是公主因为苹果树而吃我的醋了吧?”

“除了这理由，我想不出别的解释，”诺瓦科维奇沉着脸耸耸肩，说道，“尽管您好像也没做什么事，能让她这么想啊！不是吗？米西奈斯?”

“完全没理由啊。”

“背面什么都没有写么?”蛾子问道。

“啊哟，我甚至都没看！这不……哼哼！……挺奇怪的：‘我的未……’后面撕掉了。真是惊天之谜呀!”

“那你为什么不问问公主呢?!”

“你去问问试试！您那个公主，当时正歇斯底里呢！还骂我是傻瓜，把我给赶出来了。”诺瓦科维奇懊丧地说道。

蛾子皱起了他的脸。

“我和公主的观点基本上是一致的：她在你离开她那里的时候，说你是傻瓜，而我是在你进来找我们的时候，说你是傻瓜。”

“凭什么说我是傻瓜？我可没在洋娃娃那里受到什么打击，不像你和库贾。我和米西奈斯可是一点儿没受伤害！是不是啊，米西奈斯?”

米西奈斯没有回答他，而是走到一旁，将脸埋在墙角，似乎在哧哧笑……至少，他的肩膀在抖动，像一个人正在使劲笑。

“是啊，”诺瓦科维奇斜眼看了看正在怪异笑着的米西奈斯，用庇护者的口吻说道，“是你自己，蛾子，对洋娃娃的态度有问题。是你在报纸上大肆宣传他，闹得沸沸扬扬，现在你自己种下的苦果得你自己吃掉。你就像一个经验不足的招魂师，魂是招来了，现在却不知道怎么把它给送回去。现在好啦，机器离开你自己就转起来了。你有没有读过《金星》报对洋娃娃的采访？看来除了你，还有人在使劲炒作呢！什么在哪儿出生的，怎么出生的，为什么出生的，等等……”

“而这一切最终都将破灭！”蛾子喊叫着说，“不可能不破灭！只要那本书一出来，小木屋里的老太婆你是哪儿也藏不住掖不住的。白纸黑字写着呢！而只要这个死老太婆从小木屋里往外瞧一眼，一切都将灰飞烟灭！”

“我敲门，敲啊敲啊，”苹果树走了进来，边走边说，“你们在这里大喊大叫的，就是打炮也听不见。‘你们好，小强盗们’——正如保姆所说。洋娃娃还没来吗？”

“您是来找洋娃娃的吗？”诺瓦科维奇苦笑着问道。

“是啊……他跟我说马上就来。你们为什么一个个都垂头丧气的？”

苹果树还是一如既往的温柔和热情，像阳光一般。但善于察言观色的米西奈斯却发现，她那明媚的眼眸中略微闪现出某种可爱的羞涩。

“洋娃娃，找洋娃娃，和洋娃娃，关于洋娃娃。”库贾大声说道。此时突然有人敲门。

“啊，这不是洋娃娃嘛！这下这伙人算是到齐了。”

“朋友们，”洋娃娃一迈进门槛就嚷嚷道，“我简直太幸福了，太幸福了，替自己也替你们感到幸福！蛾子呀，您现在又可以回到您的秘书职位啦！！”

“怎么回事？”蛾子暗自喜道，“你也被‘离开’编辑部了吗？和我一样？”

“恰恰相反，一切都顺风顺水呢。您记得吗，我跟您说过，编辑要到一个日报社去？您知道出版商现在请谁来担任空出来的编辑职位呢？请我！这个人简直是好极了。想想啊，我有这一切还多亏您呢！”

“这事是真的吗？”库贾替蛾子问道。不知道为什么，蛾子听到洋娃娃最后这几句话的时候，很奇怪地哼哧了一声，倒在沙发靠背后面就不吭气了。“是真的吗？‘信天翁’准备出版您的书？”

“是呀，”洋娃娃忽闪着他那美丽明亮的眼睛，兴高采烈地证实了库贾的话，“你们可以祝贺我啦！对了，我正好还随身带着校对页呢。”

“在哪儿？”蛾子像弹簧一样从沙发后面蹿起来，“给我看看！”

“喏，这就是。我已经校对过一遍了。”

蛾子用颤抖的双手疯狂地在长长的纸页中翻找着，他很奇怪地哆嗦着，不停地追问：“老太婆在哪里？有老太婆吗？啊？有吗？小木屋里的老太婆在哪儿？她在哪儿？你把她塞到哪里去了？”

“我真是不明白，”洋娃娃着实吃惊地问道，“为什么你们就特别喜欢这首诗呢？这首诗我没编到这个集子里。”

蛾子跳到洋娃娃跟前，抓住他的双肩开始使劲晃他：

“您怎能没收入这本书里呢？为什么没收入？这首诗是您写的吧？或者不是您写的?!”

“写倒是我写的……可您知道是什么时候的吗？这是很早以前胡乱写的东西啊！我那会儿大概就十六岁吧！我第一次在咖啡馆里见到诺瓦科维奇的时候，他让我把自己写的所有诗都读一遍，于是我就按照时间顺序来读了。他听到这个并不成熟的《老太婆》时，突然就来了兴致，一把牵起我的手，把我拖到米西奈斯这里来了。是啊……米西奈斯的家给我带来了幸福，朋友们！不过嘛，我说的可不是文学方面的成就。咳咳，现在呢，各位先生，我有个让你们震惊的消息，一个好消息……”

洋娃娃用兴奋的目光扫视了一下众人……

“在米西奈斯家我找到了世间最大的幸福。朋友们，请允许我向大家介绍我的未婚妻!!您干吗脸红呀，苹果树？再过一个月我们就要举行婚礼啦，然后我们去佛罗伦萨——在那里，我将在各位的祝福下，开始为‘信天翁’写新作了。三卷本的长篇小说。他们已经预定了。”

所有人都傻眼了。而库贾侧身走到那堆奇怪的褶子跟前——在那一大堆褶子下面，勉强可以看出蛾子的轮廓——好意地小声对他说：

“你应该上前去表示祝贺呀，老兄，要不然不太好看。你那张脸现在就像一只烟草被抖光的老烟袋！”

然后他又悄悄走到诺瓦科维奇跟前。诺瓦科维奇用手捂着脸，好像被光线炫住了眼睛。库贾友好地捅了捅他的肋骨。

“别那么难过，多大点事啊。好女人不有的是吗？我啊，老弟，不久前刚认识一个女人，简直就和我那个让人无法忘怀的寡妇一样一样呢，就是那个被你们恶毒地说成‘寒酸土气’的寡妇。要不要我介绍你们认识？……就这样定了吧！你把她拿走吧！我再给自己寻摸一个。”

苹果树伤感地、略带歉意地看了一眼诺瓦科维奇，突然慌慌忙忙地说：

“噢，天哪，我们该走了！我们就是过来待一小会儿的。瓦利亚[①]还得把校对页送到印刷所去呢。瓦利亚，咱们走吧！再见啦，各位小强盗！”

米西奈斯和他的狐朋狗友们又孤独地留在巨大的大理石房间里，房间陷入一片寂静。

安娜·马特维耶夫娜迈着几乎听不见的脚步走了进来。她在门框边收住脚步，愁容满面地说：

“哎呀呀，这些家伙都到齐了……你们这里怎么黑里咕咚的？一

---

① 瓦利亚是洋娃娃的名字“瓦连京”的小名。

个个闷闷不乐地坐在这里，垂头丧气地。莫非你们又要狂饮白兰地不成，强盗们？我们把饭端到这边放在地毯上呢，还是老老实实按规矩端到餐厅去？”

库贾对米西奈斯使了个眼色，示意他看看蛾子和诺瓦科维奇——他两人已经完全包裹在黄昏的黑暗中。库贾悄悄走到米西奈斯跟前，小声说：

“这也许是摆脱当下处境最好的办法了吧？是不是啊，米西奈斯？喝白兰地！”

米西奈斯突然从沙发上跳了起来，站直身子，像一头老态龙钟、但还孔武有力的狮子。

“唉哟，伙计们，有啥好哭啼啼的！！都给我欢实起来，打起精神来！我们现在要大喝一场，喝他个昏天黑地！明天我们就出发，上伏尔加河，上母亲河岸边去——咱们这帮强盗都去……走啊！冲向那广阔的伏尔加河，冲向那闪亮的水流！当年斯捷潘·拉辛将女人们像小猫崽一样扔到那些水流中①！那里才是她们应有的归宿！”

“阿门！”库贾欢呼道，“见鬼去吧，彼得堡，日古力②万岁！卡里维娅！好好款待一下伏尔加的游民吧！‘你们为何，真见鬼，这般垂头丧气……唉，菲利卡，你这小丑！快扭动起来！老兄们，让我们一起高唱一曲，为了追荐她的灵魂！’③”

---

① 据传，17世纪以斯捷潘·拉辛为首的哥萨克起义武装，为了安抚汹涌的大海，将攻克波斯城市阿斯特拉巴德时掳获的800名女性投入大海当祭品。另有传说称，攻打波斯时，拉辛在王宫夺得一位公主，并在伏尔加河的船上举行婚礼。拉辛高兴得喝多了，却听到部下抱怨说“用我们换来女人”，于是拉辛抱起公主，说：“伏尔加河，伏尔加河，母亲伏尔加河，请接受美丽的礼物。”然后将公主抛入河里。

② 日古力：俄罗斯伏尔加河边上的高地。

③ 这是俄罗斯民间歌曲《从小岛后面来到主航线上》里的歌词。歌曲讲述的是关于斯捷潘·拉辛起义的传说，包括其将波斯公主沉入伏尔加河的故事。

结　语

噢，强大无敌的时间！祝你永远美好！你是最好的医生和最好的良药，因为任何一个医院开出的药方，都无法像你一样令伤口愈合得如此良好，都不会如此顺利地将这样深痛、如此大片的伤口完美遮盖。你是永远不停歇的，白发苍苍，智慧无边！

亲爱的读者，如果你一年后再看一眼那个你已经熟悉的米西奈斯家的黑暗客厅，你一定会暗自微笑的，因为你会看到一切都恢复了原样：米西奈斯穿着白色亚麻长袍站在一个角落里，塑捏着蛾子的半身像——他正襟危坐在高高的椅子上。而另一个角落里则是诺瓦科维奇，他正在摆弄杠铃，将他那强有力、布满肌肉纹理的双臂向上甩起；而在沙发椅深处，库贾正安安静静地卧在那里吃橙子……

而门边站着卡里维娅·克里斯庇尼拉，第一千零一次简短地嘟哝道：

“你怎么又把皮往地毯上扔呢，你这个强盗?！真是管不了你，这个作孽的家伙！”

Zoopot，1923 年。

译后记

有一次与汪剑钊老师聊天时，他问我想不想参与一个文学作品的翻译项目，我诚惶诚恐地回答说“好啊!”我原本以为和往常一样，只是承担某本书的部分章节翻译，结果很快收到汪老师发来的名单：阿尔卡季·阿韦尔琴科、米哈伊尔·阿尔齐巴舍夫和伊万·什梅廖夫，三个作家的作品让我自己选。

哇！还可以自己选想翻译谁的作品，翻译哪部作品?！这真是做文学翻译才有的福利呢！想想自己也陆续做过一些翻译项目，但让自己选择翻译材料，还是破天荒头一遭呢！然而惊喜只持续了一秒，待定睛再看时，我傻眼了：我从未感到自己离俄罗斯文学如此遥远——这三位作家我此前都闻所未闻，更不要说读过其作品了……最终我的目光落在了阿韦尔琴科的“幽默小说”几个字上，嗯，我喜欢有幽默感的人，于是我就选择了阿韦尔琴科……对不起了，另外两位大作家。后来，我在《附》中看到阿韦尔琴科解释其来到彼得堡后去了《蜻蜓》杂志的原因：因为其他杂志的编辑部位置太远，而《蜻蜓》杂志和《大灰狼》杂志则在市中心，于是他“决定就按字母顺序来”。并写道：“看到了吧，有时候不起眼的字母表也会影响到一个人的未来。”我会心地笑了，是啊，我的选择又何尝不是如此?

就这样，我选择了幽默，选择了阿韦尔琴科，虽然当时有些盲目，但后来并不后悔。

打开作者的简历，我才知道，原来阿韦尔琴科和他所创办的杂志《萨蒂里孔》曾经有过那样一段辉煌历史，才知道这个我前所未闻的作家，虽然只度过了45年的人生，却出版了200多本作品集，并且在20世纪初的俄国被称为“喜剧之王”。突然间我感受到文学作品的伟大之处：若干年后，即使作家早已离去，即使他的作品不再流行，甚至名字都被淡忘，但突然有一天，某位读者偶然翻开他的作品，被其中某个人物或形象所吸引，从而开始仔细阅读他的作品，并因此而走进他的那个时代，走进他的心灵世界，并且与他当初创作时一样，和作品的主人公同喜同悲……

《快乐的牡蛎》是阿韦尔琴科出版的第一部小说集，因为深受读者喜爱，在七年期间一共被再版24次（这一历史会不会因为我而在中国出版界重演呢？我顿时感觉自己肩上的担子重了许多……）。

翻开作品一篇篇细读，我慢慢喜欢上了这个曾经并不熟悉的作家。其中有几篇小说的情节和构思独特、巧妙，读后会让你回味许久：如《老古董》中作家们花钱买“鬼魂”故事来给自己的创作提供思路；还有《怪物》中那个来自“文明世界”的骄傲的、自以为无所不知的记者，在原始丛林中才发现自己的浅薄甚至是无知；还有《马赛克》中那个追求拼图式“完美”女人的朋友，其费尽心机搭建起来的“事业”，却由于一个小小的疏忽而坍塌殆尽。这些幽默小说读起来可能并不会让你开怀大笑，却能时不时带给你一丝淡淡的幽默和嘲讽。如《老古董》中借掌柜子的话“看到这些便宜货，就会要求给他买的所有东西都配上暴风雪”来嘲讽那些创作套路千篇一律的作家；《美国人》中出版商为省钱而提出“按胡须”挑选现有照片来冒充议员肖像；在《伊万诺夫的病史》中，当妻子提出去叫警察局长时，作者写道：“几乎所有病人都不喜欢旁人强调他们病情的危险性，伊万诺夫也是如此。”

马克·吐温曾说过："幽默的秘密源泉并不是欢乐，而是悲伤。天堂里没有幽默。"的确，仅有欢乐与"笑"是无法称之为"幽默"的。阿韦尔琴科的很多小说读过之后会让人感到一种深切的悲哀，如《自由的俄罗斯》中的故事，都或多或少地流露出这种哀伤，甚至是"含泪的笑"；《鲁滨孙们》中前特工阿卡齐耶夫为了盯梢和告密这个其生命中唯一的"追求"，甚至冒着生命危险去搭救纳雷姆斯基；《俄罗斯的故事》中大学生被自认为聪明却极端无知的农民怀疑投放霍乱病毒而被打死，还是这群在大学生面前自以为是、面目凶残的农民，却在拙劣的骗子面前俯首帖耳，被其用一个帽徽和几句胡编乱造的公文用语就轻松骗去一大笔钱；《灾害》中农民和官员都将农业丰收视为洪水猛兽以及苦难的源泉；《动物乐园》里不动声色的梅尼希科夫将其熟人一个个告发，更是让人细想起来后背发凉……也难怪有评论家将阿韦尔琴科比作俄国的马克·吐温。

《米西奈斯的玩笑》是阿尔卡季· 阿韦尔琴科创作的唯一一部长篇小说，描写的是 20 世纪初革命前的彼得堡生活。

不愁吃喝却整日苦闷无聊的中年富豪"米西奈斯"、棋艺超群的记者"库贾"、仗义聪明的大学生"保镖"和满腹经纶的诗人"蛾子"等，出于无聊而决定捉弄一位年轻的诗人"洋娃娃"。众人利用从事新闻工作的便利，在刊物上极力吹捧洋娃娃，将其包装成彼得堡家喻户晓的文坛新星。天真的洋娃娃将这伙人的玩笑全部当真，并对他们感激涕零。正当众人准备看洋娃娃笑话的时候，这位看似外表文弱、头脑简单的年轻作家，却在自己完全未意识到的情况下，给所有这些捉弄他的人以沉重的打击：米西奈斯的妻子——懒惰至极、对身边事物毫无兴趣的"公主"，爱上善良可爱的洋娃娃并疯狂追求他；众人心目中的女神"苹果树"与"傻瓜"洋娃娃订了婚，让暗恋她的保镖无比失落；自认为棋艺天下无敌的库贾，在对弈时被洋娃娃赢得身无分文；而最受打击的还是一向孤芳自赏的蛾子——眼看着他们眼中“毫无才情”的洋娃娃在文学殿堂中收获了蛾子自己一直渴望的荣耀。

阿韦尔琴科在《米西奈斯的玩笑》中以其独特的幽默风格，塑造了俄罗斯文学中并不陌生的形象——“多余人”形象。米西奈斯的苦闷、库贾的懒惰、保镖的失意、蛾子的郁郁不得志——都显示出他们与这个社会的格格不入。作者借蛾子供职的杂志总编之口点明了这些人的无奈：即使他们有着普希金那样的才华，也不会被当今社会所认可。而他们借以对抗这个社会的，就是对所有人、所有事漫不经心的嘲讽态度。在小说中，他们也会忍不住暴露内心的真实想法：米西奈斯在开篇感叹说“你也看到了，为什么我那么死心塌地对你们这些人留恋不舍了：总是不等我把话说完，你们就明白我想说啥”。库贾声言：“我们就是懒，但是我们会因此而对任何一个人作恶吗？哦，先生们，你们应该害怕的是那些精力充沛的人！”而蛾子在“诗王加冕”仪式上的演说则直接吐露出其内心的伤感：“几乎每位伟大的诗人，在其生命中都难以摆脱一个悲剧……那就是：同时代的人，或者未能足够认识到他的价值，或者根本就未认识到他的价值，而只有当诗人死后，人们才开始承认他、给他荣誉、给他尊敬。这是多么可怕的事情！”

有意思的是，《米西奈斯的玩笑》的许多形象中，都能找到作家同时代文学界人物的身影。例如有文评家认为，小说中米西奈斯的原型是白银时代的象征主义诗人、著名文学庇护人、贵族 Б. 巴什基罗夫，而洋娃娃的原型则是著名诗人 С. 叶赛宁。肌肉发达、穿大学生制服的诺瓦科维奇形象可能源自诗人 П. П. 波将金，其在《萨蒂里孔》杂志任职时还是彼得堡一所大学的学生。而诺瓦科维奇随口杜撰离奇故事的本领，则很像《萨蒂里孔》的画家 А. А. 拉达科夫，或者是杂志社诗人 А. С. 罗斯拉夫列夫。另外，诗人波将金非常喜欢下象棋——这一爱好被作者安排在库贾身上。而蛾子脸上的皱纹可能取自《新萨蒂里孔》的诗人 A. C. 格林，此人和小说中的蛾子一样，来到编辑部时总会说“我来参加灯光茶话会了”。

总体说来，在这部充满乡愁思绪的移民文学作品中，作者汇集了令其刻骨铭心的若干人的形象——没有哪个主人公形象有唯一的原型人物，每个人都像是一幅马赛克拼图，既有取自真实人物的性格，也有来自其笔下文学形象的特点。拉达科夫曾坦承说，看完小说后他痛哭流涕，因为他仿佛看到那个曾经年少狂放的创作团体。

翻译过程给我提供了一个细致阅读作品的机会。如果只是作为一名读者，原文中的很多地方我可能就是囫囵吞枣，不会对其留下特别的印象，而在细嚼慢咽的翻译过程中，却可以对作者精心创作的文字进行充分品味。这让我想起二十多年前大学毕业前的外语晚会：为了在舞台上扮演《办公室的故事》里面的角色，我和搭档将电影中不到十分钟的片断反复看了几十遍，结果很多初次观看时并未注意到的镜头和动作细节都被我们捕捉到，引起我们会心的微笑，也让我们更充分地体会到导演和演员的良苦用心。

同样，在翻译阿韦尔琴科的作品时，细致入微的情景描写纷纷进入我的视野，它们仿佛将我引至一枚放大镜面前，主人公的一些微小举动和细节都展现无遗。如《祝贺》中罗扎诺夫“看了一眼伸过来的手，目光顺着梅尼希科夫的胳膊一直移到肩膀上，又移到脖子上，再移到脸上，之后又将目光落到纸上”；《科学的受难者》中，米什卡妈妈“坐在床沿上，用脚悄悄将什么东西踢到深处”；《谎言》中，谢拉菲玛·彼得洛夫娜“那只脚神经质地在地毯上敲了起来”；《造访者》中“皮鞋尖上稳妥地粘着一条小鲱鱼的头”。而长篇小说《米西奈斯的玩笑》中这样的细节则更多一些：例如洋娃娃的“加冕”仪式演讲之后，“在蛾子故作快乐的时候，有一团厚重阴郁的乌云，爬上他皱纹密布的面容。那云层实在是太厚重了，它携带的部分湿气凝结在蛾子眼睛下方的一丝皱纹里，在那里停留了片刻，最终滴落在西装衣襟上”。得知妻子在追求洋娃娃之后，“米西奈斯一言不发，晃了几下，一把抓住椅子背，坐了下来，就好像有人用某种神奇的力量，一下将他的骨架给抽掉了”。

本书是笔者独立翻译完成的第一部真正意义的文学作品。正如平常所言，翻译过程是一个再创作的过程。如果说，当初纯粹是出于“有意思”而选择翻译幽默作品，那么真正着手翻译时，我才意识到幽默作品并不好翻译：有时幽默效果是通过文字游戏来达到的，如何尽量保留作者的形象手段，又能让中国读者品味到原文的幽默效果，却是一件非常伤脑筋的事。有时候甚至是一个很普通的词，也很难找到合适的词去翻译。有一次在中、俄文词典里苦苦研读某词条的解释时，我突然想到，词典编纂者才是最伟大的翻译呢，他们居然可以给那些用原文越描述越难懂的词，赋予如此简洁准确的中文表达形式！我要向他们深深鞠个躬……

考虑到中国读者并不一定了解俄罗斯文化，以及小说涉及的历史背景，我在翻译时保留了文学评论家 C. 尼科年科的注释，又加入了大量译者注。注释工作确实又让我花费了一番心思，查询了大量中俄文材料。感谢互联网时代，将原来可能需要花费数年工夫的事情，变得那样轻松，只需敲出几串字母和按下“回车”键。（当然，这只是译后的感觉。）

完成 20 万字的翻译工作之后，我的内心就是两个字——“充实”。有朋友曾向我解释他翻译文学作品的动机：人过中年了，就开始考虑这辈子似乎应该留下点儿什么……想想也是，即使你经历过风光的大场合，翻译过重要的商业资料，而最终能作为“一点儿什么”留下来被慢慢品味的，恐怕还是那些时隔多年依然不会被遗忘的文学佳作（当然，还有佳作的翻译）。

诚然，即使是在俄罗斯，也并非所有文学批评家都能领会阿韦尔琴科作品的意义并充分评价其价值，甚至有人批评说，他的作品在恶意嘲讽部分群体。而我想说的是，阅读幽默作品，也需要读者同样具有幽默感，如果对号入座那必定会破坏阅读的雅兴。无论是《艺术大舞台》中对演员的讽刺，《鲁巴诺维奇们》中对裁缝的调侃，《药》里对女性的揶揄，还是整个小说集里时不时闪现的对记者的嘲讽（别忘了阿韦尔琴科本人就是记者），都应该用会心一笑来解读。我曾对朋友说很喜欢《谎言》开篇的那个比喻：将女人笨拙的谎言比作中国工匠精雕细琢出来的象牙小船——费尽力气编造出来，却一戳即破。但朋友愤愤不平，说作者“根本不懂艺术”（有时候读者也不懂幽默）。

李玉萍

2017 年 12 月